AMÉRICA DEL SUR

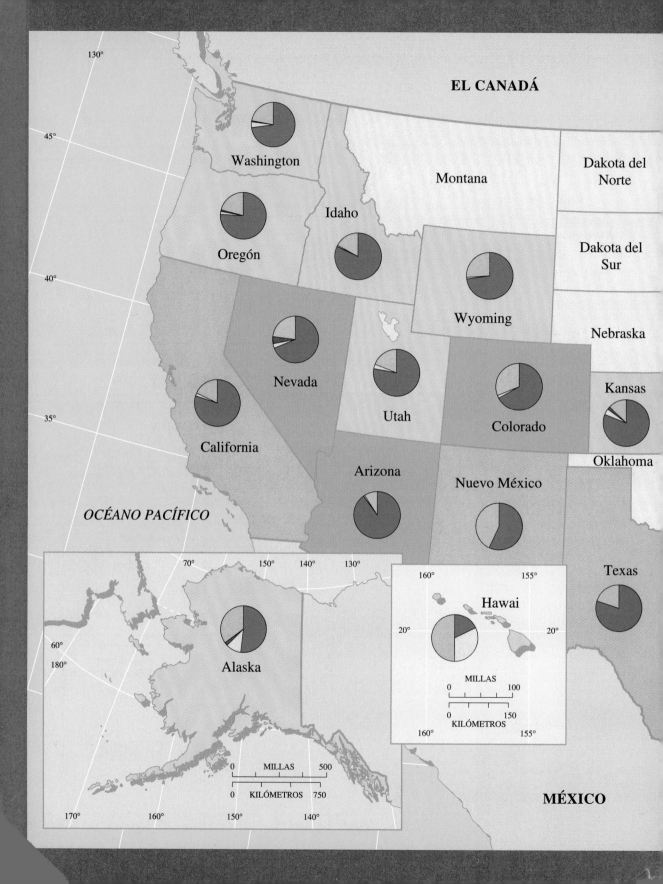

EL CANADÁ

Washington

Oregón

Idaho

Montana

Dakota del Norte

Dakota del Sur

Wyoming

Nebraska

Nevada

Utah

Colorado

Kansas

California

Arizona

Nuevo México

Oklahoma

OCÉANO PACÍFICO

Alaska

Hawai

MILLAS
0   100

0   150
KILÓMETROS

Texas

MILLAS
0   500

0   750
KILÓMETROS

MÉXICO

LOS HISPANOHABLANTES
EN ESTADOS UNIDOS

0   125   250   375   500 MILLAS

0   250   500   750 KILÓMETROS

Maine

Minnesota

New Hampshire

Vermont

Wisconsin

Mass.

Nueva York

Conn.

Michigan

Rhode Island

Iowa

Pennsylvania

Illinois

Ohio

Nueva Jersey

Indiana

Delaware

Misuri

Virginia Occidental

Washington, D.C.

Virginia

Maryland

Kentucky

Carolina del Norte

Arkansas

Tennessee

OCÉANO ATLÁNTICO

Carolina del Sur

Misisipí

Georgia

Alabama

Luisiana

Florida

Porcentaje de población hispana

20 o más

10-19.9

3.0-9.9

0-2.9

Raíces

México   Cuba

Puerto Rico   Otros

Total EE. UU. Población Hispana

GOLFO DE MÉXICO

En contacto
Gramática en acción
Séptima edición

Mary McVey Gill

Brenda Wegmann
University of Alberta, Extension

Teresa Méndez-Faith
Saint Anselm College

THOMSON
™
HEINLE

Australia / Canada / Mexico / Singapore / Spain / United Kingdom / United States

En contacto: Gramática en acción, Séptima edición
Gill/Wegmann/Méndez-Faith

Acquisitions Editor: *Helen Richardson*
Developmental Editor: *Scott Anderson*
Production Supervisor: *Mike Burggren*
Marketing Manager: *Jill Garrett*
Manufacturing Coordinator: *Mary Beth Hennebury*
Photo and Permissions Manager: *Sheri Blaney*
Photo Researcher: *Jill Engebretson*
Compositor: *Carlisle Communications*
Project Manager: *Terry Routley/Carlisle Communications*
Cover Designer: *Dutton and Sherman Design*
Cover Illustrator: *José Ortega*
Text Designer: *Sue Gerould, Perspectives*
Printer: *Quebecor World, Taunton*

Printed in the United States of America
1 2 3 4 5 6 7 8 9 10 07 06 05 04 03 02

For more information contact Heinle, 25 Thomson Place, Boston, Massachusetts 02210 USA, or
you can visit our Internet site at http://www.heinle.com

Library of Congress Cataloging-in-Publication Data
Gill, Mary McVey.
   En contacto : gramática en acción / Mary McVey Gill, Brenda Wegmann [y] Teresa
Méndez-Faith.—7. ed.
     p. cm.
   Includes index.
   Spanish and English.
   ISBN 0-03-034511-1
     1. Spanish language—Grammar. 2. Spanish language—Textbooks for foreign
speakers—English. I. Wegmann, Brenda. II. Méndez-Faith, Teresa. III. Title.

PC4112.G48 2002b
468.2'421—dc21   2002068655

ISBN: 0-03-034722-X (Student Edition)
        0-03-034511-1 (Annotated Instructor's Edition)

Preface

The Program

En contacto is a complete intermediate Spanish program designed to put the English-speaking student in touch with today's Hispanic culture through its language and literature. The program includes a review grammar that stresses communication (*Gramática en acción*) and an accompanying *Instructor's Annotated Edition,* a reader that emphasizes the acquisition of reading skills as well as text comprehension (*Lecturas intermedias*), a workbook/lab manual (*Cuaderno de ejercicios y laboratorio*), a Quia on-line workbook/lab manual, an audio program, a text-specific video, an interactive CD-ROM, a test bank CD-ROM, and the course web site. Since the acquisition of vocabulary is as important to the intermediate student as the review of grammar, each of the twelve chapters of each component is coordinated with the other components by theme, grammar topic, and high-frequency core vocabulary. The program is arranged for flexibility: the grammar text (and workbook/lab manual) can be used in courses in which reading is not emphasized, and the reader can be used independently in intermediate courses stressing reading, literature, or conversation. The twelve chapter themes were chosen to appeal to the contemporary student and to introduce cultural materials and stimulating topics for discussion or composition.

Changes in the Seventh Edition

While the basic scope and sequence of the book were maintained in the seventh edition, the following features are new:

Main text

- An all-new *Instructor's Annotated Edition* gives teachers extra ideas for class presentation as well as additional activities. Answers to exercises are given for easy teacher reference. Other annotations provide related cultural notes and Spanish idioms. A reader icon indicates those annotations that coordinate *Lecturas intermedias* with *Gramática en acción;* for example, how to use readings to demonstrate a particular structure in context or to provide more cultural insight into the chapter theme. Sample lesson plans give further teaching suggestions.
- Additional open-ended and communicative activities have been added throughout the text in the **Gramática y vocabulario** sections.
- The all-new text-specific *En contacto* **Video** coordinates with the texts chapter-by-chapter by theme and content. Videos include cultural narratives and interviews with native professionals in Spain, Latin America, and the United

States. The **Videocultura** section in each chapter of the main text gives a complete lesson based on the video, including related cultural information.

Ancillaries

- A new **Test Bank CD-ROM** provides two customizable tests for each chapter, plus midterms and final exams. Audio files for oral sections accompany all chapter tests.
- The *Quia Online Workbook/Lab Manual* is an electronic version of the *En contacto 7/e Cuaderno de ejercicios/Manual de laboratorio* sold as an alternative to the printed hard copy. It features customizable self-correcting practice activities, a grade book, and an opportunity for instructor feedback on open-ended writing assignments.
- The *En contacto* Interactive CD-ROM. Each chapter contains a reading drawn primarily from the **Enfoque del tema** section in *Lecturas intermedias* with an audio recording of the reading; two vocabulary practice activities and four to five grammar practice activities, covering all major grammar points; a video segment taken from the *En contacto* video and an accompanying comprehension exercise; and an outlined writing assignment, often preceded by a pre-writing activity.

Chapter Organization

Presentación del tema

Each chapter begins with a short presentation of the chapter theme, which is recorded on the Text Audio CD. Students can listen at home, or the instructor can present this section in class. These sections are recorded in order to give students more practice in improving aural comprehension. Discussion questions follow. Next comes the **Vocabulario útil,** an active vocabulary list. The words listed are used immediately by students in the exercises and activities that follow.

Para escuchar

Para escuchar introduces the chapter's theme, vocabulary, grammar, and language functions in a natural context. These recorded conversations give students practical, functional language. The accompanying listening comprehension exercises can be done in class or assigned as homework. They consist of global listening (listening for main ideas), followed by more discrete listening tasks to improve students' aural comprehension. The Text Audio CD that includes the **Para escuchar** and **Presentación del tema** sections is packaged free with the grammar text.

Gramática y vocabulario

Grammar explanations are designed to go beyond the grammar presented in a first-year text without introducing too much detail. The Spanish examples practice chapter vocabulary and in many cases provide cultural information about the

Hispanic world. The exercise sections, **Práctica,** contain a wide variety of oral and written activities arranged in order of increasing difficulty and are based directly on the chapter theme and vocabulary. Instructors are encouraged to use these as pair and small-group activities whenever possible. One or sometimes two **Vocabulario útil** sections are included in each **Gramática y vocabulario** section, and the vocabulary is made immediately active by practice in the activities.

En otras palabras

These sections focus on two or more language functions and provide explanations, examples, and activities. Based on notional-functional methodology, the sections are largely independent of the grammatical syllabus, as they focus on the communicative use of language for specific purposes or functions. The **En otras palabras** section deals with many of the same language functions as are found in the recorded **Para escuchar** sections. The two sections can, therefore, be used in conjunction, so students first hear the words and phrases from native speakers and later use the language for themselves. The authors hope that the **En otras palabras** sections will be used for fun as well as to help students achieve communicative competence. The important thing throughout these sections is that students make an effort to communicate.

En contacto

This section includes games and pair/group activities, based on the chapter theme and grammar. A guided **Composición** concludes the section.

Videocultura

The all-new text-specific *En contacto* **Video** coordinates with the texts chapter-by-chapter by theme and content. The majority of the video segments consist of interviews with native professionals in Spain, Latin America, and the United States. In these visually appealing interviews, students can see native speakers using the language in an authentic context. Other segments provide cultural narratives offering unique insights into the Hispanic world. A complete lesson based on the video begins with vocabulary presentation and a practice exercise. Following that is a previewing activity. After seeing the video, students are presented with comprehension and discussion questions that encourage them to express their own opinions. The **Hablando del tema** boxes provide extra cultural information.

Appendices

Following Capítulo 12 in the textbook are the appendices, which cover capitalization, punctuation, and word stress; information on numbers, dates and time; use of prepositions after certain infinitives; answers to selected exercises; and verb charts. In addition, there is a complete Spanish-English end vocabulary.

Pair and Small-Group Activities

Many of the exercises and activities of this book lend themselves to pair- and small-group work, and the authors encourage instructors to use them as such whenever possible. With group or pair activities, students have more opportunities to practice the language, and shy students in particular benefit tremendously. Also, the instructor has more time to answer questions and help those who need extra attention.

The authors recommend that in using group or pair activities the instructor:

● set very clear time limits, to encourage efficient use of the time by the students
● make sure the directions are absolutely clear to the students, which may involve explicit demonstration, and that students are convinced of the value of the activity
● move around the room to answer questions, listen to what is happening, and occasionally participate in the work
● follow up the activity with a meeting of the class as a whole, preferably with some of the pairs or groups reporting in some way on what they did

The following symbols, or icons, are used throughout this text:

 The material is on the audio CDs accompanying the book.

 The web site contains related activities.

 This activity works well with pairs.

 This activity works well with small groups.

 The Composición ends the chapter.

A suggestion for how to coordinate *Gramática en acción* and *Lecturas intermedias* is provided.

The *En contacto* ancillary package

Text Audio CDs

An audio CD containing the **Presentación del tema** and **Para escuchar** sections is packaged free with the student text and the Instructor's Annotated Edition. A tapescript of the **Para escuchar** section to accompany *Gramática en acción* is available in the *Instructor's Annotated Edition.* The **Para escuchar: Suplemento** is an optional supplement to the **Para escuchar** sections consisting of activities based upon authentic listening selections from **Radio española,** shortened but unsimplified, found at the end of the Student Audio CD program. Accompanying activities and the script for this supplement can be found on the web site.

Lecturas intermedias

Arguably the most important ancillary for the *En contacto* program is *Lecturas intermedias,* designed to work hand-in-hand with *Gramática en acción.* The authors have made an effort to integrate the two books more cohesively in this edition. Now in the new Instructor's Annotated Edition, connect-to-reader icons point out where best to direct students to the reader, and lesson plans are included to give ideas on how to use the two books together on a broader level.

The new edition contains approximately 40% new reading material, including authentic readings that are better suited in length and level to the intermediate student's reading skills. Many of the **Enfoque del tema** sections have been shortened to serve as more concise introductions to chapter themes and vocabulary, leaving more time for the authentic texts.

Lecturas intermedias is now in full color! Taking advantage of this color, each chapter now opens with fine art from world-famous and up-and-coming Hispanic artists. **El arte, espejo de la vida,** a new section, adds an additional cultural dimension to each chapter through information about the artist and discussion questions to lead students to offer their own analysis and interpretation about the art.

As always, a vocabulary presentation leads off every chapter. The **Enfoque del tema** section serves as introductory reading of the chapter's central themes and vocabulary. Each chapter, in addition to the **Enfoque del tema,** contains two authentic readings, accompanied by pre-and post-reading activities. Pre-reading strategies in the **Antes de leer** section, including work with the vocabulary and central information of the reading selection, prepare students for a complete comprehension of what they are about to read. Post-reading exercises in the **Después de leer** section are designed to lead students through a thorough understanding of the text to their own interpretations and finally to a creative use of Spanish based on the passage's theme and vocabulary.

Workbook/Lab Manual and Lab Manual Audio CDs

Each chapter of the combination **Cuaderno de ejercicios/Manual de laboratorio** contains all-new activities not found in the review grammar text. The activities in the workbook section provide additional writing practice, while the lab section and accompanying audio program provide extra oral practice. The lab section contains listening discrimination exercises, comprehension exercises, dictations, songs, and practice of grammatical structure. The exercise manual is based on and carefully coordinated with the review grammar text. The tapescript for the lab program is found on the course web site: http://Encontacto.heinle.com. The lab program is available on audio CDs.

Quia Online Workbook/Lab Manual

This on-line manual features customizable self-correcting practice activities, grade book, and an opportunity for instructor feedback on open-ended writing assignments. Instructors may now choose to order the **Quia Online Workbook/Lab Manual** over the print **Cuaderno de ejercicios/Manual de laboratorio** for their class, or they may prefer to order both and allow their students the option to use the version best suited to their individual learning styles.

En contacto CD-ROM

The activities CD-ROM is designed to be a more motivating mode for students to absorb and review points covered in *Gramática en acción*. Each chapter contains a reading drawn primarily from the **Enfoque del tema** section in *Lecturas intermedias* with an audio recording of the reading; two vocabulary practice activities and four to five grammar practice activities, covering all major grammar points; a video segment taken from the new *En contacto* video and an accompanying comprehension exercise; and an outlined writing assignment, often preceded by a pre-writing activity.

Test Bank CD-Rom

The Test Bank CD-ROM contains two customizable tests for each chapter, plus midterms and final exams. The tests cover listening comprehension, vocabulary, grammar, and writing. One set of tests follows the more traditional testing format, while the other tests offer a somewhat more open-ended approach, including a section covering the **En otras palabras** section. As an added bonus, audio files for the aural sections of the chapter tests are included on the same CD-ROM.

Web Site

The web site for *En contacto* includes self-correcting grammar and aural practice, interactive web activities, and links to related sites, chapter by chapter. See the Encontacto web site at http://Encontacto.heinle.com.

Acknowledgments

We would like to express our deep appreciation to Scott Anderson of Heinle, for his support, guidance, and good humor during a somewhat stressful time of transition and throughout the development and shaping of this edition and also to Jeff Gilbreath, formerly of Holt, Rinehart and Winston, for helping us to get this project off to a good start. We are especially grateful to Dr. Naldo Lombardi of Mount Royal College in Calgary for his effective critical reading of the manuscript and numerous insightful recommendations. We owe a debt of gratitude also to David and Ronnie Stillman from Mediatheque for their work on the video sections and to Venalda A. Britt from the University of Houston for contributing to the annotations in the instructor's edition and for her work on lesson plans. Sincere appreciation to others at Heinle: Helen Alejandra Richardson for her timely interventions and general direction and Michael Burggren for his firm hand and clarity as production editor. Thanks also to Terry Routley, project manager of Carlisle Communications, for her competence, flexibility and finesse in the handling of later stages of the manuscript. A very special thank you goes to Llanca Letelier for her expertise in finding and obtaining permission for materials and also for her unflagging support and many fine suggestions. We also appreciate the hard work and expertise of Carolyn Martin in obtaining the permissions for the grammar volume. We would like to express our gratitude to the following people who contributed ideas, linguistic advice, or aid in locating and obtaining permission for materials: Fernando Alvarez del Castillo, Dr. Eric Peña, Myrna Rochester, Armando Sánchez Lona, Deana Smalley, and the society of *Los amigos del arte* of Santiago, Chile.

Finally, we are sincerely grateful to the following reviewers whose critiques and suggestions have done so much to determine the nature of this seventh edition of *En contacto:*

Teresa R. Arrington, *University of Mississippi*
Johanna Damgaard Liander, *Harvard University*
María J. de la Fuente, *Vanderbilt University*
John W. Hall, *Minnesota State University Moorhead*
Nieves Knapp, *Brigham Young University*
Yanira Paz, *University of North Texas*
Anne Porter, *Ohio University*
Jonita Stepp-Greany, *Florida State University*
Bruce Dean Willis, *University of South Alabama*

M.M.G.
B.W.
T.M.F.

Brief Contents

CAPÍTULO 1   DIVERSIONES Y FIESTAS   1

CAPÍTULO 2   VEJEZ Y JUVENTUD   30

CAPÍTULO 3   LA PRESENCIA LATINA   62

CAPÍTULO 4   HOMBRES Y MUJERES   90

CAPÍTULO 5   VIVIR Y APRENDER   116

CAPÍTULO 6   DE VIAJE   144

CAPÍTULO 7   GUSTOS Y PREFERENCIAS   176

CAPÍTULO 8   DIMENSIONES CULTURALES   207

CAPÍTULO 9   UN PLANETA PARA TODOS   230

CAPÍTULO 10   LA IMAGEN Y LOS NEGOCIOS   256

CAPÍTULO 11   ¡ADIÓS, DISTANCIAS!   284

CAPÍTULO 12   LA IMAGINACIÓN CREADORA   306

Contents

Preface   iii

CAPÍTULO 1   **Diversiones y fiestas**   1

Presentación del tema   2
Vocabulario útil: Las fiestas   4
Para escuchar: En la fiesta   6

Gramática y vocabulario   7

Subject Pronouns; The Present Indicative Tense (1)   7
Vocabulario útil: Algunas actividades del fin de semana   9
The Present Indicative Tense (2)   10
Vocabulario útil: Los deportes y otras diversiones   11
The Personal *a*   14
Nouns and Articles   15
Definite and Indefinite Articles   17
The Reflexive (1)   21

**En otras palabras: Saludos y presentaciones;
Para iniciar una conversación**   22

En contacto   25

Videocultura: Madrid, ciudad que nunca duerme   28

CAPÍTULO 2   **Vejez y juventud**   30

Presentación del tema   31

Vocabulario útil: La familia   33
Para escuchar: En el autobús   36

Gramática y vocabulario   37

The Preterit Tense: Regular Verbs; Use of the Preterit   37
The Preterit Tense: Irregular Verbs   40
Vocabulario útil: La vida y la muerte   41
The Imperfect Tense   44

The Preterit versus the Imperfect   48
Hacer + Time Expressions   52

**En otras palabras: Para hablar de la famila;
Expresiones de cortesía; Despedidas**   **56**

En contacto   **58**

Videocultura: La charreada   **60**

CAPÍTULO 3   **La presencia latina**   62

Presentación del tema   **63**

Vocabulario útil: Inmigrantes y viajeros   66
Para escuchar: Conversaciones con inmigrantes   67

Gramática y vocabulario   **69**

Agreement of Adjectives; Adjectives Used as Nouns   69
Position of Adjectives   71
Ser versus *Estar; Ser* and *Estar* with Adjectives   74
Vocabulario útil: Adjetivos descriptivos   76
Demonstratives   78
Possessives   81

**En otras palabras: Para expresar admiración,
desaprobración, sorpresa**   **84**

En contacto   **86**

Videocultura: San Antonio y la «Nueva frontera»   **88**

CAPÍTULO 4   **Hombres y mujeres**   90

Presentación del tema   **91**

Vocabulario útil: Hombres y mujeres   93
Para escuchar: Dos invitaciones   94

Gramática y vocabulario   **96**

The Future Tense   96
The Conditional   98
Vocabulario útil: Comparaciones   102
Comparisons of Equality   103

Comparisons of Inequality 104
Irregular Comparative Forms; the Superlative 106

En otras palabras: Invitaciones 110

En contacto 111

Videocultura: Nina Pacari, una mujer
indígena en la política 114

CAPÍTULO 5 **Vivir y aprender** 116

Presentación del tema 117

Vocabulario útil: Escuela, colegio (liceo) y universidad 118
Para escuchar: Un contestador telefónico automático 120

Gramática y vocabulario 123

The Present Subjunctive Mood: Introduction and Formation;
the Subjunctive with Impersonal Expressions 123
Vocabulario útil: La vida universitaria 126
The Subjunctive with Verbs Indicating Doubt; Emotion; Will,
Preference, or Necessity; Approval, Disapproval, or Advice 128
The Subjunctive versus the Indicative 132

En otras palabras: Para saludar y despedirse por
teléfono; Para pedir y dar permiso y para expresar
prohibición 137

En contacto 139

Videocultura: El sistema educativo español 142

CAPÍTULO 6 **De viaje** 144

Presentación del tema 145

Vocabulario útil: Las vacaciones 148
Para escuchar: En Cartagena 151

Gramática y vocabulario 153

Direct Object Pronouns 153
Indirect Object Pronouns 155
Vocabulario útil: En el banco 156

Prepositional Object Pronouns 158
Two Object Pronouns; Position of Object Pronouns 159
Commands 161
Vocabulario útil: Algunas actividades turísticas 163
Commands with Object Pronouns 165

En otras palabras: Direcciones y sentidos 168

En contacto 173

Videocultura: En la Hostería San Jorge 174

CAPÍTULO 7 **Gustos y preferencias** 176

Presentación del tema 177

Vocabulario útil: La música 179
Para escuchar: En Bogotá 181

Gramática y vocabulario 183

Gustar, Faltar, and Similar Verbs 183
Vocabulario útil: De comidas y bebidas 184
Affirmatives and Negatives 187
Vocabulario útil: La ropa 189
The Subjunctive in Descriptions of the Unknown or Indefinite 192
The Subjunctive with Certain Adverbial Conjunctions 194

En otras palabras: Para expresar acuerdo y desacuerdo 198

En contacto 199

Videocultura: El baile flamenco 202

CAPÍTULO 8 **Dimensiones culturales** 204

Presentación del tema 205

Vocabulario útil: Aspectos culturales 207
Para escuchar: Un panorama cultural 209

Gramática y vocabulario 210

The Reflexive (2) 210
Vocabulario útil: La rutina diaria 215
The Reflexive with Commands 216
The Reciprocal Reflexive 218

Vocabulario útil: Saludos y despedidas 218
The Impersonal *Se*; The *Se* for Passive 219

En otras palabras: La falta de comprensión **224**

En contacto **226**

Videocultura: El chocolate en la cocina mexicana **228**

CAPÍTULO 9 **Un planeta para todos** 230

Presentación del tema **231**

Vocabulario útil: El medio ambiente 233
Para escuchar: El ecoturismo y la ecología 235

Gramática y vocabulario **236**

The Imperfect Subjunctive 236
If Clauses 240
Vocabulario útil: Problemas ambientales 241
Adverbs 245
The Infinitive 247
The Verb *Acabar* 249

En otras palabras: Para dar consejos; Para expresar compasión o falta de compasión **250**

En contacto **252**

Videocultura: Las mariposas en Ecuador **254**

CAPÍTULO 10 **La imagen y los negocios** 256

Presentación del tema **257**

Vocabulario útil: La imagen y los negocios 258
Para escuchar: Compra y venta 263

Gramática y vocabulario **264**

Past Participles as Adjectives 264
The Perfect Indicative Tenses 266
Vocabulario útil: Compra y venta 270

The Present Perfect and Past Perfect Subjunctive 271
The Verb *Haber;* Expressing Obligation 273
The Passive Voice 274

En otras palabras: Para hacer un pedido; Para hacer una compra; Para ofrecer ayuda 276

En contacto 279

Videocultura: De compras en Madrid 282

CAPÍTULO 11   **¡Adiós, distancias!** 284

Presentación del tema 285

Vocabulario útil: La computadora y la comunicación 287
Para escuchar: En Bucaramanga 289

Gramática y vocabulario 290

Sequence of Tenses with the Subjunctive: Summary 290
If clauses (2) 292
Conjunctions 295
Por versus *Para* 296
Vocabulario útil: Expresiones con *por* y *para* 298

En otras palabras: Para expresar alivio, gratitud y comprensión; Para expresar incredulidad y enojo 300

En contacto 301

Videocultura: Los cibercafés 304

CAPÍTULO 12   **La imaginación creadora** 306

Presentación del tema 307

Vocabulario útil: La creación humana 310
Para escuchar: El arte y la imaginación 311

Gramática y vocabulario 312

The Present Participle and the Progressive Forms 312
Relative Pronouns; The Neuter Lo, Lo que 317

Vocabulario útil: El mundo literario 320

Diminutives 322

En otras palabras: Para disculparse; Para expresar vacilación; Para resumir una idea; Para cambiar de tema 323

En contacto 325

Videocultura: El Nuyorican Poets Café 328

Appendix A: Capitalization, Punctuation, Syllabication and Word Stress 331

Appendix B: Numbers, Dates, and Time 333

Appendix C: Use of Prepositions 337

Appendix D: Regular Verbs 340

Appendix E: Spelling-Changing, Stem-Changing and Irregular verbs 344

Vocabulary 359

Index 399

Credits 403

Dedication

We dedicate this book to our families,
our students and our vivacious Hispanic friends,
who provide us with unfailing support,
insights and inspiration.

CAPÍTULO 1

Diversiones y fiestas

La fiesta del Gran Poder, Bolivia

la fiesta de Gran Poder

PRESENTACIÓN DEL TEMA

En el calendario hispano hay muchos días de fiesta. Un refrán español dice: «No te pueden quitar lo bailado»; esto significa que hay que gozar de la vida, celebrarla. Hay fiestas religiosas, patrióticas y culturales.

En la página anterior, se ve una foto de la fiesta del Gran Poder. Esta fiesta es muy importante para los aymaras, un grupo de indígenas de Bolivia. Durante la época colonial, los aymaras trabajaban en las minas para los españoles. Un día les dijeron a los españoles que habían cavado *(they had dug)* tanto que habían llegado a las puertas del infierno, y ¡allí estaba el diablo! «La historia impresionó a los españoles [y]... para recordar el episodio [los indígenas] crearon estos personajes: los diablos».[2] Así empezó una tradición.

La celebración de las llamadas

las llamadas es para los africans

«Las llamadas» es otra fiesta hispana; se celebra en Uruguay. Según el escritor Óscar Bonilla: «La celebración de las llamadas se remonta *(goes back)* a los ritos religiosos y tradiciones de los bantúes de Angola, de Mozambique y del Congo, países de origen de la mayor parte de los negros uruguayos. Con exuberantes cadencias y magníficos desfiles, *(parades)* la comunidad afroamericana de Montevideo celebra su herencia *(heritage)* cultural».[3]

---

[1] This symbol indicates that the section is on the Student Audio CD. Your instructor may ask you to listen to this section before reading it to practice listening comprehension. Or you may listen as you read.

[2] Daniel Pardon, «La fiesta del Gran Poder», *Geomundo,* mayo de 1996, páginas 467–475.

[3] Óscar Bonilla, «Candombe, un ritmo ancestral», *Américas,* noviembre-diciembre de 1995, páginas 45–49.

El solsticio de verano, el 23 de junio, se ha celebrado siempre en el hemisferio norte. Según la escritora María Salinas: «Es el día más largo, el día en que el sol está más horas con nosotros. El fuego es el símbolo del sol que, a su vez, *(in turn)* lo es también de la fertilidad...[El 23 de junio] es también el día en que los campesinos piden una buena cosecha *(harvest)*. La misma Iglesia Católica ha hecho del día del solsticio de verano la fiesta de San Juan Bautista, aquél que purificaba las almas *(souls)* por medio del agua del bautismo».[4]

El solsticio de verano

La noche de San Juan

cumpleaños y día de santos.

En el mundo hispano también hay fiestas en honor de las personas que tienen distintas profesiones (como los taxistas o los profesores). Todo el mundo celebra su cumpleaños y también muchos celebran el día de su santo: por ejemplo, las personas que se llaman José o Josefina reciben regalos y atenciones el 19 de marzo, que es la fiesta de San José. ¿Y qué pasa durante las fiestas? La gente habla, canta, baila, toca o escucha música, bebe, come y disfruta del momento. Para muchos, las celebraciones sirven como escape de la rutina y como renovación espiritual.

[4] María Salinas, «San Juan: La noche más larga», *Prima,* junio de 1993, páginas 8-9. The article explains that on San Juan Night people in Spain celebrate with a bonfire, which some people jump over. This custom was a fertility rite in parts of Europe long ago.

1-1 Actividad.

Días de fiesta. ¿Con qué día de fiesta se asocian las siguientes personas o ideas?

_a_ 1. los aymaras de Bolivia
_b_ 2. la comunidad afroamericana
    de Montevideo
_c_ 3. el día más largo del año
_c_ 4. la purificación de las almas
    por medio del bautismo
_b_ 5. los ritos religiosos de los bantúes
_a_ 6. la gente vestida de «diablo»

a. la fiesta del Gran Poder
b. las llamadas
c. la noche de San Juan

1-2 Preguntas.

1. «No te pueden quitar lo bailado» quiere decir, literalmente, "They can't take away from you what you have danced." ¿Qué quiere decir este refrán? ¿Hay en inglés algún refrán con el mismo significado?
2. ¿Qué piensa usted de la costumbre de tener días especiales en honor de ciertas profesiones?
3. Muchos hispanos celebran dos días muy particulares al año. ¿Cuáles son?
4. ¿Hay algunas celebraciones especiales en la ciudad o región donde usted vive?
5. ¿Qué hace usted para celebrar su cumpleaños o el de sus amigos?
6. ¿Cuál es su día de fiesta favorito? ¿Por qué? ¿Qué hace para celebrarlo?

Vocabulario útil

Las fiestas

bailar	to dance
beber	to drink
cantar	to sing
charlar	to talk, chat
el día de fiesta	holiday
disfrutar (de), gozar (de)	to enjoy
escuchar (cintas, discos compactos, música)	to listen to (tapes, compact discs, music)
la fiesta	party, celebration
saludar a los amigos (a la gente)	to greet friends (people)
tocar música (la guitarra, el piano)	to play music (guitar, piano)
tomar una copa (un vino, una cerveza)	to have a drink (a glass of wine, a beer)

Otras expresiones

los ratos libres	free time
¿Te gusta? ¿Te gustan?	Do you like it? Do you like them?
Me gusta(n). No me gusta(n).	I like it (them). I don't like it (them).
Tengo que estudiar (manejar, trabajar).	I have to study (drive, work).

Saludos y presentaciones

¡Hola! ¿Qué tal?[5]	Hi! (Hello!) How are things?
Bien, gracias. Muy (Bastante) bien.	Fine, thanks. Very (Pretty) well.
Más o menos. Regular.	More or less (fine). All right.
Quiero presentarle(te) a...	I want to introduce you to ...
Mucho gusto. Encantado(a).	Pleased to meet you. Delighted to meet you.
El gusto es mío.	The pleasure is mine.

¡Ojo!

asistir a *to attend* / **ayudar** *to help, assist*
saber *to know (facts, something memorized), to know how* / **conocer (zc)** *to know, be acquainted with (a person, place, etc.), to meet for the first time*
tocar *to play (music), to touch* / **jugar (ue) a** *to play (a sport or game, to gamble)*

Práctica

1-3 Sinónimos. Dé un sinónimo de la palabra subrayada *underlined*.

1. Hay que <u>disfrutar</u> de la vida.
2. Voy a <u>hablar</u> con ella más tarde.
3. ¿Qué tal? ¿Cómo estás? —<u>Regular</u>.
4. Ana, te quiero presentar a mi prima, Marta. —<u>Encantada</u>.
5. ¿Quieres <u>beber</u> algo?

1-4 Entrevista. Entreviste a un(a) compañero(a), usando las preguntas que siguen. Escoja el verbo apropiado. En forma alternada (*Taking turns*), una persona hace la pregunta, y la otra le contesta con una oración completa.

1. ¿Tocas/Juegas la guitarra, el piano o algún instrumento musical?
2. ¿Conoces/Sabes Miami?
3. ¿Conoces/Sabes bailar la cumbia?
4. ¿Tocas/Juegas al béisbol?
5. ¿Asistes/Atiendes a conciertos de música rock?
6. ¿Te gusta/gustas la música clásica?

1-5 ¡A conocerse! Usando el **Vocabulario útil,** escriba dos preguntas y hágaselas (*ask them*) a un(a) compañero(a). Su compañero(a) las contesta y después le hace dos preguntas a usted. Cambie de compañero(a). Haga dos preguntas y conteste las de su compañero(a).

---

[5] ¿Qué tal . . .? is useful for starting conversations. Besides its general meaning of *How are things?* it can be used to ask about almost anything, singular or plural: ¿Qué tal el concierto? ¿Qué tal los estudios?

Para escuchar:

En la fiesta

Conversación 1: Saludos y presentaciones. Mike Martin, un estudiante norteamericano, va a una fiesta en casa de un amigo colombiano.

1-6 Escuche la Conversación 1 y conteste las preguntas.

1. En la fiesta, Mike conoce a alguien por primera vez. Esta persona es ...
   a. Ramón.   b. la madre de Ramón.   c. Julia.
2. Parece que Ramón es...
   a. simpático.
   b. indiferente a los invitados (*guests*).
   c. insociable.

1-7 Escuche la Conversación 1 otra vez. ¿Qué cosas se mencionan (*are mentioned*)?

___ 1. un disco   ___ 3. una copa   ___ 5. un radio
___ 2. una mesa   ✗ 4. una cerveza   ✗ 6. un vino

1-8 Escuche la Conversación 1 una vez más. Escoja la mejor respuesta.

1. Para saludar, Ramón y Mike usan la forma...
   a. tú   b. usted   c. vosotros
2. Mike no acepta cerveza o vino porque ...
   a. ya está borracho (*drunk*).
   b. tiene que manejar.
   c. no le gustan las bebidas alcóholicas.
3. Julia cree que los gringos son...
   a. prudentes.   b. pacientes.   c. prácticos.

Conversación 2: Para iniciar una conversación. Mike habla con Julia en la fiesta.

1-9 Escuche la Conversación 2 y conteste las preguntas.

1. En esta conversación, Julia parece ...
   a. aburrida.   b. contenta.   c. preocupada por sus clases.
2. Parece que a Julia le gusta...
   a. cantar.   b. tomar mucho.   c. bailar.

1-10 Escuche la Conversación 2 otra vez. ¿Qué personas o qué cosas se mencionan?

___ 1. los estudios   ___ 5. un amigo mutuo
___ 2. la música   ✗ 6. la cumbia
___ 3. la economía   ___ 7. un programa de televisión
___ 4. el libro *Voces de Colombia*   ✗ 8. la película *La salsa*

GRAMÁTICA Y VOCABULARIO

Subject Pronouns; The Present Indicative Tense (1)

Subject Pronouns

Singular	Plural
yo	nosotros(as)
tú	vosotros(as)
él, ella, usted	ellos, ellas, ustedes

> *Quien canta, su mal espanta [scares away].*
>
> —proverbio

1. Subject pronouns (the words corresponding to *I, we, you, he, she, they,* and *it*) are often omitted in Spanish, since the verb form also indicates person (e.g., **hablo = yo, hablamos = nosotros**). The subject pronoun **tú** is used with family members, friends whom you call by their first names, and children. **Usted** (abbreviated **Ud.**) is used with strangers, people much older than you, or to express respect. Remember that **usted** and **ustedes** are always used with third-person, not second-person, verbs. In Latin America **ustedes (Uds.)** is used as the plural of either **tú** or **usted,** but in most of Spain the subject pronoun **vosotros(as)** is used as the plural of **tú.**[6]

2. Subject pronouns are used for clarity or emphasis. They are also used after **ser** to express *It is I (you, she, etc.).*

   ¿Los señores Ramos? Pues, él   *Mr. and Mrs. Ramos? Well, he's*
       viene a la fiesta, pero ella no.   *coming to the party but she's not.*
   ¿Quién es? —Soy yo.   *Who is it? —It is I.*
   ¿Quién estaba allí? —Nosotros.   *Who was there? —We were.*

3. The pronoun *it* is not expressed in phrases like *it is* (**es**), *it seems* (**parece**), and so forth.

   Es difícil bailar la cumbia.   *It's difficult to dance the cumbia.*
   ¿De veras? Parece fácil.   *Oh, really? It seems easy.*

The Present Indicative Tense (1): Formation

Regular Verbs

To form the present tense of regular verbs, the **-ar, -er,** or **-ir** ending is dropped from the infinitive, and the endings shown in bold in the following chart are added to the stem.

---

[6] Since the **vosotros(as)** form is not widely used except in Spain, it will not be practiced extensively in this text. However, it is important to learn to recognize it.

hablar		leer		escribir	
hablo	hablamos	leo	leemos	escribo	escribimos
hablas	habláis	lees	leéis	escribes	escribís
habla	hablan	lee	leen	escribe	escriben

Spelling-Changing Verbs

Some verbs are regular in the present tense except for minor spelling changes (mostly in the **yo** form). Here are some of the most common ones. (For complete rules regarding spelling changes in verbs, see Appendix E.)

1. Verbs that end in **-cir** or **-cer** (preceded by a vowel) have a change from **c** to **zc** in the **yo** form.

   conducir: **conduzco**   conocer: **conozco**
   producir: **produzco**   ofrecer: **ofrezco**
   traducir: **traduzco**   parecer: **parezco**

2. Verbs that end in **-guir** have a change from **gu** to **g** in the **yo** form.

   seguir: **sigo**   conseguir: **consigo**

3. Verbs that end in **-ger** or **-gir** have a change from **g** to **j** in the **yo** form.

   escoger: **escojo**

4. Verbs that end in **-uir** have a change from **i** to **y** in all but the **nosotros** and **vosotros** forms, since an unstressed **i** between two vowels is changed to **y**.

construir	
construyo	construimos
construyes	construís
construye	construyen

Use of the Present Indicative Tense

1. The present indicative tense in Spanish normally expresses an action or situation that is happening in the present or that happens regularly. It can have several meanings in English.

Mi compañero de cuarto toca el piano.	*My roommate plays (is playing, does play) the piano.*

2. The present tense is also frequently used to express the immediate future or a future event when the time of the future action is indicated.

El baile termina a medianoche.	*The dance will end (is ending) at midnight.*
Comemos más tarde.	*We'll eat later.*

Vocabulario útil

Algunas actividades del fin de semana

Aprenda usted este vocabulario para usarlo en la práctica que sigue. Véase también el **Vocabulario útil** de la página 4.

caminar (una cuadra, unas millas)	*to walk (a block, a few miles)*
descansar	*to rest, relax*
echar una siesta	*to take a nap*
escribir cartas	*to write letters*
leer (el periódico, revistas)	*to read (the newspaper, magazines)*
manejar (*Spain:* conducir)	*to drive (a vehicle)*
mirar televisión	*to watch television*

Práctica

1-11 Preguntas. Conteste las preguntas con una oración (*sentence*) completa, usando una de las siguientes expresiones:

a menudo (*often*)   a veces (*sometimes*)
nunca (*never*)   casi nunca (*almost never*)

MODELO ¿Descansa usted los sábados?
   Sí, a veces descanso los sábados.
   No, casi nunca descanso los sábados.

1. ¿Lee usted libros o revistas en español? ¿en inglés? Dé algunos ejemplos.
2. ¿Escribe cartas o e-mails a amigos latinoamericanos?
3. ¿Charla por teléfono a larga distancia?
4. ¿Echa una siesta por la tarde?
5. Además de estudiar, ¿trabaja? ¿Dónde? ¿Cuándo?
6. En momentos de tensión, ¿produce usted más en su trabajo?

1-12 ¿Qué haces los fines de semana? Trabaje con un(a) compañero(a). En forma alternada (*Taking turns*), cada persona entrevista a la otra para averiguar (*to find out*) qué hace los fines de semana. Tome apuntes (*notes*).

MODELO A: *¿Qué programas de televisión miras?*
   B: *A veces miro las noticias o el programa «Amigos».*

Podría preguntarle a su compañero(a):

1. qué lee generalmente los fines de semana (¿periódicos, revistas, novelas?)
2. qué tipo de música escucha (¿jazz, rock, clásica, folklórica?)
3. si canta, si baila
4. si maneja su auto a todas partes o si camina o anda en bicicleta

5. dónde come

6. cuántas horas de televisión mira; qué programas mira

1-13 Chismes (*Gossip*). Cuéntele a un(a) compañero(a) por lo menos cinco cosas sobre su compañero(a) del ejercicio 1-12.

MODELO *A veces Roberto mira el programa «Amigos».*

The Present Indicative Tense (2)

Stem-Changing and Irregular Verbs

Stem-Changing Verbs

Certain verbs show a change in the stem (the part that is left after dropping **-ar, -er,** or **-ir**) when the stem is stressed. These verbs have regular endings, but note the pattern of stem changes: the changes occur in all but the **nosotros** and **vosotros** forms. Read the conjugations aloud and listen to how the stem does not receive the spoken stress in these two forms. Other verbs that follow these patterns are given in vocabulary lists with the vowel change in parentheses—for example, **doler (ue).**

e *to* ie **pensar**		e *to* i **pedir**		o *to* ue **poder**		u *to* ue **jugar**	
pienso	pensamos	pido	pedimos	puedo	podemos	juego	jugamos
piensas	pensáis	pides	pedís	puedes	podéis	juegas	jugáis
piensa	piensan	pide	piden	puede	pueden	juega	juegan
empezar	perder	seguir		contar	encontrar		
entender	preferir	servir		dormir	recordar		
	querer				volver		

> *Dice mal de las cartas y juega a dos barajas [decks].*
>
> —dicho

Mario quiere dormir, pero Elena y yo queremos charlar.	*Mario wants to sleep, but Elena and I want to chat.*
Las muchachas siempre piden pizza, pero David y yo pedimos tacos.	*The girls always order pizza, but David and I order tacos.*

Verbs That Are Irregular in the First-Person Singular Only

dar: **doy**	poner: **pongo**	salir: **salgo**	ver: **veo**
hacer: **hago**	saber: **sé**	traer: **traigo**	

¿Qué haces? —Hago ejercicios y miro televisión.	*What are you doing? —I'm doing exercises and watching television.*
Conozco a la señora Salazar, pero no sé dónde vive.	*I know Mrs. Salazar, but I don't know where she lives.*

Common Irregular Verbs

estar		ser		ir	
estoy	estamos	soy	somos	voy	vamos
estás	estáis	eres	sois	vas	vais
está	están	es	son	va	van

decir		tener		venir	
digo	decimos	tengo	tenemos	vengo	venimos
dices	decís	tienes	tenéis	vienes	venís
dice	dicen	tiene	tienen	viene	vienen

In Appendixes D and E are conjugations for regular, stem-changing, spelling-changing, and irregular verbs.

Vocabulario útil

Los deportes y otras diversiones

Aprenda usted este vocabulario para usarlo en la práctica que sigue.

Cognados

el básquetbol	el fútbol americano
el béisbol	el tenis
las cartas	el vólibol
el concierto	el actor (la actriz)
esquiar	el programa de televisión
el fútbol (*soccer*)	el video (*Spain: el vídeo*)

Los deportes

el/la aficionado(a)	*fan*
correr	*to run*
hacer ejercicio(s)	*to exercise (do exercises)*
hacer snowboard	*to snowboard*
el jugador (la jugadora)	*player*
jugar (ue) a[7]	*to play*
nadar	*to swim*
el partido	*match, sports event*
patinar, patinar sobre hielo	*to skate, to ice skate*

---

[7] The **a** is optional.

Otras diversiones

asistir a un concierto[8]	to attend a concert
contar (ue) chistes	to tell jokes
dar un paseo	to take a walk
ir al cine	to go to the movies
ir de compras	to go shopping
jugar a las cartas	to play cards
navegar por la Red (Internet)	to surf the Net (Internet)

Práctica

1-14 Dígame cuándo... Conteste las siguientes preguntas, usando, si quiere, una (o más) de las siguientes expresiones de tiempo. Haga oraciones completas.

todos los días	siempre
muchas veces	a menudo
los lunes (los viernes)	los fines de semana
por la mañana (la tarde, la noche)	en el verano (el invierno, la
(casi) nunca	primavera, el otoño)

MODELO ¿Cuándo juega al tenis?
Juego al tenis a menudo (los fines de semana). (Nunca juego al tenis.)

1. ¿Cuándo da usted un paseo?
2. ¿Cuándo sale usted con sus amigos?
3. ¿Cuándo está en casa?
4. ¿Cuándo hace ejercicio?
5. ¿Cuándo va de compras?
6. ¿Cuándo navega por la Red?
7. ¿Cuándo juega al fútbol americano?
8. ¿Cuándo va al cine?
9. ¿Cuándo trae su libro de español a clase?
10. ¿Cuándo está contento(a)?

1-15 ¿Qué hacen ustedes? Conteste las preguntas usando palabras y expresiones del **Vocabulario útil** (u otras palabras que usted sepa). Si es posible, trate de dar tres o cuatro posibilidades diferentes.

MODELO ¿Qué hacen ustedes en las fiestas?
Jugamos a las cartas, contamos chistes, comemos y bebemos...

¿Qué hacen ustedes...

1. en casa?
2. en el cine?
3. en el gimnasio?
4. en el lago (en el verano)?
5. en las montañas (en el invierno)?
6. en los centros comerciales?
7. en el parque?

---

[8] **Asistir** takes the preposition **a** before a noun. Other verb-preposition combinations are discussed in Appendix C.

1-16 Diversiones y más diversiones. Complete el siguiente párrafo con el tiempo presente de los verbos entre paréntesis.

¿Qué, (1) _____ (hacer) los hispanos durante sus ratos libres? Depende. En Bogotá, Colombia, la gente (2) _____ (encontrar) una gran variedad de diversiones. Si ellos (3) _____ (querer) visitar museos, hay museos de arte, de historia, de arqueología, etcétera. (Ellos) (4) _____ (poder) ir a la Quinta de Bolívar, que es la casa de Simón Bolívar, el George Washington de América del Sur. Los fines de semana muchos bogotanos (5) _____ (tomar) el funicular al Cerro de Monserrate; allí (6) _____ (almorzar) o (7) _____ (cenar), (8) _____ (dar) paseos y (9) _____ (mirar) la vista de la ciudad. Muchos jóvenes (10) _____ (asistir) a conciertos de música, como la música vallenata de Carlos Vives. Para las personas que (11) _____ (preferir) la música clásica, el Teatro Colón (12) ____ (ser) el hogar (*home*) de la Orquesta Filarmónica. Hay muchos grupos de teatro y variedades. Bogotá también (13) _____ (tener) un planetario, un zoológico y dos hipódromos (*racetracks*). Un pequeño problema: como muchas capitales latinoamericanas, Bogotá (14) _____ (estar) a una gran altitud; (15) _____ (llover) frecuentemente o hace fresco. En cambio, en la costa de Colombia hace mucho sol; allí la gente (16) _____ (nadar), hace windsurf, (17) _____ (jugar) al tenis o (18) _____ (descansar) en la playa. Muchos bogotanos (19) _____ (ir) a la costa a tomar sol. No hay tantas actividades culturales como en la capital, pero las playas (20) _____ (ser) magníficas, o, como dicen los colombianos, ¡regias!

1-17 Busco a... Hable con sus compañeros. Haga sólo una pregunta a cada persona. Busque a un(a) compañero(a) que haga las siguientes cosas.

MODELO ver tres o más películas por semana
     A: *¿Ves tres o más películas por semana?*
     B: *Sí, veo.... (No, no veo....)*

(Si la respuesta es afirmativa, el o la estudiante B firma [signs] abajo.)

	Firma
1. ver tres o más películas por semana	
2. patinar sobre hielo	
3. jugar al tenis una vez por semana	
4. salir a comer casi todos los días	
5. esquiar o hacer snowboard por lo menos tres veces al año	
6. tener un disco compacto o una cinta de música de Juan Luis Guerra	
7. saber bailar tango	
8. tocar el clarinete	
9. asistir a conciertos de música rock	
10. correr por lo menos tres veces por semana	

The Personal *a*

In Spanish, the personal **a** must be used before a direct object that is a person. Compare:

¿Ves a Eduardo? ¿Ves la bicicleta de Eduardo?
Do you see Eduardo? Do you see Eduardo's bicycle?

Conozco a los músicos, pero no conozco la canción que cantan.
I know the musicians, but I don't know the song they're singing.

The personal **a** is used with indefinites like **alguien** and **nadie** when they are used as direct objects (to be discussed in Chapter 7).

Quiero presentarte a alguien.
I want to introduce you to someone.

The personal **a** is not normally used after **tener: Tengo un amigo que habla cinco lenguas.** It is not normally used to refer to nonspecific people: **Necesito una secretaria.** But: **Necesito a la secretaria.**

Práctica

1-18 Preguntas. Primero, haga preguntas, usando la **a** personal y/o un artículo cuando sea necesario.

MODELO conocer / mucha gente latinoamericana
¿Conoces a mucha gente latinoamericana?

1. conocer / algún país latinoamericano
2. ver / a menudo tu familia
3. escuchar / radio casi todos los días
4. tocar / guitarra
5. ayudar / tus compañeros con sus problemas
6. invitar / alguien a cenar por lo menos una vez por semana
7. navegar por / Red todos los días

Después, trabaje con un(a) compañero(a). En forma alternada, haga y conteste las preguntas.

1-19 Entrevistas y presentaciones. Entreviste a un(a) compañero(a), usando las preguntas que siguen para empezar, y escriba una breve descripción de él o ella. Luego, él (ella) va a entrevistarlo(la) a usted. Después, cada persona presenta a la clase a la otra.

MODELO *Quiero presentarles a John. John no conoce a mucha gente latina. En sus ratos libres juega al tenis y escucha música.*

Preguntas: ¿Cómo te llamas? ¿Conoces (a mucha gente latina, al presidente de la universidad, a alguna persona famosa)? ¿Qué haces en tus ratos libres?

Nouns and Articles

Nouns: Gender and Number

In Spanish, all nouns are either masculine or feminine.

1. Although most nouns ending in **-a** are feminine and most nouns ending in **-o** are masculine, here are a few important exceptions:

la mano	*hand*	el poema	*poem*
la foto(grafía)	*photo(graph)*	el poeta	*poet*
el día	*day*	el problema	*problem*
el drama[9]	*drama*	el programa	*program*
el idioma	*language*	el sistema	*system*
el mapa	*map*	el tema	*subject, theme*

2. Nearly all nouns that end in **-dad**, **-tud**, **-ión**, and **-umbre** are feminine:

la actividad	*activity*	la televisión	*television*
la actitud	*attitude*	la costumbre	*custom*

3. Most nouns ending in **-r** and **-l** are masculine; most nouns ending in **-z** are feminine.

el color	*color*	la paz	*peace*
el papel	*paper; role*	la voz	*voice*

4. To form the plural of a noun that ends in a vowel, add **-s.** If the singular noun ends in a consonant, add **-es.**

el disco → los discos *records*
la cantante → las cantantes *singers*
el rey → los reyes *kings, king(s) and queen(s)*
el papel → los papeles *papers; roles*
el productor → los productores *producers*

5. To form the plural of a noun ending in **-z**, change the **z** to **c** and add **-es.**

la actriz → las actrices *actresses*
la voz → las voces *voices*

6. Remember that in forming the plural of nouns it is sometimes necessary to add or delete an accent to maintain the stressed syllable of the singular form.

el joven → los jóvenes *young people*
el examen → los exámenes *exams*
la canción → las canciones *songs*
el bailarín → los bailarines *dancers*

En un día de verano:
—¿Qué, me dice de la calor?
—Que es masculino.

—Manuel Gálvez, *En el mundo de los seres ficticios,* Buenos Aires 1961

De músico, poeta y loco, todos tenemos un poco.

—proverbio

---

[9] Many nouns that end in **-ma**, **-pa**, or **-ta** have Greek roots and are masculine.

Definite and Indefinite Articles: Forms

1. Articles must agree in gender and number with the nouns they accompany.

   Definite articles: Indefinite articles:

   el concierto   **los** conciertos   **un** aficionado   **unos** aficionados

   la película   **las** películas   **una** revista   **unas** revistas

2. **Unos** or **unas** can mean *some* or *several;* before a number they can mean *approximately.*

   Hay unos sesenta grupos de teatro   *There are approximately sixty*
       chicano en el suroeste de   *Chicano theater groups in the*
       Estados Unidos.   *southwestern United States.*

3. The definite article **el** combines with **a** to form **al** and **de** to form **del**. (These are the only contractions used in Spanish.)

   Vamos al Café del Sol.   *We're going to the Café del Sol.*

4. The masculine articles **el** and **un** are used before a feminine noun that begins with **a-** or **ha-** when the first syllable of the noun receives the stress. Here are three common examples that you should remember.

   el agua *water*   el (un) alma *soul*   el (un) hambre *hunger*

If an adjective separates the article and noun, however, the feminine article is used: **el alma latina, la buena alma.** The feminine article is also used in the plural.

Práctica

1-20A Los jóvenes españoles. Complete el párrafo con los artículos definidos apropiados. Después, conteste las preguntas que siguen.

Según (1) _____ Instituto de (2) _____ Juventud de España, el 72 por ciento de (3) _____ jóvenes españoles de quince a diecinueve años estudia, el 10 por ciento trabaja y el 8 por ciento estudia y trabaja. Pasan la mayor parte de su tiempo libre con sus amigos; miran (4) _____ televisión, escuchan la radio o hablan con (5) _____ familia. También practican deportes: (6) _____ chicos prefieren el fútbol; (7) _____ chicas, el básquetbol. (8) _____ temas que más les preocupan son (9) _____ desempleo, el SIDA (*AIDS*) y (10) _____ drogas. (11) _____ paz es (12) _____ causa que más justifica sacrificios, según el 48 por ciento; (13) _____ patria (según sólo el 2 por ciento) y (14) _____ religión (según sólo el 1 por ciento) no son causas tan importantes. Con excepción de (15) _____ familia y (16) _____ pareja (*couple*), no tienen confianza (*confidence*) en (17) _____ instituciones. (18) _____ sistema educativo, (19) _____ policía, (20) _____ ejército y (21) _____ grandes compañías son (22) _____ instituciones que les inspiran menos confianza. Pocos son miembros de asociaciones, con excepción de (23) _____ asociaciones deportivas. Según muchos escritores y sociólogos, España no está tan lejos de Estados Unidos en cuanto a (*with regard to*) (24) _____ costumbres juveniles.

1-20B Preguntas.

1. En general, ¿cómo pasan los jóvenes españoles su tiempo libre?
2. ¿Cuáles son los temas que más les preocupan? ¿Cuál es la causa que más justifica sacrificios?
3. ¿Tienen los jóvenes españoles mucha confianza en las instituciones? ¿Cuáles les inspiran menos confianza?
4. Según muchos escritores, ¿está España lejos de Estados Unidos en cuanto a las costumbres juveniles?

1-21 ¿Qué va a llevar... ? Usando artículos indefinidos, mencione tres o cuatro cosas que podría llevar a los siguientes lugares. Use las sugerencias que están entre paréntesis o sus propias ideas.

MODELO a la fiesta (botella de vino, cintas de... , discos compactos...)
   Voy a llevar una botella de vino, unas cintas de música de Juan Luis Guerra y unos discos compactos.

1. a la playa (sombrero, sandalias, toalla...)
2. al centro comercial (dólares, tarjetas de crédito, calculadora...)
3. a clase (lápices, cuaderno, libros...)
4. al gimnasio (raqueta de tenis, reloj, mochila...)
5. a México para las vacaciones (mapa, cámara, zapatos cómodos...)

1-22 Juego de memoria. Diez estudiantes le dan algún objeto personal al (a la) profesor(a). El (La) profesor(a) pone los objetos en una bolsa (*bag*) y después le pregunta a la clase, «¿Qué hay en la bolsa? ¿De quién es?»

MODELOS *Hay unas llaves.*
   Las llaves son de Eric.
   Hay un espejo.
   El espejo es de Elizabeth.

Definite and Indefinite Articles

Use of the Definite Article

The definite article is used more in Spanish than in English. Here are eight examples of the use of the definite article in Spanish where it would not be used in English:

1. to refer to an abstract noun or a noun used in a general sense, as a representative of the class or group to which it belongs. The noun may be singular or plural, concrete or abstract.

El fútbol es un deporte muy emocionante, ¿no?	*Soccer is a very exciting sport, isn't it?*
El amor es como **la** niebla: lo cubre todo.	*Love is like fog; it covers everything.*

2. in place of a possessive adjective for parts of the body and articles of clothing when it is obvious who the possessor is

Julio se pone **el** sombrero y **el** abrigo antes de salir para el restaurante.	*Julio puts on his hat and coat before leaving for the restaurant.*

3. with days of the week, when *on* can be used in English

Voy a visitar a mis padres **el** domingo.	*I am going to visit my parents on Sunday.*
Vamos al cine **los** viernes.	*We go to the movies on Fridays.*

4. to tell time[10]

¿Qué hora es? ¿Es **la** una? —¡Qué va! Son **las** dos y media.	*What time is it? Is it one o'clock? —Oh, come on! It's two thirty.*

5. with nouns in a series (The article is repeated.)

El tango, **la** rumba y **la** cumbia son tres bailes de origen hispano. ¿Conoce usted otros?	*The tango, rumba, and cumbia are three dances of Hispanic origin. Do you know of others?*

6. with titles such as **señor, señora, señorita,** or **doctor,** when referring to or talking about an individual

La señora García (**El** doctor Sánchez) hace ejercicios todos los días.	*Mrs. García (Dr. Sánchez) exercises every day.*

However, the definite article is not used in direct address.

Señora García, ¿va usted a acompañarnos al cine?	*Mrs. García, are you going to the movies with us?*

The masculine plural article **los** is used with a surname to refer to a family.

Los Rivera juegan a las cartas.	*The Riveras play cards.*

Note that the surname is not made plural as in English.

7. with names of languages or fields of study, except after the verbs **estudiar, aprender, enseñar, hablar,** and **leer** (when it is usually omitted) and after the preposition **en**

El español es la lengua materna de unos 350 millones de personas.	*Spanish is the native language of about 350 million people.*
Estudio música y química; **la** química es muy difícil.	*I'm studying music and chemistry; chemistry is very difficult.*
¿Cómo se dice «Te quiero» en inglés?	*How do you say "I love you" in English?*

«La conversación ha de ser [should be], como la ensalada, de varias cosas, revueltas [mixed] con sal, aceite y vinagre».

—Joaquín Setanti

---

[10] For a review of numbers, dates, and time, see Appendix B.

8. with rates and prices

Aquí las manzanas cuestan seis
pesos **el** kilo.

Apples cost six pesos a kilo here.

Ganamos seiscientos pesos **la**
hora.

We earn six hundred pesos an hour.

Omission of the Indefinite Article

The indefinite article is used less in Spanish than in English. In Spanish it is omitted:

1. before an unmodified noun that indicates profession or occupation, religion, nationality, or political affiliation, following the verb **ser.** The indefinite article is used, however, if the noun is modified. Compare:

Yo soy católica. Soy una católica
devota.

*I'm a Catholic. I'm a devout
Catholic.*

Enrique es chileno. Es un
chileno que sabe esquiar bien:
vive cerca de los Andes.

*Enrique is Chilean. He's a Chilean
who knows how to ski well: he
lives near the Andes.*

2. before the words **medio(a), otro(a),** and, usually, **cierto(a).** (These expressions agree with the nouns they modify in gender and number.)

Llegamos a otro concierto, y
media hora más tarde él
tiene ganas de salir.

*We get to another concert, and a half
hour later he wants to leave.*

Juanita tiene cierta tendencia
a la exageración.

*Juanita has a certain tendency to
exaggerate.*

3. before the numbers **cien** and **mil.** (For a discussion of numbers, see Appendix B.)

Hay mil gramos en un kilogramo.

*There are a thousand grams in a
kilogram.*

Práctica

1-23) Sammy Sosa: un héroe dominicano. Complete los siguientes párrafos usando el artículo definido o el indefinido cuando sea necesario (*with either the definite or indefinite article, if necessary*). Vocabulario: Cognados: bates, Rancheros, filantrópicas, juvenil, compite, «jonron», liga, acumular Otras palabras: lustrando *shining,* los guantes *gloves,* las ramas *branches,* comerciante *businessman,* enfocada a *with a focus on,* temporada *season.*

Sammy Sosa es (1) _un_ jugador de béisbol de República Dominicana. Cuando tiene siete años, su padre muere y tiene que buscar trabajo. No encuentra (2) _____ otra forma de ganar dinero que lustrando zapatos en el parque. Para jugar béisbol, hace los guantes con cartones de leche y (3) _____ bates de las ramas de un árbol. Bill Chase, (4) _un_ comerciante norteamericano en República Dominicana, lo descubre en el parque y le da trabajo y apoyo. Cuando tiene 16 años, Sammy empieza a jugar con (5) _los_ Rancheros de Tejas. Con su primer cheque, de $3.500, se compra (6) _una_ bicicleta y manda $3.300 a su familia. Poco

Sammy Sosa

después, da (7) _____ medio millón de dólares a causas filantrópicas y establece la Fundación Sammy Sosa para ayudar a los pobres en República Dominicana, una fundación enfocada a (8) _la_ salud juvenil.

En 1998, Sosa compite con Mark McGwire por el récord de «jonrones». McGwire termina con 70 «jonrones» y Sosa con 66, pero Sosa gana la admiración de todos con su amabilidad y cortesía. Dice de su relación con McGwire, «No hay cosa más linda que (9) _la_ amistad. Eso no lo vamos a perder. (10) _la_ amistad durará para siempre.» En septiembre del mismo año, un huracán deja a más de (11) _a_ cien mil dominicanos sin hogar y Sammy hace una campaña para ayudar a las víctimas; su fundación recibe más de 450.000 dólares. Ese año recibe (12) _el_ premio al Jugador Más Valioso de la liga y (13) _el_ premio Roberto Clemente *Man of the Year.* En 1999 es (14) _____ primer hombre de la historia del béisbol en acumular 60 «jonrones» en dos temporadas consecutivas.

Aunque su lengua materna es (15) _el_ español, Sosa habla bien (16) _____ inglés. Es (17) _____ excelente actor de televisión. Después de correr un «jonrón», regresa a la base, mira hacia (18) _____ cámara, se toca (19) _____ corazón, y luego envía con (20) _la_ mano un beso a su madre, Lucrecia. Dice Chase: «Era adulto antes de ser niño. Siempre tuvo un gran sentido de responsabilidad. Por eso se divierte tanto ahora con lo que hace.» Una cosa muy cierta: (21) _la_ gente lo adora.[11]

1-24 Los festivales de rock. Lea la siguiente selección y conteste estas preguntas.

1. ¿Cuáles de los artículos definidos (que están en negrilla [*bold*]) no se usarían en inglés? ¿Por qué se usan en español?

---

[11] De: «Sammy Sosa: Bateador con corazón», Robert Heuer, *Américas,* abril 1999, páginas 16-21, y «Sammy Sosa: Un verdadero héroe», Keyvan Antonio Heydari, *Gente,* 7 de junio de 2000, páginas 34-36.

2. ¿Puede usted encontrar cuatro artículos definidos que se traducirían al inglés por posesivos (*his, her, their, etc.*)?

3. ¿Qué palabra sería necesario agregar (*to add*) para traducir al inglés las palabras indicadas con asterisco (*)?

Los festivales de rock en la Argentina

Sofía Wascher

La música es **la** expresión de **los** hombres y de **los** pueblos [naciones]. En particular *cierto tipo de música, **el** rock, por ejemplo, representa **el** sentir [sentimiento] de **los** jóvenes. En **los** festivales de rock **los** adolescentes encuentran canales de expresión para descargar [dar salida a] **la** energía acumulada. Se expresan con todo **el** cuerpo, con **las** manos, con **la** voz, porque **el** rock es una música que implica un estímulo rítmico poderoso. Incita **al** movimiento, a **la** liberación psíquica y física....

El público de **los** festivales de rock argentino se caracteriza por su fidelidad [lealtad] a ciertos grupos o artistas.... **El** típico cantante de rock no es *adolescente, sino *treintañero [persona de treinta años]. Es músico y también *poeta.... **Los** temas de **las** canciones son a veces de tipo político, otras veces son tradicionales: **el** amor, **la** esperanza de un futuro mejor, **el** deseo de mantener *cierta autonomía frente a **los** problemas de **la** vida.

—Pájaro de fuego, una revista argentina

1-25 ¿Dónde está mi compañero(a)? Su profesor(a) le dará una tarjeta y escribirá tres preguntas en la pizarra; por ejemplo:

1. ¿Qué va a hacer el domingo?
2. ¿Qué piensa de la música «rap»?
3. ¿Dónde va a estar en media hora?

Conteste con oraciones completas las preguntas en la tarjeta que su profesor(a) le da. Devuélvasela a él o a ella. Su profesor(a) le dará la tarjeta de otro(a) estudiante. Busque al (a la) dueño(a) de la tarjeta que recibe, haciéndoles preguntas a los otros estudiantes de la clase.

The Reflexive (1)

1. The reflexive takes its name from the fact that in most reflexive constructions the verb "reflects back to" or acts upon the subject of the sentence: **Me divierto mucho.** *I'm enjoying myself a lot.* Reflexive pronouns in English end in *-self* or *-selves.*

Reflexive Pronouns		divertirse (ie)			
me	nos	(yo)	**me** divierto	(nosotros)	**nos** divertimos
te	os	(tú)	**te** diviertes	(vosotros)	**os** divertís
se	se	(él, ella, usted)	**se** divierte	(ellos, ellas, ustedes)	**se** divierten

—*"¿No se divierte usted?"*

Se llama José.	*His name is José. ("He calls himself José.")*
¿Te aburres?	*Are you getting bored?*
Siempre nos divertimos mucho cuando estamos con ustedes.	*We always have a good time (enjoy ourselves a lot) when we're with you.*
Se reúnen cada mes.	*They get together every month.*

2. Reflexive pronouns precede a conjugated verb or follow and are attached to an infinitive.

Nos vamos a reunir en el café. ⎫
Vamos a reunirnos en el café. ⎬ *We're going to get together in the café.*

The reflexive will be discussed further in Chapter 8.

Práctica

1-26 De visita en Sevilla. Complete la conversación usando el tiempo presente. Use los verbos siguientes: **aburrirse, divertirse, llamarse, reunirse.**

ANA: Hola, Consuelo. Quiero presentarte a una amiga mía.

RAMONA: Me llamo Ramona. Mucho gusto.

CONSUELO: Encantada... Y tú, ¿qué tal, Ana? ¿Cómo estás?

ANA: Bien. Ramona está de visita sabes, y...

CONSUELO: ¿Oh sí? ¿Y qué piensas de Sevilla?

RAMONA: Es una ciudad muy bonita. Me divierto mucho aquí con Ana.

ANA: Consuelo, Ramona y yo vamos a reunirnos con unos amigos en el Café Miraflores ahora. ¿Quieres acompañarnos?

CONSUELO: ¡Cómo no! Me aburro de trabajar.

1-27 Entrevista. Entreviste a un(a) compañero(a) para averiguar...

1. cómo se llama
2. cuándo se divierte (¿qué hace?)

3. cuándo se aburre (¿por qué?)
4. cuándo se reúne con los amigos (¿dónde? ¿se divierten?)

En otras palabras

Saludos y presentaciones; Para iniciar una conversación

In Spanish, as in English, there are many ways to say the same thing, some more formal than others and some appropriate only to very specific circumstances. The sections labeled **En otras palabras** focus on some of the functions, or uses, of language independent of grammatical structure. Many of these expressions were presented on tape in the **Para escuchar** section at the beginning of this chapter. Here are some expressions for greeting someone, making introductions, and initiating a conversation.

1. You meet a friend on the street.

   ¡Hola! ¿Qué tal? ¿Qué pasa? ¿Qué hay de nuevo? ¿Qué hay?
   ¡Qué alegría verte! ¡Cuánto gusto de verte!
   ¿Cómo te va? *How's it going?*
   ¡Qu'húbole! ¿Qué ondas? *Hi! What's up? (colloquial, most of Latin America)*
   ¿Cómo estás? ¿Cómo has estado?
   (Or for someone older or someone to whom you do not feel close enough to use the **tú** form: **¿Cómo le va?, ¿Cómo está usted? ¿Cómo ha estado?**)

   When someone says, **¿Qué tal?,** you don't always have to say **¡Muy bien, gracias!** You can say:

Bastante bien.	(Muy) mal.
Más o menos. Regular.	Estoy cansado(a). *I'm tired.*
Por aquí (estudiando, trabajando).	*(I'm) Just here (studying, working).*

2. You pass a stranger on the street.

   Buenos días. Buenas tardes. Buenas noches.
   From noon until about sunset, you can use **Buenas tardes,** often heard as simply **Buenas.**

3. You meet someone at a party for the first time.

Hola. Me llamo...	Encantado(a).
Mucho gusto.	¡Qué gusto conocerlo(la)!
El gusto es mío.	

4. You introduce one person to another.

   Ésta es... , una amiga mía.
   Déjeme (Déjame) presentarle(te) a...
   Quiero que conozca(s) a... *I want you to meet ...*

5. You welcome someone to your home.

   Bienvenido(a).   Está en su casa. (Estás en tu casa.)

Práctica

1-28 Saludos y presentaciones. Mire los tres dibujos. ¿En cuál se necesita un saludo informal? ¿un saludo formal? ¿la forma plural del saludo? Trabajando solo(a) o con un(a) compañero(a), invente usted un pequeño diálogo (de tres o cuatro preguntas y respuestas) para cada dibujo.

1.

El señor Prieto   Mario Vargas

2.

Natalia Bartoli Teresa Mendoza

3.

Alonso y Estela Eduardo
Benavides   Díaz

1-29 En la fiesta. Ustedes están en una fiesta. Preséntese a alguien e inicie una conversación. La otra persona se presenta y le hace una pregunta. Invente un pequeño diálogo.

EN CONTACTO

1-30 Entrevista. Entreviste a un(a) compañero(a), usando las frases que siguen. Después, su compañero(a) lo (la) entrevista a usted.

1. Cuando tienes mucha energía y quieres hacer ejercicio, ¿qué haces?
2. Después de un largo día de trabajo y tensiones, ¿qué haces?
3. Cuando no tienes dinero pero quieres divertirte, ¿llamas a tus amigos? ¿Qué haces?
4. Cuando tienes mucho dinero y quieres divertirte, ¿qué haces?

1-31 Veinte preguntas. Formen grupos de tres a cinco estudiantes. Un estudiante de cada grupo hace el papel de un cantante, músico o actor famoso. Los otros estudiantes tratan de adivinar (*try to guess*) qué personaje representa mediante (*by means of*) preguntas que tengan como respuesta sí o no. Si después de veinte preguntas no han adivinado, el estudiante que actúa es el ganador (*winner*).

1-32 Preferencias. El «panorama deportivo» en las páginas 26-27 apareció en el periódico chileno *El Mercurio,* del 26 de octubre de 1991. Con un(a) compañero(a), haga y conteste preguntas. ¿Qué deportes practica su compañero(a)? ¿Cuáles le gusta mirar? ¿Por qué? Vocabulario: violento, aburrido, peligroso *dangerous*, emocionante *exciting*, aficionado *fan*.

1-33 COMPOSICIÓN:

Mis vacaciones en el campo (en la ciudad). Y usted, ¿qué piensa del campo? ¿Prefiere pasar las vacaciones en el campo o en la ciudad? Escriba un párrafo de seis a ocho oraciones sobre unas vacaciones en el campo o en la ciudad. Siga estas instrucciones:

1. Escriba una oración que comience: **Prefiero pasar las vacaciones en el campo (en la ciudad) porque...**
2. En cuatro a seis oraciones, describa varias actividades que usted hace en el campo (en la ciudad).
3. Escriba una conclusión. Por ejemplo: **En fin, creo que el campo (la ciudad) es el lugar ideal para pasar las vacaciones.**

Ajedrez

salón de torneos de la Federación. 18 horas: ajedrez rápido abierto.

Automovilismo

Autódromo de Las Vizcachas. 14 horas: clasificaciones de F-4, F-3, Sport Prototipos, Superturismo y Sport 850 para la décima fecha "Gran Premio Cera Team".

Concepción. 9 horas: largada de la sexta y última fecha del torneo VIII Región de regularidad de ANARE, sobre trazado Concepción-Santa Juana-Concepción.

Atletismo

Pista rekortán del estadio Nacional. 10 horas: etapa final de 58º Campeonar Escolar Masculino 1991, organizado por Atlético Santiago.

Básquetbol

Gimnasios de los colegios Nuestra Señora del Carmen, Calasanz, Alonso de Ercilla, San Pedro Nolasco, Verbo Divino, SS.CC. de Manquehue y Scuola Italiana. Desde las 9 horas: séptima fecha de olimpiada rama escolar de U. Católica, infantil y mini, damas y varones.

Béisbol

Diamante del estadio Nacional. Desde las 10.30 horas: séptima fecha del torneo metropolitano de béisbol y cuarta fecha de sóftbol.

Bicicross

Pista San Carlos de Apoquindo. 10 horas: Octavo Campeonato Interescolar, organizado por la rama de bicicross de la U. Católica.

Parque Shott de Osorno. 10 horas: 15ª fecha del Campeonato X Región.

Temuco. 10 horas: campeonato abierto de la IX Región, organizado por el club Centenario.

Bowling

Delta Bowling de Renaca. 15 horas: finales del campeonato internacional, organizado por la Asociación Viña del Mar.

Boxeo

Gimnasio Regional de Coynalque. 21 horas: título continental welter U.B.A. entre el chileno Juan Carlos González y el argentino Néstor Jesús Gil.

Ciclismo

Quinta etapa de la XVI Vuelta de Chile. 8 horas: 1ª subetapa contrarreloj por equipos (35 kms.), San Javier-Colbún, salida desde Balmaceda. 10 horas: 2ª subetapa (130 kms.), salida desde Colbún a Linares, con meta en la Plaza de Armas.

Ecuestre

Escuela de Carabineros (paradero 4 1/2 de Pajaritos, Maipú). 9.30 horas: concurso hípico oficial.

Esgrima

Gimnasio de la Federación. 15 horas: Copa "Julio Moreno" todo competidor, espada varones.

Gimnasia

Colegio María Inmaculada. 15 horas: torneo regional de gimnasia rítmica infantil

Hockey-césped

Séptima fecha de los campeonatos nacionales de 1ª y 2ª divisiones. 17 horas: partidos en canchas Manquehue, Santiago College, Dunalastair y Estadio Español.

Hockey-patín

Patinódromo del parque O'Higgins. 15.30 horas: inauguración de la "Carrera Internacional Francisco Fuentes". Participan como invitados mundialistas italianos.

Judo

Gimnasio del COCh. 14 horas: campeonato universitario Copa "Universidad de Chile", damas y varones, por categorías.

Karate

Gimnasio Municipal de Buin. 19 horas: segundo torneo de full contact y lucha libre.

Mountainbike

Campus Universitario de la U. de Concepción. 15 horas: cuarta fecha del circuito internacional.

Natación

Stadio Italiano. 15 horas: torneo control aeróbico "A" y juveniles todo competidor, damas y varones.

Polo

Club San Cristóbal. 10 horas: primera fecha de la Copa "Fernando Prieto".

Rugby

Country Club. Desde las 11 horas: confrontación internacional de menores entre Country Club y Deutsche Club, de Montevideo.

Estadio Las Condes. 18 horas: segunda jornada de la Copa "10 Años de la U. Gabriela Mistral".

Tenis

Estadio Español. 13.30 horas: torneo "Carlos Ayala", categoría adultos y escalafón.

Complejo Deportivo de la Caja de Compensación La Araucana. 9.30 horas: cuarto circuito femenino Copa "Rexona".

Tiro al vuelo

Club de la FACh. 10 horas: finales del Gran Circuito '91, en fosa olímpica y skeet, 50 platillos.

Tiro con arco

Estadio San Carlos de Apoquindo. 9 horas: torneo internacional postal "Rey Pelayo", damas y varones.

Velas

Cofradía Náutica del Pacífico de Algarrobo. 12.50 horas: largada de la regata oceánica Copa Primavera, sobre un track de 7 "piernas" (10 millas) tipo Copa América.

Algarrobo. 12 horas: penúltima jornada de la Copa "Tristán Aicardi" de láser.

Algarrobo. 12.50 horas: segunda regata de la clase aventura y trailereables.

Madrid, cuidad que nunca duerme

Madrid, capital de España, es una ciudad que nunca duerme. Madrid ofrece mucha **vida nocturna,** con cines, teatros y restaurantes y **noches de parranda** que duran hasta **la madrugada.** ¡Madrid es para vivir!

Vocabulario

al aire libre	*out of doors*
la chocolatería	*chocolate stand or shop*
la copa	*(alcoholic) drink*
dar una vuelta	*to take a walk*
el/la devoto(a)	*devotee, adherent (of a religion)*
ir de paseo	*to take a walk, go out for a stroll*
la madrugada	*early morning, dawn*
la parranda, la noche de parranda	*party, night of partying*
la tapería	*(Spain) small restaurant-bar that serves* **tapas,** *appetizers*
la vida nocturna	*night life*

Práctica de vocabulario

Dé el sinónimo de las siguientes palabras o expresiones.

1. la fiesta
2. ir de paseo
3. bebida alcohólica
4. fuera, afuera
5. el momento del día cuando sale el sol

HABLANDO DEL TEMA

◁❙❙▷ En 1561 el rey Felipe II traslada (*moves*) la corte de Toledo a Madrid y ésta llega a ser la capital de España. Hoy, con más de tres millones de habitantes, Madrid es una gran ciudad con muchos museos, tiendas, oficinas, centros nocturnos y una universidad importante. Benito Pérez Galdós (el «Dickens de España», 1843–1920) es un famoso novelista español: sus libros dan una vívida representación de Madrid y de la vida madrileña de su época.

Madrid
ESPAÑA

◁❙❙▷ El Carnaval es una fiesta popular que anuncia la última oportunidad para divertirse antes de los cuarenta días de Cuaresma (*Lent, religious season of fasting*). La Cuaresma empieza el Miércoles de Ceniza (*Ash Wednesday*) y termina el Domingo de Resurrección (*Easter Sunday*). En España el Carnaval empieza una semana antes del Miércoles de Ceniza.

Pregunta de enfoque

¿Cuáles son algunas diversiones
típicas de los madrileños?

Comprensión

1. ¿Es común la siesta hoy en día en
   las grandes ciudades hispanas
   como Madrid?
2. ¿Cuál es la religión de la mayor
   parte de los españoles? ¿Es oficial esta religión en España ahora? Explique.
3. ¿Por qué dicen que el fútbol es casi una religión para los madrileños?
4. ¿A qué hora cenan en España? ¿Qué relación hay entre la hora de la cena y las
   tapas?
5. ¿Qué ideas tiene usted sobre la celebración de Carnaval después de ver el video?
6. Explique la importancia de las chocolaterías.

En la ciudad de Madrid

Puntos de vista

1. ¿Qué diversiones se presentan en el video? ¿Cuáles le gustan más a usted?
2. Compare las calles madrileñas con las de su ciudad.
3. ¿Qué significa la afirmación del escritor español Benito Pérez Galdós: «Ir de
   paseo cuenta como un oficio (*counts as a job*)»? ¿Describe esta oración correctamente la vida madrileña o no? Explique.

◀◀▶▶ La palabra **tapa** tiene su origen en el verbo
tapar (*to cover—e.g., cover a drink so that flies do not
get into it*). **Una ración** es una porción más grande. **Un
bocadillo** (o **una bocata**) es un sándwich pequeño.
Las tapas son muy variadas y deliciosas: desde las
nueces (*nuts*) hasta los mejillones (*mussels*).

◀◀▶▶ En la jerga (*slang*) de los madrileños, **ir de
parranda** es una manera de **pasarlo en grande**
(*divertirse mucho*). Algunos van de **garito** (*bar*) en
garito; hacen el viacrucis (*they make the stations of
the cross*). Una persona con mucha **pasta** (*dinero*) que
no es **cutre** (*stingy*) invita a sus amigos a una buena
comida con música que **mola cantidad** (*rocks*). Pero al
final, llega **la dolorosa** (*the painful one, i.e., the bill*).
Después de pagar, todos van a casa a **planchar la oreja**
(*iron the ear, i.e., sleep*).

CAPÍTULO 2

Vejez y juventud

PRESENTACIÓN DEL TEMA

En el mundo hispano, tradicionalmente la familia tiene una gran importancia en la vida de un individuo. Mucha gente nace, crece y muere en la misma ciudad y, en general, las familias son unidas. Si uno tiene un problema o necesita tomar una decisión importante, habla con un pariente. En las fiestas, muchas veces, varias generaciones están presentes, desde los bebés hasta los bisabuelos. Hay gran respeto por la gente mayor.

En algunos países y especialmente en casi todas las grandes ciudades del mundo hispano, la sociedad está cambiando. Por ejemplo, en España no existía el divorcio hasta 1981 debido a la influencia de la Iglesia Católica. Hoy, muchas personas se divorcian, y hay muchas familias monoparentales (con el padre o la madre solamente.) Muchas mujeres trabajan fuera de la casa. Antes, los jóvenes obtenían su primer trabajo por medio de la familia o de relaciones familiares, pero ahora no siempre es así. Los jóvenes se quedan en casa con sus padres hasta una edad más avanzada porque es más difícil para la nueva generación encontrar trabajo. Y ¿cuáles son los valores de los jóvenes españoles? Mire los siguientes cuadros de un artículo de la revista *La Vanguardia,* que muestran algunos cambios importantes.[1]

LA RELIGIOSIDAD	
Católicos practicantes	10 %
Católicos no practicantes	49 %
Otras religiones	3 %
No creyentes	38 %

OPINIÓN Porcentajes de acuerdo	
Libertad sexual	83,0 %
Objeción de conciencia	69,9 %
Despen. aborto	72,0 %
Desarme	72,8 %
Despen. drogas	39,0 %
Pena de muerte	30,0 %
Ejército	21,6 %
Servicio militar	13,2 %

Vocabulario: No creyentes *nonbelievers;* **Despen.** = **despenalización** *decriminalization;* **aborto** *abortion;* **pena de muerte** *death penalty;* **ejército** *army*

---

[1] «Una generación: 20 años, adolescentes a la fuerza», *La Vanguardia Magazine,* 30 enero de 1994, páginas 23-50.

INSTITUCIONES
Confianza (porcentaje de mucho o bastante)

Universidad	72 %
Prensa	50 %
Ayuntamiento	43 %
Generalitat	42 %
Justicia	40 %
Bancos	40 %
Policía	39 %
Parlamento esp.	30 %
Sindicatos	30 %
Monarquía	24 %
Iglesia	20 %
Gobierno	20 %
Ejército	18 %
Partidos políticos	10 %

Vocabulario: ayuntamiento *city government;* Generalitat *government of Catalonia;* sindicatos (*labor*) *unions*

Los autores del artículo describen a los jóvenes así: «Tolerantes en las cuestiones relacionadas con las libertades personales, satisfechos con ellos mismos, preocupados por su futuro laboral y resignados a prolongar su juventud, hacen cola (*they wait in line*) para entrar por la puerta grande del mundo adulto. Una espera paciente pero que viven con intranquilidad y angustia».

2-1 Preguntas.

1. ¿Cree usted que va a pasar la vida en la misma ciudad donde nació?
2. Si usted tiene un problema o necesita tomar una decisión importante, ¿con quién habla primero?
3. ¿Cuándo se legalizó el divorcio en España?
4. En tiempos pasados, ¿cómo obtenían muchos jóvenes su primer trabajo? ¿Cómo obtuvo usted su primer trabajo?
5. ¿Por qué viven muchos jóvenes españoles con sus padres?
6. En general, ¿son religiosos los jóvenes españoles? ¿y los jóvenes que usted conoce?
7. ¿Están de acuerdo los jóvenes españoles con el servicio militar? ¿con la legalización del aborto? ¿Creen que debe haber pena de muerte?
8. ¿Tienen confianza en los partidos políticos? ¿en la policía? ¿En qué institución tienen más confianza? Y usted, ¿en qué instituciones tiene más confianza? ¿menos confianza?

"La juventud es la levadura [yeast] moral de los pueblos."

—José Ingenerios, *Las fuerzas morales*

Vocabulario útil

La familia

Cognados

el esposo (la esposa)
divorciarse (de)
el divorcio

La familia inmediata

el hermano (la hermana)	*brother (sister)*
el hijo (la hija)	*son (daughter)*
el marido	*husband*
el padre (la madre); los padres[2]	*father (mother); parents*
el pariente (la parienta)	*relative*

La familia extensa

el abuelo (la abuela)	*grandfather (grandmother)*
el bisabuelo (la bisabuela)	*great-grandfather (great-grandmother)*
el nieto (la nieta)	*grandson (granddaughter)*
el primo (la prima)	*cousin*
el sobrino (la sobrina)	*nephew (niece)*
el tío (la tía)	*uncle (aunt)*

Verbos

casarse (con)	*to get married (to)*
crecer (zc)	*to grow, grow up*
morir (ue)	*to die*
nacer (zc)	*to be born*

Otras palabras

casado(a)	*married*
joven	*young*
la juventud	*youth*
la muerte	*death*
el nacimiento	*birth*
la niñez	*childhood*
unido(a)	*close, united*
la vejez	*old age*
viejo(a)	*old*

---

[2] Note that, in Spanish, **el esposo de mi madre** or **la esposa de mi padre** are usually preferred to **el padrastro** (*stepfather*) or **la madrastra** (*stepmother*).

> **¡Ojo!**
>
> **la boda, el casamiento** *wedding* (*celebration, party*) / **el matrimonio** *matrimony, marriage; married couple*
> **embarazada** *pregnant* / **avergonzado(a)** *embarrassed*
> **pedir** *to ask for, request* (*something*) / **preguntar** *to ask* (*a question*); (*with* **por**) *to inquire about*
> **soltero(a)** *single* / **solo(a)** *alone* / **sólo, solamente** *only* / **único(a)** *unique; only*

Práctica

2-2 Antónimos. Dé el antónimo de la palabra o expresión subrayada.

Uno es tan joven como sus ilusiones y tan viejo como sus recuerdos.

—proverbio

1. El señor Martínez está <u>divorciado</u>.
2. Para mucha gente la <u>niñez</u> no es la mejor época de la vida.
3. Miguel de Unamuno <u>nació</u> en España.
4. Me voy a <u>divorciar</u>.
5. Nuestro gato es muy <u>viejo</u>.
6. Hay mucha gente <u>soltera</u> aquí.
7. Todo cambió después <u>del nacimiento</u> de su hija.
8. Juan siempre está <u>con mucha gente</u>.
9. <u>¿Orgullosa?</u> ¿Carmen? No te creo.
10. No sé nada del <u>casamiento</u> de Juan y Ana.

2-3 Hablando de la familia. Entreviste a un(a) compañero(a) sobre su familia. Después, su compañero(a) lo (la) entrevista a usted. (Puede inventar una familia ficticia si prefiere.) Esté preparado(a) para hacer un comentario sobre la familia de su compañero(a).

1. ¿Viven tus padres? ¿tus abuelos? ¿tus bisabuelos? Si es así, ¿dónde viven?
2. ¿Tienes hermanos? ¿Cuántos? ¿Cómo se llaman? (Si no tienes hermanos, ¿tienes primos? ¿Cómo se llaman?)
3. ¿Qué hacen tus hermanos (o primos)? ¿Dónde viven? ¿Están casados?
4. ¿A qué parientes ves a menudo? ¿Dónde?
5. ¿Crees que tu familia es una familia unida o no? ¿Son muy independientes las personas de tu familia? Explica.

2-4 Opinión. Describa el siguiente dibujo de Maitena Burundarena, una humorista argentina. Trate de usar algunas de estas palabras: **nacer, crecer, novio, nieto, abuelo.** ¿Qué piensa del dibujo?

nos enamoramos *we fall in love,* **logramos** *we manage,* **viejo** = papá, **madurar**
to mature, **sospechar** *to suspect,* **nena** = niña

Para escuchar

En el autobús

Conversación 1: Para preguntar sobre la familia de otra persona; expresiones de cortesía. Jessica Jones, una estudiante norteamericana, viaja de Bucaramanga, Colombia, a Bogotá, la capital, en autobús. En el autobús conoce al señor Miguel Gutiérrez.

2-5 Escuche la Conversación 1. Describa al señor Gutiérrez. Indique **V** (verdad) o **F** (falso).

El señor Gutiérrez...

_F_ 1. es un joven de unos treinta años.

_V_ 2. vive en Bucaramanga.

_F_ 3. está divorciado.

2-6 Escuche la Conversación 1 otra vez. Escoja la mejor respuesta.

1. La familia del señor Gutiérrez es...
   a. grande y unida.
   b. pequeña pero unida.
   c. de Bogotá.

2. La nieta del señor Gutiérrez...
   a. vive en Cartagena.
   b. vive en Bogotá.
   c. vive en Canadá.

3. Casi todos los otros familiares del señor Gutiérrez...
   a. están en Bucaramanga.
   b. están en Medellín.
   c. están en Bogotá.

4. Otra expresión para **No hay de qué** es...
   a. No hay permiso.
   b. No, gracias.
   c. De nada.

Conversación 2: Para describir a su propia familia; despedidas. Jessica habla de su familia al señor Gutiérrez.

2-7 Escuche la Conversación 2. Describa a Jessica. Indique **V** (verdad) o **F** (falso).

Jessica...

_V_ 1. nació en Boston pero creció en Canadá.

_F_ 2. tiene varios hermanos y hermanas.

_F_ 3. quiere casarse con su novio canadiense.

2-8 Escuche la Conversación 2 otra vez. Escoja la mejor respuesta.

1. El hermano de Jessica tiene quince años y estudia...
   a. en la escuela secundaria.
   b. en la Universidad de Alberta.
   c. en la Universidad de Bogotá.

2. Jessica opina que en tiempos pasados las familias norteamericanas eran más...
   a. independientes.   b. ricas.   c. grandes.

3. Para el señor Gutiérrez, es triste ver a una mujer...
   a. sin dinero.   b. sin padres.   c. sin hijos.

4. Según el señor Gutiérrez, en sus tiempos todo era diferente y los jóvenes...
   a. no tenían tantos problemas.
   b. no tomaban tanto alcohol.
   c. no eran corteses.

5. Al final de la conversación, el señor Gutiérrez le dice a Jessica...
   a. Hasta pronto, si Dios quiere.
   b. Hasta el viernes.
   c. Hasta mañana.

> *Están volviendo los valores tradicionales del matrimonio y de la familia y se arraigan (taking root) entre la gente joven.*
>
> —Miriam Díaz Aroca, actriz española

GRAMÁTICA Y VOCABULARIO

The Preterit Tense: Regular Verbs; Use of the Preterit

Regular and Spelling-Changing Verbs

Regular Verbs

The following chart shows the formation of the preterit of regular verbs.

hablar		comer		vivir	
hablé	hablamos	comí	comimos	viví	vivimos
hablaste	hablasteis	comiste	comisteis	viviste	vivisteis
habló	hablaron	comió	comieron	vivió	vivieron

1. Notice that the endings for regular **-er** and **-ir** verbs in the preterit are the same. Also, notice that the **nosotros** forms of **-ar** and **-ir** verbs are the same in the preterit as in the present.
2. Stem-changing **-ar** and **-er** verbs are regular (**encontrar: encontré, encontraste**, etc.; **perder: perdí, perdiste**, etc.).
3. Stem-changing **-ir** verbs show the following changes in the third-person singular and plural of the preterit. The other forms are regular.

   e to **i:**   pidió, pidieron   **o** to **u:**   durmió, durmieron
            prefirió, prefirieron   murió, murieron
            siguió, siguieron
            sintió, sintieron
            sirvió, sirvieron

> *La juventud termina cuando se apaga [is extinguished] el entusiasmo.*
>
> —José Ingenerios, *Las fuerzas morales*

Spelling-Changing Verbs

Some verbs have spelling changes in the preterit.[3]

1. changes in the first-person singular only (to preserve the sound of the infinitive), for verbs ending in **-gar, -car, -zar**

   g to **gu:**   lle**gu**é, pa**gu**é, ju**gu**é
   c to **qu:**   to**qu**é, bus**qu**é, expli**qu**é
   z to **c:**   empe**c**é, go**c**é, comen**c**é

2. changes in the third-person singular and plural (for verbs that have stems ending in vowels):

   a. a **y** is inserted between two vowels

le**y**ó, le**y**eron	cre**y**ó, cre**y**eron
o**y**ó, o**y**eron	constru**y**ó, constru**y**eron

   b. the stem **e** is dropped, as in the verbs **reír** *(to laugh)* and **sonreír** *(to smile)*

   rió, rieron   **sonrió, sonrieron**

Use of the Preterit

The preterit is used for completed past actions, in general. It expresses a past act, state, or series of acts viewed as a completed unit in time.

Mi mamá nació y creció en Guatemala. Pero pasó la mayor parte de su vida en El Salvador.	*My mother was born and grew up in Guatemala. But she spent most of her life in El Salvador.*
El año pasado mi bisabuelo cumplió ochenta años y tuvimos una gran celebración.	*Last year my great-grandfather was eighty years old (turned eighty) and we had a big celebration.*

The preterit can also be used to focus on the beginning of an action, when the speaker or writer sees it as completed. This will be discussed further in the next section.

Ernesto habló a la edad de tres años.	*Ernesto talked (started talking) at three years of age.*

> *El joven teme que se arrepentirá* (regret); *el viejo se arrepiente de haber temido.*
>
> —proverbio

Práctica

2-9 Personajes famosos. Haga oraciones acerca de los siguientes personajes famosos, usando el pretérito.

MODELO Francisco Pizarro: viajar a Perú con 180 soldados y conquistar a los incas
Francisco Pizarro viajó a Perú con 180 soldados y conquistó a los incas.

---

[3] For more information on spelling-changing verbs, see Appendix E.

1. Hernando de Soto: participar en la expedición de Pizarro; explorar el sur de Estados Unidos
2. Felipe II: construir El Escorial; mandar la Armada a Gran Bretaña
3. El Greco: nacer en Grecia; morir en Toledo; pintar *Vista de Toledo*
4. José de San Martín, el Libertador: cruzar los Andes y libertar a Chile
5. José Martí: luchar por la independencia de Cuba y escribir *Versos sencillos*

2-10 ¿Qué hiciste el verano pasado? Entreviste a un(a) compañero(a) sobre sus actividades del verano pasado, usando las frases que siguen. Después, su compañero(a) lo (la) entrevista a usted. Tome apuntes (*notes*).

M O D E L O trabajar (¿dónde?)
  A: *El verano pasado, ¿trabajaste?*
  B: *Sí, trabajé.*
  A: *¿Dónde trabajaste?*
  B: *Trabajé en un banco.*

El verano pasado...

1. estudiar (¿mucho?)
2. visitar a amigos
3. jugar (¿a qué deporte?)
4. recibir algún regalo
5. leer (¿qué?)

6. escribir (¿a quién?)
7. salir del país (¿con quién?)
8. celebrar algo (¿qué?)
9. encontrar al amor de su vida (¿cómo? ¿dónde?)

¿Qué hiciste el verano pasado?

2-11 Chismes (*Gossip*). Cuéntele a un(a) compañero(a) por lo menos cuatro cosas sobre su compañero(a) del ejercicio 2-10.

MODELO *El verano pasado, Jason trabajó en un banco pero se aburrió mucho allí.*

The Preterit Tense: Irregular Verbs

The following verbs are irregular; they all take the same endings, however.

andar:	anduv-
estar:	estuv-
haber:	hub-
poder:	pud-
poner:	pus-
saber:	sup-
tener:	tuv-
hacer:	hic-
querer:	quis-
venir:	vin-

-e
-iste
-o
-imos
-isteis
-ieron

Conducir, decir, and **traer** are also irregular and use the same endings as those above except in the third-person plural:

conducir:	conduj-
decir:	dij-
traer:	traj-

-e
-iste
-o
-imos
-isteis
-eron

The irregular form **hay** is from the verb **haber** and becomes **hubo** in the preterit.

Hay muchos accidentes en esa calle.	*There are many accidents on that street.*
Hubo un accidente grave ayer.	*There was a serious accident yesterday.*

The third-person singular of **hacer** is **hizo. Ser, ir,** and **dar** are also irregular. Notice that **ser** and **ir** have exactly the same forms in the preterit.

ser, ir		dar	
fui	fuimos	di	dimos
fuiste	fuisteis	diste	disteis
fue	fueron	dio	dieron

Nurià Pompeia

Vocabulario útil

La vida y la muerte

La edad

anciano(a)	*elderly*
cumplir (veinte) años	*to turn (twenty) years old*
entrado(a) en años	*getting on in years*
la gente mayor	*older people*
¿Qué edad tienes (tiene usted)?	*What is your age?*
tener (veinte) años	*to be (twenty) years old*
¿Cuántos años tienes (tiene usted)?	*How old are you?*

La muerte

el antepasado (la antepasada)	*ancestor*
el cementerio	*cemetery*
la memoria, el recuerdo	*memory*
el velorio	*wake, vigil*
el viudo (la viuda)	*widower (widow)*

Otras palabras

aconsejar	*to advise*
el compadre (la comadre)	*close friend who is expected to help in times of trouble, often a godparent of one's child*
llorar	*to cry*
reír(se)	*to laugh*
rezar	*to pray*
el vecino (la vecina)	*neighbor*

Práctica

2-12 ¿Qué hicieron? Haga oraciones acerca de los siguientes personajes famosos, usando el pretérito.

MODELO El Inca Atahualpa, darles mucho oro y plata a los españoles
El Inca Atahualpa les dió mucho oro y plata a los españoles.

1. Cristóbal Colón: crecer en Italia; ir a las Américas en 1492
2. Isabel la Católica: querer convertir a todos sus súbditos (*subjects*) a la religión católica
3. Hernán Cortés: conducir once naves (*ships*) a México con quinientos soldados y conquistar a los aztecas
4. Vasco Núñez de Balboa: hacer un viaje a través del Istmo de Panamá y descubrir el Océano Pacífico
5. Miguel de Cervantes: escribir el *Quijote* y ser pobre toda su vida

2-13A De la cuna a la tumba. (*From cradle to grave*). El autor mexicano Octavio Paz observó que mientras el tema de la muerte «quema los labios [*burns the lips*]» del norteamericano, es un tema frecuente entre los hispanoamericanos: ... «[la vida y la muerte] son inseparables. La civilización que niega [*denies*] a la muerte niega a la vida». Complete las siguientes oraciones, usando los verbos entre paréntesis en el pretérito. Después, conteste las preguntas.

Cuando (1) _____ (morir) don Esteban, padre de mi mejor amiga, (2) _____ (ir/nosotros) a su casa por la noche para el velorio. (3) _____ (tener/yo) que ayudar a mi amiga a servir café y dulces a los amigos. Todos (4) _____ (hablar/ellos) y (5) _____ (recordar) bien a don Esteban pues (6) «_____ (ser/él) un hombre que jamás (7) _____ (hacer) mal a nadie». Al amanecer (*At dawn*), la gente (8) _____ (empezar) a irse; al día siguiente, los amigos (9) _____ (volver) a reunirse para ir al cementerio. Al día siguiente del entierro (*funeral*), (10) _____ (comenzar) el novenario. Durante nueve días nos reunimos en casa de doña Esperanza, la viuda, y (11) _____ (rezar) por el alma (*soul*) de su marido. «Al noveno día, fin del novenario, (12) _____ (hacer/nosotros) una gran cena y (13) _____ (venir) vecinos y amigos». Algunos (14) _____ (traer) a sus hijos, a quienes, como es costumbre en los novenarios, doña Esperanza (15) _____ (dar) dulces y caramelos. Ayer (16) _____ (ser) el 2 de noviembre. Yo (17) _____ (ir) con mi familia a visitar a una tía que había pasado a mejor vida (*who had "gone to a better life"*) y allí (18) _____ (ver/nosotros) a doña Esperanza y su familia. Ellos, como nosotros, (19) _____ (llegar) al cementerio muy temprano, (20) _____ (llevar) flores para sus muertos, (21) _____ (estar) allí todo el día, (22) _____ (hablar), (23) _____ (recordar) a sus muertos y, después de un día con ellos, (24) _____ (volver) a sus casas contentos y consolados (*consoled*).

2-13B Preguntas.

1. ¿Qué pasa durante un velorio?   2. ¿Qué es un novenario?   3. ¿Qué hace mucha gente hispana el 2 de noviembre?

El velorio, escultura de terracota, familia Aguilar, Oaxaca, México

2-14 Celebración familiar. Descríbale a un(a) compañero(a) una celebración familiar (por ejemplo, una boda, un aniversario o una cena). Puede hablar de su familia o de una familia que usted conoce. Incluya las respuestas a las siguientes preguntas:

1. ¿Qué celebraron o por qué se reunieron?
2. ¿Dónde estuvieron?
3. ¿Quiénes fueron o asistieron?
4. ¿Comieron o tomaron algo? ¿Qué comieron o tomaron?
5. ¿De qué hablaron?
6. ¿Hicieron algo? ¿Bailaron? ¿Sacaron fotos?
7. ¿Cuándo empezó la celebración y cuándo terminó?
8. ¿Ocurrió algo extraño? ¿bueno? ¿malo? ¿Qué pasó?

2-15 Descripción de una vida. Trabaje con un(a) compañero(a). Descríbale la vida de una persona que conoce o de una persona famosa (consultando algún libro de referencia si es necesario). Use el tiempo pretérito.

MODELOS *Mi abuela Elizabeth nació en Ohio. Se casó con mi abuelo en 1939. Fue ama de casa* (house wife) *y pintora...*

El actor Martin Sheen nació en 1940 como Ramón Estévez. Hizo Apocalypse Now *en 1979. Tuvo cuatro hijos, entre ellos Charlie Sheen y Emilio Estévez. En el año 2000 ganó el premio Golden Globe al mejor actor para la serie de televisión «The West Wing»...*

> *Joven es quien está sano*
> *aunque tenga ochenta años,*
> *y es viejo el doliente* (person with aches, pains),
> *aunque sólo tenga veinte.*
>
> —proverbio

2-16 ¿Qué hiciste ayer? Entreviste a un(a) compañero(a). Averigüe por lo menos cinco cosas que hizo ayer. Después su compañero(a) lo (la) entrevista a usted.

The Imperfect Tense

Formation of the Imperfect

Regular Verbs

To form the imperfect of regular verbs, the **-ar, -er,** or **-ir** is dropped from the infinitive, and the endings shown in bold in the following chart are added to the stem.

hablar		comer		vivir	
habl**aba**	habl**ábamos**	com**ía**	com**íamos**	viv**ía**	viv**íamos**
habl**abas**	habl**abais**	com**ías**	com**íais**	viv**ías**	viv**íais**
habl**aba**	habl**aban**	com**ía**	com**ían**	viv**ía**	viv**ían**

Notice that the irregular form **hay** (from the verb **haber**) is regular in the imperfect:

Había muchos jóvenes en la fiesta.
There were many young people at the party.

Irregular Verbs

There are only three irregular verbs in the imperfect: **ser, ir,** and **ver.**

ser		ir		ver	
era	éramos	iba	íbamos	veía	veíamos
eras	erais	ibas	ibais	veías	veíais
era	eran	iba	iban	veía	veían

Use of the Imperfect

1. The imperfect is used to describe a state of events that existed for some time in the past—or for actions that occurred repeatedly over a given time frame, habitual past actions. Duration of time is emphasized with the imperfect.

Mi papá y mi abuelo siempre me decían que la vida era dura.
My father and grandfather always told me that life was hard.

2. The imperfect is used to tell that something *used to happen* or *was happening* (even though the action may have ended later).

Íbamos a la casa de mis primos todos los veranos.
We would (used to) go to my cousins' house every summer.

Mi padrino estaba trabajando solo en la casa ayer.
My godfather was working home alone yesterday.

¿Quién dijo que todo tiempo pasado fue mejor?

tenés = tienes, vos sos = tú eres, obedecían *obeyed*, odontólogo = dentista

3. The imperfect, rather than the preterit, is generally used to describe mental or emotional states, including plans or intentions.

Isabel no estaba contenta porque su primita, que era muy mal educada, iba a visitarlos.

Isabel was not happy because her little cousin, who was very spoiled, was going to visit them.

Eva pensaba en su novio, José, cuando él la llamó.

Eva was thinking about her boyfriend, José, when he called her.

4. The imperfect is also used to describe what was going on when another action occurred; the latter action is usually in the preterit.

Mirábamos televisión cuando llegó tío Jorge.

We were watching television when Uncle Jorge arrived.

5. The imperfect is used to tell time in the past or the age of a person.

Eran las nueve de la mañana cuando me dieron la noticia del nacimiento de mi hija.

It was nine o'clock in the morning when they gave me the news of my daughter's birth.

Matilde, tenías dieciocho años cuando te conocí, ¿no?

Matilde, you were eighteen years old when I met you, right?

> *En 1930 un varón recién nacido en México tenía una probabilidad del 22 por ciento de llegar a los 65 años de edad, mientras que para 1990 esa probabilidad era del 67 por ciento . . .*
>
> —*El Observador*, 4 de octubre, 1993. (Y para una niña, la probabilidad era del 80 por ciento.)

Práctica

2-17 Historia verdadera de un anciano. Hace varios años (*Several years ago*), la Prensa Asociada (*Associated Press*) publicó una entrevista con un mexicano de noventa años de edad que estaba a punto de (*on the point of*) casarse con una mujer de veinticinco años. Era su esposa número treinta y uno. Cuando le preguntaron cuál era el secreto de su longevidad, dio las respuestas que siguen. Cambie los verbos al tiempo pasado, usando el imperfecto.

1. Tomo coñac todos los días.
2. Como carne y pescado crudos (*raw*).
3. No fumo cigarrillos; prefiero los cigarros.
4. Paseo una hora todos los días.
5. Trabajo mucho.
6. En general, estoy contento.
7. Uso miel (*honey*) en vez de azúcar.
8. Vivo bien; no vegeto (vegetar).
9. De vez en cuando voy al hospital y veo al médico.

> *Locos y niños dicen la verdad.*
>
> —proverbio

¿Cree usted que el médico de ese señor tan viejo le aconsejaba vivir así? Y en su familia, ¿vivió alguno de sus antepasados más de noventa años? ¿Cuál era el secreto de su vitalidad?

2-18 «Hija, esposa, madre y abuela». Los siguientes dibujos aparecieron en la revista *Vanidades*.[4] Con un(a) compañero(a), haga por lo menos cinco oraciones sobre la mujer de ayer. Por ejemplo, ¿qué hacían las mujeres de ayer? ¿Cómo eran las abuelas? ¿Qué tenían (o no tenían) las niñas?

2-19 Opiniones. Den sus opiniones acerca de los dibujos: ¿Era mejor la vida de la mujer en el pasado? ¿Peor? ¿Por qué?

AYER

HOY

2-20 ¿Qué hacías en tu niñez? Entreviste a un(a) compañero(a). Su compañero(a) lo (la) entrevista a usted. En forma alternada, una persona lee las preguntas de la columna A y la otra persona las de la columna B. Después de unos minutos, escriba un breve resumen de la información recibida.

MODELO A: En tu niñez, ¿con quiénes jugabas? ¿Con tus primos? ¿Con los otros niños que vivían cerca? ¿Dónde jugaban generalmente?

B: *No tengo primos. En mi niñez, jugaba mucho con mi hermana Judy. Jugábamos en el parque.*

A: *Amy no tiene primas. Cuando era niña jugaba mucho con su hermana Judy en el parque.*

A	B
1. En tu niñez, ¿con quiénes jugabas? ¿Con tus primos? ¿Con los otros niños que vivían cerca? ¿Dónde jugaban generalmente?	1. ¿Vivías en un pueblo o en una ciudad? ¿Cómo se llamaba? ¿Te gustaba?
2. ¿A qué parientes considerabas interesantes o importantes? ¿Por qué? ¿Cuántos años tenían?	2. ¿Tenías contacto con personas entradas en años? ¿Qué pensabas de ellas?
3. ¿Qué edad tenías cuando saliste por primera vez con un(a) muchacho(a)? ¿Adónde fueron? ¿Al cine? ¿A un restaurante? ¿A un baile?	3. ¿Adónde ibas generalmente los sábados por la tarde cuando tenías diez u once años? ¿Con quiénes? ¿Qué hacían allí?
4. ¿Tenías un perro o un gato? ¿Cómo se llamaba? ¿Cómo era?	4. ¿Te gustaba ir a la escuela? ¿Cómo se llamaba tu maestro(a) favorito(a)? ¿Cómo era?

The Preterit versus the Imperfect

Contrast between the Preterit and the Imperfect

1. The choice between the preterit and the imperfect may depend upon how the speaker or writer views a situation. If he or she is focusing on just the beginning or end of an action or sees it as definitely completed, the preterit is used. But to emphasize its duration, the imperfect is used. Compare:

José llamó a Juana y empezó a decirle algo.	*José called Juana and began to tell her something. (beginning of an action that is viewed as completed)*
José llamó a Juana y, cuando entré, empezaba a decirle algo.	*José called Juana and, when I came in, was beginning to tell her something. (incomplete action; something else is going to happen)*
¿Qué hizo usted ayer a la una?	*What did you do yesterday at one o'clock? (emphasizing completion of action)*
¿Qué hacía usted ayer a la una?	*What were you doing yesterday at one o'clock? (emphasizing duration of action)*

---

[4] «Hija, esposa, madre y abuela», Elizabeth Supercaseaux, *Vanidades,* el 24 de mayo de 1994, páginas 76-77.

2. In general, the preterit is used to narrate and the imperfect to describe. Often when telling a story, the speaker or writer sets the stage with the imperfect, describing what was going on, then switches to the preterit to relate the action. For example:

Había mucha gente en la fiesta. Gustavo y sus amigos **estaban** contentos. **Bailaban** y **tomaban** cerveza. De repente (*Suddenly*), **se abrió** la puerta y **entraron** los padres de Gustavo, furiosos.

Even though two of the first four verbs are action verbs, they are all in the imperfect because the intention of the writer is obviously to describe the scene. Why are the last two verbs in the preterit?

Now you can see why the imperfect is always used to tell time or the age of a person in the past (and usually to express emotional or mental states), since these are description, not narration of action:

Eran las tres en punto cuando salimos.	*It was exactly three o'clock when we left.*
Abuelita tenía quince años cuando se casó.	*Grandma was fifteen when she got married.*
Marta salía con José pero realmente quería a Adolfo.	*Marta was dating José but really loved Adolfo.*

3. To express a repeated or habitual action in the past, the imperfect is generally used.

Visitábamos a mis abuelos todos los veranos.	*We visited my grandparents every summer.*

However, when there is a reference to a specific number of times, the preterit is used since it is clear that the action is completed. Compare:

Cuando vivía en Santiago, iba al centro (todos los días, mucho).	*When I was living in Santiago, I used to go downtown (every day, a lot).*
Cuando vivía en Santiago, fui al centro tres veces.	*When I lived in Santiago, I went downtown three times.*

It is possible, however, to use the preterit in the first example if the context is one that implies viewing the repeated action as complete: **¿Fuiste al centro el mes pasado? —Sí, fui al centro muchas veces.**

Verbs with Different Meanings in the Preterit and Imperfect

Some verbs have distinct differences in meaning depending upon whether they are used in the preterit or imperfect. The meaning intended determines which of the two tenses must be used.

Verb	Preterit	Imperfect
conocer	*to meet for the first time*	*to know, be acquainted with*
saber	*to find out*	*to know (facts or procedures)*
querer	*to try; in the negative, to refuse*	*to love, want*
poder	*to manage or succeed in;* in the negative, *to try and fail*	*to be able*

Conocíamos a la familia Toruño.

We were acquainted with the Toruño family.

Conocimos a la familia Toruño (el mes pasado).

We met the Toruño family (last month).

Sabía que mi esposa estaba embarazada —¡era obvio!

I knew my wife was pregnant—it was obvious!

Ayer supe que mi esposa estaba embarazada —¡qué buena noticia!

Yesterday I found out my wife was pregnant—what good news!

Querían adoptar un niño.

They wanted to adopt a child.

Quisieron adoptar un niño (pero no pudieron).

They tried to adopt a child (but they weren't able to).

No quisieron adoptar al niño.

They refused to adopt the child.

Cuando era joven, tío Pepe podía correr cuatro kilómetros sin problemas.

When he was young, Uncle Pepe could (was able to) run four kilometers without any trouble.

Después de mucha práctica, tío Pepe pudo correr cuatro kilómetros.

After a lot of practice, Uncle Pepe managed to (succeeded in, was able to) run four kilometers.

El pobre tío Pepe no pudo correr cuatro kilómetros.

Poor Uncle Pepe wasn't able to run four kilometers (he tried and failed).

Notice that in these examples the preterit refers to a specific, limited time in the past, while the imperfect refers to a general time frame in the past.

Los niños son la esperanza del mundo.

—José Martí

Práctica

2-21 Una abuela cuenta la historia de su vida. Escoja el pretérito o el imperfecto de los verbos.

Soy Victoria González, del Paraguay, y tengo noventa y cinco años. Mi niñez fue muy triste. Mi mamá (1) murió / moría cuando yo (2) tuve / tenía unos cuatro años, y mi hermano y yo (3) fuimos / íbamos a vivir con una comadre de ella. (4) Fuimos / Éramos muy pobres. (5) Supimos / Sabíamos que (6) hubo / había una escuela cerca de la casa, pero no (7) podíamos / pudimos ir porque (8) tuvimos / teníamos que trabajar. Cuando yo (9) tuve / tenía unos once o doce años (10) trabajé / trabajaba en casa de unos señores ricos. Me

contestataria
questioning, rebellious

(11) trataron / trataban muy mal. Recuerdo que todas las noches lloraba y pedía consuelo a Dios. Un día (12) conocí / conocía a José, un joven alegre y muy bueno. (13) Decidí / Decidía dejar la casa donde (14) viví / vivía y me (15) escapé / escapaba con él. (16) Quise / Quería mucho a José. (17) Tuvimos / Teníamos tres hijos, y ésos (18) fueron / eran los años más felices de mi vida.

2-22 Recuerdo de la niñez. Complete el siguiente párrafo, usando el pretérito o el imperfecto de los verbos entre paréntesis.

Cuando yo (1) era (ser) pequeña, frecuentemente (2) pasaba (pasar) los fines de semana con mis abuelos. Generalmente los domingos nosotros (3) íbamos (ir) a una plaza y allí ellos siempre me (4) contaban (contar) historias acerca de su juventud. Un día mi abuela me (5) dijo (decir) que ellos prácticamente (6) _____ (crecer) juntos, porque sus padres (7) fueron (ser) vecinos y compadres. Ella sólo (8) _____ (tener) dieciocho años cuando se (9) _____ (casar), pero ya (10) _____ (saber) cocinar muy bien. Me (11) _____ (explicar) que en aquellos días muy pocas mujeres (12) _____ (ir) a la universidad o (13) _____ (trabajar) fuera de casa. Las mujeres casi no (14) _____ (salir) excepto para ir al mercado o a la iglesia. Yo (15) nací (nacer) cincuenta años más tarde, y eso fue una suerte.

2-23 Sor Juana. Cambie al pasado el siguiente párrafo sobre la vida de la poetisa Sor Juana Inés de la Cruz. (Cambie solamente los verbos en negrilla.)

> *Yo no creo en la edad.*
> *Todos los viejos*
> *llevan*
> *en los ojos*
> *un niño,*
> *y los niños*
> *a veces*
> *nos observan*
> *como ancianos profun-*
> *dos.*
>
> —Pablo Neruda,
> «Oda a la edad»

Sor Juana Inés de la Cruz, la gran poetisa mexicana, (1) **nace** en 1651 cerca de la ciudad de México. (2) **Es** hija natural (*illegitimate*) de padres españoles. (3) **Aprende** a leer a los tres años. A los siete años (4) **quiere** ir a la universidad vestida de muchacho porque las muchachas no (5) **pueden** entrar, pero su mamá no le (6) **da** permiso y no (7) **puede** hacerlo. Poco después (8) **va** a la capital a vivir con unos parientes, y a los catorce años éstos la (9) **hacen** dama de compañía (*lady in waiting*) en la corte del virrey (*viceroy's court*). En esa época, las mujeres (10) **tienen** dos opciones: casarse o entrar en el convento. Aunque (11) **es** brillante, hermosa y muy popular por su personalidad carismática, Juana (12) **decide** dejar la vida social y entrar en un convento. Allí escribía prosa y poesía, y su fama de intelectual (13) **crece** por el mundo entero. Cuando el obispo (*bishop*) de Puebla la (14) **critica** porque (15) **pasa** mucho tiempo estudiando y escribiendo, Sor Juana (16) **escribe** una brillante defensa del derecho (*right*) de la mujer a participar en actividades intelectuales y culturales. Sin embargo (*However*), pocos años antes de su muerte Sor Juana (17) **tiene** una profunda crisis espiritual. Entonces (18) **abandona** sus estudios, (19) **vende** su biblioteca de cuatro mil libros y (20) **empieza** a dedicarse a los estudios religiosos. (21) **Muere** en 1695 durante una epidemia, pero sus obras siguen viviendo y proclamando su imaginación, su valentía (*courage*) y su brillantez.

2-24 Buenas intenciones. Muchas veces tenemos la buena intención de hacer algo que al final no hacemos. Por ejemplo, ayudar a un(a) amigo(a), estudiar para un examen, terminar algún trabajo, etc. ¿Tenía usted la intención de hacer algo que no hizo la semana pasada? ¿Qué? ¿Por qué no lo hizo?

MODELOS *Pensaba terminar una composición, pero no funcionaba la computadora.*
Quería empezar un programa de ejercicios físicos, pero perdí la información sobre las clases.

2-25 Cuéntame, amigo(a). . . Cuéntele a un(a) compañero(a):

1. algo bueno o valiente o inteligente que hizo una vez, o
2. algo muy tonto que hizo una vez, o
3. algo muy arriesgado (*risky*) o peligroso que hizo una vez

Después, su compañero(a) le hace dos o tres preguntas; por ejemplo, ¿Qué edad tenías cuando pasó eso? ¿Supieron tus padres (profesores) que lo hiciste?

Hacer + **Time Expressions**

1. To indicate that an action began in the past and continues into the present, the following construction is used:

> **hace** + time period + **que** + clause in present tense
> or
> clause in present tense + (**desde**) **hace** + time period

Hace muchos años que gozan
   de buena salud.

Gozan de buena salud desde
   hace muchos años.

*They have been enjoying good health
for many years (they still are).*

Hace seis meses que no como
   carne.

No como carne desde hace
   seis meses.

*I haven't eaten meat for six months
(and do not eat meat now).*

> —¿Qué tal tu hijo, Ana?
> —Está grande. Hace
> tres meses que camina.
> —¡Oh! ¡Debe estar bien
> lejos!
>
> —un chiste

2. To indicate that an action began in the past and continued until some later time in the past, this construction is used:

> **hacía** + time period + **que** + clause in imperfect tense
> or
> clause in imperfect tense + **(desde) hacía** + time period

Hacía diez años que mis padres
   estaban casados cuando yo
   nací.

Mis padres estaban casados
   (desde) hacía diez años
   cuando yo nací.

*My parents had been married for
ten years when I was born.*

This construction generally implies that the action or event was interrupted by something else (that it had been going on when . . .). The later event (in the clause with *when*) is usually in the preterit.

3. To ask how long an action or situation has (had) been going on, use:

> ¿Cuánto tiempo hace (hacía) que (no)... ?
> or
> ¿Hace (Hacía) mucho tiempo que (no)... ?

¿Cuánto tiempo hace que está
   casado?

How long has he been married?

¿Hace mucho tiempo (unos
   años) que está casado?

*Has he been married for a long time
(for a few years)?*

¿Cuánto tiempo hacía que
   vivías en Santiago cuando
   entraste a la universidad?

*How long had you been living in
Santiago when you went to the
university?*

¿Hacía mucho tiempo que
   vivías en Santiago cuando
   entraste a la universidad?

*Had you been living in Santiago for
a long time when you went to the
university?*

¿Cuánto tiempo hace que no
   miras televisión?

*How long have you not been
watching television?*

¿Cuánto tiempo hace que no
   vas al teatro?

*How long has it been since you went
to the theater?*

4. **Hace** can also mean *ago* when the main verb is in the past tense.

Se casaron hace dos semanas. ⎫
Hace dos semanas que se   ⎬   *They got married two weeks ago.*
  casaron. ⎭

Don Ernesto nació hace 107 ⎫
  años.   ⎬   *Don Ernesto was born 107 years*
Hace 107 años que don   *ago.*
  Ernesto nació. ⎭

¿Cuánto tiempo hace que le   *How long ago did he write to his*
  escribió a su abuelo?   *grandfather?*

Práctica

2-26 Antonio Banderas. Lea la información y conteste las preguntas acerca de la vida de Antonio Banderas.

> *Una de las cosas que más me impresiona de Los Ángeles... es que la gente no quiere morir. Ni siquiera envejecer.* (They don't even want to grow older.) *Quieren estar siempre jóvenes, limpios, bellos y tener la piel tersa como seda* (smooth as silk), *aunque tengan setenta años.*
>
> —Antonio Banderas

Antonio Banderas

1960   Nace José Antonio Domínguez Bandera en Málaga, España. (El apellido de su madre es Bandera.)

1976   Con un grupo de compañeros, actúa en *Jesucristo Superstar.*

1979   Va a Madrid con unas 15.000 pesetas (aproximadamente $100 U.S. en el dinero de entonces).

1982   Conoce a Pedro Almodóvar, el director español.

1982   Trabaja en su primera película, *Laberinto de pasiones,* dirigida (*directed*) por Almodóvar.

1987 Se casa con Ana Leza, actriz española.

1988 Tiene éxito internacional con *Mujeres al borde* (verge) *de un ataque de nervios* (también dirigido por Almodóvar).

1992 Hace su debut en Estados Unidos con *The Mambo Kings.*

1993 *Philadelphia* con Tom Hanks

1995 *Two Much* con Melanie Griffith, actriz norteamericana. Los dos se enamoran (*fall in love*).

1996 Finaliza su divorcio de Ana Leza.

1996 (mayo) Se casa con Melanie Griffith.

1996 (septiembre) Nace Estella del Carmen, hija de Melanie Griffith y Antonio Banderas.

1996 *Evita* (con Madonna)

1998 Con Melanie Griffith, empieza a realizar películas en Estados Unidos con su propia (*own*) compañía productora, Green Moon Productions.

1998 *La máscara del Zorro*

2001 *Spy Kids*

1. ¿Cuántos años hace que nació Antonio Banderas?
2. ¿Cuánto tiempo hace que hizo su primera película?
3. ¿Hacía mucho tiempo que conocía a Pedro Almodóvar cuando hizo esa película?
4. ¿Qué edad tenía cuando se casó por primera vez?
5. ¿En qué año hizo su debut en Estados Unidos?
6. ¿Hace mucho tiempo que está casado con Melanie Griffith? ¿Cuántos años hace que está casado con ella?
7. ¿Cuánto tiempo hacía que estaba casado cuando nació Estella del Carmen?
8. ¿Cuánto tiempo hace que hizo *Evita? ¿La máscara del Zorro? ¿Spy Kids?*
9. ¿Cuánto tiempo hace que tiene su propia compañía productora y realiza películas en Estados Unidos?

> Sólo los padres dominan el arte de enseñar mal a sus hijos.
>
> —E. Jardiel Poncela

2-27 Entrevista. Entreviste a un(a) compañero(a). Averigüe cuánto tiempo hace que su compañero(a) hace las siguientes cosas. Siga los modelos.

MODELO saber usar una computadora

A: *¿Cuánto tiempo hace que sabes usar una computadora?*
B: *Hace unos diez años que sé usar una computadora.*

1. conocer a su mejor amigo(a)
2. vivir en esta ciudad
3. manejar un automóvil
4. saber hablar español
5. asistir a la universidad

MODELO ir a una boda

A: *¿Cuánto tiempo hace que fuiste a una boda?*
B: *Hace un año que fui a una boda, la boda de mi prima Susana.*

6. salir con un(a) chico(a) por primera vez
7. ayudar a un(a) pariente(a)
8. ir a un entierro
9. comprar algo un poco caro
10. ver una buena película

2-28 Hace mucho que no. . . Trabaje con un(a) compañero(a). Averigüe varias cosas que su compañero(a) no hace desde mucho tiempo.

MODELOS *¿Ves mucho a tus papás?*
Sí, los veo todos los fines de semana.

¿Hablas a menudo con tu abuelo?
No, hace mucho tiempo que no hablo con mi abuelo.

Ideas: sacar fotos de tu familia, ver a tus primos, visitar a tus abuelos, ir a una reunión familiar, bailar...

En otras palabras

Para hablar de la familia; Expresiones de cortesía; Despedidas

Para hablar de la familia
In both conversations of the **Para escuchar** section, you heard a variety of ways to ask about someone else's family and describe your own.

Expresiones de cortesía
In Hispanic society, it is important to show respect for someone older than oneself. The forms **don** and **doña,** used with a first name, indicate respect; they are generally used with people you know well. The words **señor, señora,** and **señorita** are used in direct address to show respect or deference, and the **usted** form is normally used with these titles. (You would not use a first name with someone older unless you knew that person quite well and used **don** or **doña** plus the first name; you would instead address that person as **señor** or **señora.**) Another very important way to indicate respect is to use polite expressions. Here are a few very common polite expressions useful in interaction with people of all ages:

Con permiso. (*when passing in front of someone, breaking away from a conversation temporarily, eating something in front of someone, and so forth; used when asking someone's permission to do something*)
Perdón. Perdóneme. Discúlpeme. (*when you've said or done something for which you are apologizing*)
¡Salud! ¡Buen provecho! *Cheers! Enjoy your meal!*
Por favor. Gracias. Mil (Muchas) gracias. De nada. No hay de qué.

Despedidas

Here are some ways to end a conversation; as you will see, some are more polite, or formal, than others.

1. on the street, at school, and so forth

   Adiós. Hasta luego. Hasta la vista. Hasta mañana (otro día, el viernes, la semana
     que viene, etcétera).
   ¡Chau! (*used mainly in the Southern Cone of South America*)
   Bueno, nos vemos. *Well, see you (informal).*
   Feliz fin de semana.
   Tengo que irme, pero te llamo mañana (la semana que viene, etc.).
     ¡Que le (te) vaya bien!

2. at a party

   Fue un gusto conocerlo(la). Fue un gusto hablar con usted. (*formal*)
   Gracias por venir.
   Con permiso, necesito tomar algo (tengo que ir a preparar el café, etc.).

Práctica

2-29 Situaciones. ¿Qué cree usted que están diciendo las personas que están en los siguientes dibujos?

1.

2.

3.

4.

5.

6.

2-30 ¿Qué se dice? ¿Qué diría usted (would you say) en las siguientes situaciones?

1. Estudiante A: You see Estudiante B on the street and you want to have a chat. (You aren't interested in football.)

   Estudiante B: You are racing home because an important football game is starting soon. You see Estudiante A on the street. Try to have a short conversation and explain that you don't have time to talk. Excuse yourself politely.

2. Estudiante A: You are sitting next to Estudiante B on the plane. Estudiante B tells you about himself and you do the same. The plane arrives. Tell B it was a pleasure meeting him or her and end the conversation politely.

   Estudiante B: Chat with Estudiante A for a while. When the plane lands, wish A a pleasant trip and end the conversation.

EN CONTACTO

2-31 Familias famosas. Trabaje con dos o tres compañeros. Su profesor(a) les da (¡en secreto!) el nombre, una foto o una página de Internet de una familia famosa (por ejemplo, los Kennedy o los Simpson). Los otros estudiantes de la clase tratan de adivinar cuál es la familia, haciéndoles preguntas que tengan como respuesta sí o no.

MODELOS *¿Es muy grande la familia? ¿Es de Estados Unidos? ¿Es una familia unida? ¿rica? ¿Se llevan bien los miembros de la familia entre sí?*

2-32 Mentiras inocentes. Trabaje con unos compañeros. Cada persona escribe cuatro afirmaciones; tres son verdaderas y una es una mentirita (*small or harmless lie*). Escriba sobre su pasado: cosas que hizo o que hacía ayer, la semana pasada, hace un año... Los otros compañeros tratan de adivinar la mentira.

MODELOS *Nací en Tokio. Fui a África el verano pasado. Ayer a las dos hablaba con el presidente de la universidad. Hace dos años vi a Michael Jackson.*

2-33 En la Red. Si hiciera una página en la Red para su familia, ¿qué información incluiría? Dé la información esencial que tendría en su página. Por ejemplo, ¿a qué familiares va a incluir? ¿Qué información sobre cada uno(a) va a dar: nombre, edad, descripción...? ¿Qué va a decir sobre su familia? (Si prefiere, puede inventar una familia: la familia perfecta, la familia infernal, etc.)

2-34 COMPOSICIÓN:

Los buenos tiempos pasados. Mucha gente dice que hace una o dos generaciones la vida era mejor. Hablan de los «buenos tiempos pasados» (*good old days*). ¿Es mito o realidad este concepto? Escriba un párrafo sobre este tema, según las siguientes instrucciones.

1. En la primera oración, diga si usted está de acuerdo o no con la idea de los «buenos tiempos pasados» cuando, según dicen, la vida era mejor.
2. Describa cinco o seis aspectos de la vida de hoy y compárelos con la vida de sus padres o abuelos. Por ejemplo:

   Mis abuelos no fueron a la universidad, pero yo sí voy.
   No había muchos crímenes cuando mis padres eran niños, pero ahora hay muchos.
3. Exprese su propia opinión sobre las diferencias principales entre la vida de ahora y la vida de aquel entonces *(back then)* en una o dos oraciones de conclusión.

agujero *hole*

La charreada

Para los mexicanos, la **charrería** es un deporte importante. Los **charros montan a caballo** y **rodean el ganado.** Los festivales, o encuentros competitivos, de los charros se llaman «charreadas». Guillermo Pérez Gavilán es **socio** de la Asociación Nacional de Charros desde 1942. También pertenecieron (*belonged*) a esa asociación sus padres y sus tíos. Habla del deporte y de la nueva generación de charros.

Vocabulario

caerse	to fall (off)
la charrería	(Mexico) practice of traditional horsemanship
el charro (la charra)	(Mexico) horseman (horsewoman)
el miedo	fear
montar a caballo	to ride a horse
rodear el ganado	to round up cattle
el rodeo (US), el jaripeo (Mexico)	rodeo
el socio (la socia)	member

Práctica de vocabulario

Empareje (*Match*) las siguientes palabras y frases.

1. hacienda
2. miedo
3. charro
4. rodeo
5. ser socio

a. hombre que monta a caballo
b. pertenecer a una asociación
c. rancho
d. terror
e. jaripeo

HABLANDO DEL TEMA

◁❘❙▷ La palabra inglesa *rodeo* viene de la palabra española rodeo (*surrounding or penning of cattle*). También se usan en inglés palabras como *bronco, pinto, palomino, corral* y *lasso* (lazo) que son de origen español. En México el rodeo se llama jaripeo.

◁❘❙▷ Los españoles trajeron caballos a las Américas y los caballos los ayudaron en la conquista; la costumbre de tener caballos tuvo su origen en la España medieval con la influencia árabe. Los españoles y los mexicanos establecieron grandes ranchos, o

Pregunta de enfoque

¿Qué consejos les da la niña Karina a los que quieren montar a caballo?

Comprensión

1. ¿Qué hacen los charros?
2. ¿A las chicas del video les gusta montar a caballo?
3. ¿Qué les pasó a las chicas que montaron a caballo?
4. ¿Guillermo Pérez Gavilán está orgulloso (*proud*) de ser charro? ¿Cómo lo sabe?

Puntos de vista

1. ¿Sabe usted montar a caballo? Si es así, ¿cuándo aprendió a hacerlo?
2. ¿Alguna vez vio un rodeo? ¿Le gustó? ¿Por qué sí o por qué no? ¿Qué le llamó la atención?
3. ¿Cree usted que es importante mantener vivas las viejas tradiciones como la charreada? Explique.

haciendas, en la región que es hoy el suroeste de Estados Unidos. Muchos de los vaqueros (*cowboys,* o *buckaroos*) de Estados Unidos son de origen mexico-americano.

◀◀▶▶ La charrería se caracteriza por el uso de trajes ricamente adornados, tanto para los hombres como para las mujeres. La Asociación Nacional de Charros mantiene un sitio web dedicado a la charrería que se puede visitar para conocer mejor los detalles de esta rica tradición.

CAPÍTULO 3

La presencia latina

Luisiana
comprada
a Francia, 1803

Cedido por la Gran
Bretaña, 1818

Cedido por la Gran
Bretaña, 1842

Oregón
a expensas
de España,
1846

California
obtenida de
México, 1848

Estados Unidos

Territorio en
disputa con
España, cedido,
1795

Tejas
quitado por la
fuerza a
México, anexión, 1845

**Florida
Oriental**
comprada
a España,
1819

Compra de
Gadsden,
a México, 1853

Florida Occidental
quitada por
la fuerza a España, 1810

Parte de la Florida
Occidental quitada por
la fuerza a España, 1813

PRESENTACIÓN DEL TEMA

El mapa de la página anterior, basado en un mapa de un libro de texto puertorriqueño, muestra la historia de Estados Unidos desde una perspectiva hispana.[1] La presencia hispana (o latina) en Estados Unidos es anterior a la presencia inglesa. En el libro *Latino Literacy,* el autor incluye esta lista de datos importantes en la historia de lo que es hoy Estados Unidos:

> El descubrimiento de la Florida por Juan Ponce de León, 1513
> La primera celebración navideña: San Agustín, Florida, 1539 (San Agustín fue la primera ciudad europea de lo que es hoy Estados Unidos.)
> El descubrimiento del Gran Cañón por García López de Cárdenas, 1541
> El primer libro, *La Relación,* de Álvar Núñez Cabeza de Vaca, 1542
> El descubrimiento de California por Juan Rodríguez Cabrillo, 1542
> El primer Día de Acción de Gracias, San Agustín, 1565
> El primer bebé europeo nacido en lo que hoy es Estados Unidos: Martín Argüelles, San Agustín, 1566[2]

En Estados Unidos se publican 230 revistas dedicadas a lectores hispanos.

Desde el año 2001, los hispanos son el grupo minoritario más numeroso de Estados Unidos. Según la oficina del censo, unos 35 millones de latinos son ciudadanos o residentes legales de Estados Unidos, el 12,5 por ciento de la población total del país. El 58,5 por ciento de ellos son de ascendencia mexicana y el 4,8 por ciento, de ascendencia centroamericana. Puerto Rico es un Estado Libre Asociado y todos los puertorriqueños son ciudadanos estadounidenses (el censo no incluye a los 3,8 millones de personas que viven en Puerto Rico). El 9,6 por ciento de los hispanos de Estados Unidos son de origen puertorriqueño. Muchos cubanos inmigraron después de que Fidel Castro subió al poder en Cuba en 1959 (el 3,5 por ciento de los latinos son de origen cubano). Durante los últimos treinta años ha llegado mucha gente de Colombia, Ecuador y otros países de Sudamérica. También hay inmigrantes indocumentados; entran por los estados del suroeste de Estados Unidos en busca de una vida mejor. La gran mayoría de la gente hispana de Estados Unidos (el 76 por ciento) vive en el oeste o en el sur del país. David Hayes-Bautista, un profesor famoso por sus estudios sobre los latinos en Estados Unidos, afirma que:

> Los latinos aportan *(bring)* mucho a la nación. Los latinos son mucho más activos en la fuerza laboral que cualquier otro grupo. Al latino le agrada *(enjoys, likes)* trabajar, y trabajar con gusto. La familia es de gran importancia para el latino. Se preocupa mucho por la vida espiritual de sus hijos. Es

---

[1] A note on the use of *Hispanic* or **hispano:** Some people in the United States object to this term because it is used on forms to categorize people as if their language were their race (e.g., black, white, Hispanic, Asian, etc.). Many prefer to be known as *Latinos.* Most prefer to use a term with a hyphen that includes their country of origin (e.g., Mexican-American, Cuban-American). In this book, both **latino** and **hispano** are used.

[2] Frank de Varona, *Latino Literacy: The Complete Guide to Our Hispanic History and Culture,* (New York: Round Stone Press, a division of Henry Holt & Company), 1996, páginas 63–64.

importante que sus hijos sepan llevar una vida sana, respetuosa, honrada y trabajadora. Además, el latino siente grandes patriotismo hacia Estados Unidos. En una gran desproporción, considerables latinos han ganado la Medalla de Honor del Congreso.[3]

En Canadá también hay una presencia latina, aunque no es tan antigua como la de Estados Unidos. En la década de 1970 empezó a llegar un gran número de refugiados políticos de Argentina, Chile y Uruguay y, poco después, de El Salvador, Guatemala y Nicaragua. Mucha gente hispana ha llegado a Canadá para trabajar, estudiar o poner negocios *(businesses),* como en Estados Unidos. La mayor parte de ellos viven en Montreal, Toronto y Vancouver, pero hay comunidades latinas en todas las provincias del país, que están creando una nueva cultura hispano-canadiense.

Muchos artistas y cantantes hispanos, como Gloria Estefan, viven en Miami, Florida. Los canales de televisión Telemundo y Univisión tienen sus oficinas principales en Miami. Según Richard Arroyo (el primer gerente de MTV Latino), esta ciudad es «la Suiza de la industria del entretenimiento» en español.

[3] *Más,* enero-febrero de 1991, página 49.

¿Dónde viven los hispanos de Estados Unidos? Depende de su país de origen. Las comunidades más grandes de mexico-americanos viven en Los Ángeles, Chicago, Houston, San Antonio y Phoenix. Las comunidades más grandes de puertorriqueño-americanos viven en Nueva York, Chicago y Filadelfia. Muchos cubano-americanos se encuentran en Hialeah Miami, Nueva York, Tampa y Los Ángeles; dos de cada tres cubano-americanos viven en la Florida.

3-1 Preguntas

1. Según el mapa de la página 62, ¿cuándo adquirió Estados Unidos el territorio de la Florida Occidental? ¿de Tejas? ¿de California?
2. ¿Quién descubrió la Florida? ¿Cuándo? ¿Quién escribió el primer libro sobre lo que es hoy Estados Unidos? ¿Dónde y cuándo nació el primer bebé europeo en este país?
3. ¿De qué ascendencia es la mayoría de los latinos que viven en Estados Unidos?
4. ¿Por qué hay muchos puertorriqueños en Estados Unidos?
5. ¿Por qué inmigraron muchos cubanos a Estados Unidos después de 1959?
6. ¿En qué ciudades canadienses viven muchos latinos?
7. ¿Conoce usted a algunos inmigrantes hispanos? ¿De dónde vinieron? ¿Por qué vinieron?

Actividades

3-2 Latinos famosos. ¿Conocen ustedes a estos latinos famosos? Trabajando en grupos, escojan a cinco de ellos y digan algo acerca de estas personas. Por ejemplo, ¿qué hacen? ¿Por qué son famosos(as)? ¿Dónde nacieron? (Usen la Red o un libro de consulta si es necesario.)

MODELOS: *Sandra Cisneros es una escritora mexico-americana. Su novela más famosa se llama* The House on Mango Street (La casa en Mango Street). *Es de Chicago.*

Rita Moreno es actriz y cantante. Es la única artista del mundo que tiene un Óscar, un Grammy, un Emmy y un Tony. La película West Side Story *la hizo famosa. Nació en Puerto Rico.*

Los deportes: Alex Rodríguez, Brenda Villa, Lisa Fernández, Mark Ruiz, Jennifer Rodríguez, Oscar de la Hoya, José Canseco, Bobby Bonilla, Mary Joe Fernández, Nancy López, Gigi Fernández

La literatura: Sandra Cisneros, Oscar Hijuelos, Ana Castillo, Julia Álvarez, Gary Soto

La música: Ricky Martin, Christina Aguilera, Carlos Santana, Linda Ronstadt, Joan Baez, Jon Secada, Celia Cruz, Mariah Carey

El cine: Jennifer López, Cameron Díaz, Rita Moreno, Anthony Quinn, Edward James Olmos, Andy García, Rosie Pérez, Jimmy Smits, Gregory Nava

Otros: Ellen Ochoa, Cruz Bustamante, Jeffrey P. Bezos, Cristina Saralegui

Unos 55 años antes del primer Día de Acción de Gracias celebrado en Massachusetts, Pedro Menéndez de Avilés invitó a cenar a los indígenas de San Agustín, Florida, después de oír una misa.

Vocabulario útil

Inmigrantes y viajeros

La inmigración

la adaptación	adjustment
la ascendencia	ancestry, descent
el barrio, el vecindario	neighborhood
bilingüe	bilingual
el ciudadano (la ciudadana)	citizen
extrañar	to miss, feel nostalgia for
extranjero(a)	foreign
la frontera	border
salir adelante (con)	to get ahead, to cope (with)

El trabajo

el (des)empleo	(un)employment
el éxito	success
tener éxito	to be successful
la fábrica	factory
el, la jefe (*also, la jefa*)	boss
el puesto	job, position

Palabras descriptivas (Antónimos)

agradable	pleasant	desagradable	unpleasant
estupendo(a)	great	horrible	horrible
extraño(a)	strange	típico(a)	typical
lindo(a), hermoso(a)	lovely	feo(a)	ugly
pintoresco(a)	picturesque		
maravilloso(a)	marvelous	insoportable	unbearable
moderno(a)	modern	antiguo(a)	old, ancient; former

Cognados

adaptarse (a)	la oportunidad
escapar (de)	sufrir discriminación
indocumentado(a)	

¡Ojo!

bajo(a) *short (not tall)* / **corto(a)** *short (not long)* / **breve** *short, brief*
largo(a) *long* / **grande** *large, great*
la mayoría *majority* / **la mayor parte** *most*
la minoría *minority* / **el grupo minoritario** *minority (group)*

Práctica

3-3 Antónimos. Dé el antónimo de cada palabra o expresión.

1. lindo o hermoso
2. el empleo
3. breve
4. el indocumentado
5. el empleado
6. típico
7. horrible
8. alto
9. la minoría
10. antiguo

3-4 Factores positivos y negativos. Usando el **Vocabulario útil** como base, dé por lo menos cuatro factores positivos y cuatro negativos para la adaptación de un inmigrante.

1. Factores que generalmente contribuyen al éxito de un inmigrante:

   MODELO *ser bilingüe*

2. Factores que generalmente no contribuyen al éxito de un inmigrante:

   MODELO *vivir en un vecindario feo*

3-5 Opiniones. Muchos inmigrantes se adaptan muy fácilmente a su país adoptivo. ¿Es buena la asimilación de los inmigrantes? ¿Qué gana un inmigrante al asimilarse? ¿Qué pierde? ¿Qué gana la sociedad? ¿Qué pierde?

Para escuchar

Conversaciones con inmigrantes

Conversación 1: Para expresar desaprobación. Antes de ir a Colombia, Mike entrevistó a tres inmigrantes hispanoamericanos. Les preguntó por qué vinieron a Estados Unidos, qué extrañaban de sus países y qué pensaban de la vida en Estados Unidos. En la primera conversación, habla Roberto Barragán.

3-6 Escuche la **Conversación 1** y conteste las siguientes preguntas.

1. ¿De dónde es Roberto?
2. ¿Por qué vino a Estados Unidos?

3-7 Escuche la Conversación 1 otra vez. Escoja la mejor respuesta.

1. Roberto es...
   a. ingeniero.
   b. estudiante.
   c. médico.
2. Cuando Mike le pregunta, ¿Qué extraña de su país?, Roberto dice que...
   a. extraña a su familia y el clima.
   b. extraña las fábricas.
   c. no extraña nada.

3. Para Roberto, las universidades en su país son . . .
a. fábricas de desempleo.
b. fuentes de trabajo.
c. muy pequeñas.
4. Para Roberto, la vida en Estados Unidos es . . .
a. más difícil que la vida en su país.
b. más fácil que la vida en su país.
c. más aburrida que la vida en su país.

Conversación 2: Para expresar admiración.

3-8 En la segunda conversación, habla Carla Fernández. Escuche la Conversación 2 y conteste las siguientes preguntas.

1. ¿De dónde es Carla?
3. ¿Por qué vino a Estados Unidos?

3-9 Escuche la Conversación 2 otra vez. Escoja la mejor respuesta.

1. Carla extraña . . .
a. el clima y la naturaleza de su país.
b. la libertad de allí.
c. la forma de gobierno de allí.
2. Para Carla, lo mejor de la vida en Estados Unidos son . . .
a. las oportunidades económicas.
b. los medios de comunicación.
c. las actividades culturales.
3. Para Carla, lo negativo de la vida en Estados Unidos es el abuso de la libertad, que degenera en formas diversas de . . .
a. pereza (*laziness*).
b. ignorancia.
c. delincuencia.

Conversación 3: Para expresar sorpresa.

3-10 En la tercera conversación, habla Prudencio Méndez. Escuche la Conversación 3 y conteste las siguientes preguntas.

1. ¿De dónde es Prudencio?
3. ¿Por qué vino a Estados Unidos?

3-11 Escuche la Conversación 3 otra vez. Escoja la mejor respuesta.

1. ¿Qué extraña Prudencio de su país?
a. las costumbres en general
b. la organización laboral
c. el sistema legal

2. Para Prudencio, fue una sorpresa ver que el ritmo de vida en Estados Unidos es más ...
   a. tranquilo.
   b. personal.
   c. acelerado.
3. Dice Prudencio, «El latino en general no interrumpe su sociabilidad ni en el trabajo». Quiere decir que ...
   a. a los latinos no les gusta trabajar.
   b. las relaciones personales son muy importantes para los latinos.
   c. a los latinos no les gustan las interrupciones.
4. No sólo Prudencio, sino también Roberto y Carla, creen que en Estados Unidos hay más ...
   a. universidades.
   b. oportunidades.
   c. crímenes.

GRAMÁTICA Y VOCABULARIO

Agreement of Adjectives; Adjectives Used as Nouns

1. Adjectives agree with the nouns they modify in gender and number. Most adjectives end in **-o** in the masculine and **-a** in the feminine. If they do not end in **-o** in the masculine singular, the adjective form is usually the same for both genders.

un camino típic**o**, una calle típic**a**	*a typical road, a typical street*
un vecindario ideal, una ciudad ideal	*an ideal neighborhood, an ideal city*
un niño cortés, una niña cortés	*a polite boy, a polite girl*

2. Adjectives of nationality that end in consonants and adjectives that end in **-or, -ín, -án,** or **-ón** require an **-a** in the feminine. The feminine form does not normally require a written accent.

de origen español (inglés, alemán), de ascendencia español**a** (ingles**a**, aleman**a**)	*of Spanish (English, German) origin, of Spanish (English, German) descent*
un hombre hablador, una mujer hablador**a**	*a talkative man, a talkative woman*

3. The plurals of adjectives are formed in the same way as the plurals of nouns: add **-s** to an adjective that ends in a vowel or **-es** to an adjective that ends in a consonant (if the final consonant is **z,** change it to **c** first).

feo, feo**s** *ugly*	insoportable, insoportable**s** *unbearable*
difícil, difícil**es** *difficult*	feliz, feli**ces** *happy*

> *El mandarín es la lengua materna de 885 millones de personas; después, viene el español (332 millones) y el inglés (322 millones).*
> —*USA Today,* 9 de mayo, 2001

The masculine plural adjective is used to modify two or more nouns if one of them is masculine.

queridos muchachos y muchachas   *(my) dear boys and girls*

4. Adjectives are often used with articles as nouns.

¿Qué regalo abro? ¿El grande o el pequeño? —El pequeño, amor.

Which present should I open? The big one or the small one?—The small one, dear.

¿Qué camino seguimos? ¿El corto o el pintoresco?

What road shall we take (follow)? The short one or the picturesque one?

¿Cómo se llama la salvadoreña?

What is the Salvadoran woman's name?

Práctica

3-12 La ciudad ideal. Si usted fuera inmigrante en otro país, ¿cómo sería su ciudad ideal? Descríbala usando las siguientes ideas.

MODELO Para mí la ciudad ideal tiene …
gente / trabajador y amable
Tiene gente trabajadora y amable.

1. aire y agua / puro
2. un clima / agradable
3. restaurantes / francés, italiano y alemán
4. hospitales y escuelas / moderno y bueno
5. trenes y autobuses / rápido y cómodo
6. una playa / lindo linda
7. habitantes / cortés
8. actividades / cultural y deportivo

3-13 ¿Qué busca? Forme oraciones para describir lo que posiblemente busque un inmigrante que llega a este país. Use los adjetivos de la lista o sus propias ideas.

MODELO *Busca un profesor de inglés inteligente y amable.*

un puesto (trabajo)	amable
amigos	interesante
una casa (un apartamento)	barato
un(a) profesor(a) de inglés	generoso
un(a) jefe	cortés
oportunidades	justo
	inteligente
	nuevo
	simpático

3-14 Reunión de amigos. Conozca a sus compañeros de clase.

1. Haga una pregunta que se puede contestar con un adjetivo o una descripción y escríbala en una tarjeta. (Por ejemplo, **¿Cómo es tu compañero de cuarto?** o **¿Cómo era la última película que viste?**)
2. Levántese y haga la pregunta a un(a) compañero(a). Su compañero(a) le hace una pregunta a usted. Intercambien las tarjetas.
3. Busque a un(a) nuevo(a) compañero(a) y hágale la pregunta que recibió de su primer(a) compañero(a).
4. Haga y conteste por lo menos seis preguntas. ¿Cuál es la pregunta más interesante de todas?

Position of Adjectives

1. In general, descriptive adjectives (which specify nationality, size, shape, color, and so forth) follow the nouns they modify, while adjectives that specify quantity precede.

mucha gente extranjera	*many foreign people*
dos personas trabajadoras	*two hard-working people*

2. When two adjectives follow a noun, they are joined by **y.**

tres hombres altos y guapos	*three tall, handsome men*

3. When two adjectives are used to modify a noun, the shorter of the two or the one considered less distinguishing or important often precedes the noun.

un famoso cuadro moderno	*a famous modern painting*
una joven inmigrante puertorriqueña	*a young Puerto Rican immigrant*
un típico barrio antiguo	*a typical old neighborhood (district)*[4]

4. Cardinal numbers (**dos, tres, cuatro,** etc.) do not agree with the nouns they modify. Exceptions to this rule are **uno** and those ending in **-ciento** and **-uno** (see Appendix B). Ordinal numbers (**primero, segundo, tercero,** etc.), however, do agree with the nouns they modify. All numbers normally precede the nouns they modify, since they specify quantity.

cuatro ciudades y cinco pueblos	*four cities and five towns*
veintiún países (veintiuna naciones)	*twenty-one countries (twenty-one nations)*

El 35,0 por ciento de los hispanos de Estados Unidos tienen menos de dieciocho años de edad, y la edad promedio (average) de los hispanos es de 25,9 años. En cambio, el 25,7 por ciento de la población total del país tiene menos de dieciocho años y la edad promedio nacional es de 35,3 años. La población hispana es joven.

---

[4] A descriptive adjective can precede a noun when it is not used to differentiate the noun from others but, rather, to emphasize a special quality of the noun. There is sometimes an implication that the quality is understood, taken for granted, inherent: la inconstante luna, un breve segundo.

ciento un hombres (ciento una mujeres)	*one hundred and one men (one hundred and one women)*
doscientas palabras	*two hundred words*
los primeros viajeros a América	*the first travelers to America*
mi segundo viaje a Perú	*my second trip to Peru*

5. Some adjectives are shortened when placed immediately before a noun: **un, buen, mal, primer,** and **tercer** are used instead of **uno, bueno, malo, primero,** and **tercero** before masculine singular nouns; **gran** is used instead of **grande** before either a masculine or a feminine singular noun.

¿Conoce usted un buen hotel aquí cerca? —Sí, ¡cómo no!	*Do you know of a good hotel nearby? —Yes, of course!*
Es el primer (tercer) vuelo a México hoy.	*It's the first (third) flight to Mexico today.*
Fue un gran éxito. —¡Qué emocionante!	*It was a great success. —How exciting!*

6. Some adjectives have different meanings depending on whether they precede or follow a noun. The following chart gives the most common ones.

Adjective	Before the Noun	After the Noun
antiguo	*former:* la antigua capital	*ancient:* la capital antigua
gran, grande	*great:* una gran nación	*large:* una nación grande
pobre	*deserving of pity:* el pobre hombre	*needy:* el hombre pobre
nuevo	*new to owner:* el nuevo coche	*brand new:* el coche nuevo
único	*only:* la única oportunidad	*unique:* la oportunidad única
viejo	*old, longtime:* una vieja amiga	*elderly:* una amiga vieja

Práctica

3-15 Palabras descriptivas. Complete las siguientes oraciones aplicando (*applying*) los adjetivos de la lista a los sustantivos que están en negrilla.

MODELO Grande, Internacional
        Ezeiza, que está cerca de Buenos Aires, es un **aeropuerto**.
        Ezeiza, que está cerca de Buenos Aires, es un gran aeropuerto internacional.

1. lindo, italiano   La Boca es un **barrio** de Buenos Aires.
2. nuevo   ¿Cómo se llama el **presidente** de Bolivia?
3. bueno   ¿Conoce usted un **restaurante** cerca de aquí?
4. uno, famoso, español   García Lorca era **poeta**.
5. antiguo, azteca   Ciudad de México era la **capital** de Tenochtitlán.
6. pobre   La **mujer** perdió el avión.

7. varios, joven   (Los) **pasajeros** decidieron caminar.

8. único   Mis tíos José y Yolanda son los **parientes** que tenemos
                          aquí en Los Ángeles.

9. primer   La **novela** de Julia Álvarez fue *Cómo las niñas García
                          perdieron su acento.*

10. grande   Ernesto es un **amigo** mío.

3-16 Juego de descripciones.   Trabaje con un(a) compañero(a).

Estudiante A menciona un sustantivo (e.g., **novio, ciudad, profesor, lugar,
amiga, restaurante**).
Estudiante B da tres adjetivos que podrían modificar el sustantivo (e.g., **rico,
joven, inteligente**).
Estudiante A pone los adjetivos en orden de preferencia (e.g., **inteligente,
joven, rico**). (Otro ejemplo: **lugar: tranquilo, emocionante, cómodo.**)
Se invierten los papeles (B menciona un sustantivo; A da tres adjetivos; B los
pone en orden).
Tomen apuntes (*notes*). Al final, hagan una oración acerca de su compañero(a);
por ejemplo, **Juanita prefiere un novio rico, un lugar emocionante....**

3-17 Viajes.   Trabaje con un(a) compañero(a). Haga y conteste preguntas. Descríbale un viaje que usted haya hecho (*have taken*).

1. ¿Adónde fue y cómo viajó? ¿Fue su primer viaje allí?
2. ¿Se quedó con amigos o parientes o se quedó en un hotel? (Me quedé...) ¿Era
   un buen hotel o un hotel barato?
3. ¿Hacía buen tiempo?
4. ¿Cómo era la comida?
5. En general, ¿cómo fue el viaje?

3-18 Descripción.   Usando su imaginación, describa las fotos que siguen.
¿Quiénes son estas personas? ¿Qué hay en las escenas que no se ve en las fotos?

Ser versus *Estar;*
Ser and *Estar* with Adjectives

Ser versus Estar

Ser is used:

1. to link the subject to a noun

Yo soy mexicano (un amigo de Enrique, demócrata,[5] un hombre sincero).	*I am Mexican (a friend of Enrique, a Democrat, a sincere man).*
Caracas es la capital de Venezuela.	*Caracas is the capital of Venezuela.*

2. with **de** to indicate origin

¿De dónde era Simón Bolívar? —Era de Venezuela.	*Where was Simón Bolívar from? —He was from Venezuela.*
Esta tarjeta postal es de Puerto Rico.	*This postcard is from Puerto Rico.*

3. with **de** to tell what something is made of

¿Son de maíz estas tortillas?	*Are these tortillas made of corn?*
Este reloj es de plata.	*This watch is made of silver.*

4. with **de** to indicate possession

El coche nuevo es de mi primo. —¡Qué cómodo es!	*The new car is my cousin's. —How comfortable it is!*

5. to express time of day[6] or date of the month

¿Son las dos? —No, es la una y media.	*Is it two o'clock? —No, it's one-thirty.*
¿Qué fecha es hoy?	*What is the date today?*

6. to indicate where an event takes place

La boda fue en la catedral de Guadalupe.	*The wedding was in the Cathedral of Guadalupe.*
La fiesta será en casa de Ana.	*The party will be at Ana's house.*

Estar is used:

1. to express location or position of people, places, or objects (but not of events)

Mis padres están en el extranjero.	*My parents are abroad.*
Cuzco, la antigua capital inca, está en Perú.	*Cuzco, the former Inca capital, is in Peru.*

---

[5] Remember that if the noun is unmodified and indicates a religion, occupation, nationality, or political affiliation, the indefinite article is omitted, as discussed in Chapter 1, page 19.

[6] For a review of how to tell time in Spanish, see Appendix B.

¿En qué calle está el Teatro Colón?	*What street is Colón Theater on?*

2. with certain weather expressions[7]

Está nublado (claro).	*It's cloudy (clear).*

3. with a present participle (**-ando** or **-iendo**) to form the progressive tenses

¿Qué estás leyendo, Ricardo?	*What are you reading, Ricardo?*
Ayer a la una mis padres estaban trabajando en el jardín.	*Yesterday at one o'clock my parents were working in the garden.*

The progressive tenses are used in Spanish only when the speaker wishes to emphasize that the action is continuing or in progress at a specific time.[8]

Ser and Estar with Adjectives

1. **Ser** is used with an adjective when the speaker wishes to express a quality that he or she considers to be normal or characteristic of the subject.

¿Cómo es mi abuelo? Es amable y trabajador.	*What's my grandfather like? He's kind and hard working.*
El agua de este río es fría.	*The water in this river is (usually) cold.*
Mi hijo es alto.	*My son is tall.*

2. **Estar** is used with an adjective when the speaker wishes to express the state or condition that the subject is in.

¿Cómo está mi abuelo? Está deprimido	*How's my grandfather? He's depressed.*
¡Huy! El agua del baño está fría.	*Wow! The bathwater is cold (now).*
Mi hijo está enfermo.	*My son is sick.*

3. Often the use of **estar** emphasizes that the state or condition is different from the normal or expected. So it sometimes means *to have become* or *to look, appear, feel,* or *taste* and frequently implies an emotional reaction. Compare:

Los García son pobres.	*The Garcías are poor.*
Vi a los Álvarez ayer. ¡Qué pobres están!	*I saw the Alvarezes yesterday. How poor they are (have become)!*
Mi abuela es vieja; tiene noventa años.	*My grandmother is old; she's ninety.*
¡Qué vieja está la abuela!	*How old grandmother is (looks)! (She looks older than usual.)*
La paella es deliciosa.	*Paella is delicious (in general).*
¡Felicitaciones! Esta paella está deliciosa.	*Congratulations! This paella is (tastes) delicious.*

> En Estados Unidos, Nuevo México tiene el porcentaje más alto de hispanos: 42,1 por ciento.

---

7 Most weather expressions use **hacer;** many of them are reviewed in Chapter 9.

8 The present participle and the progressive tenses are discussed further in Chapter 12.

Vocabulario útil

Adjetivos descriptivos

Aquí hay algunos adjetivos que tienen un significado cuando se usan con **ser** y otro significado cuando se usan con **estar**.

	Con **ser**	Con **estar**
aburrido	*boring*	*bored*
bueno	*good*	*well, in good health*
despierto	*bright, alert*	*awake*
divertido	*amusing*	*amused*
listo	*smart, clever*	*ready*
loco	*silly, crazy (by nature)*	*insane, crazy (by illness)*
malo	*bad, evil*	*sick, in poor health*
nuevo	*newly made, brand new*	*unused, like new*
verde	*green (color)*	*green (unripe)*
vivo	*lively, quick witted, keen*	*alive*

Práctica

3-19 Dos conversaciones. Escoja la forma apropiada de **ser** o **estar**.

Conversación 1: En la calle.

A: ¿Qué tal, Yolanda? ¿Qué hay de nuevo?

B: Tengo dos noticias buenas. Primero, conseguí un trabajo de niñera (*babysitter*). Voy a empezar el lunes, si Dios quiere.

A: ¡Qué bien!

B: El niño que voy a cuidar (1. es / está) muy bueno. Y (2. es / está) muy despierto, muy inteligente.

A: Me alegro. ¿Y la otra noticia?

B: Compré un carro. (3. Era / Estaba) de una señora que sólo lo usaba para ir a la iglesia o al doctor. ¡(4. Es / Está) nuevo!

Conversación 2: El teléfono suena (*rings*).

A: Buenos días, compa'.

B: ¿Cómo que «buenos días»? ¡(5. Son / Están) las seis de la mañana, hombre!

A: Las seis y quince.... ¿No vamos a ir al lago a pescar (*fish*)?

B: ¿Cómo (6. es / está) el tiempo?

A: (7. Es / Está) nublado, pero dicen que no va a llover.

B: No sé, no (8. soy / estoy) realmente despierto.

A: Bueno, te vuelvo a llamar en media hora.

3-20 «Sin fronteras» en Canadá. «Sin fronteras» es un programa de radio en español que se transmite desde Edmonton, Canadá. Escoja el verbo apropiado para cada oración.

«Sin fronteras» (1. es / está) un programa en español que Ingrid de la Barra y Sergio Muñoz comenzaron hace once años para transmitir a la comunidad de habla hispana música, noticias y comentarios relacionados con su cultura. El programa no (2. es / está) nuevo, pero tiene un nuevo nombre. Al principio, el nombre del programa (3. era / estaba) «Onda hispánica», pero lo cambiaron a Sin fronteras para representar una idea importante: los latinos de diferentes países están unidos por sus tradiciones, música e historia. Dice Ingrid: «Mi marido y yo (4. somos / estamos) chilenos, pero junto con nosotros participa un equipo de latinoamericanos muy dedicados. Ellos (5. son / están) de Argentina, Chile, Colombia, El Salvador y Venezuela. Todos (6. son / están) voluntarios, y no reciben pago (*pay*). Sin embargo, cada sábado por la tarde llegan a nuestra casa para grabar (*tape-record*) y (7. son / están) allí hasta las 10:00 u 11:00 de la noche. Al terminar, (8. somos / estamos) bien cansados, pero felices, porque es un trabajo muy útil y al mismo tiempo creativo».[9]

3-21 Una latina famosa. Complete las oraciones con **ser** o **estar.**

Rosie Pérez (1) _es_ puertorriqueña. Nació en Brooklyn y estudió bioquímica en Los Ángeles. Dice Rosie: «Mis padres (2) _son_ de Puerto Rico: papá (3) _es_ de Aguadilla y mamá (4) _es_ de San Juan. [Yo] (5) _soy_ pura sangre puertorriqueña, pero nacida en Nueva York. Mi padre era marino mercante, ahora está jubilado [*retired*].... [Yo] (6) _soy_ una de once hermanos; éramos una familia muy pobre....»

Rosie (7) _es_ muy despierta y trabajadora y siempre (8) _está_ lista cuando se le presenta una nueva oportunidad. Después de hacer *Do the Right Thing* con Spike Lee, actuó en las películas *White Men Can't Jump, Untamed Heart, Fearless y It Could Happen to You.* Nunca (9) _está_ aburrida porque siempre (10) _está_ trabajando en una variedad de proyectos. De los papeles para mujeres hispanas dice: «Ahora, en Hollywood, se están escribiendo muchos libretos [*scripts*] con roles para mujeres hispanas. Desafortunadamente, la mayoría de ellos (11) _son_ papeles estereotipados». Como puertorriqueña y latina, siento una gran responsabilidad en este sentido. Necesito saber que no (12) _estoy_ comprometiendo [*compromising*] a mi gente o mostrando una imagen que no es real; es una nueva responsabilidad que (13) _estoy_ asumiendo».[10]

3-22 Entrevista. Use las siguientes ideas para entrevistar a un(a) compañero(a) y conocerlo(la) mejor. Haga y conteste preguntas con **ser** o **estar.**

MODELOS enojado(a) con alguien ahora

A: *¿Estás enojado con alguien ahora?*
B: *No, no estoy enojado con nadie.*

A: *¿Eres una persona sincera?*
B: *Sí, soy una persona sincera.*

---

[9] Desde 1999, es posible escuchar el programa en un sitio Internet durante toda la semana, algo muy útil para los estudiantes de español.

[10] Yenny Nun-Katz, «Rosie Pérez: Una latina tras el Oscar», *Vanidades,* primero de febrero de 1994, páginas 122–123.

1. una persona dinámica o perezosa, en general
2. bien hoy
3. cansado(a) ahora (¿por qué?)
4. un(a) estudiante típico(a) o único(a) (¿en qué sentido?)
5. nervioso(a) cuando hay examen en la clase de español
6. de buen humor ahora (¿por qué?)
7. cortés siempre
8. descortés con alguien alguna vez (use el pretérito; ¿por qué?)

3-23 Familiares. Trabaje con un(a) compañero(a). Haga y conteste cinco o seis preguntas acerca de sus familiares, usando los verbos **ser** y **estar.**

MODELOS *¿Cómo es tu mamá? ¿Es ama de casa? ¿Dónde está ahora?*

3-24 ¡Qué pesado(a)! Trabaje con un(a) compañero(a). Descríbale a una persona que no le gusta para nada. ¿Quién es? ¿Cómo es? ¿Qué está haciendo ahora? Vocabulario coloquial: pesado *boring, dull;* fatal *awful;* no estar en nada *to be out of it;* un nerdo *nerd;* creerse el (la) muy muy *to think he's (she's) hot stuff;* ser un cero a la izquierda *to be a real zero.*

Donde una puerta se cierra, otra se abre.
—proverbio

Demonstratives

Adjectives

Singular			Plural		
Masculine	**Feminine**		**Masculine**	**Feminine**	
este	esta	*this*	estos	estas	*these*
ese	esa	*that*	esos	esas	*those*
aquel	aquella	*that . . . over there*	aquellos	aquellas	*those . . . over there*

Pronouns

Singular			Plural		
Masculine	**Feminine**		**Masculine**	**Feminine**	
éste	ésta	*this (one)*	éstos	éstas	*these*
ése	ésa	*that (one)*	ésos	ésas	*those*
aquél	aquélla	*that (one). . . over there*	aquéllos	aquéllas	*those . . . over there*

1. Demonstratives are words that point out persons and objects. In English, one's perspective is divided into *this* and *that*, *these* and *those*, distinguishing between things close to and things far away from the speaker. In Spanish, **este, ese,** and **aquel** divide one's perspective into things close to the speaker, things close (or relating) to the person spoken to, and things far away from both. The demonstrative pronouns have the same forms as the adjectives but require accents.

¿Cuánto cuesta esta bicicleta? —¿Ésa? Es vieja. Trescientos pesos.	*How much does this bicycle cost? —That one? It's old. Three hundred pesos.*
¿Esos pasajes son de ida y vuelta? —Sí, ¡pero éste es a Monterey en California, y no a Monterrey en México!	*Are those tickets round-trip? —Yes, but this one is to Monterey, California, not to Monterrey, Mexico!*
¿Quiere usted comprar esa tarjeta postal? —Sí, y déme aquélla también.	*Do you want to buy that postcard? —Yes, and give me that one over there, too.*

As you can see, demonstrative adjectives generally precede the nouns they modify and agree with them in gender and number. Demonstrative pronouns agree with the nouns they replace in gender and number.

2. **Esto, eso,** and **aquello** are used to refer to statements, abstract ideas, or something that has not been identified. They are neuter forms; there are no plurals or accented forms.

¿Qué es esto?	*What is this?*
¿Cómo puede usted decir eso?	*How can you say that?*

Práctica

3-25 Situaciones. Haga nuevas oraciones con las palabras entre paréntesis.

1. —Enrique, pásame **ese plato,** por favor. (taza, vasos, cucharas)
   —¿Cuál? ¿**Éste?**

2. José, **ésta es mi amiga Ana. Es** de Madrid. (padrinos, primas Juana y Silvia, amigo Pablo)
—Mucho gusto.

3. Felipe, dame **ese libro,** por favor. (cintas, lápices, revista)
—**¿Éste?** Cómo no.

3-26 Consejos a un inmigrante de El Salvador. Complete las oraciones con el demostrativo apropiado.

1. La ropa en ___esta___ tienda (de aquí) es muy cara, pero en ___esa___ (*that one*) de al lado los precios son buenos.
2. ¿No le gustan las hamburguesas? Bueno, ___este___ restaurante (de aquí) tiene comida salvadoreña, y ___aquel___ que vemos allí en la esquina (*corner*) tiene comida mexicana.
3. ¿Le gusta la idea de trabajar en ___esa___ compañía que está allí enfrente? ¿O vamos a ir a ___aquella___ agencia de empleos que está más lejos? *further away*
4. Déme, por favor, _____ lápiz que tiene en la mano, y le daré la dirección de un buen mecánico.

3-27A Como una banana en Noruega *(Norway).* El vicepresidente de una empresa *(company)* muy grande habla de sus experiencias de cuando fue a trabajar a una fábrica en Michigan. Complete los párrafos con los adjetivos o pronombres demostrativos indicados.

«La primera vez que enfrenté la realidad de ser diferente, me sentí como una banana en Noruega. Hasta (1) _ese_ [*that*] momento había vivido en medios mucho más protegidos, en una universidad. Hacía diez años que vivía en Estados Unidos. Jamás escuché que alguien me llamara por un nombre insultante en cuanto a mi origen étnico. (2) _Esto_ [*This*] resultó ser la primera situación que me obligó a enfrentar la realidad. [Yo] Era alguien diferente. Escuché toda clase de insultos raciales. Era parte de la vida en (3) _ese_ [*that*] sitio.

«¿Qué rayos [*what the devil*] haces aquí quitándole el puesto a otro»? ¿Por qué no regresas a tu país de porquería [*garbage*] donde te necesitan? «(4) _Esos_ [*Those*] eran algunos de los comentarios que escuchaba. (5) _Esa_ [*That*] fría recepción resultó ser una gran motivación. No le recomendaría a nadie que lo reciban de (6) _esa_ [*that*] manera, pero (7) _ese_ [*that*] tipo de desafío [*challenge*] puede ser una gran motivación. En mi caso lo fue.»[11]

3-27B Preguntas.

1. ¿Qué opina de lo que dice el ejecutivo hispano?
2. ¿Hay mucha discriminación en este país? Si la respuesta es sí, ¿qué podemos hacer para cambiar la situación?
3. ¿Conoce a algún (alguna) inmigrante hispano(a)? ¿Sabe por qué vino a este país? ¿Es difícil su situación? ¿Por qué sí o por qué no?

3-28 Por pura curiosidad. Trabaje con un(a) compañero(a). Haga y conteste tres o cuatro preguntas usando adjetivos o pronombres demostrativos.

MODELOS *¿Dónde compraste esa mochila?*
¿Ésta? En REI.
¿Cómo se llama aquella chica con el suéter azul?
Aquélla se llama Michele.

Possessives

Adjectives: Short Forms

> La esperanza no es pan, pero alimenta (nourishes).
>
> —proverbio

mi(s)	my		nuestro(a, os, as)	our
tu(s)	your		vuestro(a, os, as)	your
	su(s)	his, her, its, their, your		

Possessive adjectives in Spanish agree with the nouns they modify, not with the possessor. Short forms precede the nouns they modify.

mi casa	*my house*
sus llaves	*his (her/their/your) keys*
nuestra maleta	*our suitcase*

---

[11] Augusto Failde y William Doyle, *Éxito latino* (New York: Simon & Schuster, 1996), página 112.

Adjectives: Long Forms; Pronouns

mío(a, os, as)	*my, of mine*	nuestro(a, os, as)	*our, of ours*
tuyo(a, os, as)	*your, of yours*	vuestro(a, os, as)	*your, of yours*
suyo(a, os, as)	*his, of his; her, of hers; their, of theirs; your, of yours*		

1. When the speaker or writer wishes to emphasize the possessor, rather than the thing possessed, long forms of the possessive adjectives are used. These are called "stressed forms" and are emphasized in speech. They follow the nouns they modify.

   El carro tuyo es pequeño y   *Your car is small and efficient.*
      eficiente.
   Las bicicletas suyas son nuevas.   *Their bicycles are new.*

   The long forms are used much less frequently than the short forms.

2. Since both **su(s)** and **suyo(a, os, as)** can have several meanings, depending on the possessor, a prepositional phrase with **de** may be used for clarification instead of the possessive adjective.

   Es su cámara.   }   Es la cámara de él (ella, ellos, ellas,
   Es la cámara suya.   }   usted, ustedes).

3. The long forms of the possessive adjectives can be used as pronouns. They take the place of a noun and are normally preceded by a definite article.

   Extraño a mi familia. ¿Tú   *I miss my family. Do you miss*
      también extrañas a la tuya?   *yours too?*

   After the verb **ser,** the definite article is usually omitted.

   Estas maletas no son mías.   *These suitcases aren't mine. Good*
      ¡Qué barbaridad!   *grief!*
   ¿Es tuyo? No es nuestro. Tal   *Is it yours? It's not ours. Maybe it's his*
      vez es suyo.   *(hers, theirs).*

Práctica

3-29 ¿Qué extrañan? La familia Ibáñez ha emigrado de Uruguay a Argentina. De acuerdo con el modelo, diga qué es lo que cada uno de ellos extraña más. (Acuérdese de usar la *a* personal cuando lo que extrañan es una persona.)

MODELO José / amigos
         José extraña a sus amigos.

1. la señora Ibáñez / casa
2. Paco y Julio / tíos
3. los abuelos / viejos amigos
4. el señor Ibáñez / restaurantes favoritos

5. Adela / novio

A propósito, ¿qué extraña usted cuando no está en esta ciudad?

3-30 Historias verdaderas. Dos salvadoreños hablan de cómo llegaron a Estados Unidos y de lo que extrañan de El Salvador. Complete las oraciones con los posesivos apropiados.

Coralia A., 35 años

Extraño a (1) _____ hijos. Todavía están en El Salvador, con (2) _____ hermana y (3) _____ familia [de ella]. (4) _____ papá [de los niños] era estudiante en la universidad. Desapareció hace varios años. Después de eso, no pude mantener a la familia y vine aquí, aunque ilegalmente. Mando dinero a casa todos los meses. Algún día, voy a regresar a ver a (5) _____ hijos y (6) _____ país.

Jesús M., 40 años

Extraño (7) _____ pueblo [de nosotros] y a la gente de allí. En El Salvador, nunca me metí [*I never got involved*] en la política. Pero en 1990 los escuadrones de la muerte mataron a unos vecinos (8) _____ [de nosotros], y fui a (9) _____ casa a enterrarlos [*bury them*]. Desde ese día en adelante, (10) _____ vida no valía nada allí. Me acusaron de ser comunista. Trataron de matarme dos veces. Me escapé y fui a México con (11) _____ familia. Allí nos pusieron en un campamento para refugiados, donde no había qué comer y donde la vida era prácticamente imposible. Allí (12) _____ esposa tuvo (13) _____ tercer hijo, y casi se murió. Por fin alguien nos ayudó a venir aquí. Algún día, si Dios quiere, vamos a regresar a (14) _____ tierra.

Los inmigrantes que viven en Estados Unidos mandan varios miles de millones de dólares al año a sus familiares. Los mexicanos, por ejemplo, mandan unos cuatro mil millones de dólares anuales (17 millones al día) y así ayudan a unos veintidós millones de personas en México.

3-31 Intercambios. En forma alternada, exprese sus preferencias y pregunte cuáles son las de su compañero(a).

MODELO Mi escritora favorita es ...

A: *Mi escritora favorita es Isabel Allende. ¿Y la tuya?*
B: *La mía es Julia Álvarez.*

1. Mi actor favorito es ...
2. Mis cantantes favoritas son ...
3. Mi atleta favorita es ...
4. Mis vacaciones de verano fueron ...
5. Mi ciudad favorita es ...
6. Mi disco compacto favorito es de ...

Por mucho tiempo, en las pantallas [screens] de Hollywood, los hispanos eran bandidos o amantes. Luego nos ignoraron. Hoy nos representan poco y a menudo falsamente. Pero gracias a nuestra población que está creciendo, nos ignoran menos y menos.

—Ricardo Montalbán, en Univisión

En otras palabras

Para expresar admiración, desaprobación, sorpresa

When you travel to another country, there are always some things you admire, some things you dislike, and some things that surprise you. Even if you are just traveling, it's important to be able to express your feelings about the things you see around you, about gifts you are given, things you buy that don't work, and so forth. Here are some ways to express them.

Admiración

¡Qué interesante (impresionante, hermoso, precioso)!
¡Qué ciudad más bonita! ¡Qué niños más simpáticos!
¡Es estupendo (formidable, magnífico, maravilloso, lo máximo)!
¡Esto es perfecto! ¡Es un sueño! ¡Es lo que quería (lo que necesitaba)!

Desaprobación

¡Esto es terrible (feo, injusto, insoportable, ridículo)! ¡Es fatal! (*It's awful!*)
Esto no es aceptable. Es demasiado...
Esto no funciona (*doesn't work*). No sirve. (*It's no good.*)

Sorpresa

¡Qué sorpresa! ¡Qué maravilla!
¡Fíjese!/¡Fíjate! ¡Imagínese!/¡Imagínate! (*Just look! Just imagine!*)
¡Hombre! ¡Caramba! ¡Caray! ¡Dios mío!
¡Qué increíble! ¡No esperaba esto!

Práctica

3-32 ¿Qué dicen? ¿Qué cree usted que están diciendo las personas que están en los siguientes dibujos (*drawings*)?

1.

2.

3.

4.

A partir de la primera generación en Estados Unidos, la gran mayoría de los latinos habla inglés, y muchos de los de la segunda generación no hablan español. Tres de cada cuatro latinos hablan inglés; uno de cada dos es bilingüe.

QUEJAS

5.

6.

3-33 Reacciones. Después de una fiesta, usted abre los siguientes regalos. ¿Qué diría al abrirlos?

MODELO una camiseta (*T-Shirt*), color pulga (*puce*)
¡Qué fea!

1. una cartera (*small purse*)
2. una taza que lleva el nombre de su universidad
3. un bolígrafo (*pen*) que no funciona
4. un disco compacto de una ópera de Wagner
5. un disco compacto de Julio Iglesias
6. un libro de Charles Dickens
7. un libro de chistes
8. un libro sobre el arte español
9. un cenicero (*ashtray*) de plástico gris
10. un calendario con fotos de arte folklórico de Latinoamérica

EN CONTACTO

El que no arriesga (takes no risks) no gana.

—proverbio

3-34 La ciudad ideal o la ciudad de pesadilla. Trabaje con un(a) compañero(a); describan una ciudad perfecta o una ciudad de pesadilla (*horrible*). Incluyan algunas de las siguientes ideas.

¿De qué tamaño es?

¿Qué actividades culturales o deportivas tiene?

¿Cómo es el clima: tropical, frío, árido?

¿Qué oportunidades de trabajo hay?

¿Qué servicios sociales tiene?

¿Es alto o bajo el costo de vida?

¿Hay transporte público?

¿Cuáles son los pasatiempos de la gente que vive allí?

3-35 ¿Cómo te gusta? Trabajen en grupos de cuatro a seis personas. Estudiante A sale de la sala de clase mientras las otras personas del grupo escogen un sustantivo (por ejemplo, **el auto**). Estudiante A regresa y hace la pregunta **¿Cómo te gusta?** Los otros estudiantes contestan (por ejemplo, **grande, nuevo, rojo, cómodo, con motor eléctrico**). Estudiante A trata de adivinar (*guess*) el sustantivo. Tiene tres oportunidades para adivinar. Después, Estudiante B sale de la sala, etc.

3-36 Entrevista. Si es posible, entreviste a una persona hispana. Vaya al departamento de inglés para extranjeros de su universidad o visite una clase de inglés para inmigrantes de su comunidad. Pídale a la persona que entreviste que describa las siguientes cosas en una o dos palabras:

1. la comida de su país / la comida de aquí
2. el trabajo que tenía en su país (si tenía trabajo) / el trabajo que tiene aquí (si tiene trabajo)
3. el sistema de transporte público de su país / el sistema de transporte público de aquí
4. el clima de su país / el clima de aquí
5. el lugar donde vivía en su país / el lugar donde vive aquí

3-37 COMPOSICIÓN:

Mis antepasados. Escriba una breve descripción de sus antepasados (o de los antepasados de un[a] amigo[a]), que llegaron como inmigrantes a este país, según las siguientes instrucciones.

1. En dos o tres oraciones, explique donde vivían estos inmigrantes antes y cómo era su situación allí (con la familia, con el trabajo, con la política, etc.)
2. Escriba dos o tres oraciones sobre su viaje del antiguo país al nuevo (por qué vinieron, cómo viajaron, los problemas que tuvieron).
3. Escriba dos o tres oraciones de conclusión (qué pasó después o cómo están ahora).
4. Invente un título interesante para su descripción.

San Antonio y «la Nueva Frontera»

En San Antonio, Tejas, a unas 150 millas de la frontera mexicana, más de la mitad de la población es de origen hispano. Para muchos habitantes de San Antonio, es necesario saber **manejar** dos **idiomas** (el inglés y el español) en la vida profesional. La persona bilingüe **se comunica** fácilmente y tiene muchas ventajas (*advantages*).

Vocabulario

comunicarse	*to communicate*
la confianza	*trust, confidence*
los empleados	*employees*
fundar	*to found*
la lengua, el idioma	*language*
manejar	*to manage, handle, speak (a language)*
el noticiero	*news program*
por temor a que *(+ subjunctive)*	*for fear that*

Práctica de vocabulario

Escoja el elemento de la lista que mejor corresponda a la definición.

1. con el miedo de que
2. los trabajadores
3. esperanza firme que uno tiene en una persona
4. ser los primeros habitantes de una ciudad, iniciar
5. el idioma

HABLANDO DEL TEMA

◁❙❙▷ La historia de San Antonio comienza en el año 1718, cuando los españoles fundaron la Misión San Antonio de Valero con su famosa iglesia, el Álamo. Después de una revolución contra México en 1835, Tejas llegó a ser república. En 1848 se convirtió en estado de Estados Unidos.

◁❙❙▷ San Antonio es una ciudad que une lo antiguo con lo moderno, lo mexicano con lo anglo-americano. Los turistas que llegan a San Antonio pueden visitar el Álamo, ir de compras al lindísimo Mercado (con su rica selección de artesanía [*handicrafts*] mexicana) y conocer el Paseo del Río o *Riverwalk*, con sus muchos restaurantes y tiendas. San Antonio tiene también un museo de arte, una orquesta sinfónica y un instituto cultural mexicano.

Pregunta de enfoque

¿Por qué es importante el español en todos los aspectos de la vida en una ciudad como San Antonio?

Comprensión

1. Patty Elizondo dice que en las décadas de 1940 y 1950 en San Antonio muchos padres hispanos no quisieron enseñarles el español a sus hijos. ¿Por qué no? ¿Ha cambiado esa actitud?

Tino Durán, editor de *La prensa* (periódico bilingüe)

2. ¿Por qué estudió español Chris Marrous? ¿Dónde trabajaba él? ¿Qué lo hizo más valioso *(valuable)* para sus jefes?
3. Para trabajar en el periódico *La prensa*, ¿qué hay que saber?
4. ¿Dónde estudió español Brent Gilmore? ¿Qué ventajas le da el español?

Puntos de vista

1. ¿Es importante el español en la región donde usted vive? Por ejemplo, ¿es útil saber hablar y escribir en español para conseguir un buen trabajo?
2. ¿Hay otros idiomas extranjeros importantes en su región? ¿Cuáles? ¿Son útiles para tener éxito en la vida profesional? Explique.
3. ¿Cómo demuestra el video la importancia de la cultura hispana en San Antonio?
4. ¿Cree usted que Estados Unidos será un país bilingüe algún día? Explique.

◀◗◗▶ Las ciudades situadas a ambos *(both)* lados de la frontera entre Estados Unidos y México están creciendo muy rápidamente (por ejemplo, entre 1990 y 2000 las ciudades de Caléxico-Mexicali: 73 por ciento; Douglas/Agua Prieta: 67 por ciento). Cada día cruzan la frontera de México a Estados Unidos: un millón de barriles de petróleo, 432 toneladas *(tons)* de chiles, 238.000 focos *(lightbulbs)* y 166 Volkswagen Escarabajos *(Beetles)*, entre otras cosas. También cruzan más de 800.000 personas legalmente. Aquí en la «Nueva Frontera», se comen más tortillas que pan, Salma Hayek es más popular que Madonna y la persona bicultural y bilingüe tiene grandes ventajas.

CAPÍTULO 4

Hombres y mujeres

PRESENTACIÓN DEL TEMA

El papel de la mujer ha cambiado considerablemente en las últimas décadas. El mito de que la mujer debe ser educada exclusivamente para hacer las tareas del hogar, cuidar a los hijos y atender a su marido es parte del pasado. Hoy muchas mujeres trabajan en una variedad de profesiones y oficios, aunque las profesiones tradicionalmente femeninas tienen menos prestigio y se pagan *(are paid)* peor.

Según Moisés Lemlij, un psicoanalista peruano, dos cambios importantes afectan la situación de la mujer de hoy:

ESTE HOMBRE NO HA ROTO UN PLATO EN SU VIDA.

Este hombre es un profesional activo y liberal, un padre moderno y responsable. Un buen compañero.

Además, no ha roto un plato en su vida. Claro, porque al llegar a casa, como la mayoría de los hombres, está acostumbrado a no hacer nada.

Ponte una nueva meta y empieza a compartir el trabajo de casa.

Rompe con la desigualdad.

Compana Mujer y Sociedad
en solidaridad con el Instituto de la Mujer de España

En el pasado la gente se moría a los 40; el matrimonio duraba 10 o 15 años y se acababa porque uno de los cónyuges *[spouses]* moría. Ahora a lo mejor los matrimonios duran igual que antes, sólo que las personas, en lugar de morirse, se separan...

Antes de que se inventaran los anticonceptivos, la mujer vivía con una espada *[sword]* de Damocles: cada relación sexual podía significar un embarazo, *[pregnancy]* y cada embarazo una posibilidad de muerte. La mujer estaba forzada a romantizar al máximo cada encuentro amoroso porque en él literalmente se le iba la vida. Recién en este siglo aparecen los antibióticos y los anticonceptivos; gracias a ellos, la mujer se pone en la misma situación que el hombre. Éste es un ejemplo de cómo la tecnología ha producido un cambio dramático en la cultura, en las relaciones de pareja *[pair, couple]* y en la relación de la mujer con su propio cuerpo.[1]

Sí, hay cambios. Pero en la vida familiar, el papel de la mujer ha cambiado poco. Muchas mujeres se quejan de tener ahora dos trabajos. Cuando llegan a casa después de ocho horas de trabajo, tienen que hacer las tareas del hogar. Hay muchos hombres que no quieren compartir esas tareas porque las consideran femeninas.

¿Qué efecto tiene, en las relaciones amorosas, el papel de la mujer en la sociedad actual? El romance hispano, tradicionalmente asociado al sentimiento y a la pasión, siempre se ha caracterizado por el papel activo del hombre: en el juego del galanteo, él es el galán *(lover, wooer);* en el juego de la seducción, él es el seductor. Algunas personas opinan que es necesario una redefinición de la noción de romance. Opinan que los hombres tendrán que aceptar el papel activo de la mujer en la relación amorosa. Como dijo una mujer latina: «No hay nada más romántico que el hombre que quiera tu independencia, que apoye tu crecimiento y que además ¡le guste lavar los platos!»[2]

4-1 Preguntas.

1. ¿Para qué tipo de tareas se educaba exclusivamente a la mujer en el pasado? ¿Y hoy en día? Comente.
2. ¿Existe una total igualdad profesional entre hombres y mujeres ahora en España y Latinoamérica? ¿en Estados Unidos o Canadá?
3. Según Moisés Lemlij, ¿por qué hay más divorcios ahora que en el pasado? ¿Qué invenciones del siglo veinte cambiaron fundamentalmente la vida de la mujer? ¿Está usted de acuerdo con sus deducciones? ¿Por qué sí o por qué no?
4. En general, ¿ha cambiado mucho el papel de la mujer en la vida familiar? ¿De qué se quejan muchas mujeres latinas ahora? ¿Pasa lo mismo en Estados Unidos o en Canadá?
5. ¿Han cambiado las relaciones amorosas en la sociedad estadounidense o canadiense en las últimas décadas? Apoye su respuesta con algunos ejemplos.

[1] Giovanna Pollarolo y Rocío Moscoso, «El próximo milenio», *Debate,* marzo-abril de 1997, páginas 14, 16.

[2] Susana Tubert, «Romance y realidad», *Más,* septiembre-octubre de 1991, página 76.

Vocabulario útil

Hombres y mujeres

Cognados

amoroso(a)	el movimiento
la liberación	romántico(a)
liberado(a)	la seducción

Verbos

acompañar	to accompany, go with
amar	to love
apoyar	to support
cambiar	to change
compartir	to share
cuidar	to take care of
evitar	to avoid
romper con	to break (up) with
prometer	to promise

Adjetivos

débil	weak
dominador(a)	dominating
enamorado(a) (de)	in love (with)
fuerte	strong, intense

Otras palabras

el cuidado	care
el derecho	right
la (des)igualdad	(in)equality
el galanteo	courting, wooing
el papel	role
la pareja	pair, couple; partner
las tareas (del hogar)	(house)work

¡Ojo!

actual *present, current;* **actualmente** *currently* / **verdadero(a)** *true, actual*
los celos *jealousy;* **tener celos** *to be jealous;* **celoso(a)** *jealous*
la cita *date, appointment* / **la fecha** *date (calendar)*
tomar una decisión *to make a decision*

> *La mujer actual tiene una obsesión por ser igual que el hombre, y no sé por qué, si el hombre es un pobre diablo desorientado.*
>
> —Antonio López, pintor español

Práctica

4-2 Antónimos. Complete las oraciones con antónimos de las palabras o frases subrayadas.

1. Mientras mucha gente escribe sobre la <u>dependencia</u> de la mujer, otros escriben sobre su _____ .
2. No es posible <u>que todo quede igual;</u> todo tiene que _____ .
3. Ese niño no es <u>débil</u>: es _____ .
4. En ese país todavía no hay <u>igualdad</u> para las mujeres; hay mucha _____ .
5. La frase no es <u>falsa</u>; es _____ .
6. No hablamos de la sociedad <u>del pasado o del futuro</u>; hablamos de la sociedad _____ .
7. Ella es <u>obediente y sumisa</u> (*submissive*), pero su esposo es muy _____ .

4-3 El Día de San Valentín. Escoja las palabras apropiadas para completar las frases.

Ayer fue el Día de San Valentín. Tenía una (1) _____ (fecha / cita) con mi novia Carmen, y la invité a cenar. Después de (2) _____ (acompañarla / apoyarla) a hacer unas compras, fuimos a un restaurante, donde (3) _____ (prometimos / compartimos) una paella. Después fuimos a bailar. Carmen es muy inteligente y sociable, y la (4) _____ (salgo / amo) mucho. Su único defecto es que es (5) _____ (celosa / amorosa) y no quiere que hable con otras chicas. Para (6) _____ (evitar / romper) problemas, no le digo nada si otra chica me llama. Estamos muy (7) _____ (enamorados / liberados) y esperamos casarnos algún día.

4-4 Preguntas.

1. ¿Deben los hombres y las mujeres compartir las tareas del hogar? En su casa, ¿quién hace la mayor parte del trabajo?
2. Muchas personas critican a las madres que trabajan, diciendo que no son buenas mamás. Pero si no trabajan, dicen que son muy pasivas y que pasan todo el día mirando televisión. Para la mujer moderna, ¿cuál es la solución?
3. ¿Debe haber un sistema de guarderías infantiles (*day-care centers*) para ciudar a los niños de las personas que trabajan? ¿Deben ser gratuitas (*free*)?

> *El primer amor que entra en el corazón es el último que sale de la memoria.*
>
> —dicho

Para escuchar

Dos invitaciones

Conversación 1: Para hacer una invitación; para rehusar (*decline*) una invitación.
Julia está en casa cuando recibe una llamada de Alberto, un amigo.

4-5 Escuche la Conversación 1. Conteste esta pregunta: ¿Va Julia a llamar a Alberto después de las vacaciones, según su opinión? ¿Por qué sí o por qué no?

4-6 Escuche la Conversación 1 otra vez. ¿Qué expresiones se usan para hacer una invitación?

_____ 1. ¿Te gustaría ir a...?
_____ 2. ¿Qué te parece si vamos a...?
_____ 3. Si estás libre hoy...
_____ 4. ¿Quieres ir a...?
_____ 5. ¿Quisieras ir a...?
_____ 6. ¿Me querrías acompañar a...?

4-7 Escuche la Conversación 1 una vez más. Escoja la mejor respuesta.

1. Alberto quiere...
   a. ir al cine. b. ir al teatro. c. ir a una ópera.
2. *El día que me quieras* es...
   a. una película con Carlos Gardel.
   b. una película con música rock.
   c. una ópera.
3. El mes que viene Julia va a...
   a. seguir con los exámenes.
   b. ir a la playa.
   c. visitar a sus papás.
4. Una manera cortés de rehusar una invitación es...
   a. Otro día, quizás.
   b. No tengo tiempo para ti.
   c. No quiero ir.

Conversación 2: Para aceptar una invitación. Julia recibe otra llamada telefónica.

4-8 Escuche la Conversación 2. Conteste esta pregunta: ¿Está contenta Julia por la llamada?

4-9 Escuche la Conversación 2 otra vez. ¿Qué cosas o qué personas se mencionan?

_____ 1. Cantinflas
_____ 2. *Camila*
_____ 3. María Luisa Bemberg
_____ 4. *Todo sobre mi madre*
_____ 5. Carlos Saura
_____ 6. *El norte*
_____ 7. Pedro Almodóvar
_____ 8. *La vida sigue igual*

4-10 Escuche la Conversación 2 una vez más. ¿Qué expresiones se usan para aceptar una invitación?

_____ 1. Sí, con mucho gusto.
_____ 2. Sí, me encantaría.
_____ 3. ¡Qué buena idea!
_____ 4. Encantado.
_____ 5. De acuerdo. Tengo todo el día libre.
_____ 6. No veo la hora de salir.

GRAMÁTICA Y VOCABULARIO

The Future Tense

Formation of the Future Tense

Regular Verbs

To form the future tense of regular verbs, the endings shown in bold in the following chart are added to the infinitive.

hablar		comer		vivir	
hablar**é**	hablar**emos**	comer**é**	comer**emos**	vivir**é**	vivir**emos**
hablar**ás**	hablar**éis**	comer**ás**	comer**éis**	vivir**ás**	vivir**éis**
hablar**á**	hablar**án**	comer**á**	comer**án**	vivir**á**	vivir**án**

Irregular Verbs

The regular endings **-é**, **-ás**, **-á**, **-emos**, **-éis**, and **-án** are added to the following verb stems to form the future tense.

caber	cabr-		querer	querr-	é
decir	dir-		saber	sabr- *to know*	ás
haber	habr- *to have*		salir	saldr- →	á
hacer	har-		tener	tendr-	emos
poder	podr- *to be able to*		valer	valdr- *to be worth*	éis
poner	pondr-		venir	vendr- *to come*	án

Use of the Future Tense

1. The future tense refers to an action that *will, shall,* or *is going to* take place.

¿Crees que Alberto cambiará?	*Do you think Alberto will change?*
«Hijo eres y padre serás».	*"A son you are and a father you will be."*
-proverbio	—*proverb (i.e., be kind to your parents)*
¿Saldrás con Felipe?	*Will you go out with Felipe?*

2. The future tense is also used to express possibility or probability in the present. Look at some of the different ways this translates into English.

   | El esposo de Gloria tendrá unos cincuenta años, ¿verdad? | *Gloria's husband must be (probably is) about fifty years old, isn't he?* |
   | ¿Dónde estarán mis llaves? | *Where are my keys? (Where can they be?)* |

Práctica

4-11 Esta semana... ¿Qué hará esta semana? Primero, haga preguntas, usando el tiempo futuro y la forma **usted** del verbo.

MODELO *ir al cine*
      ¿Irá al cine?

> Para el amor no hay fronteras.
>
> —proverbio

> Ocurre a veces que la virtud de una mujer debe ser muy grande, pues tiene que servir para dos.
>
> —Carmen Silva

1. invitar a alguien a cenar
2. salir con sus amigos
3. celebrar algo
4. comer en algún restaurante
5. hacer algún deporte
6. ¿ . . . ?

Trabaje con un(a) compañero(a). En forma alternada, haga y conteste las preguntas anteriores, usando la forma **tú** del verbo. Haga preguntas adicionales.

MODELO *¿Irás al cine? ¿Cuándo?* (o: *¿Qué película verás?*)

4-12 La mujer del futuro: Dos puntos de vista. Complete los párrafos con el tiempo futuro de los verbos entre paréntesis. Después, conteste las preguntas que siguen.

¿Cómo (1) _seña_ (ser) la mujer del futuro? Según un artículo de la revista *Hombre internacional*,[3] los futurólogos (*futurologists*) dicen que en el año 2043, la mujer (2) _pondrá_ (poner) fin a su condición de sexo débil y (3) _gobernará_ (gobernar) el mundo. Estos futurólogos describen a una «Eva» fría y sin sentimientos. Ella (4) _querrá_ (querer) seleccionar a su esposo, y si no encuentra a su hombre ideal, (5) _habrá_ (haber) otras alternativas, como los robots. Estos robots (6) _____ (venir) con garantía y (7) _____ (valer) poco dinero. Los hombres (8) _____ (organizar) un movimiento de Liberación Machista; (9) _____ (salir) a la calle y (10) _____ (hacer) manifestaciones (*demonstrations*). Pero no (11) _____ (poder) conseguir nada porque ¡hasta (*even*) la justicia (12) _____ (estar) en manos de las mujeres!

Según otro artículo, titulado «El futuro: ¿para bien o para mal?»[4] la mujer (13) _____ (recuperar) su interés por la comunidad y (14) _____ (trabajar) para mejorar el planeta. (15) _____ (Llegar) tiempos muy feministas, en todos los aspectos. «La orientación social (16) _____ (estar) más dirigida hacia la mujer. (Nosotros) (17) _____ (ver) a más mujeres dentro de la política, dentro de las organizaciones de base y en los puestos de mando (*positions of power*) en general: (nosotros) (18) _____ (tener) más candidatas mujeres....» Según el artículo, el romanticismo y el galanteo (19) _____ (ser) más importantes, y la gente se (20) _____ (casar) más tarde. Habrá más empresas (*businesses*) familiares y más parejas que (21) _____ (formar) «una verdadera alianza, no sólo en el terreno de la relación amorosa sino también en el trabajo».

1. Según el primer artículo, ¿quién tendrá más poder en el futuro: el hombre o la mujer? ¿Cómo será la mujer (la «Eva») del futuro? ¿Podrán los hombres cambiar su situación? ¿Por qué sí o por qué no?
2. ¿Qué piensa usted de esas ideas? ¿Por qué estarán en un artículo de una revista para hombres? ¿Cree que ese tipo de artículo aparecería en una revista para mujeres?

[3] Armando Suárez, «La mujer del año 2043», *Hombre internacional*, agosto de 1993, páginas 86–89.
[4] Patricia Bahamonde, «El futuro: ¿para bien o para mal?», *Cosmopolitan (en español)*, octubre de 1992, páginas 45, 110.

3. Según el segundo artículo, ¿qué hará la mujer del futuro? ¿Será más o menos importante el romanticismo y el galanteo? ¿Habrá más o menos empresas familiares?

4. ¿Por qué estarán en una revista para mujeres las ideas del segundo artículo? ¿Qué piensa usted de lo que dice la autora?

5. ¿Qué predice usted para el futuro? ¿Desaparecerán los estereotipos de los hombres y de las mujeres? ¿Habrá más igualdad entre los sexos en el trabajo? ¿Tendrán las mujeres en las fuerzas armadas los mismos puestos que los hombres? ¿Cuál será el «sexo débil» del futuro? ¿Por qué?

 4-13A «Cosas que (nunca) haré». En grupos de cinco o seis personas, cada persona menciona cinco cosas que hará en el futuro y cinco cosas que nunca hará. Después, contesten las preguntas que siguen.

MODELOS *Compraré un jeep (una casa en Hawai, un helicóptero),*
aprenderé a tocar el piano y...
Nunca compraré joyas caras (un Winnebago, muebles para el
patio), nunca aprenderé a jugar al golf y...

Ideas:

casarme con...	trabajar de...	tener...
vivir en...	aprender a...	usar...
ir a...		

4-13B Ahora, en los mismos grupos, contesten las preguntos que siguen.

1. ¿Hay diferencias entre lo que harán los chicos y lo que harán las chicas, en general?

2. ¿Será su generación como la generación de sus padres? Por ejemplo, ¿cree que los jóvenes de hoy serán más o menos materialistas que sus padres? ¿tolerantes? ¿religiosos? ¿prácticos? ¿Se casarán más tarde? ¿tendrán más niños? ¿disfrutarán de más libertad? ¿sufrirán más violencia?

The Conditional

Formation of the Conditional

Regular Verbs

To form the conditional of regular verbs, the endings shown in bold in the following chart are added to the infinitive.

hablar		comer		vivir	
hablar**ía**	hablar**íamos**	comer**ía**	comer**íamos**	vivir**ía**	vivir**íamos**
hablar**ías**	hablar**íais**	comer**ías**	comer**íais**	vivir**ías**	vivir**íais**
hablar**ía**	hablar**ían**	comer**ía**	comer**ían**	vivir**ía**	vivir**ían**

Irregular Verbs

The regular endings **-ía, -ías, -ía, -íamos, -íais,** and **-ían** are added to the stems of the same verbs that are irregular in the future tense (see p. 96).

> *El hombre tiene miedo a la pérdida del poder, le asustan* [frighten] *las mujeres que saben lo que quieren y están seguras de sí mismas.*
>
> —Amparo Larrañaga, actriz española

> *Sólo hay un amor hasta la muerte: el último.*
>
> —Jacinto Miquelarena, novelista español

Use of the Conditional

1. The conditional usually conveys the meaning *would* in English.

Pues, yo haría lo mismo.	*Well, I would do the same thing.*
¿Te gustaría ir al cine? –Sí, me gustaría ver la nueva película de Almodóvar.[5]	*Would you like to go to the movies? —Yes, I'd like to see the new film by Almodóvar.*

Remember, however, that the imperfect can also convey the idea of *would*, but in the sense of *used to*. With this use it describes repeated action in the past.

Cuando éramos jóvenes, íbamos al cine todos los domingos.	*When we were young, we would go to the movies every Sunday.*

2. The conditional often refers to a projected action in the future, viewed or thought of from a time in the past.

Juan dijo que lavaría los platos.	*Juan said he would wash the dishes.*
Ella prometió que iría conmigo al baile.	*She promised she'd go to the dance with me.*

Notice that if the present tense had been used in the first clauses of the preceding examples, the future would probably have been used in the second clauses:

Juan dice que lavará los platos.	*Juan says he will wash the dishes.*
Ella promete que irá conmigo al baile.	*She promises she'll go to the dance with me.*

3. The conditional can express possibility or probability in the past.

¿Qué hora sería cuando entraron? —Serían por lo menos las cuatro de la mañana.	*What time was it (probably, could it have been) when they came in? —It must have been (was probably) at least four in the morning.*
Habría mucha gente en la plaza cuando llegaste, ¿no?	*There must have been (probably were) a lot of people in the plaza when you arrived, right?*

4. The conditional is sometimes used to show politeness or deference.

¿Podrían ustedes ayudarme, señores?	*Could you help me, gentlemen?*
Señora, ¿sabría usted dónde está el correo?	*Ma'am, would you know where the post office is?*
¿Nos podría traer dos cafés?	*Could you bring us two cups of coffee?*

5. The conditional is used with *if*-clauses, which will be discussed in Chapters 9 and 11.

Práctica

4-14 ¡De manera más cortés, por favor! Siga los modelos.

---

[5] The verb **gustar** will be practiced in Chapter 7. Its use in the conditional with an infinitive is very common: **Nos gustaría comer en ese restaurante. ¿Les gustaría acompañarnos?**

MODELOS Quiero un vaso de vino. (Déme un vaso de vino.)
¿Me podría traer (dar) un vaso de vino, por favor?

¿Qué hora es?
¿Sabría usted qué hora es? (¿Me podría decir qué hora es?)

1. Quiero más pan.
2. ¿Dónde está el baño?
3. Páseme el agua mineral.
4. ¿Está Anita en casa?
5. Quiero un vaso de agua.
6. ¿Podemos pasar?

4-15 Parejas famosas. ¿Qué promesas hicieron estas personas antes de casarse?

MODELO Maximiliano a Carlota / hacerla emperadora de México
Le prometió que la haría emperadora de México.

1. George Washington a Martha / no mentirle nunca
2. Cleopatra a Marco Antonio / amarlo hasta la muerte
3. El rey Fernando a la reina Isabel / serle fiel siempre
4. Luis XVI a María Antonieta / darle un palacio
5. Enrique VIII a Ana Boleyn / no divorciarla nunca
6. Odiseo a Penélope / regresar de todos sus viajes

4-16 El sexo opuesto. ¿Cuáles son las ventajas y las desventajas de ser miembro del sexo opuesto? Trabajen en grupos. Cada uno de los hombres completa esta frase: **Si yo fuera mujer... .** Cada una de las mujeres completa esta frase: **Si yo fuera hombre... .**

MODELO (no) llorar en el cine
Si yo fuera mujer, no lloraría en el cine (podría llorar en el cine).
Ideas:

1. (no) pagar cuando saliera con un(a) chico(a)
2. (no) usar ropa incómoda (corbata, zapatos con tacones *[heels]* altos, etc.)
3. (no) aprender a cocinar (programar la videocasetera, arreglar un carro, hacer las tareas de la casa)
4. (no) quedarse en casa y (no) trabajar
5. (no) ser comprensivo(a) (discreto[a], lógico[a])
6. (no) gastar (tanto) dinero en...

Después, describan al hombre (a la mujer) ideal: **Él (Ella) sería... Tendría... Nunca... Sabría...**

4-17 Cómo convertir a su hijo en un hombre machista. Mire la tira cómica en la página 101. Para cada dibujo, imagínese que usted es el papá o la mamá del niño. ¿Qué haría para **no** convertir a su hijo en un hombre machista? Use la forma condicional del verbo.

Ideas: tratar a los niños y a las niñas de la misma forma, darles las mismas tareas domésticas, no hacer reglas especiales para los varones (*males*), no darles más independencia a los varones...

MODELO (dibujo 1): *No le diría a mi hijo que no debe llorar. No lo compararía a una niña.*

Desvalorice *Devalue;* **Festéjele** *enjoy*

Vocabulario útil

Comparaciones

El siguiente cuadro gráfico apareció en la revista peruana *Debate*.[6] Está basado en una encuesta (*survey*) de 401 amas de casa de Lima, Perú. Los números representan porcentajes del total. Nota: **optimista, pesimista** y **moralista** se usan con sustantivos *(nouns)* masculinos o femeninos: **un hombre optimista/una mujer optimista.**

AUTOPERCEPCIÓN DEL AMA DE CASA %

49 Moderna	45 Tradicional	76 Activa	21 Pasiva
61 Extrovertida	26 Introvertida	75 Independiente	22 Dependiente
97 Responsable	1 Irresponsable	87 Optimista	7 Pesimista
50 Sin prejuicios	44 Moralista	84 Pacífica	11 Agresiva
83 Cariñosa	10 Seca	87 Alegre	7 Triste

---

[6] Abelardo Sánchez León, «Perfil del ama de casa limena», *Debate*, marzo-mayo 1993, p. 33.

Comparisons of Equality

tan = adj or adv. (handwritten)

1. **Tan** + adjective (adverb) + **como** means *as ... as.*

Uno es tan joven como sus ilusiones y tan viejo como sus recuerdos.
One is as young as one's illusions and as old as one's memories.

Eva traerá la sopa tan pronto como sea posible, señor.[7]
Eva will bring the soup as soon as possible, Sir.

Notice the agreement of the adjective with the noun(s) before **tan**; the adjective agrees with the first noun(s) mentioned:

Marisa es tan extrovertida como Eduardo. Eduardo y Paco son tan optimistas como Marisa.
Marisa is as extroverted as Eduardo. Eduardo and Paco are as optimistic as Marisa.

tanto = noun (handwritten)

2. **Tanto(a, os, as)** before a noun means *as much (many)* or *so much (many)*; it agrees with the noun it modifies. **Tanto como** means *as much as* and does not show agreement.

¡Tantas preguntas!
So many questions!
Nadie habla tanto como él.
No one talks as much as he does.

3. **Tan** can also mean *so:* ¡Es tan cariñosa!

> El amor hace que el tiempo vuele y el tiempo hace que el amor vuele.
> —E. Jardiel Poncela

> Donde hay amor, hay dolor.
> —proverbio

Práctica

4-18 Comparaciones tradicionales. Complete las oraciones con las palabras que faltan.

MODELO Es **tan** bueno **como** el pan.

1. Tiene _____ fuerza _____ Hércules.
2. Es _____ hermosa _____ Cleopatra.
3. Es _____ viejo _____ Matusalén.
4. Es _____ rápida _____ Mercurio, el mensajero de los dioses.
5. Tiene _____ dinero _____ el rey Midas.
6. Tiene _____ hijos _____ la viejita que vivía en un zapato.
7. Tiene pies _____ pequeños _____ los pies de Cenicienta (*Cinderella*).
8. Tiene _____ paciencia _____ Job.
9. Es _____ celoso _____ Otelo.
10. Luchó en _____ batallas _____ Alejandro Magno (*the Great*).

4-19 Cuéntame, compañero(a). Mire otra vez el gráfico en la sección de **Vocabulario útil** en la página 102. Haga y conteste por lo menos tres preguntas con **tan** o **tanto(a)** comparándose con un(a) amigo(a) o pariente.

MODELOS ¿Eres tan extrovertida como tu mejor amiga?
¿Tienes tanto trabajo como tu compañero de cuarto?

---

[7] Adverbs, such as *pronto*, are words that tell *when, where, how,* and so forth. Many Spanish adverbs end in **–mente**, equivalent to *–ly* in English. These will be discussed in Chapter 9. Note that adverbs do not show agreement with the subject.

Comparisons of Inequality

[handwritten: no + más + que = only]

1. **Más** + adjective or adverb + **que:**

   Es más claro que el agua,
   señores.

   *It's crystal clear (clearer than water),
   gentlemen.*

   Natalia sale más a menudo
   que su hermana.

   *Natalia goes out more often than her
   sister.*

2. **Menos** + adjective or adverb + **que:**

   Soy menos alegre que tú.

   I am less happy than you.

3. **Más** (+ noun +) **que** for *more* (+ noun +) *than;* **menos** (+ noun +) **que** for
   less (+ noun +) *than:*

   Ella gana más (menos) dinero
   que él.

   *She earns more (less) money than he
   does.*

4. Before a number, **de** is used instead of **que** to mean *than:*

   Hay más de dos libras en un
   kilogramo.[8]

   *There are more than two pounds in a
   kilogram.*

Cantidad. *A lot.*

Nuria Pompeia

---

[8] However, **no... más que** before a number means *only:* ¿No tienes más que cincuenta pesos?

5. Negatives (not affirmatives as in English) are used after **que** in comparisons:

Necesitamos igualdad ahora más que nunca.	*We need equality now more than ever.*
Lo admiro más que a nadie.	*I admire him more than anyone.*

> *El amor es el egoísmo entre dos personas.*
>
> –proverbio

Práctica

4-20 Comparaciones. Su profesor(a) escoge a dos estudiantes de la clase. Con toda la clase, hagan por lo menos cinco comparaciones de ellos. Háganles preguntas; por ejemplo, ¿Cuántas clases tienes este semestre? ¿Cuántos hermanos tienes? ¿Cuánto dinero gastaste ayer? ¿Cuántas horas estudiaste anoche?

MODELOS *Martín tiene menos clases que Ana. Ana cenó más temprano anoche.*

4-21 Pequeño test del sexo opuesto.[9] El siguiente test apareció en la revista *Vanidades.* Llene los espacios en blanco con **más** o **menos,** según su opinión.

1. En un grupo de personas, las mujeres hablan _MAS_ que los hombres. [menos]
2. Los hombres son _menos_ abiertos que las mujeres cuando conocen a alguien.
3. Las mujeres elogian *(praise)* _menos_ que los hombres.
4. Las mujeres tienden a tocar a los demás *(other people)* mucho _mas_ que los hombres.
5. Los hombres interrumpen _mas_ que las mujeres y tienden a contestar preguntas que no están dirigidas *(directed)* a ellos.

4-22 Comparaciones. De acuerdo con el modelo, haga oraciones comparativas.

MODELO hombres / mujeres
   Los hombres son más (menos) fuertes que las mujeres.

1. solteros / casados
2. la ciudad donde vivimos / Los Ángeles
3. jóvenes / ancianos
4. Shakira / Ricky Martin
5. hacer snowboard / esquiar
6. Estados Unidos / México
7. gatos / perros
8. un galón / dos litros
9. un día / veinticinco horas
10. estudiante típico / Bill Gates

4-23 Mi familia y yo. Mire el gráfico en la página 102. Cuéntele a un(a) compañero(a) varias cosas sobre su familia y usted, usando oraciones comparativas y los adjetivos del gráfico.

MODELOS *Soy más extrovertido(a) que mi mamá.*
   Soy menos agresivo(a) que mi hermano.
   No soy tan alto(a) como mi papá.

---

[9] *Vanidades,* 8 diciembre de 1992, página 138.

Irregular Comparative Forms; The Superlative

Irregular Comparative Forms

Adjectives		Adverbs		Comparatives	
bueno	good	bien	well	mejor	better
malo	bad	mal	badly	peor	worse
mucho	much, many	mucho	much, a lot	más	more
poco	few	poco	a little	menos	less
grande	large, great			mayor	older
				más grande	bigger
pequeño	small, little			menor	younger
				más pequeño	smaller

The feminine forms of **mejor, peor, mayor,** and **menor** are the same as the masculine forms; the plurals are formed by adding **-es. Mayor** and **menor** are often used to describe people to mean *older* and *younger,* respectively; **más grande (pequeño)** refers to size rather than age. **Mejor** and **peor** generally precede, rather than follow, the nouns they modify.

Catita es mayor que su hermano pero es más pequeña.
¡Mis hermanas menores ya son
más grandes que mi mamá!
«No hay mejor maestra que la
pobreza».—proverbio

*Catita is older than her brother but
she's smaller.*
*My younger sisters are already bigger
than my mother!*
*"There is no better teacher than
poverty." —proverb*

The Superlative

Adjective	Comparative	Superlative
bonito	más bonito	el más bonito
inteligentes	más inteligentes	las más inteligentes

1. To form the superlative of adjectives, place the definite article before the comparative.[10] If a noun is mentioned, it generally follows the definite article.

Definite Article	Noun	más	Adjective
el	hombre	más	rico
la	mujer	más	famosa

---

[10] Sometimes a possessive is used instead of a definite article: **Ésa es mi menor preocupación.** *That's my least concern.*

Chile tiene la región más seca y la ciudad más alta del mundo. (Son el Desierto de Atacama y Aucanquilcha a 17.500 pies de altura.)	*Chile has the driest region and the highest city in the world. (They are the Desert of Atacama and Aucanquilcha, 17,500 feet high.)*
Los años que pasé en Buenos Aires fueron los mejores de mi vida.	*The years I spent in Buenos Aires were the best of my life.*

2. **De** is used to express English *in* or *of* after a superlative.

Es la decisión más importante de todas.	*It's the most important decision of all.*
Ella es la más simpática de la familia.	*She's the nicest one in the family.*
Ese candidato es el menos conocido de todos.	*That candidate is the least well known of all.*

Notice that in the preceding two examples the noun is not expressed.

3. The definite article is not used with superlative adverbs.

¿Quién nos escribe más a menudo?	*Who writes to us the most often?*

The neuter **lo** precedes a superlative adverb followed by a phrase expressing possibility.

$$\textbf{lo} + \begin{Bmatrix} \textbf{más} \\ \textbf{menos} \end{Bmatrix} + \text{adverb} + \begin{Bmatrix} \textbf{posible} \\ \textbf{que} + \textbf{poder} \end{Bmatrix}$$

Te llamaré lo más pronto posible.	*I'll call you as soon as possible.*
Llegamos lo más temprano que pudimos.	*We arrived as early as we could.*

4. The absolute superlative can be formed with **muy** + adjective (adverb) or with the ending **-ísimo(a, os, as).**

¿Llegaron muy tarde? —Tardísimo.	*Did they arrive very late? —Very late indeed.*
Esas rosas fueron carísimas.	*Those roses were very expensive.*

Note that if the **-ísimo** ending is added to a word ending in a vowel, the final vowel is dropped. If the word ends in **z,** change the **z** to **c;** change a final **co** to **qu** and a final **go** to **gu:**

feliz	**felicísimo** (z→c)
poco	**poquísimo** (co→qu)
largo	**larguísimo** (go→gu)

Práctica

4-24 Deducciones. Haga sus propias deducciones, usando las terminaciones **-ísimo(a, os, as).**

MODELO Ella tiene siete pies de altura.
¡Es altísima!

1. Él no tiene ni un centavo.
2. Este libro cuesta cien dólares.
3. Esta ópera nunca va a terminar.
4. Ella tiene un millón de dólares.
5. Ese tren marcha a 300 kilómetros por hora.

4-25 Según Guinness. La siguiente información se encuentra en el *Guinness Book of World Records* y está basada en hechos históricos documentados. Complete las oraciones.

1. La Paz, Bolivia, es _____ *(the highest capital city in the world)*.
2. Jericó (*Jericho*) es _____ *(the oldest city in the world)*.
3. Jeanne Louise Calment, de Francia, tenía 122 años cuando murió; era _____ *(the oldest person in history)*.
4. Robert Wadlow, de Illinois, Estados Unidos, tenía casi nueve pies de altura; era _____ *(the tallest person in history)*.

   [nota manuscrita: es la persona altísima]

5. Lucía Zárate de México era _____ *(the smallest person in history)*.[11]

   [nota manuscrita: mas alta]

6. Octavio Guillén y Adriana Martínez tuvieron _____ *(the longest engagement* [noviazgo] *in history)*: 67 años. Se casaron a la edad de 82 años.
7. La frontera que se cruza _____ *(most often)* es la frontera entre Estados Unidos y México.
8. El álbum de música clásica _____ *(most popular)*, según el número de copias vendidas, es *In Concert,* por José Carreras, Plácido Domingo y Luciano Pavarotti.
9. La Ciudad del Vaticano es _____ *(the smallest country in the world)*.

   [nota manuscrita: la país mas pequeña del mundo]

10. El restaurante La Costeña de Mountain View, California, hizo _____ *(the biggest* burrito *in history)*; pesaba 4.456 libras.
11. Madonna batió *(broke)* un récord en su papel de Evita (en la película *Evita,* con Antonio Banderas); cambió de traje _____ *(more than)* 84 veces.

    [nota manuscrita: Mas de]

4-26 Comparaciones. Comparen las siguientes personas o cosas.

MODELO tu madre, tu padre y otro pariente
Mi madre es más moralista que mi padre. Mi padre tiene menos prejuicios. Mi abuelo es el más moralista de todos.

1. los Volkswagens, los Jaguares, los Toyotas, (los _____).
2. el fútbol americano, el béisbol, el golf, (el _____)

---

[11] A la edad de diecisiete años, pesaba 4,8 libras.

3. *Lo que el viento se llevó (Gone with the Wind), La guerra de las galaxias (Star Wars), Como agua para chocolate,* (_____)

4. un viaje a Europa, un viaje a Hawai, un viaje al Gran Cañón, (un viaje a _____)

4-27 Los chicos y *Tú*. Las siguientes ideas son de la revista *Tú*.[12] Primero, traduzca al español las palabras entre paréntesis. Después, conteste las preguntas que siguen.

Vocabulario: **bromas** *jokes;* **rechazados** *rejected;* **Disfrutan de los chismes** *They enjoy gossip;* **consejero** *counselor*

1. A los chicos les gustan _____ *(more)* las bromas que a las chicas.
2. Los chicos necesitan _____ *(more)* tiempo para tomar una decisión.
3. Su miedo _____ *(biggest)* consiste en ser rechazados.
4. Utilizan el ejercicio _____ *(more than)* las chicas, como un medio para escapar de sus tensiones.
5. No son _____ *(as)* supersticiosos _____ *(as)* las chicas.
6. Disfrutan de los chismes _____ *(as much as)* las chicas.
7. Son _____ *(more romantic than)* las chicas.
8. Hablan _____ *(less)* sobre sus relaciones personales y es _____ *(less)* probable que resuelvan sus problemas por medio de un psicólogo.
9. Usan _____ *(fewer)* adjetivos y no son _____ *(as)* descriptivos _____ *(as)* las jóvenes.

¿Está usted de acuerdo con este análisis de los chicos y las chicas? ¿Por qué sí o por qué no?

4-28 Entrevista. Trabaje con un(a) compañero(a). Haga y conteste las preguntas que siguen. Esté preparado(a) para pasar la información a la clase.

1. ¿Cuál fue la sorpresa más agradable de tu vida? ¿menos agradable?
2. ¿Cuál fue el mejor regalo que recibiste el año pasado? ¿el peor?
3. En tu familia, ¿quién es más cariñoso(a)? ¿más antipático(a)?
4. Entre tus amigos, ¿cuál es menos generoso(a)? ¿menos responsable? ¿más alegre?
5. ¿Cuál fue el momento más feliz de tu vida? ¿el momento más horrible de tu vida? ¿Por qué?
6. ¿A qué personas famosas admiras? ¿Cuál es más atractivo(a)? ¿chistoso(a)? ¿inteligente?
7. ¿A qué personas famosas detestas? ¿Cuál es menos simpático(a)? ¿más tonto(a)?

4-29 Los mejores del siglo veinte. En grupos de cinco o seis personas, escojan una categoría:

el mejor actor (la mejor actriz)	el/la mejor cantante
el/la mejor atleta	el hombre (la mujer) más importante

> *La mujer perdona las infidelidades, pero no las olvida. El hombre olvida las infidelidades, pero no las perdona.*
>
> —Severo Catalina, escritor español

---

[12] «Chicos: Tu asignatura favorita», *Tú*, noviembre de 1993, páginas 78–79.

Escriba los nombres de dos hombres y de dos mujeres del siglo veinte que le parezcan mejores o más importantes en su especialidad. Explique por qué los escogió. Por ejemplo, si la categoría es la persona más importante:

MODELOS

Nombre	Explicación
1. *Martin Luther King*	*Fue líder del movimiento de derechos civiles en Estados Unidos. Protestó contra la discriminación racial.*
2. *Margaret Mead*	*Fue antropóloga y estudió por primera vez las costumbres de los niños y las mujeres. Mostró los diferentes conceptos morales que existen en diferentes sociedades.*

Hablen de las personas que escogieron, comparándolas. (Por ejemplo, **Jonas Salk era más [o menos] importante que Mohandas Gandhi porque...**) Luego, decidan a favor de un hombre y de una mujer. Al final, cada grupo leerá sus opiniones a la clase.

En otras palabras

Invitaciones

Everyone has different tastes and preferences, so when you invite someone to do something with you, sometimes they accept and sometimes not. There are many ways to extend, accept, and decline invitations, and here are some of them:

Para hacer una invitación

¿Le (Te) gustaría ir a... (conmigo)?
¿Qué le (te) parece si vamos a...?
Si está(s) libre hoy, vamos a...
¿Quiere(s) ir a...?
¿Quisiera(s) ir a...? *(slightly formal)*[13]
¿Me querría acompañar a...? *(formal)*

Para aceptar una invitación

Sí, ¡con mucho gusto!
Sí, me encantaría.
Encantado(a). *I'd be delighted.*
¡Cómo no! ¿A qué hora?
¡Listo(a)! ¡Gracias por la invitación!
Oh sí, ¡qué buena idea!
¡No veo la hora de salir! *I can't wait to go out!*
De acuerdo, ¡tengo todo el día libre!

---

[13] This is an imperfect subjunctive form of **querer**, to be discussed in Chapter 9.

Para rehusar *(decline)* una invitación

Lo siento, pero tengo mucho que hacer esta semana. La semana que viene, tal vez.

¡Qué lástima! Ya tengo otros planes.

Me encantaría (gustaría), pero no voy a poder ir.

¡Qué pena! *(What a shame!)* Esta tarde tengo que estudiar (ir de compras, etc.).

Otro día tal vez; estoy muy ocupado(a) hoy.

Práctica

4-30 Entre amigos. Escoja a un(a) compañero(a) de clase e invítelo(la) a hacer las siguientes cosas. Su compañero(a) debe aceptar o rehusar como lo haría cualquier amigo(a).

1. ¿Te gustaría ir a jugar al tenis esta tarde?
2. ¿Quieres acompañarme a ver la película *Todo sobre mi madre?*
3. ¿Quisieras ir a un concierto de Brahms el viernes?
4. ¿Quieres ir a Acapulco en el verano?

4-31 Breves encuentros. Inicie breves conversaciones relacionadas con las siguientes situaciones.

1. Estudiante A: Usted invita a un(a) amigo(a) a tomar una copa en un café.
   Estudiante B: Usted acepta la invitación y sugiere una hora.
2. Estudiante A: Usted invita a un(a) amigo(a) a una fiesta que empieza a las diez de la noche.
   Estudiante B: Usted quiere ir pero tiene que trabajar al día siguiente y no acepta la invitación.

EN CONTACTO

4-32 Entre nosotros... Trabajen en grupos y hagan por lo menos seis oraciones acerca de la gente de su grupo, siguiendo el modelo. Usen las siguientes ideas y otras de su propia invención. Estén preparados para pasar la información a la clase.

MODELO tener / ropa estrafalaria (*bizarre*)
         Susan tiene la ropa más estrafalaria del grupo, con su larga falda amarilla.

tener / apellido largo (corto)
ser / alto (delgado, joven)
seguir / clases este trimestre
vivir / lejos de la universidad
viajar / lejos
comer / almuerzo abundante ayer
ver/ películas el mes pasado
leer/ libros el trimestre pasado

tener / pelo largo (corto)
llevar / zapatos (in)cómodos
usar / reloj caro (original)

4-33 Comparando a los famosos. Miren las siguientes fotos y otras que su profesor(a) les muestre. Hagan por lo menos dos oraciones comparativas y dos oraciones superlativas acerca de esas personas. Usen el **Vocabulario útil** de la página 102 o algunos de los adjetivos que siguen: **joven, viejo(a), rico(a), conservador(a), radical, famoso(a), atleta.**

MODELOS *Los reyes de España son más conservadores que Fidel Castro.*
Enrique Iglesias es el menor de todos.

1. Rosie Pérez, actriz puertorriqueña

2. Fidel Castro

3. Enrique Iglesias, cantante e hijo de Julio Iglesias

4. el rey Juan Carlos de Borgón y la reina Sofía de España

5. Marcelo Ríos, tenista chileno

6. Carlos Santana, músico mexico-americano

4-34 COMPOSICIÓN:

¿Cómo será el mundo del futuro? ¡El mundo va cambiando rápidamente! Describa su visión de cómo será el mundo en el año 2025. Escriba por lo menos tres oraciones sobre cada uno de los siguientes temas, usando, si quiere, las preguntas que siguen como base. Luego, invente un buen título para su descripción.

las robots harán el trabajo en el futuro.

1. La casa y la pareja. ¿Quién hará las tareas de la casa en el futuro? ¿Se comerá más comida preparada? ¿Se harán las compras por computadora (por medio de la «realidad virtual»)? ¿Habrá robots para hacer las tareas del hogar y cuidar el jardín? *Si, habrá robots para hacer las tareas.*

2. El trabajo. ¿Trabajará más gente en casa en vez de fuera de casa? ¿Habrá más centros con los servicios que normalmente existen en una oficina grande (foto-copiadora, fax, etc.)? En las compañías grandes, ¿será más común tener gimnasio y servicios como dentistas o salones de belleza? ¿Serán más flexibles las horas de trabajo? ¿Habrá una semana laboral más corta?

Si, eyo tendré el equipo en mi casa para mi trabajo y trabajaré en mi dormitorio.

3. La situación global. ¿Habrá paz o guerra? ¿En qué regiones del mundo habrá guerra? ¿Serán los países del futuro más grandes o más pequeños que los países actuales? ¿Habrá más gente? ¿Viviremos más?

no se

- en los Estados Unidos. Mas economicas.

Si, yo tendré todos equipos electronicos y grande technologia

no, serán las horas stricas por buen trabajo

en el mundo, habrámos paz y guerra tambien. siempre the same.

Nina Pacari, una mujer indígena en la política

Nina Pacari es **abogada,** diputada *(representative)* nacional en el Parlamento de Ecuador y la primera **legisladora indígena** en la historia ecuatoriana. **Lucha por** los intereses de los indígenas y de las mujeres. Dice que las mujeres indígenas tienen problemas a causa del racismo, del **machismo** y de la pobreza.

Vocabulario

el abogado (la abogada)	*lawyer*
hijita	*diminutive of* **hija**
indígena	*native*
el legislador (la legisladora)	*legislator, lawmaker*
luchar por	*to fight for*
el machismo	*attitude that considers men to be superior to women*
manifestar (ie)	*to demonstrate (hold a rally)*
la medida	*measure*
pertenecer a	*to belong to*

Práctica de vocabulario

Complete las oraciones con palabras de la lista.

1. Pacari _____ al gobierno ecuatoriano pero muchas veces se opone al ejecutivo *(executive branch)* en su lucha por los intereses de los pobres.
2. Se dictaron unas nuevas _____ económicas.
3. Los abogados y los _____ se reunirán por la tarde.
4. El grupo se dedica a _____ por los intereses de los pobres.
5. Los líderes indígenas decidieron _____ delante del Palacio Legislativo.

HABLANDO DEL TEMA

◄❙❙▷ Los antepasados de Nina Pacari eran indígenas que hablaban quechua. El quechua era la lengua de los incas, una importante civilización andina (de los Andes). Todavía se habla quechua en Ecuador, Perú y Bolivia, tierras que formaban parte del imperio incaico. Las palabras **papa** *(potato),* **charqui** *(jerky),* **llama, cóndor** y **quinina** *(quinine)* son de origen quechua.

◄❙❙▷ El *ayllu,* base de la sociedad incaica, era un conjunto o grupo de personas. Todos los incas pertenecían a un *ayllu* desde el nacimiento hasta la muerte. En esta comunidad convivían familias que trabajaban junta y compartían tierras y animales.

◄❙❙▷ Como Nina Pacari, Rigoberta Menchú Tum, de Guatemala, es una mujer indígena que lucha por los intereses de su gente. El ejército *(army)* guatemalteco asesinó *(murdered)* a varios miembros de su familia cuando era muy joven y ella se exilió en México. Durante muchos años trabajó para crear la Declaración Universal sobre los Derechos de los Pueblos Indígenas. Ganó el Premio Nóbel de la Paz en 1992; ésta fue la

Pregunta de enfoque

¿Qué hace Nina Pacari para ayudar a los indígenas y a las mujeres?

Comprensión

1. Dice Pacari: «Era el asombro (*marvel, cause of amazement*) de los jueces (*judges*), y pensaban que yo no podía. Entonces tenía que demostrar que ganaba juicios (*judgments*)...» ¿Por qué era ella el «asombro» de todos? ¿De qué origen es?
2. ¿Por qué la llamó «hijita» uno de los abogados? ¿Cómo reaccionó ella?
3. Según Pacari, ¿hay muchas oportunidades para las mujeres de Ecuador?
4. ¿Qué pasó cuando el gobierno ecuatoriano elevó (*raised*) el precio del gas y del transporte (*transportation*)? ¿Por qué llegó mucha gente a la Universidad Politécnica Salesiana de Quito?
5. Pacari habla del *ayllu*. ¿Qué es un *ayllu?*
6. Según Pacari, ¿quiénes deben manifestar contra las injusticias sociales?

Puntos de vista

1. ¿Cómo es la manifestación que se ve en el video? Descríbala.
2. ¿Participó usted alguna vez en una manifestación? ¿A favor o en contra de qué? Explique.
3. Pacari habla de una «triple discriminación» a causa del racismo, del machismo y de la pobreza. ¿Es importante que mujeres como ella participen en la política? ¿Por qué sí o por qué no?
4. ¿Qué preguntas le haría a Pacari si pudiera (*if you could*) hablarle?

primera vez que una persona indígena recibió esa distinción. Hoy es famosa en todo el mundo y forma parte de diferentes organizaciones defensoras de los derechos humanos de los indígenas.

◀◀▮▮▶▶ Hay otras mujeres famosas en la política latinoamericana. En Panamá, Mireya Moscoso, viuda de Arnulfo Arias (tres veces presidente de Panamá), triunfó en las elecciones presidenciales en 1999. Hija de un maestro de primaria (*elementary-school*) y de una trabajadora rural, la presidenta prometió que la prioridad de su mandato sería ayudar a los más pobres del país. Su plan de gobierno tiene una agenda social que incluye inversiones (*investments*) en educación, salud y vivienda (*housing*). Otra mujer muy conocida en el mundo de la política latinoamericana es Violeta Chamorro, presidenta de Nicaragua de 1990 a 1996. Durante su mandato de seis años, luchó para eliminar los abusos de los derechos humanos, para privatizar las industrias del Estado y para fortalecer (*strengthen*) las instituciones democráticas de Nicaragua.

CAPÍTULO 5

Vivir y aprender

PRESENTACIÓN DEL TEMA

. . . los cafés, verdadera Universidad popular.

—Miguel de Unamuno
(en una carta)

Hay algunas diferencias entre el sistema educativo de Estados Unidos o Canadá y el de los países hispanos. En los países de habla hispana, hay muchas escuelas vocacionales y, en general, hay escuelas para comercio, para la formación de maestros y para las fuerzas militares. A nivel universitario, mucha gente opina que en los países hispanos hay menos contacto personal entre los profesores y sus estudiantes y que es raro que haya un campus como en Estados Unidos: la universidad se divide en facultades especializadas que pueden estar en varias partes de la ciudad. Si un estudiante estudia medicina, por ejemplo, tiene todas sus clases en la facultad de medicina. En algunas carreras, no es obligatorio que asista a clase, pero es necesario que apruebe un examen final, que muchas veces es un examen oral. La mayoría de los estudiantes hispanos viven con su familia, no en una residencia estudiantil. Se reúnen, generalmente, en los cafés, las plazas y en otros lugares públicos de la ciudad. No están aislados *(isolated)* ni separados de la comunidad.

A pesar de las diferencias entre los dos sistemas de enseñanza, los educadores del mundo hispano, tanto como los de Estados Unidos y Canadá, están de acuerdo en muchos puntos importantes. Opinan que la enseñanza, como la vida, debe ser una aventura. Muchos dicen que la enseñanza tiene que continuar siempre, que nunca debemos dejar de aprender. En el mundo de hoy, hay que seguir aprendiendo por una variedad de razones; por ejemplo, en una crisis económica tiene ventaja la persona que puede cambiar de empleo. «Los profesionales más cotizados *(sought after)* son los que realizan estudios cortos, son versátiles y trabajan en el sector de servicios. Lo mejor es no dejar nunca de aprender».[1] O, como dice el refrán, «Mientras se vive, siempre se aprende».

5-1 Preguntas

1. ¿Cuáles son algunas de las diferencias entre el sistema de enseñanza hispano y el estadounidense?
2. ¿Qué ventajas (puntos positivos) hay para el estudiante en el sistema hispano? ¿Qué desventajas (puntos negativos) hay?
3. ¿Qué piensa usted de los exámenes orales? ¿Son más o menos fáciles que los escritos? ¿Por qué?
4. ¿Cree usted que hay mucho contacto entre los profesores y los estudiantes en las universidades norteamericanas? ¿De qué depende?
5. ¿Cree usted que en este país los estudiantes compiten *(compete)* mucho entre sí *(among themselves)*? Dé ejemplos.

Al venir a la Tierra, todo hombre tiene derecho a que se le eduque, y después, en pago, el deber de contribuir a la educación de los demás.

—José Martí

---

[1] María Estalayo, «Profesiones con futuro», *Muy interesante,* año 11, número 10, página 14.

La Universidad Nacional Mayor de San Marcos ofrece cursos en muchos campos de estudio. ¿En qué campo de estudio se especializa usted?

Vocabulario útil

Escuela, colegio (liceo) y universidad

Cognados

la arquitectura
la carrera
las ciencias
las ciencias de computación (la informática)
las ciencias políticas
las ciencias sociales
la escuela secundaria
la filosofía
graduarse
la ingeniería
las matemáticas
la medicina
la oficina administrativa

Otras palabras

los apuntes	notes
la beca	scholarship
el campo	field
la cartera	small purse

la cédula de identidad	*I.D.*
la conferencia	*lecture*
el deber, la tarea	*homework*
el derecho	*law*
la enseñanza	*education*
la farmacia	*pharmacology*
las letras	*literature*
el liceo	*high school*
el título	*degree, title*

Verbos

aprobar (ue) (un curso o examen)	*to pass (a course or exam)*
dar (hacer) un examen	*to take an exam*
devolver (ue)	*to return (something)*
especializarse en	*to major (specialize) in*
fracasar (en un curso o examen)	*to fail (a course or exam)*
pagar la matrícula	*to pay tuition*
recoger	*to pick up, collect*
seguir (i) un curso	*to take a course*

¡Ojo!

la biblioteca *library* / la librería *bookstore*
el colegio *elementary or secondary school (usually private)*
la conferencia *lecture* / la lectura *reading* / el congreso *conference or congress*
la escuela *elementary school (usually public)* / la facultad *school (department)*
of a university
las notas *grades (or notes);* sacar buenas (malas) notas *to get good (bad)*
grades / los apuntes *notes;* tomar apuntes *to take notes*
la residencia estudiantil *dorm* / el dormitorio *bedroom*

Práctica

5-2 ¿Adónde va? ¿Adónde va el estudiante cuando…?

MODELO quiere cambiar de una carrera a otra
Va a la oficina administrativa.

1. necesita devolver un libro que sacó
2. desea comprar un libro de texto
3. termina la escuela primaria
4. quiere dormir (si no vive con su familia o en un apartamento)
5. tiene que pagar la matrícula
6. desea hablar con el profesor que enseña el curso sobre literatura latinoamericana
7. necesita comprar unos bolígrafos y un cuaderno

5-3 ¿Qué tenemos que hacer? Termine las oraciones, de acuerdo con el modelo. En algunos casos hay más de una posibilidad.

MODELO Para ser maestro (profesor de primaria)...
Para ser maestro, hay que especializarse en enseñanza (o seguir cursos en la facultad de educación).

1. Para ser médico...
2. Para recordar cierta información de una conferencia larga y complicada...
3. Para obtener un título...
4. Para sacar buenas notas...
5. Para obtener una beca...
6. Para ser abogado...

5-4 La fórmula para sacar buenas notas. Discutan las siguientes preguntas. Estén preparados para compartir sus respuestas con la clase.

1. ¿Qué piensas de las siguientes «reglas» (*rules*) para sacar buenas notas? En tu opinión, ¿cuáles son las tres recomendaciones más importantes? Ponlas en orden, con el número 1 como la más importante, etcétera.

   ___2___ pasar mucho tiempo estudiando en la biblioteca
   ___3___ siempre hacer la tarea para el día siguiente
   ___1___ asistir a todas las clases sin falta
   ___6___ impresionar a los profesores
   ___4___ tomar buenos apuntes en todas las clases
   ___5___ estudiar mucho para los exámenes finales
   ___7___ no trabajar en otros empleos
   ___8___ no participar en los deportes o en otras actividades

2. ¿Cuáles de estas «reglas» puedes cumplir? ¿Cuáles no consideras importantes?
3. En tu opinión, ¿en qué consiste el éxito en la universidad? ¿Consiste en sacar buenas notas? ¿Hay otros factores importantes? Explica.

Para escuchar

Un contestador telefónico automático

Conversación 1: Para saludar y despedirse por teléfono; para pedir permiso. Jessica Jones vive ahora en Bogotá con su amiga Julia Gutiérrez; las dos asisten a la Universidad de los Andes de esa ciudad. Están muy ocupadas y casi nunca están en casa. Jessica compra un contestador automático.

5-5 Escuche, en la Conversación 1, los mensajes que Jessica recibe. ¿A quién llamará Jessica primero? ¿Por qué?

5-6 Escuche la Conversación 1 otra vez. En el primer mensaje para Jessica, ¿qué expresiones para pedir permiso se usan? (Hay dos.)

1. ¿Se permite...?
2. ¿Me permites...?
3. ¿Es posible que...?
4. ¿Está bien que...?

5-7 Escuche los mensajes otra vez y llene los formularios con la información que falta.

Mensaje 1:

Llamó: _____

___ Favor de llamar ___ ___Volverá a llamar

*Quiere usar*_____

_____

*Quiere llegar*_____

_____

Mensaje 2:

Llamó: _____

___ Favor de llamar ___Volverá a llamar

Tienen _____

Quiere saber si _____

_____

Mensaje 3:

Llamó: _____

___ Favor de llamar ___Volverá a llamar

Dejó _____

_____

Puede recogerla _____

_____

Conversación 2: Para saludar y despedirse por teléfono; para expresar prohibición.

5-8 Escuche, en la Conversación 2, los mensajes que Julia recibe. ¿A quién llamará Julia primero? ¿Por qué?

5-9 Escuche los mensajes otra vez y llene los formularios con la información que falta.

Mensaje 1:

Llamó: _____

____ Favor de llamar   ____ Volverá a llamar

Pide permiso para _____

_____

_____

_____

Mensaje 2:

Llamó: _____

____ Favor de llamar   ____ Volverá a llamar

La extraña mucho. Quiere que Julia vuelva ____

_____

_____

_____

Mensaje 3:

Llamó: _____

____ Favor de llamar   ____ Volverá a llamar

Hay un problema: _____

_____

_____

_____

Mensaje 4:

Llamó: _____

____ Favor de llamar   ____ Volverá a llamar

Quiere saber _____

_____

GRAMÁTICA Y VOCABULARIO

The Present Subjunctive Mood: Introduction and Formation; The Subjunctive with Impersonal Expressions

The Present Subjunctive Mood: Introduction and Formation

Up to this point, the indicative mood has been used in this book. The indicative is used to state facts or make objective observations—most statements are in the indicative. (Statements in the indicative may or may not be true, but they are stated as truth.) The indicative is also used to ask simple questions. But now the subjunctive mood will be discussed: the mood of doubt, emotion, probability, personal will, arbitrary approval or disapproval. First, look at some examples of the subjunctive versus the indicative.

David aprueba el curso.	*David is passing the course.* (simple statement—indicative)
¿Aprueba David el curso?	*Is David passing the course?* (simple question—indicative)
Es posible que apruebe.	*It's possible that he may pass.* (uncertainty, doubt—subjunctive)
Es fantástico que David apruebe.	*It's fantastic that David is passing.* (emotion—subjunctive)
Está bien que David apruebe.	*It's good that David will pass (is passing).* (approval—subjunctive)

Notice that in all the sentences with the subjunctive, there are two clauses: an independent clause that can stand alone (**Es posible. Está bien.**) and a dependent clause that begins with **que.** The subjunctive is contained in the dependent clause. The subject of the dependent clause is different from the subject of the main clause (in these examples, the subject of the main clause is impersonal). Notice the various ways to translate the subjunctive into English.

Es posible que apruebe.
$\left\{ \begin{array}{l} \textit{It's possible (that) he may pass.} \\ \textit{It's possible (that) he's passing.} \\ \textit{It's possible (that) he will pass.} \\ \textit{It's possible for him to pass.}^2 \end{array} \right.$

The word *that* is optional in English, but **que** is always used in Spanish.

Now look at the formation of the subjunctive in Spanish:

Regular Verbs

To form the present subjunctive of nearly all Spanish verbs, the **-o** is dropped from the first-person singular of the present indicative (the **yo** form) and the following endings are added:

-**ar** verbs: **-e, -es, -e, -emos, -éis, -en**
-**er** and **-ir** verbs: **-a, -as, -a, -amos, -áis, -an**

El ejercicio hace maestro.

—proverbio

---

[2] This construction requires a dependent clause with the subjunctive in Spanish even though an infinitive is used in English. Since there is a change of subject (*it/him*), the sentence can *not* be translated to Spanish using the infinitive.

hablar		comer		vivir	
hable	hablemos	coma	comamos	viva	vivamos
hables	habléis	comas	comáis	vivas	viváis
hable	hablen	coma	coman	viva	vivan

tener		hacer		decir	
tenga	tengamos	haga	hagamos	diga	digamos
tengas	tengáis	hagas	hagáis	digas	digáis
tenga	tengan	haga	hagan	diga	digan

Stem-Changing Verbs

1. **-ar** and **-er.** The **nosotros** and **vosotros** forms follow the same pattern in the indicative and so do not have a stem change.

encontrar (o to ue)		querer (e to ie)	
encuentre	encontremos	quiera	queramos
encuentres	encontréis	quieras	queráis
encuentre	encuentren	quiera	quieran

2. **-ir.** In the **nosotros** and **vosotros** forms the infinitive stem **e** becomes **i** and the infinitive stem **o** becomes **u.**

sentir (e to ie)		pedir (e to i)		dormir (o to ue)	
sienta	sintamos	pida	pidamos	duerma	durmamos
sientas	sintáis	pidas	pidáis	duermas	durmáis
sienta	sientan	pida	pidan	duerma	duerman

Irregular Verbs

There are four verbs that do not follow these patterns: **haber, ir, ser,** and **saber.**

haber		ir		ser		saber	
haya	hayamos	vaya	vayamos	sea	seamos	sepa	sepamos
hayas	hayáis	vayas	vayáis	seas	seáis	sepas	sepáis
haya	hayan	vaya	vayan	sea	sean	sepa	sepan

Note that regular and stem-changing verbs ending in **-car, -gar,** and **-zar** change **c** to **qu, g** to **gu,** and **z** to **c** in the present subjunctive. For more information on spelling-changing verbs, see Appendix E.

Note also that (1) **estar** takes accents on the same syllables in the present subjunctive as in the indicative (**esté, estés, esté, estemos, estéis, estén**), and (2) there are accents on the first- and third-person singular forms of the verb **dar** so that they can be distinguished from the preposition **de** (**dé, des, dé, demos, deis, den**).

The Subjunctive with Impersonal Expressions

While the indicative is used to ask simple questions or make factual statements, the subjunctive is used after certain verbs or expressions that indicate or imply: (1) doubt, denial, or uncertainty; (2) emotion; (3) will, preference, or necessity; and (4) approval, disapproval, or advice.

1. Doubt, denial, or uncertainty

   Es posible que Enrique fracase.   *It's possible (that) Enrique will fail.*
   Es probable[3] que volvamos.   *It's probable (that) we'll return.*
   Es imposible que sigan ese curso.   *It's impossible for them to take that course.*

2. Emotion (hope, fear, surprise, happiness, sadness, and so forth)

   Es una lástima que no vengan.   *It's a shame that they aren't coming.*
   Es sorprendente que Pablo no asista a la conferencia.   *It's surprising that Pablo isn't attending the lecture.*
   Es terrible que te hable así.   *It's terrible that he talks to you that way.*

3. Will, preference, or necessity

   Es importante que pensemos en el futuro.   *It's important that we think about the future.*
   Es preferible que vaya.   *It's preferable for him (her, you) to go.*

4. Approval, disapproval, or advice

   Está bien que hagas el examen el jueves en vez del martes.   *It's okay for you to take the exam Thursday instead of Tuesday.*
   Es mejor que Juan no siga el curso de farmacia.   *It's better for Juan not to take the pharmacology class.*

   The subjunctive is also required after expressions of emotion, will (preference, necessity), or approval (disapproval, advice) in the negative or interrogative.

   No es posible que Enrique fracase.   *It's not possible that Enrique will fail.*
   No es sorprendente que Pablo no asista a la conferencia.   *It's not surprising that Pablo isn't attending the lecture.*
   ¿Es preferible que vaya?   *Is it preferable for him (her, you) to go?*

   However, after expressions of uncertainty (doubt, denial) in the negative the indicative is required if the idea of uncertainty (doubt, denial) is "cancelled out." Compare:

   Es dudoso que la biblioteca tenga ese libro.   *It's doubtful that the library has that book. (subjunctive)*
   No hay duda de que la biblioteca tiene ese libro.   *It's not doubtful that the library has that book. (I've seen it there.) (indicative)*

---

[3] Note that in Spanish the expression of probability is taken to allow for doubt and is followed by the subjunctive.

Impersonal Expressions That Take the Indicative

There are some impersonal expressions that take the indicative because they imply truth or certainty, such as the following:

Es verdad (cierto, obvio, claro, evidente) que...

It's true (certain, obvious, clear, obvious) that ...

Naturally, in the negative these expressions require the subjunctive, since untruth or disbelief is expressed. Compare:

Es evidente que el sol es el centro del universo.

It's evident (obvious) that the sun is the center of the universe.

¡No es verdad que el sol sea el centro del universo!

It's not true that the sun is the center of the universe!

Vocabulario útil

La vida universitaria

Los altibajos del estudiante

los altibajos	*ups and downs*
cobrar mucho (demasiado)	*to charge a lot (too much)*
las cuotas altas (bajas)	*high (low) fees*
la depresión[4]	*depression*
la esperanza	*hope*
exigente	*demanding (referring to people)*
el requisito	*requirement*
el ruido	*noise*
la tensión, el estrés	*tension, stress*
la ventaja (la desventaja)	*advantage (disadvantage)*

Modismos

estar deprimido(a)	*to be depressed*
estar en la gloria	*to be on top of the world*
estudiar a la carrera	*to cram*
hacer cola	*to stand in line*
hacer huelga	*to go on strike*
hacer trampa	*to cheat*
Ojalá (que) (+ *subj.*)...	*I hope (that) . . . (from the Arabic "May Allah grant ...")*

---

[4] In student slang, you may hear shortened words, such as **depre** rather than **depresión** (Tengo una depre or Estoy con la depre). Similarly: **la u** (universidad), **el o la profe** (profesor o profesora), **la compu** (la computadora), **la tele** (televisión), **el boli** (bolígrafo).

Práctica

5-10 Una clase fatal. Las clases de su nuevo profesor de historia tienen fama de ser «fatales». Describa cómo cree que va a ser el profesor y qué deben hacer usted y sus compañeros.

1. Es probable que el profesor...
   estar desorganizado, darnos muchas tareas, pedirnos todas las tareas a la vez, criticarlo todo
2. Es importante que nosotros...
   colaborar unos con otros, asistir a todas las clases, hacer los trabajos a tiempo, tomar el asunto con calma
3. Es mejor que tú...
   conseguir ayuda si la necesitas, no perder tiempo en clase, recordar las fechas de los exámenes, tomar buenos apuntes

5-11 Reacciones. Exprese sus reacciones a las siguientes ideas, usando expresiones como **Es verdad que**..., **No es cierto que**..., **Es bueno que**..., **Es una lástima que**... y el subjuntivo o el indicativo.

1. Los mejores profesores son muy exigentes.
2. En esta universidad, hay demasiados requisitos para la graduación.
3. Las cuotas universitarias son bajas este año.
4. Los libros de texto no cuestan mucho.
5. En la cafetería de nuestra universidad, casi nunca hay que hacer cola.
6. En esta universidad, muchos estudiantes hacen trampa.
7. Hay mucho estrés en la vida estudiantil.

5-12 Entrevista. En forma alternada, hagan y contesten las siguientes preguntas.

1. ¿Qué cualidades son importantes en un(a) compañero(a) de cuarto? Por ejemplo, ¿es importante que ayude a limpiar el cuarto? ¿que tenga buen humor?
2. ¿Qué cualidades son indeseables en un compañero(a) de cuarto? Por ejemplo, ¿es malo que hable mucho por teléfono? ¿que fume? ¿que haga ruido de noche? ¿que lleve a mucha gente al cuarto?
3. ¿Es necesario o importante, a veces, que los estudiantes hagan huelgas o protesten? ¿Cuándo?
4. El gobierno de Argentina estudia los «trabajos del futuro» y da más dinero a las universidades que ofrecen cursos para esas carreras. ¿Es bueno que las universidades que ofrecen estos cursos reciban más dinero del estado? ¿Debemos hacer lo mismo en este país?
5. ¿Por qué hay muchos altibajos en la vida del estudiante? ¿Es común que los estudiantes estén deprimidos? ¿Por qué sí o por qué no?

5-13 Los nuevos estudiantes. Algunos estudiantes acaban de llegar a su universidad. En grupos de tres o cuatro, hagan una lista de preguntas o preocupaciones que tendrán (acerca de sus profesores y cómo impresionarlos, las clases más populares, los restaurantes locales, las tiendas donde se puede conseguir ropa de buena calidad, etc). Después, dénles consejos. Usen **Es importante (necesario, mejor, preferible,** etc.) **que** + el subjuntivo.

MODELOS *Para comprar boletos para el teatro, es mejor que vayan a la cooperativa estudiantil, donde les harán un descuento.*

No es bueno que hagan fotocopias en la biblioteca porque cuestan más allí; es preferible que las hagan en University Copy Shop.

The Subjunctive with Verbs Indicating Doubt; Emotion; Will, Preference, or Necessity; Approval, Disapproval, or Advice

1. You saw in the previous section that the subjunctive is used after impersonal expressions that express doubt or denial; emotion; will, preference, or necessity; and approval, disapproval, or advice. The subjunctive is used in a dependent clause beginning with **que**. Similarly, the subjunctive is used in a dependent clause when verbs expressing these same ideas are in the main clause and when the subject of the two clauses is not the same. For example:

Es posible	**que Laura venga.**
Main clause	Dependent clause
Subject: impersonal	Subject: Laura
Verb: indicative (expression of doubt)	Verb: subjunctive

dudar *to doubt*
negar (ie) *to deny* } doubt or denial

alegrarse de *to be happy*
esperar *to hope*
sentir (ie) *to be sorry; to feel*
sorprender *to surprise*
temer *to fear*
tener miedo de *to be afraid of* } emotion

decir (i) *to tell (someone to do something)*[5]
desear *to wish, want*
exigir *to demand*
insistir en *to insist on*[5]
mandar *to order*
necesitar *to need*
pedir (i) *to ask (someone to do something), request*
preferir (ie) *to prefer*
querer (ie) *to want*
rogar (ue) *to request, beg*

} will, preference, or necessity

aconsejar *to advise, counsel*
gustar *to please*
permitir *to permit*
prohibir *to prohibit*

} approval, disapproval, or advice

Dudo que Manuel apruebe ese curso de biología.	*I doubt that Manuel will pass that biology class.*
Siento que no estén aquí.	*I'm sorry that they're not here.*
¡Te ruego que no dejes todo para la semana que viene!	*I'm begging you not to leave everything for next week!*

2. When the main clause contains one of these verbs in the negative or interrogative, the subjunctive is also normally used.

A mis papás no les gusta que salga sola de noche.	*My parents don't like me to go out by myself at night.*
¿Temes que la matrícula sea demasiado cara?	*Are you afraid registration will be too expensive?*

However, if the main clause contains a verb expressing doubt or denial, the indicative will be required in a negative sentence if the idea of doubt or denial is "cancelled out."

No dudo (No niego) que saben la respuesta.	*I don't doubt (don't deny) that they know the answer.*

Similarly, some expressions convey doubt only in the negative. Compare:

No están seguros de que ella tenga un doctorado.	*They aren't sure (certain) that she has a doctorate.*
Estoy segura de que tiene un título universitario.	*I'm sure she has a university degree.*

---

[5] Insistir en and **decir** can be followed by the indicative or the subjunctive; they are followed by the subjunctive when they express will: ¿**Insistes en que ella esté allí?** *Do you insist that she be there?* ¿**Insistes en que ella está allí?** *Do you insist that she is there?* **Me dicen que (yo) siga un curso de economía.** *They tell me to take an economics course.* **Me dicen que (ellos) siguen un curso de economía.** *They tell me they're taking an economics course.*

Para aprender nunca es tarde.

—proverbio

3. As mentioned previously, the subjunctive is used in a dependent clause when the subject of that clause is different from the subject of the main clause. If the subject is the same, the infinitive is used.

Prefiero vivir en una residencia estudiantil, mamá.	*I prefer to live in a dorm, Mom.*
¿Cómo? Tu papá y yo preferimos que vivas en casa.	*What? Your father and I prefer that you live at home.*
Tengo miedo de fracasar en el examen.	*I'm afraid of failing the exam.*
Tengo miedo de que mi novio fracase en el examen.	*I'm afraid my boyfriend will fail the exam.*

Práctica

5-14 Opiniones. Complete las oraciones con una de las ideas entre paréntesis o con sus propias palabras.

MODELO A los profesores no les gusta que los estudiantes... (comer en clase)
A los profesores no les gusta que los estudiantes coman en clase.

1. A los profesores no les gusta que los estudiantes... (contar chistes tontos en clase, leer durante una conferencia, salir antes de que termine la clase, ¿...?)
2. Para impresionar a una chica de esta universidad, es necesario que un chico... (tener carro, ser romántico [inteligente, rico], saber conversar sobre una variedad de temas, ¿...?) *tenga / sea / sepa*
3. Para impresionar a un chico de esta universidad, es necesario que una chica... (tener carro, ser romántica [inteligente, rica], saber conversar sobre una variedad de temas, ¿...?) *tenga / sea / sepa / tenga*
4. Tengo miedo de que mi mejor amigo... (cambiar de universidad, tener problemas con su novia, fracasar en su clase de historia, ¿...?) *cambie / fracase*
5. No me gusta que mi mamá... (protestar en voz alta en un lugar público, regalar mi ropa sin decirme, hablar de mí a sus amigas, ¿...?) *proteste / regale*
6. Mis papás (o mis familiares) me aconsejan que... (estudiar comercio, aprender karate, no perder el tiempo con mis amigos, ¿...?) *estudien / aprendan*
7. Mis papás (o mis familiares) me prohíben que... (fumar en casa, tomar demasiado, manejar muy rápidamente, ¿...?) *maneje / fume / tome*

5-15 Una clase de folklore. Marisa asiste a una clase de folklore y tiene que escribir una composición acerca de las supersticiones. Cada vez que alguien dice algo supersticioso, ella lo apunta (*makes a note of it*). Complete las oraciones que ella ha escrito en su cuaderno; use el subjuntivo, el indicativo o el infinitivo de los verbos entre paréntesis, de acuerdo con lo que sea necesario en cada caso.

1. «Te pido que no _____abras_____ (abrir) el paraguas (*umbrella*) dentro de la casa. Si lo haces, estoy seguro de que _____vas_____ (ir) a tener una disputa con alguien».

2. «No es bueno que Elena y Manuel *beban* (beber) del mismo vaso; significa que podrán adivinarse los (*guess each other's*) secretos».

3. «Prefiero que nosotros no *tengamos* (tener) clase en el salón número 13; tengo miedo de que allí tú y yo no *podamos* (poder) sacar buenas notas».

4. «No es bueno que una persona se _____ (levantar) con el pie izquierdo, ni que *salga* (salir) de casa con el pie izquierdo. Eso le *vaya* (ir) a traer mala suerte durante el día».

levantem...

infinitive when no change in subject

5. «¿No temes *fracase* (fracasar) en el examen del próximo martes 13?[6]

6. «Les aconsejo que (ustedes) no se _____ (casar) el martes; pero espero que *haya* (haber) lluvia el día de la boda, porque eso significa abundancia».

7. «Es muy mala suerte derramar sal (*to spill salt*), y espero que usted la *tire* (tirar) (*throw it*) por sobre el hombro (*shoulder*) izquierdo tres veces para evitar algo desagradable».

5-16 ¿Cómo podemos mejorar la vida estudiantil? Hagan por lo menos seis oraciones, usando elementos de las tres columnas o sus propias ideas.

MODELOS *Necesitamos que las residencias estudiantiles tengan computadora en cada cuarto.*
No nos gusta que la comida de la cafetería sea tan cara.

querer que	la administración	escuchar más a los estudiantes
esperar que	los profesores	hacer construir un nuevo
necesitar que	todos los estudiantes	estadio/teatro, una nueva
(nos) gustar que	la cafetería (clínica,	piscina, más lugares de
	librería) estudiantil	estacionamiento (*parking*)
	las residencias	dar menos tareas
	estudiantiles	conseguir becas
	las vacaciones	protestar contra...
		ser más (menos)...
		servir comida...
		tener conexión de cable en cada
		cuarto

5-17 ¿De veras? Haga tres oraciones, diciendo algo acerca de usted en el tiempo presente. Dos deben ser verdaderas; una, falsa. Dígalas a un(a) compañero(a) de clase. Su compañero(a) trata de adivinar cuál de las tres es falsa.

MODELO Sé hablar chino. Me especializo en ingeniería. Mi madre es policía.
¿De veras? Dudo que sepas hablar chino (que te especialices en ingeniería, que tu madre sea policía).

---

6   Hispanics consider Tuesday the 13th (rather than Friday the 13th) unlucky.

5-18 Confesiones. Un(a) estudiante menciona un problema o preocupación que tiene. Podría hablar de cualquier problema o preocupación acerca de los estudios, las notas, el (la) novio(a), los papás, el dinero, los compañeros de cuarto... (Por ejemplo: **No tengo amigos. Mi novio(a) no me quiere. Odio a mi profesor de física.**) Cada estudiante tiene que hacer una confesión. Los otros estudiantes le dan consejos, empezando con: **Te aconsejo que..., Espero que..., o Es importante que....**

MODELOS A: *Creo que no voy a aprobar mi clase de química.*
B: *Te aconsejo que vayas a clase y que tomes apuntes.*
C: *Espero que consigas ayuda.*
D: *Es importante que le hables al profesor.*

The Subjunctive versus the Indicative

Some expressions in the main clause can take either the subjunctive or the indicative in the following dependent clause, depending on the point of view expressed.

1. **Tal vez, quizá(s),** and **acaso** normally take the subjunctive and imply doubt; however, they may take the indicative if the speaker or writer wants to imply a degree of certainty.

Tal vez sea una historia verdadera.	*Perhaps it's a true story (it's doubtful).*
Tal vez es una historia verdadera.	*Perhaps it's a true story (speaker believes it is).*

2. When asking a question with a verb or impersonal expression that states truth or certainty, the indicative is generally used in the dependent clause. However, the speaker or writer may choose to use the subjunctive to imply doubt. Compare the following:

¿Estás seguro de que este restaurante es bueno?	*Are you sure this restaurant is good? (simple question)*
¿Estás seguro de que este restaurante sea bueno?	*Are you sure this restaurant is good? (doubt implied)*

3. Similarly, **creer que...** and **pensar que...** take the indicative in affirmative statements and the subjunctive in negative statements. In interrogatives, they take either the subjunctive or the indicative, depending on whether doubt is implied.

Creo que todos los estudiantes deben seguir cursos de ciencia.	*I believe all students should take science classes.*
Yo no creo que todos los estudiantes deban seguir cursos de ciencia.	*I don't believe all students should take science classes.*

¿Cree usted que esa carrera
tiene futuro?

¿Cree usted que esa carrera
tenga futuro?

*Do you think that career has a
future? (simple question)*

*Do you think that career has a
future? (doubt implied)*

en redondo *in circles*

Práctica

5-19A Dudas. Haga oraciones con las palabras que siguen.

¿Qué hora es? Mi reloj no anda bien.

1. pienso que / ser las once
2. no estoy seguro, pero / creer que / ser las diez
3. no lo sé; quizás / ser las nueve

5-19B ¿Dónde está el profesor?

1. es posible / estar en su oficina *Es posible que este en su oficina.*
2. es probable / estar en una reunión *Es probable que*
3. tal vez / estar en la biblioteca
4. estoy seguro / no venir hoy
5. no creo que (nosotros) / deber esperarlo mucho
   debamos

5-20 Para vivir y aprender el idioma español... ¿Indicativo o subjuntivo? Mire el anuncio de International House de Madrid y complete las oraciones. Use la forma **nosotros** del verbo.

la Ciudad

International House

Imagínate una ciudad fascinante, distinta, repleta de contrastes. Donde toda la historia, la cultura, la gastronomía y la diversión salen a tu encuentro. Donde cada día es una experiencia sorprendente. Donde nadie se siente extranjero.

Así es Madrid.

Un centro emergente, bullicioso, que combina el aprendizaje con el ocio más inesperado.

Restaurantes, mesones, pubs, han hecho de Madrid la capital mundial de la "movida". Museos como el Prado, Reina Sofía y la colección Thyssen han convertido a la capital de España en el centro artístico por excelencia.

Madrid subyuga a quien la visita. Es una tentación irresistible. ¡Alquien puede negarlo!

quieramos querremos

El año que viene voy con unos amigos a estudiar español en International House de
Madrid. Hay muchos programas para el estudio del castellano en España, pero
decidimos que (1) _____ (querer) estar en la capital porque allí hay mucho
que ver. En Madrid quiero que (2) _veamos_ (ver) el Palacio Real y el Parque del

ih te ofrece

✓ -PROFESORES NATIVOS
CUALIFICADOS
✓ -CLASES A TU NIVEL
✓ -GRUPOS REDUCIDOS
✓ -CURSOS DE PREPARACION
PARA LOS EXAMENES OFI-
CIALES DE ESPAÑOL (D.E.L.E.)
✓ -CURSOS INTENSIVOS Y
EXTENSIVOS
✓ -CURSOS "ONE TO ONE"
✓ -AMBIENTE PROFESIONAL Y
AMENO
✓ -UNA METODOLOGIA BASA-
DA EN LA COMUNICACION
✓ -BIBLIOTECA
✓ -VIDEO-CLUB
✓ -ACTIVIDADES CULTURALES
✓ -FIESTAS Y EXCURSIONES
✓ -ALOJAMIENTO
✓ -CURSOS DE FORMACION DE
PROFESORES
✓ -CURSOS COMBINADOS EN
MADRID, BARCELONA, SAN
SEBASTIAN

✓ -QUALIFIED, NATIVE
TEACHERS
✓ -CLASSES AT YOUR LEVEL
✓ -SMALL GROUPS
✓ -OFFICIAL EXAM
PREPARATION COURSES
(D.E.L.E.)
✓ -INTENSIVE & EXTENSIVE
COURSES
✓ -ONE TO ONE COURSES
✓ - PROFESSIONAL & FRIENDLY
ATMOSPHERE
✓ -COMMUNICATIVE
APPROACH
✓ -LIBRARY
✓ -VIDEO-CLUB
✓ -CULTURAL ACTIVITIES
✓ -PARTIES & TRIPS
✓ -ACCOMMODATION
✓ -TEACHER TRAINING
COURSES
✓ -COMBINED COURSES
IN MADRID, BARCELONA,
SAN SEBASTIAN

ih offers you

Retiro. También es importante que (3) _visitemos_ (visitar) el Museo del Prado. Espero que (4) _participemos_ (participar) en las fiestas y en las excursiones a Toledo, Ávila y Segovia. Ojalá que (5) _conozcan_ (conocer) a jóvenes españoles con quienes podamos juntarnos; así creo que nos (6) _vayamos / vamos_ (ir) a divertir mucho. Nuestro profesor de español nos aconseja que (7) _mira_ (mirar) películas o programas de televisión y que (8) _asistamos_ (asistir) a conferencias en español. Dice que está muy bien que allí (9) _tengamos_ (tener) la oportunidad de estudiar en grupos reducidos. Es posible que (10) _aprenda_ (aprender) muy bien el castellano —¿quién sabe?

Yo quiero que (11) _pasemos_ (pasar) por Italia después de terminar los estudios pero mis amigos prefieren que (12) _viaje_ (viajar) a Francia. Espero que (13) _podamos_ (poder) ir a los dos países. No creo que eso cueste demasiado porque vamos a tener pasajes de tipo «Eurail». De todos modos, estoy seguro que (14) _vayamos_ (ir) a pasar el verano «en grande» (muy bien), como dicen los españoles.

> Cada cabeza es un mundo.
>
> —proverbio

5-21 ¿Qué crees? Entreviste a un(a) compañero(a) de clase sobre los siguientes temas, usando **¿Crees que... ?** o **¿Piensas que... ?** Su compañero(a) le da su opinión.

MODELO Todos los estudiantes deben seguir cursos de filosofía y letras.

A: *¿Crees (Piensas) que todos los estudiantes deben seguir cursos de filosofía y letras?*

B: *No, no creo que todos deban seguir estos cursos; sólo los que deciden hacerlo. (Sí, creo que todos deben... para tener una buena educación.)*

1. Todos los estudiantes deben seguir cursos de ciencias y matemáticas.
2. Hay demasiados estudiantes en las clases de esta universidad.
3. Las notas de un(a) estudiante son una indicación de su inteligencia.
4. La mayoría de los estudiantes sabe qué profesión va a escoger cuando entra a la universidad.
5. La educación universitaria debe ser gratuita *(free)*.
6. Es mejor trabajar y estudiar en vez de dedicar cuatro años consecutivos exclusivamente a una carrera universitaria.
7. Una persona con un título universitario tiene más oportunidades de empleo que una persona sin título.

5-22 Quizás... Cuéntele a un(a) compañero(a) tres o cuatro cosas que piensa hacer en el futuro. Use **tal vez** o **quizás** *(1 subj.)*. Puede hablar de las clases, de una actividad social, de un viaje o de cualquier otro plan futuro.

MODELOS *Quizás siga un curso de historia el trimestre que viene.*
Tal vez vaya a México en el verano.

En otras palabras

Para saludar y despedirse por teléfono

The way people answer the phone varies from country to country in the Hispanic world. In Mexico, people say **Bueno.** In Spain, they say **Diga** or **Dígame.** In most places, people say **Hola** or **Aló.**

If you are calling someone, you can say, **¿Está...** (name), **por favor?** You may hear the response: **¿De parte de quién?** To identify yourself, you can say, **Habla...** (*your name*). Here are some ways to say good-bye on the telephone:

Bueno, gracias por llamar.
Te llamo más tarde (mañana, etc.).
Volveré a llamar... *I'll call back...*
Adiós. Hasta luego.

Para pedir y dar permiso
y para expresar prohibición

Here are various ways to ask for and grant or deny permission and to express prohibition. Some of these expressions require the subjunctive, as you have seen in this chapter.

1. You want to ask permission to do something.

   ¿Me permite (+ *inf.*)...?
   ¿Se permite (+ *inf.*)...?
   ¿Se puede (+ *inf.*)...?
   ¿Está bien que (+ *subj.*)...?
   ¿Es posible (+ *inf.*)...?
   ¿Es posible que (+ *subj.*)...?
   ¿Podría (yo) (+ *inf.*)...?

2. You give someone else permission to do something.

   Sí, está bien que (+ *subj.*)...
   Sí, es posible que (+ *subj.*)...
   Sí, podría(s) (+ *inf.*)...

3. You tell someone that something is not allowed or permitted.

   Está prohibido que (+ *subj.*)...
   No está bien que (+ *subj.*)...
   No es posible que (+ *subj.*)...
   Se prohíbe (+ *inf.*)...
   No se permite (+ *inf.*)...
   Eso no se hace. *That's not allowed (done).*

Práctica

5-23 ¿Qué dicen? ¿Qué cree usted que están diciendo las personas que están en los siguientes dibujos? Invente dos oraciones para cada dibujo.

1.

2.

3.

4.

5-24 Conversaciones por teléfono. Con un(a) compañero(a), invente conversaciones telefónicas para las siguientes situaciones. Un(a) estudiante hace el papel del (de la) estudiante A y su compañero(a) hace el papel del (de la) estudiante B.

Conversación 1

Estudiante A: You call a friend to see if he or she wants to go to the library to study with you. You can't remember what time the library closes. You think a good place to meet would be upstairs, on the second floor (**en el primer piso**). Together, you agree on a time and place to meet.

Estudiante B: Your friend calls to see if you want to go to the library to study with him or her. You remember that the library closes at 9:00. You think a good place to meet would be by the elevator (**cerca del ascensor**). Together, agree on a time and place to meet.

Conversación 2

Estudiante B: You call a friend but he or she is not home. His or her roommate answers and asks who is calling. You give your name and say you'll call back later.
Estudiante A: You answer the phone when someone calls for your roommate. You take the caller's name and number to leave a message. You say your roommate will be home at around 10:00.

EN CONTACTO

5-25 El semestre (trimestre) que viene...   ¿Qué va a hacer el semestre (trimestre) que viene? Hable con un(a) compañero(a) y describa sus planes. Use expresiones como **Es posible (probable) que...** , **Quizás...** , **Creo que...** , **No creo que...** Su compañero(a) le hará algunas preguntas.

MODELO A: *El trimestre que viene es posible que cambie de compañero(a) de cuarto.*
B: *¿Es que ustedes no se llevan bien?*
A: *No, tenemos un problema...*

Ideas:
seguir más (menos) cursos
estudiar más (menos)
trabajar en...
ir a algún lugar interesante
cambiar de residencia
hacer algún deporte
comprar o vender algo
hacer algún cambio en la vida
casarse
graduarse

5-26 Los trabajos del futuro. Lea los siguientes párrafos y después conteste las preguntas. Esté preparado(a) para compartir sus opiniones con la clase.

«Si le preguntamos a un joven qué proyectos tiene en mente una vez que haya finalizado sus estudios universitarios, probablemente contestará: ¡Un buen trabajo y ganar mucho dinero! Hasta hace poco, cualquier universitario con un diploma hallaba *[found]* una buena posición en el mercado laboral. Pero ahora es diferente: ¡hay docenas de profesionales para un mismo puesto!... ¿Cuál es la solución? Estudiar, si es joven, o especializarse, si ya se es universitario, en carreras con futuro, es decir, aquéllas donde los empleos nunca faltarán... o donde habrá menos posibilidades de despidos *[layoffs]* masivos...»[7]

«Los verdaderos triunfadores de las próximas décadas serán aquellos altamente talentosos y emprendedores *[enterprising]* que conocen cómo vender sus habilidades y logros laborales *[work achievements]* a los empleadores.... Las profesiones más demandadas serán las asociadas a la informática, los servicios y la educación. Habrá un gran crecimiento de la demanda de la atención a ancianos, enfermos y discapacitados *[handicapped]*, por lo que se crearán nuevos nichos de empleo. Ingenieros de sistemas, asistentes de salud, terapeutas *[therapists]* físicos, trabajadores sociales, educadores especiales, instructores y entrenadores *[trainers]*, serán algunas de las ocupaciones del futuro. El mundo laboral del próximo siglo demandará trabajadores altamente educados que puedan crear y aplicar tecnologías nuevas y sofisticadas. Gracias a la computación y a la revolución en las telecomunicaciones, más y más gente elegirá trabajar desde su hogar, descongestionando las ciudades y eliminando el uso de oficinas en forma permanente.»[8]

1. ¿Cree usted que es importante ganar mucho dinero?
2. Para usted, ¿qué es lo más importante en un trabajo?
3. ¿Es necesario saber «venderse» a los empleadores? ¿Por qué sí o por qué no?
4. ¿Cuál es su campo de estudio? ¿Qué profesión o carrera le interesa? En general, ¿será posible que encuentre trabajo en ese campo sin muchas dificultades?
5. ¿Cree que hay otras carreras con futuro? ¿Cuáles? ¿Por qué?
6. ¿Le gustaría trabajar desde su casa? ¿Por qué sí o por qué no?

5-27 COMPOSICIÓN:

Una carta a un(a) amigo(a). Escriba una carta a un(a) amigo(a) hispano(a), describiendo los altibajos de su vida como estudiante. Trate de usar el subjuntivo por lo menos cinco veces. Use las listas de vocabulario de este capítulo. Siga este plan:

(1) Su ciudad, la fecha
(2) **Querido(a)** (nombre de su amigo o amiga),
(3) el primer párrafo: **¿Qué tal?, ¿Cómo estás?** o algún otro saludo y una o dos expresiones de esperanza sobre la vida de su amigo(a) (**Espero que...** , **Ojalá que...**).
(4) el segundo párrafo: **Aunque en general estoy bien, mi vida ahora no es perfecta; tiene algunas desventajas.** Luego, tres o cuatro oraciones sobre los puntos negativos de la vida estudiantil, usando expresiones como **Es horrible**

---

[7] Virginia de los Reyes, Las mejores profesiones del futuro, *Hombre internacional,* enero de 1994, páginas 34–35.
[8] «Cómo serán los trabajos del futuro», copyright 2000–2001, http://portalentrepreneur.com/empleos_19.html.

(necesario, triste, una lástima, ridículo, terrible) que... , No es posible (probable) que... , Siento (Temo, Tengo miedo de, No me gusta) que... .

(5) el tercer párrafo: **Pero mi vida ahora también tiene algunas ventajas.** Luego, tres o cuatro oraciones sobre los puntos buenos de la vida estudiantil, usando oraciones como **Está bien que...** , **Es bueno (maravilloso, estupendo) que...** , **Me alegro de que...** , **Estoy contento de que...** .

(6) la conclusión: **Espero que (visitar, escribir, etc.)... Sin otra novedad, vuelvo a mis estudios.**

Afectuosamente,
(su nombre)

El que no sabe gozar de la ventura [good fortune] *cuando le viene, que no se debe quejar si se le pasa.*

—Miguel de Cervantes, *Don Quixote* II, 5

El sistema educativo español

El sistema educativo español está compuesto por centros de **formación** para personas de todas las edades. El sistema es bastante uniforme a través del país porque es el gobierno español que **plantea las normas.**

Vocabulario

acceder a la universidad	to get into college
el bachillerato	academic (college prep) secondary-school degree
la convivencia	living together (e.g., in society)
la formación	education, training
independizarse	to become independent, self-sufficient
el oficio	trade
las normas	standards
plantear	to set, define (a problem, program)
ser de pago	to require payments (tuition)
soler (ue)	to do customarily
los valores	values

Práctica de vocabulario

Complete las oraciones con palabras de la lista.

1. Los estudiantes españoles_____ vivir más tiempo en casa de sus padres que los estudiantes estandounidenses.
2. El año que viene voy a _____ a la universidad.

HABLANDO DEL TEMA

◁||▷ Alcalá de Henares es una ciudad de unos 170.000 habitantes que se encuentra al este de Madrid. La ciudad fue fundada por los romanos, que le dieron el nombre de Complutum.

◁||▷ Miguel de Cervantes Saavedra, autor de *El Quijote,* es el escritor español más conocido mundialmente. Nació en Alcalá de Henares en 1547. En 1571 participó en la Batalla de Lepanto, contra la flota (*fleet*) turca, donde combatió como un valiente y perdió el uso de la mano izquierda. Muchos años después, el héroe de Lepanto trabajaba como comisario (*commisioner*) en Andalucía. Lo encarcelaron (*imprisoned*) injustamente y fue en la prisión donde empezó a pensar—y quizás escribir—la primera parte de *El Quijote.* Murió en 1616, poco antes que William Shakespeare.

3. Antes de ir a la universidad, hay que terminar el _____ .

4. Las clases en ese colegio son de _____ y son un poco caras.

5. ¿Cuál es so profesión o _____ ?

Pregunta de enfoque

¿Qué aspectos del sistema educativo español se ven en el video?

Comprensión

1. ¿En qué consiste la labor (*task*) de la maestra? ¿Qué es necesario que enseñe?

2. Es necesario que el sistema educativo se ocupe del (*be concerned with the*) desarrollo del cuerpo también. ¿Qué ve usted en el video que demuestra esto?

3. Se ve una clase de un idioma extranjero en el video. ¿En qué consiste la actividad que se ve?

4. ¿Entre qué clases de formación puede escoger un estudiante de colegio?

5. ¿Qué universidad se ve en el video? ¿Por qué es notable?

Puntos de vista

1. Compare el sistema educativo español con el de Estados Unidos o Canadá.

2. ¿Qué diferencias nota usted entre la universidad española y la norteamericana o canadiense? ¿Qué semejanzas (*similarities*) hay?

En el mundo hispano, hay mucha jerga (*slang*) estudiantil. Los estudiantes que **hincan los codos** (*dig in the elbows*) o **se queman las pestañas** (*burn the eyelashes*) son muy trabajadores; muchos son **ratones de biblioteca** (*library rats, i.e., bookworms*) o **comelibros**. Un **cuadernícolas** es un estudiante muy serio. El estudiante que casi nunca va a clase se llama **turista** o **vacacionista** en muchos países. Aunque sea muy **coco** (*coconut, meaning head, i.e., smart*), cuando llega el día del examen, ¡**no sabe ni papa** (*he doesn't know potato, i.e., beans*)!

En muchos países hispanos hay un día dedicado a los estudiantes. Por ejemplo, en Venezuela el Día del Estudiante es el 21 de noviembre. En El Salvador hay varias fiestas durante el año porque cada facultad tiene su día especial; por ejemplo, en la facultad de derecho celebran el 21 de junio con bailes y competencias deportivas. En Argentina el Día del Estudiante se celebra el 21 de septiembre, que es también el Día de la Primavera. Hay fiestas, conciertos y, en algunos lugares del país, los estudiantes hacen **carrozas** (*floats*) adornadas con flores de papel.

CAPÍTULO 6

De viaje

PRESENTACIÓN DEL TEMA

El mundo hispano ofrece una gran variedad de atracciones para cualquier persona de espíritu aventurero. En la isla de San Andrés, Colombia, mucha gente hace buceo *(scuba diving)* o nada con tubo de respiración *(snorkle)*. «A la persona que por primera vez se le coloca *[puts on]* un equipo de buceo y se hunde en las intimidades del mar, le invade la sensación de haber viajado a otro planeta... [En San Andrés hay] puntos de inmersión que por su extraordinaria belleza han despertado el interés de los buzos *[divers]* profesionales de Norteamérica y Europa».[1] En esta isla encantadora también se puede hacer windsurf, jugar al tenis, descansar en las playas o ir de compras; las tiendas tienen muchas cosas importadas y no hay que pagar impuestos.

---

[1] Cristóbal Ospina, «Buceo en San Andrés», *Diner's* (Colombia), enero de 1987, página 46.

En muchas partes de España y Latinoamérica hay guías que llevan a los turistas a montar a caballo *(ride horses)*. Aquí un grupo cruza los Andes: «En un viaje de cinco días, subiendo y bajando cuestas *[hills]*, durmiendo bajo las estrellas y siempre en contacto con esta cordillera eterna, se va de Argentina a Chile».[2]

Cerca del pueblo de Tarapoto en la Amazonia peruana, hay «muchos puntos de gran belleza escénica y de grandes posibilidades de aventura: rápidos perfectos para el canotaje *[canoeing]*..., las apacibles aguas de Laguna Azul para el remo *[rowing]* y la vela *[sailing]*; interesantes recorridos por la selva, *trekking* a las cascadas de Tunun Tunumba; paseos a caballo y ciclismo de montaña; pesca... abundante».[3] Aquí los indígenas conservan sus tradiciones, viviendo como vivían sus antepasados hace muchos siglos.

---

[2] Chris Sattlberger, «Cruzando los Andes a caballo», *Geomundo,* septiembre de 1995, página 260. (El autor del artículo nota que no sabía montar cuando aceptó la invitación de hacer la excursión con un grupo de turistas.)

[3] Susana Sánchez Mellado, «Conociendo la región de San Martín», *Geomundo,* marzo de 1997, página 82.

Muchos jóvenes pasan sus vacaciones trabajando en algún lugar interesante, por ejemplo, en un sitio arqueológico. Según un artículo de la revista *Panorama,* «Miles de jóvenes españoles pagan dinero por trabajar, pero no están locos. Son

Todo pesa, todo es un lastre (heavy or rocky material) para el camino. Para el camino del viajero y el de la vida hay que ir ligero (light) de equipaje.

—Fernando Sánchez Dragó,
escritor español

muchachos que eligen los campos de trabajo para pasar su descanso veraniego *[summer]*. Excavaciones arqueológicas, reconstrucción de pueblos abandonados o intervenciones en el medio ambiente *[environment]* son algunas de las actividades que tienen a su disposición para convertir sus vacaciones en algo más que un tiempo de sol y playa».[4]

6-1 Preguntas

1. ¿Qué se puede hacer en la isla San Andrés? ¿A usted le gusta nadar? ¿bucear? ¿montar a caballo? ¿dormir bajo las estrellas?
2. ¿Qué posibilidades hay en la Amazonia peruana para los turistas aventureros?
3. ¿Qué hacen los jóvenes de la última foto? Hay oportunidades de hacer otros proyectos en España y Latinoamérica, como reconstruir pueblos abandonados, limpiar senderos (*trails*) o plantar árboles para conservar el medio ambiente. ¿A usted le gustaría participar en un programa que le dé la oportunidad de vivir y trabajar en el extranjero?
4. ¿En cuál de las fotos le gustaría estar? ¿Por qué?

Vocabulario útil

Las vacaciones

Cognados

la estación	el itinerario
la excursión	el, la recepcionista

En el hotel

el albergue para jóvenes (para la juventud)	*youth hostel*
el camarero (la camarera), el mozo (la moza)	*waiter (waitress)*
el cuarto, la habitación	*room*
doble/sencillo	*double/single*
el, la gerente	*manager*
el hotel de lujo	*luxury hotel*
el, la huésped (*also,* la huéspeda)	*guest*
la llave	*key*
la pensión[5]	*small hotel*
la piscina (la alberca)	*swimming pool*

---

[4] Ramón Arangüena, «Trabajar para divertirse en vacaciones», *Panorama,* 9 agosto de 1993, página 47.

[5] The **pensión** is sometimes your best bet financially when traveling in a Hispanic country. Most have weekly or monthly rates and provide at least one meal a day. Many offer **pensión completa,** three economical meals a day. In Spain, another alternative to hotels are the **paradores** (government-run inns). These are sometimes very beautiful and situated in castles or historic buildings (such as the one built right inside the Alhambra Gardens in Granada). They vary from reasonable to luxurious and are priced accordingly. Reservations should be made in advance.

Verbos

dejar (dar) propina	*to leave (give) a tip*
guardar	*to keep*
hacer (preparar) las maletas (las valijas)	*to pack the suitcases*
hacer un viaje	*to take a trip*
llevar una mochila	*to take (carry) a backpack (or knapsack)*
pagar la cuenta	*to pay the bill*
quedar	*to remain, be located*
quedarse (en)	*to stay (at)*
sacar fotos	*to take pictures (photographs)*
tomar sol	*to sunbathe*

El ir y venir

la aduana	*customs*
el billete *(Spain)*, el boleto	*ticket*
el equipaje	*luggage, baggage; equipment*
en el extranjero	*abroad*
la gira	*tour*
la parada	*stop (e.g., bus)*

Para preguntar cómo llegar

adelante, derecho	*forward, straight (ahead)*
cruzar (la calle)	*to cross (the street)*
doblar (a la derecha, a la izquierda)	*to turn (right, left)*
la esquina	*(street) corner*
la manzana *(Spain)*, la cuadra	*block*
¡Oiga, señor (señora, señorita)! (Dígame...)	*Excuse me, sir (madam, miss)! (Tell me...) (expressions used to attract attention)*

¡Ojo!

dejar *to leave (something or someone) behind* / **partir o salir (para)** *to leave (for) somewhere* / **marcharse** *to leave*

la dirección *address, direction* / **el sentido** *direction*

el extranjero (la extranjera) *foreigner* / **el desconocido (la desconocida)** *stranger*

tardar (en) *to take (so long, so much time) to* / **durar** *to take, last (expressing duration)*

Práctica

6-2 ¿Qué es? Dé un equivalente para cada palabra o expresión.

1. el cuarto
2. la valija

3. la excursión
4. la alberca
5. irse
6. lugar en la frontera donde revisan (*they check*) el equipaje
7. dinero que se deja para el (la) camarero(a)
8. pequeño hotel que normalmente ofrece una o dos comidas diarias

6-3 Opiniones sobre los viajes. Entreviste a un(a) compañero(a), usando las siguientes preguntas. Después, su compañero(a) lo (la) entrevista a usted. Esté preparado(a) para compartir la información con la clase.

1. En general, ¿te gusta que un viaje tenga itinerario fijo? ¿O prefieres que sea más espontáneo? ¿Por qué?
2. ¿Qué piensas de las giras en autobús?
3. Cuando viajas, ¿dónde te quedas? ¿Vas de campamento? ¿Te quedas con amigos? ¿En qué tipo de hotel prefieres quedarte?
4. ¿Cuántas maletas llevas usualmente? ¿O llevas una mochila? ¿Por qué?
5. ¿Guardas muchos recuerdos de los viajes que haces? ¿Tienes algún recuerdo especial de uno de tus viajes?
6. ¿Qué país hispano te gustaría visitar? ¿Qué harías allí?

6-4 La geografía del mundo hispano. Mire los mapas que están en las primeras páginas del libro. Entreviste a un(a) compañero(a), usando las preguntas que siguen. En forma alternada, una persona hace la pregunta y la otra persona la contesta.

— . . . Señor, lo de «pensión completa» quiere decir que le alquilamos el último cuarto. ¡Pero la comida tiene que pagarla!

1. ¿Cuáles son los únicos países de Sudamérica que no tienen salida al mar (es decir, que no tienen costa marítima)?
2. ¿Cómo se llama la cordillera (*mountain chain*) más larga de Latinoamérica (y del mundo)? ¿Está en el este o en el oeste del continente?
3. ¿Por qué países sudamericanos pasa la línea del ecuador? ¿Cómo será el clima allí? Por ejemplo, ¿habrá muchos cambios de temperatura según las distintas estaciones del año?
4. Si usted quiere ir a Chile para esquiar en los Andes, ¿es mejor ir en julio o en enero? ¿Por qué?
5. Describa la geografía de España. ¿Qué separa a España del resto de Europa? ¿de África?

Para escuchar

En Cartagena

Conversación 1: Direcciones y sentidos. Mike y Julia están de viaje en Cartagena, Colombia con unos amigos.

6-5 Escuche la Conversación 1. ¿Cuál es la foto que muestra el lugar donde están?

a.

b.

6-6 Escuche la Conversación 1 otra vez. Escoja la mejor respuesta.

1. Mike y Julia buscan...
   a. el Castillo de San Felipe.
   b. la calle Francia.
   c. el parque de Cartagena.
2. Cuando Julia quiere llamarle la atención al señor para hacerle una pregunta, le dice:
   a. Gracias, señor.   b. Hola, señor.   c. Oiga, señor.

3. Las murallas de la ciudad son anchas...
   a. para que no se oiga el ruido del puerto.
   b. para servir de camino.
   c. para proteger (*protect*) la ciudad.
4. La señorita usa una expresión que un turista va a oír muchas veces. ¿Cuál es?
   a. ¡No se pueden perder!   b. ¿Por dónde se va a...?   c. ¿Por qué?

Conversación 2: Direcciones y sentidos. Mike y Julia deciden visitar el Castillo de San Felipe en Cartagena.

6-7 Escuche la Conversación 2. ¿Cuál es el tema principal de la conversación?

1. los ataques de los piratas, de los ingleses y de los franceses contra Cartagena
2. el almirante inglés Edward Vernon
3. la reina Isabel I de Inglaterra

6-8 Escuche la Conversación 2 otra vez. Escoja la mejor respuesta.

1. ¿Cuál es la foto de la estatua del comandante Blas de Lezo?

a.

b.

2. Francis Drake le mandó el oro de Cartagena y una gran esmeralda a...
   a. Edward Vernon.
   b. George Washington.
   c. la reina Isabel I de Inglaterra.
3. En 1741, los ingleses atacaron Cartagena con la ayuda de...
   a. los franceses.
   b. los indios.
   c. los norteamericanos.
4. Edward Vernon fue...
   a. medio hermano de George Washington.
   b. el líder de los ingleses que atacaron Cartagena en 1741.
   c. un soldado norteamericano.

5. Dice el guía: «En cada batalla perdió un pedazo de cuerpo para ganar un poquito de gloria». Habla de...
   a. Francis Drake.
   b. Edward Vernon.
   c. Blas de Lezo.

GRAMÁTICA Y VOCABULARIO

Direct Object Pronouns

me	me	nos	us
te	you	os	you
lo	him, it, you (usted)	los	them, you (ustedes)
la	her, it, you (usted)	las	them, you (ustedes)

1. Direct objects receive the action of the verb and usually answer the question *What?* or *Whom?* For instance, in the sentence *She sent the tickets to Pablo,* the direct object noun is *tickets.* Changing the direct object noun to a direct object pronoun, the sentence would read *She sent them to Pablo.* In Spanish, direct object pronouns correspond to the direct object nouns they replace in gender, person, and number.

¿El horario? No lo necesito ahora.	*The schedule? I don't need it now.*
¿Necesitan esta silla? —No, no la necesitamos.	*Do you need this chair? —No, we don't need it.*
Los[6] llamé ayer. —¡Qué bueno!	*I called them yesterday. —Good!*
Nos llevan al aeropuerto.	*They're taking us to the airport.*

2. Direct object pronouns normally precede a conjugated verb. In a construction containing both a conjugated verb and an infinitive or present participle (**-ando** or **-iendo** form), direct object pronouns can either precede the conjugated verb or follow and be attached to the infinitive or present participle.

¿El mapa? No lo puedo encontrar. (No puedo encontrarlo.)	*The map? I can't find it.*
¿Están buscando los boletos?	*Are you looking for the tickets?*
¿Están buscándolos? (¿Los están buscando?)	*Are you looking for them?*

---

[6] In some regions of Spain, **le** and **les** are normally used as direct object pronouns referring to people: **Les llamé ayer.** *I called them yesterday.* **Le llevamos a casa.** *We took him home.*

3. The neuter pronoun **lo** can refer to an idea or quality already mentioned. It is often used with the verb **ser** when the verb stands alone.

La catedral es muy linda. —Sí, lo es.

The cathedral is very beautiful. —Yes, it is.

¿Prefieres que vayamos al cine en vez de ir al partido? —Sí, realmente lo prefiero.

Do you prefer that we go to the movies instead of going to the game? —Yes, I really prefer it.

El tren tarda mucho en llegar. —Sí, lo sé.

The train is taking a long time to come. —Yes, I know.

Práctica

6-9 El (La) turista desorganizado(a). Haga el papel de un(a) turista desorganizado(a) y conteste las preguntas.

MODELOS ¿Olvidaste hacer las reservaciones?
Sí, olvidé hacerlas.

¿Llevas la dirección?
No, no la llevo.

1. ¿Perdiste el pasaporte?
2. ¿Olvidaste tus sandalias?
3. ¿Trajiste la película (*film*)?
4. ¿Puedes encontrar los boletos?
5. ¿Dejaste la cámara en la pensión?
6. ¿Tienes la llave?
7. ¿Sabes el número de nuestra habitación?
8. ¿Puedes pagar la cuenta?

6-10 De viaje. Unos amigos suyos salen de viaje y le hacen algunas preguntas. Conteste afirmativamente, usando pronombres.

MODELO Vamos al aeropuerto. ¿Nos vas a acompañar?
Sí, voy a acompañarlos. (Sí, los voy a acompañar.)

1. Necesito ayuda con las maletas. ¿Me puedes ayudar?
2. Llegamos al hotel a las cinco. ¿Nos vas a llamar allí?
3. Vamos a dejar el coche aquí. ¿Lo quieres usar?
4. Está muy alta (*loud*) la televisión. ¿Me puedes oír?
5. Te di mis llaves. ¿Estás buscándolas?
6. La gata necesita comida todos los días. ¿La puedes cuidar?

6-11 ¿Qué necesitas hoy? Con un(a) compañero(a), haga y conteste preguntas. Averigüe dos cosas que su compañero(a) va a necesitar hoy y dos cosas que no va a necesitar.

MODELO ¿Necesitas tu traje de baño hoy?
No, no lo necesito.

Ideas: calculadora, esquíes, pasaporte, cámara, tarjetas de crédito, abrigo, sandalias

6-12 Entrevista. Entreviste a un(a) compañero(a), usando objetos directos cuando sea posible. Después, su compañero(a) lo (la) entrevista a usted.

MODELO A: *¿A quién o a quiénes admiras?*
B: *Admiro a Juan Luis Guerra y los 4.40 (Cuatro Cuarenta).*
A: *¿Por qué los admiras?*
B: *Porque cantan bien.*

1. ¿A quién o a quiénes admiras? ¿Por qué... admiras?
2. ¿A quién o a quiénes ves a menudo? ¿Dónde... ves?
3. ¿Tienes alguna cosa muy especial, algo que valoras mucho? ¿Qué es? ¿Desde cuándo... tienes?
4. ¿Qué comida preparas muy a menudo? ¿Por qué... preparas?
5. ¿A quién o a quiénes conoces hace mucho tiempo? ¿Cuándo... conociste?
6. ¿A quién o a quiénes detestas? ¿Por qué... detestas?

Indirect Object Pronouns

me	(to, for) me	nos	(to, for) us
te	(to, for) you	os	(to, for) you
le	(to, for) him, her, you (usted)	les	(to, for) them, you (ustedes)

1. In the sentence *She sent Pablo the tickets*, the indirect object noun is *Pablo*. Changing the indirect object noun to an indirect object pronoun, the sentence would read *She sent him the tickets*. In Spanish, indirect object pronouns differ in form from the direct object pronouns only in the third-person **le** and **les.** They tell *to* or *for whom* something is done, made, said, or whatever action the verb indicates. Like direct object pronouns, they precede conjugated verbs or follow and are attached to infinitives or present participles.

Ese guía habla mucho. —Sí, pero nos explicó muchas cosas interesantes.

That guide talks a lot. —Yes, but he explained a lot of interesting things to us.

Les voy a escribir una carta sobre la gira.

I'm going to write them a letter about the tour.

Notice in the last example that there are two ways to translate this in English: *I'm going to write them a letter* or *I'm going to write a letter to them.*

2. While indirect object pronouns usually answer the question *to whom,* they sometimes answer the question *for whom?* or *from whom?*

Te voy a preparar un plato típico colombiano.

I'm going to prepare a typical Colombian dish for you.

Le compré los sellos a Paco.

I bought the stamps from Paco. (or I bought the stamps for Paco.)

En los viajes, el niño sólo piensa en la partida, el adulto en el por qué, el viejo en el regreso.

—dicho

3. Third-person indirect object pronouns (**le, les**) are generally used even when the indirect object is expressed as a noun.

Le pedí la cuenta al camarero. *I asked the waiter for the check.*
El gerente les dio la llave a los *The manager gave the guests*
    huéspedes.   *the key.*

Notice that the preposition **a** is used in all of these examples to introduce the indirect object noun.

Vocabulario útil

En el banco

cambiar	to change, exchange
el cheque de viajero	traveler's check
el dinero	money
el dinero en efectivo	cash
gratis[7]	free of charge
la moneda	coin; currency (of a country)
pagar al contado (pagar con dinero en efectivo)	to pay cash
la plata[8]	money (colloquial)
la tarjeta de crédito	credit card
la tasa de cambio	exchange rate
el vuelto, el cambio	change (that you receive from larger units of money)

Práctica

6-13 En el banco. Haga oraciones, usando pronombres de complemento (*object*) indirecto.

MODELO cobraron poco por los cheques / a nosotros
    Nos cobraron poco por los cheques.

1. cambiaron el cheque / a ellos *Les cambiaron el cheque*
2. dijeron que la tasa de cambio era muy alta / a mí *Me dijeron que la tasa...*
3. mandaron la tarjeta de crédito / a mi amigo *Le mandaron la tarjeta de crédi...*
4. explicaron la situación / al extranjero *Le explicaron la situación*
5. ¿dieron el vuelto? / a ti *¿Te dieron el vuelto?*

---

[7] Note that *free* in the sense of *at liberty* or *unoccupied* is **libre.**

[8] There are many ways to say *money* in Spanish. In Spain, people say **la pasta;** in Mexico, people say **la lana** (*wool,* from the days when sheep raising was highly profitable), but a word that is universally understood is **la plata,** literally, *silver.*

6-14 Un buen guía. En una gira por España, el guía es excelente y ayuda a todos. ¿Qué hace? Haga oraciones, reemplazando las palabras subrayadas con los pronombres apropiados. Use complementos directos o indirectos.

MODELOS traducir la palabra «manzana» <u>para el señor de México</u>
Le traduce la palabra.

ayudar <u>a los señores ingleses</u> con las maletas.
Los ayuda con las maletas.

1. dar la bienvenida <u>a los turistas de Costa Rica</u>
2. llamar por teléfono <u>al amigo del señor japonés</u>
3. escribir la dirección del banco <u>para nosotros</u>
4. sacar una foto <u>al señor francés</u>
5. dar la dirección del Museo de América <u>a ti</u>
6. ayudar <u>a la señora alemana</u> a encontrar las monedas para la máquina de refrescos
7. explicar el itinerario <u>a ustedes</u>
8. mandar las tarjetas <u>para nosotros</u>
9. cambiar los dólares por euros <u>al señor canadiense</u>
10. describir el restaurante «La Sevillana» <u>a la señora de Miami</u>

6-15 Cuando estás de viaje... Entreviste a un(a) compañero(a) para averiguar si hace las siguientes cosas cuando está de viaje o de vacaciones. Use pronombres de complemento indirecto.

MODELO mandar tarjetas postales a tus amigos
A: *Cuando estás de viaje, ¿les mandas tarjetas postales a tus amigos?*
B: *Sí, a veces les mando tarjetas postales. (No, no les mando...)*

1. comprar un recuerdo a tu mejor amigo(a)
2. escribir una carta a tu mamá
3. hacer muchas preguntas a los guías
4. dejar buenas propinas a los camareros
5. pedir información a personas desconocidas

6-16 Reunión de amigos.

1. Haga una pregunta usando un pronombre indirecto y escríbala en una tarjeta. (Por ejemplo, **Cuando tienes algún problema, ¿a quién le pides consejos?, ¿Qué te dieron tus papás de regalo de cumpleaños?**)
2. Levántese y haga la pregunta a un(a) compañero(a). Su compañero(a) le hace una pregunta a usted. Intercambien las tarjetas.
3. Busque a un(a) nuevo(a) compañero(a) y hágale la pregunta que le dio su compañero(a).
4. Haga y conteste por lo menos seis preguntas. ¿Cuál es la pregunta más interesante de todas?

Prepositional Object Pronouns

mí	*me*	nosotros(as)	*us*
ti	*you*	vosotros(as)	*you*
él	*him, it*	ellos	*them*
ella	*her, it*	ellas	*them*
usted	*you*	ustedes	*you*

1. The pronouns that serve as objects of prepositions are the same as the subject pronouns, except the first- and second-person singular: **mí** and **ti.**

¿Hablan de ti o de mí?
—¿Quién sabe?

Are they talking about you or me?
—Who knows?

Este regalo es para usted y ése es para ella. —Muchas gracias.

This present is for you, and that one is for her. —Thank you.

2. The preposition **con** combines with **mí** to form **conmigo** and with **ti** to form **contigo.**[9]

Enrique, ¿vienes conmigo a la catedral?

Enrique, are you coming with me to the cathedral?

Pues, estoy de acuerdo contigo. —¡Por fin!

Well, I agree with you. —Finally!

3. **Yo** and **tú** are used instead of **mí** and **ti** after **entre, excepto,** and **según.**

Bueno, entre tú y yo...

Well, between you and me ...

Todos fueron a la plaza de toros excepto yo. —¡Caramba!

Everyone went to the bullring except me. —Good grief!

Según tú, todo el mundo debe ir de vacaciones a menudo.

According to you, everyone should go on vacation often.

Práctica

6-17 Breves conversaciones. Complete las conversaciones con pronombres apropiados.

A: ¿Quieres ir (1) con ___migo___ a bailar esta noche, Carmen?
B: ¿(2) Con___tigo___? Claro, ¿a qué hora?
A: A las nueve. ¿Vamos con Rafael y Marisa?
B: Sí, está bien. Ahora mismo estaba pensando en (3) ___ellos___; vamos a preguntarles si quieren acompañarnos.

• • •

---

[9] There is another form, **consigo,** that combines **con** with **sí,** a third-person singular and plural prepositional pronoun: **El guía se llevó los pasajes consigo.** *The guide took the tickets with him.* **Ella está enojada consigo misma.** *She's angry with herself.*

25

A: ¡Qué flores más bonitas! ¿Son para la secretaria?
B: No, son para (4) usted , señora García. ¡Feliz cumpleaños!
A: ¿Para (5) mi ? Bueno, gracias, señor Hernández, muy amable.

•   •   •

A: ¿A (6) ti te gustan los chocolates, Ana?
B: A (7) mi no, pero a mi hermana le encantan. Se los doy a
   (8) ella , ¿de acuerdo?

•   •   •

A: ¿Fueron ustedes al Museo del Oro?
B: Todos fueron excepto (9) yo ; no me sentía bien ese día.

Two Object Pronouns; Position of Object Pronouns

1. When both an indirect and a direct object pronoun are in the same sentence, the indirect object pronoun (which usually refers to a person) always precedes the direct object pronoun (which usually refers to a thing).

Te voy a dar la dirección y el número de teléfono.	*I'm going to give you the address and phone number.*
Te los voy a dar.	*I'm going to give them to you.*
Me contaron la historia.	*They told me the story.*
Me la contaron.	*They told it to me.*
El empleado nos trajo los cheques de viajero.	*The employee brought us the traveler's checks.*
Nos los trajo.	*He brought them to us.*

Notice that when two object pronouns are attached to an infinitive, an accent is required over the final syllable of the infinitive.

Llamó para decírmelo.	*She called to tell it to me.*
Decidieron mandártela.	*They decided to send it to you.*

2. Object pronouns are placed directly before a verb or auxiliary; negative or affirmative words precede object pronouns.

¡No me lo dijeron!	*They didn't tell me about it!*
¿Dónde está papá? —Todavía nos espera en la aduana.	*Where's Dad? —He's still waiting for us at the customs office.*

3. A third-person indirect object pronoun (**le** or **les**) used with a third-person direct object pronoun (**lo, la, los, las**) is replaced by **se.**

$$\begin{matrix} \textbf{le} \\ \textbf{les} \end{matrix} = \textbf{se} \text{ before} \begin{cases} \textbf{lo} \\ \textbf{la} \\ \textbf{los} \\ \textbf{las} \end{cases}$$

¿La llave? Se la dimos al gerente.	*The key? We gave it to the manager.*
Se lo explico a usted, señor.	*I'll explain it to you, sir.*
¿Las postales? Se las dejé para usted.	*The postcards? I left them for you.*

> *Viajar es pasear un sueño.*
> —proverbio

4. Prepositional phrases (**a él, a usted,** and so forth) are often used with indirect object pronouns for emphasis or clarification.

...y después se lo dieron.
 —¿A quién? —Se lo dieron
 a ella.
 ¿A ti te dijeron eso? ¡Dios mío!

...and then they gave it to him (her, you). —To whom? —They gave it to her.
They told you that? Good grief!

Práctica

6-18 Evitando la repetición. Acorte las oraciones, de acuerdo con el modelo.

MODELO Cambiaron el cheque. (a la camarera)
    Le cambiaron el cheque.
    Se lo cambiaron.

1. Contaron la historia de la Alhambra. (a mí) *Me la contaron*
2. Explicaron las costumbres. (a nosotros) *Nos las explicaron*
3. Vendieron esos ponchos feos. (a los turistas) *Se los vendieron*
4. Mandaron la información. (a ella) *Se la mandaron*
5. Sirvieron el café. (a mí) *Me lo sirvieron*
6. Contaron un chiste. (a nosotros) *Nos lo contaron*
7. Reservaron un cuarto. (para ti) *Te lo reservaron*
8. Dejaron el mapa. (para usted) *Se lo dejaron*

6-19 ¡Ya lo hice! Su mamá le dice que tiene muchas cosas que hacer durante su viaje, pero usted ya las ha hecho. Siga el modelo.

MODELO Debes mandarle la postal a tu abuela.
    Ya se la mandé.

Debes...
1. comprarles recuerdos a tus primos *Ya se los compre*
2. contarle ese chiste a tu papá *Ya se lo conte*
3. sacarles fotos a tus nuevos amigos *Ya se las saque*
4. dejarle una buena propina al camarero *Ya se la deje.*
5. mandarles la postal a tus tíos *Ya se la mande*

6-20 Situaciones. ¿Qué haría usted en las siguientes situaciones? Conteste usando pronombres y los verbos entre paréntesis u otros verbos de su propia elección (*choice*).

MODELO Su mejor amigo le pide cien dólares. No quiere decirle para qué los necesita. (dar)
    Se los daría sin hacerle preguntas. (No se los daría.)

1. Recibe una carta romántica de su novio(a). Su compañero(a) de cuarto quiere saber lo que dice. (leer)

2. Usted encuentra una gran cantidad de dinero en la calle. (dar)
3. Alguien quiere comprarle a usted unos platos que eran de su bisabuela; le ofrece mil dólares, pero los platos tienen cierto valor sentimental. (vender)
4. Un amigo suyo quiere que lo ayude durante un examen sin que lo sepan los otros estudiantes; quiere que le muestre su trabajo. (mostrar)
5. Piensa hacer auto-stop *(hitchhike)* en Europa este verano. Su mamá quiere saber cómo va a viajar. (decir)
6. Su hermano usa cocaína. Quiere que prometa que no les dirá nada a sus papás. (prometer)

6-21 Motivos. Su profesor(a) piensa en algunas cosas que se van a «regalar» a la clase y escribe una lista en la pizarra. ¿Quién tiene el mejor motivo para recibir-las? ¿Por qué se debe «regalar» este objeto a usted?

MODELO un snowboard
>*Debe regalármelo a mi porque voy a ir a las montañas Rocosas en enero.*

Commands

The following chart shows the command forms. As you can see, most direct command forms correspond to the present subjunctive. Exceptions are the affirmative **tú** and **vosotros** forms (shown in bold).

> *Me gusta viajar cuando estoy en crisis, huir [flee] del sitio, cambiar de aires, estar sola.*
>
> —Carmen Rico-Godoy, periodista española

Affirmative					
	usted	**ustedes**	**tú**	**vosotros**	**nosotros**
-ar	Hable.	Hablen.	**Habla.**	**Hablad.**	Hablemos.
-er	Coma.	Coman.	**Come.**	**Comed.**	Comamos.
-ir	Escriba.	Escriban.	**Escribe.**	**Escribid.**	Escribamos.

Negative					
	usted	**ustedes**	**tú**	**vosotros**	**nosotros**
-ar	No hable.	No hablen.	No hables.	No habléis.	No hablemos.
-er	No coma.	No coman.	No comas.	No comáis.	No comamos.
-ir	No escriba.	No escriban.	No escribas.	No escribáis.	No escribamos.

Formal (*Usted* and *Ustedes*) Commands

1. Formal commands have the same forms as the corresponding **usted** or **ustedes** forms of the present subjunctive.

Vaya primero a la aduana.   *First go to the customs office.*
Ponga su equipaje aquí.   *Put your luggage here.*

¡No crucen la calle sin mirar!   *Don't cross the street without looking!*
No fumen aquí, por favor.   *Don't smoke here, please.*

2. The word **usted** or **ustedes** can be added to soften a command, to make it more deferential.

Pase usted, señorita.   *Go ahead, miss.*
Tomen ustedes asiento.   *Have a seat.*

Informal (*Tú* and *Vosotros*) Commands

Cuando viajo, lo que más me interesa es la gente, porque sólo hablando con ella se conoce el ambiente.

—Camilo José Cela, escritor español

1. Negative **tú** and **vosotros** commands are the same as their corresponding present subjunctive forms.

¡No seas tan generoso, querido!   *Don't be so generous, dear!*
No vayas a la estación, mamá.   *Don't go to the station, Mom.*
No digáis eso, niños.   *Don't say that, children.*
No lo compréis.   *Don't buy it.*

2. Affirmative **vosotros** commands are formed by dropping the **-r** of the infinitive and adding **-d**.

Perdonadme.   *Forgive me.*
Seguid esta calle hasta el Paseo de la Castellana y allí doblad a la derecha.   *Follow this street to the Paseo de la Castellana and turn to the right there.*

3. Affirmative **tú** commands are the same as the third-person singular of the present indicative.

¡Come, bebe, canta y baila!   *Eat, drink, sing, and dance!*

The following affirmative **tú** commands are irregular.

Dondequiera que fueres [go], *haz como vieres.* ["When in Rome . . ."]

—proverbio

di (decir)	**ve** (ir)	**sal** (salir)	**ten** (tener)
haz (hacer)	**pon** (poner)	**sé** (ser)	**ven** (venir)

Ven acá, Pepe.   *Come here, Pepe.*
Sé buena y haz lo que te diga tu papá, Josefina.   *Be good and do what your father tells you, Josefina.*

The *Nosotros* (Let's) Command

1. The first-person plural (**nosotros**) command is the same as the **nosotros** form of the present subjunctive.

Salgamos. —Como tú quieras.   *Let's go out. —Whatever you want.*
Sigamos por la calle principal.   *Let's follow the main street.*
Hablemos del viaje.   *Let's talk about the trip.*

2. **Vamos a** + infinitive can be used instead of the **nosotros** command in the affirmative.

Vamos a decidir ahora mismo.   *Let's decide right away.*
  (Decidamos ahora mismo.)

3. Either **vamos** or **vayamos** can be used as the affirmative **nosotros** command form of **ir**, but **vamos** is much more common. In the negative, only **no vayamos** is used.

Vamos al centro. —No, no
vayamos allí; vayamos
(vamos) al museo de historia.

*Let's go downtown. —No, let's not
go there; let's go to the history
museum.*

Indirect Commands

Indirect commands are given indirectly to a third person and are the same as the third-person subjunctive forms. They are usually introduced by **que**.

Que pase primero la señorita.

*Let the young lady come in first. (Have
the young lady come in first.)*

¡Viva México!

Hurray for (long live) Mexico!

Vocabulario útil

Algunas actividades turísticas

alquilar un auto (una motocicleta)	*to rent a car (a motorcycle)*
bucear, hacer buceo	*to go diving*
hacer una caminata	*to go walking, hiking*
hacer surfing	*to go surfing*
ir a los clubes nocturnos	*to go to nightclubs*
jugar al golf (al tenis)	*to play golf (tennis)*
jugar (por dinero) en los casinos	*to gamble at the casinos*
montar a caballo	*to go horseback riding*
nadar con tubo de respiración	*to go snorkling*
visitar museos (ruinas antiguas, sitios históricos)	*to visit museums (ancient ruins, historical sites)*

Práctica

6-22 El guía. El guía de una excursión se preocupa por todo. ¿Qué les dice a los turistas del grupo?

A todos:

MODELO no sacar fotos de la gente sin pedir permiso
No saquen fotos de la gente sin pedir permiso.

1. no olvidar el pasaporte en el banco
2. seguir mis instrucciones
3. no perder el equipaje
4. tener su documentación con ustedes siempre

A un turista muy descortés:

MODELO no hablar tan fuerte
¡No hable tan fuerte!

5. no fumar aquí
6. no salir del grupo sin pedir permiso
7. volver al grupo cuando sea hora de partir
8. no criticarlo todo

6-23 Un turista entusiasmado. Gabriel nunca ha estado en Ciudad de México y está muy entusiasmado (*excited*) con todo. ¿Qué les dice a sus compañeros?

MODELO pasar una tarde en el museo de antropología
¡Pasemos una tarde en el museo de antropología!

1. visitar el Palacio Nacional
2. hacer una excursión a las pirámides
3. no ir a restaurantes como McDonald's
4. comer tacos en esta taquería
5. comprar recuerdos en el mercado de Toluca
6. buscar una plaza donde haya música
7. ir a ver el Castillo de Chapultepec
8. no perder tiempo en el hotel
9. no dormir hasta muy tarde

6-24 Instrucciones para un amigo que sale de viaje. Dígale a su amigo que haga lo siguiente.

MODELO cerrar la puerta con llave *(lock the door)*; no cerrar la maleta
Cierra la puerta con llave. No cierres la maleta.

1. perder las inhibiciones; no perder la confianza
2. olvidar tus problemas; no olvidar tus cheques de viajero
3. hacer las valijas esta noche; no hacer la gira mañana
4. comprar película para la cámara; no comprar demasiados regalos
5. salir a la calle por la tarde; no salir solo por la noche
6. ir a la piscina; no ir al mar
7. jugar al tenis; no jugar en los casinos
8. dejar una buena propina; no dejar la cartera en el hotel

6-25 El gerente. Usted y un(a) amigo(a) se quedan en un hotel caro, pero hay muchas cosas que no funcionan bien. Ustedes se quejan (*complain*) al recepcionista, pero éste le pasa la queja al gerente, quien les contesta a ustedes indirectamente. ¿Qué les dice?

MODELO El recepcionista: Dicen que no hay agua caliente. (esperar dos o tres horas)
El gerente: *Que esperen dos o tres horas.*

1. Dicen que hace mucho frío en el cuarto. (poner unas mantas *[blankets]* adicionales en las camas)
2. Dicen que el televisor no funciona. (mirar televisión en el salón de entrada)
3. Dicen que hay mucho ruido en el cuarto de al lado. (decirles a los vecinos que no hablen tan fuerte)
4. Dicen que nadie contesta cuando llaman al comedor del hotel. (salir a comer a un restaurante)
5. Dicen que quieren hacer una llamada de larga distancia. (ir a un teléfono público)
6. Dicen que el ascensor *(elevator)* no funciona. (subir por las escaleras *[stairs]*)
7. Dicen que quieren marcharse. (buscar otro hotel de lujo)

6-26 Para pasar unas vacaciones estupendas... Escoja un lugar que usted conozca y que pueda recomendar para pasar allí unas vacaciones. Cuéntele a un(a) compañero(a) cómo llegar allí, qué llevar, cuándo ir, qué lugares visitar, qué lugares evitar, dónde quedarse, etc. (Use la forma imperativa del verbo.)

Commands with Object Pronouns

1. Object pronouns follow and are attached to affirmative commands. Accents are added to verbs of more than one syllable to maintain the stressed syllable.

Dime el nombre de esta iglesia.	*Tell me the name of this church.*
Comprémoslo.	*Let's buy it.*
¡Socorro! ¡Ayúdelos!	*Help! Help them!*

2. Object pronouns precede the verb in negative commands.

¡No me digas!	*Don't tell me!*
No lo compremos.	*Let's not buy it.*

3. Indirect object pronouns precede direct object pronouns when used in commands, just as they do in statements or questions.

Explícamelo.	*Explain it to me.*
No me lo expliques.	*Don't explain it to me.*
Désela.	*Give it to him (her).*
No se la dé.	*Don't give it to him (her).*

4. Before **se** can be added to an affirmative **nosotros** command, the final **-s** of the verb must be dropped.[10]

Démoselo gratis.	*Let's give it to him (her, them) free of charge.*
Contémoselo.	*Let's tell it to him (her, them).*

El hombre inteligente viaja para enriquecer [enrich] después su vida en los días sedentarios, que son más numerosos.

—Enrique Larreta, novelista argentino

---

[10] This **-s** is also dropped before adding the reflexive **nos**; this will be practiced in Chapter 8 on the reflexive.

¡¡**Vacaciones**!!
—Un gran momento para compartir con nuestros hijos—

¡Que asco! *How disgusting!*; ¡Que mania! *(literally) what craziness!* **trapo** *rag*

Práctica

6-27 Cómo disfrutar de la vida. Las siguientes ideas para disfrutar de la vida aparecieron en la revista *Cosmopolitan en español*.[11] Cambie los mandatos de la forma **tú** a la forma **usted.**

MODELO Aprende otro idioma y úsalo.
      Aprenda otro idioma y úselo.

1. Viaja a través de toda Europa.
2. Corre en un maratón.
3. Escríbele una carta a tu héroe o heroína favorito(a).
4. Regálale a tu madre cincuenta rosas rojas y dile que la quieres.
5. Bucea en los arrecifes *(coral reefs)* de Australia.
6. Cuéntale a alguien tu vida pero sin omitir ningún detalle.
7. Haz que te pinten tu retrato *(portrait)*.
8. Juega en un casino elegante de Europa.
9. Dile a la gente lo que verdaderamente piensas de ella.
10. Mete un mensaje en una botella y tírala *(throw it)* al mar.

¿Qué recomendaría usted para disfrutar de la vida? Imagine que habla con una persona deprimida. Déle varios consejos, usando la forma imperativa del verbo.

6-28 En la tienda de recuerdos. Cuando su familia está de viaje en Ixtapa, México, su hermanito quiere que su mamá le compre muchas cosas. ¿Qué le dice usted a su mamá?

MODELOS Su mamá: Juanito quiere este sombrero mexicano.
        Usted: *Bueno, cómpraselo.*
        Su mamá: Juanito quiere este Nintendo que cuesta ochenta dólares.
        Usted: *¡Qué barbaridad! No se lo compres.*

Juanito quiere...

1. este disco compacto de Ricky Martin
2. esta revista para adultos
3. estos jaguares de cerámica que cuestan cinco dólares
4. esta pistola de juguete
5. estos libros de Popeye
6. esta botella de tequila
7. estas sandalias para la playa
8. esta cámara que cuesta doscientos dólares

6-29 Preparando las maletas. Trabaje con un(a) compañero(a). Su compañero(a) va a hacer un viaje a un lugar misterioso. Ayúdele a hacer las maletas, siguiendo el modelo.

---

[11] «Vivir y vivir hasta morir», *Cosmopolitan en español,* año 20, número 10, página 25.

MODELO ¿Quieres llevar las tarjetas de crédito?
Sí, como no, dámelas.

Ideas: esta novela policíaca, los cheques de viajero, la cámara de video, las llaves de la casa, el itinerario, los boletos

6-30 Querida doña Rosita... Doña Rosita escribe una columna en el periódico dando consejos a las personas que viajan. Trabaje con un(a) compañero(a). Conteste las preguntas que le hacen los lectores (*readers*) con órdenes, como ella lo haría.

> *Viajar es reformarse.*
>
> —José Enrique Rodó, *Motivos de Proteo*

MODELO Mi hijo siempre hace mucho ruido, y se porta mal (*he behaves badly*) cuando estamos de vacaciones. ¿Qué debo hacer?
Déjelo con algún (alguna) pariente o amigo(a) la próxima vez que vayan de viaje. Dígale que si promete ser bueno, lo llevará en otro viaje. Enséñele a portarse mejor.

1. Mi compañero(a) de viaje tiene miedo a los ataques terroristas y no quiere salir de paseo. Para mí, ese punto de vista es ridículo. ¿Qué le digo?
2. Quiero ir a Europa pero no tengo mucho dinero. ¿Qué debo hacer?
3. Cuando estamos de vacaciones mi amigo(a) nunca quiere hacer nada; prefiere quedarse en el cuarto para leer. ¿Qué sugiere usted?
4. Quiero ir al Japón, pero no sé ni una palabra de japonés. ¿Qué debo hacer para aprender la lengua?
5. Aunque viajo a menudo, tengo dos fobias que me lo dificultan (*make it difficult*): temo volar y temo estar con mucha gente. ¿Qué me recomienda?

6-31 Consejos. Cuéntele a un(a) compañero(a) algún problema que tiene, algo que tiene que hacer o algo que le preocupa. Su compañero(a) le da consejos, usando la forma imperativa del verbo.

MODELO A: *Necesito unas vacaciones.*
B: *Ve a las montañas a esquiar. No vayas a...; quédate en... Si no tienes esquíes, alquílalos en...*

Ideas:
Voy de vacaciones y no sé qué hacer con mi perro (mi gato, mis plantas...).
Necesito hacer ejercicio (comprar un automóvil, comprar un regalo para...).
Tengo un problema con mi compañero(a) de cuarto (mi clase de física, mi bicicleta...).
Es posible que pierda la beca (el trabajo, el apartamento...) que tengo.

En otras palabras

Direcciones y sentidos

One of the most essential language functions you will want to be able to use while traveling in a Hispanic country is asking for and understanding directions. Here are some ways to ask for directions:

¡Oiga, señor(a, ita)... ! (Perdón... Perdone...) Dígame, por favor,...

¿Me podría usted decir cómo llegar a...?

¿Dónde está...?

¿Hay un banco (una farmacia, etc.) cerca de aquí?

Por favor, señor(a), ¿está muy lejos (está cerca) el...?

Busco la calle...

¿Cómo llego a...?

¿En qué sentido (dirección) está...?

¿Sabe usted dónde queda...?

And here are some possible responses:

Siga por la calle...

Siga adelante (derecho).

Sígame hasta llegar a...

Vaya derecho hasta llegar a...

Camine dos cuadras hasta llegar a...

Cruce la calle y...

Doble a la izquierda (derecha).

Está al norte (sur, este, oeste) de...

Queda en la esquina de...

Está frente a (*across from*)...

Tome la calle (avenida)...

¡No se puede perder! *You can't miss it (get lost)!*

Práctica

6-32 ¿Cómo llego a...? Pregunte cómo llegar a los siguientes lugares. Pida la información usando una expresión diferente cada vez.

MODELO el banco

Señor, por favor, ¿hay un banco cerca de aquí?

1. el Museo Nacional de Arte
2. el restaurante Casa Lupe
3. el hotel Miraflores
4. la calle San Martín
5. una pensión o un hotel que no sea muy caro

6-33 En Madrid. Usted se queda en el Hostal Lisboa en Madrid y tiene la tarjeta del hostal. En el reverso, hay un pequeño mapa. Varias personas lo llaman a usted por teléfono para explicarle cómo llegar a diferentes lugares. Si sigue estas instrucciones, ¿dónde estará usted?

1. Salga del hotel y doble inmediatamente a la derecha. Siga hasta la Carrera San Jerónimo, doble a la derecha y camine unas cuadras. En la esquina con el Paseo del Prado, doble otra vez a la derecha. Pronto verá el edificio que le interesa. ¿Cuál es?

2. Salga del hotel y doble a la izquierda. Camine un poco y llegará a la calle Prado. Doble a la derecha y siga algunas cuadras hasta una plaza grande. Doble a la derecha y tome la calle Carretas hasta llegar a una plaza enorme. ¿Cómo se llama?

3. Salga del hotel y tome Ventura de la Vega a la derecha hasta la Carrera San Jerónimo. Cruce la Carrera San Jerónimo en la esquina y tome la calle Cedaceros hasta Alcalá. Doble a la derecha en Alcalá y camine unas cuadras hasta llegar a una plaza. ¿Dónde está usted?

6-34 En Madrid. Trabaje con un(a) compañero(a). El (la) estudiante A mira el plano de Madrid que está en la página 171. El (la) estudiante B mira el plano de Madrid en la página 172. Pregúntele a su compañero(a) cómo llegar a los siguientes lugares. Su compañero(a) le dice cómo llegar allí, empezando desde la Puerta del Sol. Escuche y escriba el nombre del lugar cerca de los puntos de interrogación (¿____?) apropiados del plano. Entonces su compañero(a) le pide cómo llegar a uno de los lugares de su lista. Déle la información, empezando cada vez desde la Puerta del Sol.

A.

Estudiante A:

¿Me podría decir cómo llegar...?

1. a la Puerta de Alcalá
2. a la Plaza Mayor
3. al Rastro
4. al Jardín Botánico

B.

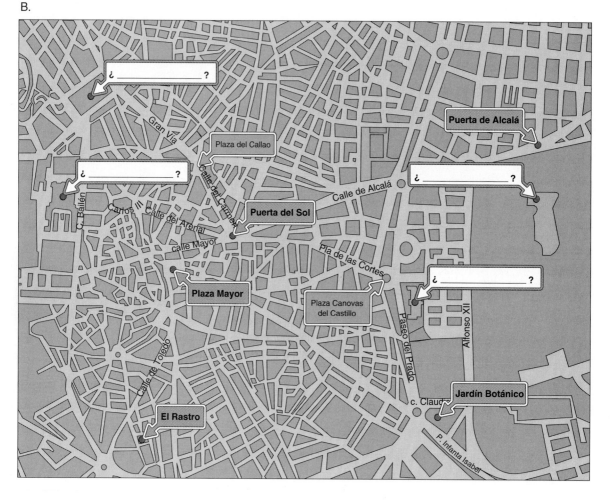

Estudiante B:

¿Me podría decir cómo llegar...?

1. al Parque del Retiro
2. a la Plaza de España
3. al Museo del Prado
4. al Palacio Real

6-35 ¡No se puede perder! Déle indicaciones a un(a) compañero(a) de clase sobre cómo llegar a cada uno de los siguientes lugares. Comience desde un punto determinado en el centro del campus.

1. su restaurante favorito
2. una tienda muy interesante
3. un lugar muy lindo para dar un paseo

EN CONTACTO

6-36 La maleta misteriosa. Trabajando en grupos, inventen una escena para la siguiente situación:

Ustedes están de viaje en México. Regresan a su hotel a las cinco de la tarde y encuentran una maleta en su cuarto con una nota misteriosa. ¿Qué dice la nota? ¿Deben abrir la maleta o no? ¿Qué hay dentro?

6-37 Un viaje a Chile. Trabajen en grupos de tres o cuatro. Ustedes tienen mucha suerte: ¡han ganado un viaje a Chile! Chile es el país más angosto (*narrowest*) del mundo y tiene una geografía muy diversa. Primero, miren el anuncio abajo y escojan tres sitios de interés que quieran conocer. ¿Quieren ir a las montañas a esquiar? ¿A la playa a nadar o hacer windsurf? ¿A Santiago, la capital, a ver los museos e ir a los clubes nocturnos? ¿Prefieren ir a la Isla de Pascua (*Easter Island*) para ver las famosas estatuas de allí y disfrutar del clima tropical? ¿Al distrito de los lagos, que se parece mucho a Alemania o Suiza en geografía y arquitectura? ¿O prefieren ir al extremo sur, donde pueden ver glaciares y pingüinos?

Después de ponerse de acuerdo sobre los sitios de interés que quieren visitar, hagan un itinerario para pasar una semana en Chile. Usen su imaginación para decidir qué van a ver y hacer en cada sitio de interés, por la mañana, por la tarde y por la noche. Usen frases imperativas como las siguientes para hablar de las posibilidades.

MODELO A: *Vayamos a la Isla de Pascua.*
B: *Pero primero, vayamos a la capital en avión. Demos un paseo por la ciudad.*
C: *Salgamos a bailar por la noche...*

Chile, un país para elegir.

Chile es un país donde usted podrá elegir. Desde el desierto más seco del planeta, a los imponentes hielos del Sur. Desde la majestuosa cordillera de los Andes, con modernos centros de esquí, a los miles de kilómetros de playa. Desde los innumerables lagos, a la lejana y mágica Isla de Pascua. Y para conocer todo esto y mucho más que le ofrece la privilegiada geografía de Chile, elija a quien más sabe, elija Lan Chile; la línea aérea de mayor experiencia del país. Lan Chile le llevará a 14 destinos nacionales desde Arica a Punta Arenas, incluyendo Isla de Pascua, con los mejores horarios, un servicio de excelencia reconocido internacionalmente y ofreciéndole las convenientes tarifas "Visit Chile" para extranjeros. Venga a conocer Chile... y déjese llevar por Lan Chile, la línea aérea de Chile.

LanPass
Programa Pasajero Frecuente

★LanChile
La Línea Aérea de Chile

6-36 COMPOSICIÓN:

Un viaje. Escriba una carta a un(a) amigo(a) hispano(a) que va a venir de visita a su pueblo o ciudad. Déle algunos consejos para el viaje. Por ejemplo, ¿qué sitios de interés debe conocer? ¿En qué estación del año debe venir? ¿Qué debe traer? ¿Cómo podría llegar a su casa o apartamento desde el aeropuerto? Use la forma imperativa del verbo cuando sea posible.

En la Hostería San Jorge

Jorge Cruz Barahona habla de la **Hostería** San Jorge, cerca del volcán Pichincha en Ecuador. Todos los miembros de la familia Cruz Barahona son **partícipes** de un grupo de trabajo familiar que se dedica a la hotelería. Antes, la hostería era una hacienda, un sitio ganadero (*for cattle-raising*) y agrícola (*agricultural*). Ahora el hotel puede **albergar** a muchos turistas y les ofrece actividades muy interesantes.

Vocabulario

albergar	*to lodge, accommodate*
en vivo	*live (e.g., a performance)*
la hostería	*inn, resort hotel*
el jardín	*garden*
marcado(a)	*noticeable, obvious*
el paseo a caballo	*horseback ride*
ser partícipe en	*to take part in, to be partners in*

Práctica de vocabulario

Complete las oraciones con palabras de la lista.

1. En los _____ del hotel hay muchas flores exóticas.
2. En el restaurante muchas veces hay música en _____ .
3. Un _____ a caballo es una buena manera de hacer ecoturismo.
4. Todos los miembros de la familia son _____ en este negocio (*business*).
5. La _____ puede _____ a sesenta turistas.

HABLANDO DEL TEMA

◁❙❙▷ Ecuador tiene tres zonas climácticas: la costa (al oeste), la montaña (en el centro), y la selva (*jungle, forest*) (al este, en la frontera con Brasil). Hay más de treinta volcanes activos en el país. La hostería de la familia Cruz Barahona está situada en los Andes, cerca de Quito, la capital.

◁❙❙▷ Quito es la ciudad más antigua de todas las capitales de la América del Sur y muestra muy claramente el encuentro del mundo viejo con el mundo nuevo. En los mercados hay una clara influencia de la cultura indígena; allí uno puede comprar recuerdos muy especiales y únicos por precios muy razonables. Tiene una parte nueva de estilo moderno, y un centro histórico con muchas iglesias y muchos edificios antiguos. La UNESCO declaró a Quito «Patrimonio Cultural de la Humanidad», título que recibió por la belleza de sus calles y monumentos y por su rica tradición de arte y música. Es interesante visitar «Mitad del Mundo», punto por donde pasa la línea del ecuador. Allí es posible tener un pie en el hemisferio norte y otro en el sur.

Pregunta de enfoque

¿Por qué funciona bien esta hostería?

Comprensión

1. ¿Quién es Jorge Cruz Barahona?
2. ¿Cómo participa su esposa en la hostería?
3. ¿Qué trabajo le corresponde a su padre? ¿a su madre?
4. ¿Qué actividades ofrece la hostería?

Puntos de vista

1. ¿Qué aspecto de la hostería le llamó más la atención?
2. ¿Ha ido usted alguna vez a una hostería norteamericana? Compárela con la hostería ecuatoriana del video.
3. ¿Está usted de acuerdo con las observaciones de Jorge sobre la familia norteamericana? Explique.
4. ¿A usted le interesaría pasar una semana en esta hostería? ¿Por qué sí o o por qué no? ¿Cuáles son las ventajas y desventajas de quedarse en un hotel como éste?

◀◀▮▶▶ Las hosterías, como los hoteles, pueden ser de diferentes precios y categorías (*classes*). También están las pensiones, hoteles donde la comida está incluida; puede ser menos caro quedarse en una pensión que en un hotel. En algunos países hispanos, hay albergues para jóvenes, donde normalmente hay que compartir habitación con otras personas, o se puede acampar en lugares naturales. (En España los «campings» cuestan muy poco y son muy populares.)

En España también hay paradores, hoteles históricos. El parador puede ser un monasterio, un castillo, una casa medieval... es un monumento antiguo, ahora restaurado (*restored*). Aunque pueden ser caros, los paradores son ideales para pasar unas vacaciones o unos días de descanso, o sólo para comer o cenar. La comida es excelente y siempre sirven platos típicos de la región.

CAPÍTULO 7

Gustos y preferencias

Joaquín Cortés, bailarín de flamenco, y su compañía

PRESENTACIÓN DEL TEMA

La cultura hispana tiene una tradición musical muy variada: hay estilos musicales para todos los gustos. En la página anterior se ve a un bailarín de flamenco en España. La música flamenca tiene una fuerte influencia oriental y refleja la pasión y el dolor de la gente gitana.° *(Gypsy)*[1] Muchas veces es espontánea, improvisada.

Celia Cruz y Tito Puente

El son de Cuba tiene su origen en la religión afrocubana; fue un precursor importante de la salsa de hoy. En esa religión, conocida como la santería, hubo una fusión de santos católicos y orishas, o dioses africanos. Los antiguos rituales musicales caribeños, con solista (o sonero) y coro, también reflejaban una fusión de influencias españolas y africanas. La salsa[2] es una combinación del son, y de otras formas musicales del Caribe, con el jazz de Estados Unidos. En la foto se ve a Celia Cruz, «reina de la salsa», cantante cubano-americana nacida en Cuba, con el famoso salsero puertorriqueño Tito Puente.[3] A veces, mientras canta, grita *(she shouts out)* «Yemayá», invocando así a la diosa africana de los ríos y los mares.

---

[1] The Gypsies of Spain, who created flamenco music, originally came from India and Pakistan, which is why the music has oriental qualities.

[2] The word **salsa** means *sauce* (as in *hot sauce*) and supposedly got its name from the audience shouting out ¡Salsa! for an especially "hot" solo.

[3] Tito Puente murió en 2000.

La música que se aprende no tiene nada que ver con la que se lleva dentro.

—Juan Luis Guerra, compositor dominicano

Juan Luis Guerra

El merengue es otro género musical que nació en el Caribe, en las zonas rurales de República Dominicana. El dominicano Juan Luis Guerra y su grupo 4.40 (Cuatro Cuarenta) han llevado sus ritmos contagiosos del merengue a todo el mundo. La letra de sus canciones, inspirada en temas sociales, expresa los problemas y la realidad de la gente caribeña. Guerra, cantante y compositor, dice: «Me interesa que mi ritmo, el merengue, pueda transmitir mensajes, que no sea simplemente una música para bailar».[4]

El tango tuvo su origen a fines del siglo XIX en los puertos de Buenos Aires (Argentina) y Montevideo (Uruguay). «Los esclavos africanos contribuyeron a su ritmo sincopado. Los gauchos, esos fieros *(rough)* mestizos independentistas de la pampa argentina, aportaron *(brought)* las baladas, la vestimenta (ropa) colorida y la postura orgullosa. Luego, los inmigrantes italianos y españoles inundaron los barrios rioplatenses (del río de la Plata) con el violín, el bandoneón (un tipo de acordeón) y una lírica de tristeza . . . ».[5] En general, la música es melancólica, y el baile es romántico y sensual: «El tango es un corazón y cuatro piernas», dijo Juan Carlos Copes, coreógrafo del espectáculo «Tango argentino».[6]

La música mariachi de México, la música andina de la gente indígena de América del Sur, la cumbia de Colombia, el mambo y la rumba de Cuba, la plena y la bomba de Puerto Rico, la música tejana de Estados Unidos... éstas y muchas otras formas musicales reflejan la gran diversidad cultural del mundo hispano.

El tango: «un corazón y cuatro piernas»

4   «Juan Luis Guerra: 'No canto por divertirme'», *Somos,* 16 de abril de 1993.

5   Chori Santiago, «Tango», *Hombre internacional,* mayo de 1994, página 36.

6   *Ibid.*

Práctica

7-1 Preguntas

1. ¿Con qué grupo étnico se asocia la música flamenca?
2. ¿Qué es la santería? ¿Qué elementos tiene?
3. ¿Qué es la salsa?
4. ¿Quién es Celia Cruz? ¿A qué diosa africana invoca a veces?
5. ¿De dónde viene el merengue? ¿Qué expresa la música de Juan Luis Guerra?
6. ¿Dónde tiene su origen el tango? ¿Cuándo se originó? (Este baile fue prohibido en muchos lugares de Estados Unidos a principios del siglo XX.)

Vocabulario útil

La música

Cognados

la balada	expresar	la música folklórica, clásica	la salsa
el ballet	el flamenco	«pop», «rock», «reggae»,	el, la solista
el coro	improvisar	«rap»	el tango
espontáneo	el jazz	la ópera	
el estilo	el merengue	el ritmo	

Los instrumentos musicales

el acordeón
el clarinete
la flauta
la guitarra
el piano
los tambores (*drums*)
el trombón
la trompeta
el violín

Otras palabras

el bailarín (la bailarina)	*dancer*
la canción	*song*
componer	*to compose*
el compositor (la compositora)	*composer*
el conjunto	*band, group*
el género	*type, genre*
gitano(a)	*Gypsy*
la letra	*lyrics*
reflejar	*to reflect*

> *Canto para no morir, porque el arte es la lucha contra la muerte.*
>
> —Carlos Cano, cantante español

Práctica

7-2 Asociaciones. ¿Qué palabra(s) se asocia(n) con...?

MODELO Enrique Iglesias
la música «pop», el cantante, el solista...

1. Wagner
2. U2
3. la música triste
4. letras originales
5. *El Cascanueces (The Nutcracker)*
6. los tambores

Luis Jaime Cisneros y Arturo Ferrari, «Del jardín a la calle: La juventud peruana de los '90», *Debate*, volumen 16, número 74, página 24.

7-3 Preguntas

1. Mire el dibujo gráfico sobre los géneros musicales de la revista *Debate*. ¿Le gusta a usted escuchar música en la radio? ¿Qué estaciones de radio escucha? ¿Qué tipo de música le gusta escuchar?
2. ¿Va a la ópera de vez en cuando? ¿Qué piensa de la ópera? ¿Conoce la música de los cantantes españoles Plácido Domingo y José Carreras?
3. ¿Le gusta bailar? ¿Ha visto bailar el tango? ¿la salsa? ¿el merengue? ¿Dónde?
4. ¿Tiene un(a) compositor(a) favorito(a)? ¿Cómo se llama?

5. ¿Cuál de los cantantes (o conjuntos) de hoy le parece el (la) mejor? ¿Por qué? ¿Le gusta la letra de sus canciones?

6. ¿Toca usted un instrumento musical? ¿Cuál? Si no, ¿cuál le gustaría tocar? ¿Por qué?

7. ¿Le gusta cantar? ¿Canta en un coro? ¿en la ducha (*shower*)?

7-4 Actividad. Cada persona de su grupo va a ir a una tienda de música para buscar información sobre la música latina. Puede escoger cualquier estilo de música que le interese (la salsa, la música folklórica...) o cualquier persona hispana famosa en el mundo musical (por ejemplo, un[a] cantante, un[a] compositor[a] como los españoles Isaac Albéniz o Manuel de Falla, un bailarín o una bailarina...). Después, cada estudiante va a dar un breve informe al grupo sobre lo que descubrió.

Para escuchar

En Bogotá

Conversación 1: Para expresar acuerdo y desacuerdo. Mike y Julia conversan en un lugar céntrico de Bogotá.

7-5 Escuche la Conversación 1 y conteste las preguntas.

1. Son las nueve de la noche. ¿Dónde están Mike y Julia?
   a. en un restaurante
   b. en la calle, cerca de un club nocturno
   c. en un concierto de música clásica

2. ¿Qué piensa Julia de la música?
   a. Le molesta.   b. Le gusta más o menos.   c. Le encanta.

7-6 Escuche la Conversación 1 otra vez. Escoja las palabras apropiadas para completar la canción. Después conteste esta pregunta: ¿Qué quiere decir «Todo es según el color del cristal con que se mira»?

—Oye, Guillermo, te voy a hablar de las cosas de mi (1. ciudad / pueblo).　　　　*nonsense, lies*
—Mentiras°...
—No, no, escucha esto.

Willy Chirino:　　　　　　　　　　　　　　　　　　　　　　　　　　　　　　*pasaban*
En mi pueblo sucedían°
las cosas más sorprendentes.
Había una burra sin (2. dientes / gentes)
experta en ortografía...
—No hombre, no...
...un enano° que crecía　　　　　　　　　　　　　　　　　　　　　　　　　*dwarf*
cuando (3. había / hacía) mucha humedad,°　　　　　　　　　　　　　　　*humidity*
un calvo° que en Navidad　　　　　　　　　　　　　　　　　　　　　　　　*bald man*

rooster / glasses	(4. siempre / nunca) le nacía pelo, y un gallo° con espejuelos° de (5. sesenta / noventa) años de edad. Y un gallo con espejuelos de (6. sesenta / noventa) años de edad.
	Álvarez Guedes: Eso no es (7. nada / nadie).
underrate	Oye, no quiero menospreciar° a tu pueblo fabuloso
bear *billiards*	pero en el mío, había un oso° que fue campeón de billar° ... —No (8. existe / te creo).
lemon tree *centipede / crutches* *hermit* *flowerbed, small piece of land* *grow, flourish*	...melones da el limonar° y hay un ciempiés° con muletas°; Juan, un viejo anacoreta,° tiró un centavo al cantero°; creció un árbol de dinero donde florecen° pesetas. —(9. ¿Cómo? / ¿Qué?) Creció un árbol de dinero donde florecen pesetas.
a nineteenth-century Spanish *poet* *shrinks / stretches out* *traitorous, false*	Coro: Ya lo dijo Campoamor,° todo encoje,° todo estira°; que en este mundo traidor° nada es (10. real / verdad) ni es mentira; todo es según el color del cristal con que se mira. —Willy Chirino, *South Beach,* SONY Tropical, © 1993 Sony Discos Inc.

Conversación 2: Para expresar desacuerdo. Julia y Mike están manejando por una calle de Bogotá.

7-7 Escuche la Conversación 2. ¿Qué quiere Julia? ¿Qué piensa Mike de su idea?

7-8 Escuche la Conversación 2 otra vez. Escoja la mejor respuesta.

1. Según Julia, a las diez de la mañana, una comida muy deliciosa es...
   a. una dona (*doughnut*).
   b. una barra de granola.
   c. un plato de menudo (*tripe soup*) picante, con cebolla.
2. Para Mike, un plato de arepas (*thick corn tortillas*) con café negro es...
   a. un buen desayuno.　　b. un buen almuerzo.　　c. una buena cena.
3. Un «tentenpié» es algo que...
   a. le da energía.　　b. le tiene de pie.　　c. **a y b.**

GRAMÁTICA Y VOCABULARIO

Gustar, Faltar, and Similar Verbs

A number of verbs in Spanish, such as **gustar** (*to please, be pleasing*), are normally used in the third person with an indirect object pronoun. Instead of saying, "I like coffee," one says, "Coffee is pleasing to me"; the verb agrees with the subject (the person or thing that pleases), usually third-person singular or plural, not with the indirect object (the person who is pleased).

¿Te gusta el jazz?[7]	*Do you like jazz? (Is it pleasing to you?)*
A nosotros nos gusta la salsa.	*We like salsa music.*
A mí me gustan mucho las verduras. Soy vegetariano(a).	*I like vegetables a lot. I'm a vegetarian.*

Gustar is often used in the third-person singular with an infinitive as the subject.[8]

A María le gusta viajar.   *María likes to travel (traveling).*

Notice that **a** is used in front of the name of the person who likes something because **gustar** means that it is pleasing *to* him or her.

A Roberto le gustan los postres.   *Roberto likes desserts.*

el pulpo *octopus*

– TÚ DIJISTE: "ME ENCANTA EL PULPO"... BUENO, AQUÍ TIENES: "EL PULPO".

---

[7]   Notice the use of the definite article in these sentences. This was reviewed in Chapter 1.

[8]   **Gustar** is used in the singular even with two or more infinitives as subjects: **Me gusta comer y beber.**

A number of other verbs are used similarly to **gustar.**

convenir (ie)	*to be convenient or suitable*
encantar	*to delight or charm* (often trans. as *to love*)
faltar	*to be lacking* (often trans. as *to need*)
hacer falta	*to be lacking, missing* (often trans. as *to need*)
importar	*to matter or be important*
interesar	*to interest*
molestar	*to bother*
parecer	*to seem*
quedar bien, mal; quedar grande, chico (pequeño)	*to fit well, badly; to be big, small*
¿Qué te (le, les) parece(n)?	*What do you (does he, she; do they) think about it (them)?*

A mis primos no les conviene vernos hoy.

It's not convenient for my cousins to see us today.

¿Qué le hace falta para hacer pan dulce?

What do you need to make pastry (sweet bread)?

Bueno, me falta azúcar.

Well, I need sugar. (Sugar is lacking to me.)

¿Me queda bien esta chaqueta? —No, te queda grande.

Does this jacket fit me well? —No, it's too big on you.

A Susana le interesa la música clásica. No le interesan los deportes.

Susana is interested in classical music. (It interests her.) She's not interested in sports.

¿Qué cosas les importan? —Les importan la familia y la tradición.

What things matter (are important) to them? —Family and tradition matter to them.

Nos encanta la ópera.

We love opera. (It charms, delights us.)

¿Te molesta esta música?

Does this music bother you?

¿Qué te parecen estos entremeses? —Me parecen muy sabrosos.

What do you think about these appetizers? (How do they seem to you?) —They seem delicious (very tasty) to me.

Vocabulario útil

De comidas y bebidas

La comida

la carne (de vaca, de res)	*meat (beef)*
los frijoles	*beans*
el helado	*ice cream*

los mariscos (los camarones, las almejas)	shellfish (shrimp, clams)
la papa (*Spain:* **patata**)	potato
el pescado	fish
el pollo	chicken
el postre, los dulces	dessert, sweets
el queso	cheese
la sal (la pimienta)	salt (pepper)
la sopa	soup
las verduras, las legumbres	vegetables

Otras palabras

la cocina	cuisine; kitchen; stove
cocinar	to cook
el entremés	appetizer
el jugo (de naranja)	(orange) juice
el plato fuerte	main course
sabroso(a)	delicious
la servilleta	napkin
el vino blanco (tinto, rosado)	white (red, rosé) wine

¡Ojo!

caliente *hot (temperature);* **frío** *cold* / **picante** *(hot) spicy;* **suave** *bland*
tener cuidado con *to be careful with*
tener ganas de *to feel like*
tener hambre (sed) *to be hungry (thirsty)*

A buen hambre no hay pan duro.

—proverbio

Práctica

7-9 Gustos. Haga oraciones acerca de sus gustos y de los gustos de otras personas, de acuerdo con los modelos.

MODELOS   yo / cocinar
      A mí no me gusta cocinar.
      los vegetarianos / las frutas y las verduras
      A los vegetarianos les gustan las frutas y las verduras.

1. los vegetarianos / la carne
2. mi mejor amigo y yo / almorzar juntos
3. mi mejor amigo / la comida china
4. mi madre / la comida picante
5. mi padre / los dulces
6. yo / el arroz con frijoles
7. yo / los camarones

7-10 «Sobre gustos no hay nada escrito». ¿Le gustan las siguientes comidas? ¿Por qué sí o por qué no? (Use **porque** y una de las frases que aparecen en la lista de la derecha o una frase de su propia invención.)

MODELOS la sopa de mariscos
Me gusta la sopa de mariscos porque es muy sabrosa.
No me gusta la sopa de mariscos porque es difícil de preparar.

1. los tacos
2. la pizza
3. el sukiyaki
4. las hamburguesas
5. el pan francés
6. el jamón *(ham)* y el salame
7. la comida alemana
8. la carne de vaca o de res
9. el chocolate
10. ¿...? (nombre de una comida que a usted le gusta mucho o no le gusta nada)

fácil / difícil de preparar
muy caro / muy barato
(demasiado) picante
(no) tiene muchas calorías
bueno / malo para la salud
no tiene sabor / es sabroso (delicioso)
tiene mucha sal (o mucho azúcar)
(no) tiene ingredientes artificiales

7-11 Use su imaginación. Complete las siguientes oraciones.

1. A mí me encanta(n) ...
2. A los jóvenes les interesa(n) ...
3. A los ancianos les interesa(n) ...
4. A los profesores les importa(n) ...
5. A los estudiantes les falta(n) ...
6. A mí me falta(n) ...
7. A mis papás les molesta(n) ...
8. A las mujeres les importa(n) mucho ...
9. A los hombres les importa(n) mucho ...
10. A todo el mundo le conviene ...

7-12 Entrevista. Entreviste a un(a) compañero(a) para averiguar lo siguiente. Después su compañero(a) lo (la) entrevista a usted. Pregúntele:

1. qué le parece la música «country»
2. qué géneros musicales le interesan más
3. qué géneros musicales les gustan a sus papás y qué géneros musicales no les gustan nada
4. una cosa que le importa mucho y una cosa que no le importa nada
5. dos cosas que le molestan mucho
6. dos cosas que les molestan mucho a los jóvenes en general
7. qué les hace falta a los estudiantes aquí
8. qué le falta para ser feliz

7-13 El cotorreo *(Gossip or gab session).* Busque a un(a) compañero(a). Averigüe una cosa que le gusta mucho o que le encanta y una cosa que no le gusta nada. (Su compañero[a] hace lo mismo.) Después, cambie de compañero(a) y pásele la información acerca de su primer(a) compañero(a). Hágale preguntas a su nuevo(a) compañero(a) para averiguar una cosa que le gusta mucho y una cosa que no le gusta nada. El cotorreo sigue así durante diez minutos.

Affirmatives and Negatives

algo *something, somewhat*	**nada** *nothing, (not) at all*
alguien *someone, anyone*	**nadie** *no one, nobody, not anyone*
siempre *always*	**nunca, jamás** *never*
algunas veces *sometimes*	
algún, alguno(a) *some, any*	**ningún, ninguno(a)** *none, not any, no*
también *also*	**tampoco** *not either*
o... o *either... or*	**ni... ni**[9] *neither... nor*
todavía *still*	**todavía no** *not yet*
aún *still*	**ya no** *not anymore*

1. Most sentences can be made negative by placing **no** directly before a conjugated verb (or a form of **haber** or other auxiliary).

   Fernando no dijo qué clase de   *Fernando didn't say what kind of*
   piano compró.   *piano he bought.*
   Fernando no me lo ha dicho.   *Fernando hasn't told me (it).*

   The only words that can come between **no** and the verb are object pronouns (and the impersonal **se**, to be discussed in Chapter 8).

2. Negative words can either (1) precede the verb or (2) follow the verb if **no** or another negative precedes. Note that many negatives can be used in a Spanish sentence.

   Nunca tiene prisa. (No tiene   *He's never in a hurry.*
   prisa nunca.)
   Nunca dije nada a nadie.   *I never said anything to anyone.*

3. Both **nunca** and **jamás** mean *never;* however, **jamás** means *ever* in a question where a negative answer is expected.

   Nunca (Jamás) hizo mal a nadie.   *He (She) never harmed anyone.*
   ¿Has oído jamás semejante   *Have you ever heard a similar story?*
   historia?

   Alguna vez is used to mean *ever* in a simple question where neither an affirmative nor a negative answer is expected.

   ¿Ha probado alguna vez este   *Have you ever tried this kind of fish?*
   tipo de pescado?

> *Las mujeres no llevan lo que les gusta. Les gusta lo que llevan.*
> —Christian Dior

---

[9] **Ni... ni** when used with a subject that precedes the verb takes a plural verb: **Ni el que ama ni el que manda quieren compañía.** *Neither he who is in love nor he who gives orders wants company.*

4. **Alguien** and **nadie** refer to people. **Alguno** and **ninguno** can be used for either people or things; they normally refer to certain members of a group that the speaker or writer has in mind.

¿Hay alguien en casa? —No, parece que no hay nadie aquí.	*Is there anyone home? —No, it seems there is no one here.*
Algunos de mis amigos tocan varios instrumentos musicales, pero ninguno de ellos toca el trombón.	*Some of my friends play several musical instruments, but none of them plays the trombone.*

Alguno and **ninguno** used as adjectives become **algún** and **ningún** before masculine singular nouns.

Martita no tiene ningún vestido (ninguna falda). Siempre lleva pantalones.	*Martita doesn't have any dresses (skirts). She always wears pants.*
¿Ese impermeable azul? Lo usaré algún día.	*That blue raincoat? I'll wear it someday.*

Ningún and **ninguno(a)** are generally used in the singular as adjectives or pronouns; however, the English translation uses a plural.

Tengo algunas fotos tuyas; no tengo ninguna foto de ella.	*I have some photos of you; I don't have any photos of her.*
Conozco a algunos estudiantes de Puerto Rico; no conozco a ninguno de Costa Rica.	*I know some students from Puerto Rico; I don't know any from Costa Rica.*

5. As seen above, the indefinites **alguien, nadie, alguno,** and **ninguno** are preceded by the personal **a** when used as direct objects referring to people.

Conozco a alguien que está loco por la comida francesa.	*I know someone who is crazy about French food.*

6. **Algo** means *something* and **nada** means *nothing,* but they can also be used as adverbs meaning *somewhat* and *not at all:*

La comida está algo picante.	*The food is somewhat hot (spicy).*
No me gusta nada el vino.	*I don't like wine at all.*

7. **Todavía** and **aún** mean *still, yet;* **ya no** is used to mean *no longer, not any more;* **todavía no** means *not yet.*

¿Todavía te sientes mal? —Ya no.	*Do you still feel bad? —Not any more.*
¿Aún toca el clarinete?	*Is he (she) still playing the clarinet?*

Note that **ya no** and **todavía no** precede a verb: **Ya no tengo hambre. Todavía no han comido.**

8. Note that the indefinite pronoun **cualquiera** is used to mean *anyone (at all).* The adjective form, **cualquier,** means *any... (at all).* These forms are invariable—that is, the same in the masculine as in the feminine. You don't need to use these forms in this book, but you should be able to recognize them.

| Cualquier cosita le molesta. | *Any little thing (at all) bothers him.* |
| Cualquiera sabría eso. | *Anyone (at all) would know that.* |

Quico

Vocabulario útil

La ropa

Cognados

la blusa	los pantalones
la chaqueta	el suéter
el descuento	

Otras palabras

el abrigo	*coat*
los calcetines	*socks*
la camisa	*shirt*
la camiseta	*T-shirt*
el chaleco	*vest*
la corbata	*tie*
la falda	*skirt*
el impermeable	*raincoat*
llevar, traer, usar	*to wear*
la marca	*brand*
las medias	*stockings*
el paraguas	*umbrella*
ropa ligera (abrigada)	*light (heavy, warm) clothing*
la sudadera	*sweatshirt*
el traje	*suit*
el vestido	*dress*
los zapatos	*shoes*

¡Ojo!

probar (ue) *to try;* **probarse (ue)** *to try on /* **tratar de** (+ infinitive) *to try, make an effort;* **tratar de** (+ noun) *to deal with, treat*

Práctica

7-14 El optimista y el pesimista. Describa al pesimista, basándose en la descripción del optimista.

MODELOS EL OPTIMISTA Según su opinión, todo el mundo es honesto.
EL PESIMISTA *Según su opinión, nadie es honesto.*
EL OPTIMISTA Nunca le molesta nada.
EL PESIMISTA *Siempre le molesta algo.*

1. Según él (ella), todo el mundo es sincero.
2. Siempre tiene algo bueno que decir.
3. Según su opinión, tiene muchos amigos felices.
4. Cuando alquila un auto, jamás compra seguro (*insurance*).
5. Le interesa cualquier libro sobre cómo ser feliz.

7-15 Breves conversaciones. Complete las conversaciones con palabras afirmativas o negativas lógicas, según el contexto. Para una lista completa, mire la página 187.

A: ¿Tienes (1) _algún_ disco compacto de Carlos Vives, Marisa? *not buy*
B: ¿Carlos Vives? ¿El cantante colombiano? No, no tengo (2) _ninguno_ *aun*
A: Yo (3) _ni_ , pero me gusta mucho su forma de cantar. *tampoco*
B: Pregúntale a Carmen... Ella tiene muchos discos compactos.

• • •

A: ¿Qué prefieres cenar, mi amor, tacos o arroz con pollo?
B: Para mí, cualquier cosa. No tengo mucha hambre.
A: Entonces, no hay (4) _ningún_ problema: no vamos a comer (5) _ni_ tacos (6) _ni_ arroz con pollo porque en realidad no tengo muchas ganas de cocinar. Vamos a pedir una pizza, ¿está bien?

• • •

A: ¿Ya leíste el nuevo libro de Ana Castillo, Marisa?
B: (7) _todavía_ no, pero lo voy a leer cuando tenga tiempo. (8) _todavía_ estoy leyendo una biografía del Che Guevara que empecé hace mucho. ¿Sabes quién fue el Che?
A: Claro, cualquiera sabe eso, Enrique. Fue el médico argentino que luchó en la Revolución Cubana.

7-16 Cuéntame, compañero(a)... En forma alternada, averigüe si su compañero(a)....

MODELO tiene algunos discos compactos de Celia Cruz.
A: *¿Tienes algunos discos compactos de Celia Cruz?*
B: *No, no tengo ninguno. (Sí, tengo uno [algunos].)*

Averigüe si su compañero(a)...

1. tiene algunos discos compactos de Gloria Estefan.
2. tiene algunas cintas de Enrique o de Julio Iglesias.

3. sabe algo sobre la música «rap».
4. sabe algo sobre las cumbias de Colombia.
5. conoce a alguna persona famosa.
6. conoce a alguien que maneje un Porsche.
7. todavía tiene su primera bicicleta.
8. siempre come en restaurantes muy caros.

7-17 En la tienda de ropa. Imagine que usted trabaja en Miami en la tienda de ropa del anuncio (*advertisement*). Varias personas llaman por teléfono y le hacen preguntas. Contéstelas, usando afirmativos o negativos cuando sea posible. Use su imaginación.

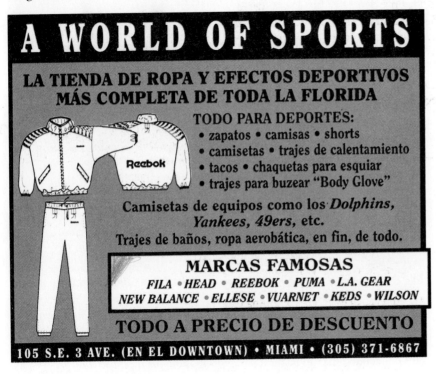

A WORLD OF SPORTS

LA TIENDA DE ROPA Y EFECTOS DEPORTIVOS MÁS COMPLETA DE TODA LA FLORIDA

TODO PARA DEPORTES:
- zapatos • camisas • shorts
- camisetas • trajes de calentamiento
- tacos • chaquetas para esquiar
- trajes para buzear "Body Glove"

Camisetas de equipos como los *Dolphins, Yankees, 49ers,* etc.

Trajes de baños, ropa aerobática, en fin, de todo.

MARCAS FAMOSAS
FILA • HEAD • REEBOK • PUMA • L.A. GEAR
NEW BALANCE • ELLESE • VUARNET • KEDS • WILSON

TODO A PRECIO DE DESCUENTO

105 S.E. 3 AVE. (EN EL DOWNTOWN) • MIAMI • (305) 371-6867

MODELO ¿Tienen ustedes chaquetas rojas?
No, no tenemos ninguna chaqueta roja, pero tenemos algunas de otros colores.

1. ¿Venden ustedes vestidos de marcas famosas?
2. ¿Tienen todas las marcas famosas de trajes de baño?
3. ¿Tienen ustedes algo para usar en un cóctel?
4. ¿Tienen ustedes pantalones cortos para mujeres?
5. ¿Hay alguien allí los domingos por la mañana?
6. ¿Siempre venden abrigos de piel (*fur*), o solamente en invierno?
7. ¿Tienen camisetas de todos los equipos de béisbol?

8. ¿Venden ustedes zapatos formales para el trabajo?

9. ¿Siempre hay descuentos para los estudiantes?

10. ¿Venden ustedes corbatas de seda (*silk*)?

7-18 ¡Luz, cámara, acción! Imaginen que ustedes están en la tienda de ropa *A World of Sports*. Algunos son vendedores y otros son clientes. Los clientes les hacen preguntas a los vendedores y ellos los tratan de ayudar. Usen palabras afirmativas y negativas cuando sea posible.

The Subjunctive in Descriptions of the Unknown or Indefinite

> *El hábito no hace al monje.* [Clothes don't make the man.]
>
> —proverbio

1. The subjunctive is used in certain adjective clauses that modify something that is unknown, indefinite, nonexistent, or unreal—for instance, a person or thing one is looking for but may not find or someone or something that definitely does not exist. However, the indicative is used for a specific person or thing definitely known to exist (including the pronouns **alguien, alguno,** and **algo**). Compare the following examples.

Hay alguien aquí que va a Barcelona.	*There is someone here who is going to Barcelona.*
¿Hay alguien aquí que vaya a Barcelona? —No, no hay nadie aquí que vaya a Barcelona.	*Is there anyone here who is going to Barcelona? —No, there's no one here who's going to Barcelona.*
Vamos al Club Latinoamericano, donde podemos escuchar música.	*Let's go to the Latinoamericano Club, where we can listen to music.*
Vamos a un lugar donde podamos escuchar música.	*Let's go to a place where we can listen to music.*
Busco la blusa azul que mi hija llevó en la fiesta de cumpleaños.	*I'm looking for the blue blouse that my daughter wore at the birthday party.*
Busco una blusa que mi hija pueda llevar en una fiesta de cumpleaños.	*I'm looking for a blouse that my daughter can wear at a birthday party.*

Notice that in the first example of each pair the speaker or writer is thinking of something or someone specific; therefore, the indicative is used. But in the second example of each pair, when the person or item is either nonexistent or not specific, the subjunctive is used. The subjunctive is used only in the adjective clause (a descriptive clause that generally begins with **que** and modifies a preceding noun).

2. The personal **a** is used before a direct object that is a person when the speaker or writer has someone definite in mind, but not normally when the person is indefinite or unspecified. However, the pronouns **alguien, alguno, nadie,** and **ninguno** used as direct objects referring to people always take the personal **a.**

Armando busca una mujer que
lo quiera y que lo trate bien.

*Armando is looking for a woman
who will love him and treat him
well.*

Armando encontró a alguien
que lo quiere y que lo trata bien.

*Armando found someone who loves
him and treats him well.*

Práctica

7-19 El bolero. Complete el párrafo con el tiempo presente del subjuntivo o del indicativo de los verbos entre paréntesis, según sea apropiado.

¿Hay alguien de las Américas que no (1) _conozca_ (conocer) el famoso bolero latino? Es poco probable. Las canciones como «Solamente una vez» y «Bésame mucho» se han popularizado en todo el mundo. Cuando usted compra discos compactos, ¿busca una forma musical que (2) _transmita_ (transmitir) la pasión tropical y que (3) _tenga_ (tener) una letra muy poética? Si la respuesta es afirmativa, le encantarán los boleros, o baladas románticas. Según un artículo de la revista *Américas,* el bolero es un género musical que (4) _exprese_ (expresar) «los sentimientos más profundos, que han cambiado poco desde que los trovadores [*troubadours*] cubanos cantaban los primeros boleros al pie de los balcones.... El bolero es una emoción que se (5) _comunica_ (comunicar) fácilmente y que cada oyente [*listener*] hace suya —declara [el crítico Javier] González Rubio—. Nos identificamos con esas palabras que nos hablan de amor.»[10] ¿Le gustaría comprar algún disco compacto que (6) _tenga_ (tener) música de este estilo? Si es así, busque las composiciones o interpretaciones de Luis Miguel, Olga Guillot o el Trío Los Panchos la próxima vez que vaya a su tienda de música local.

7-20 Ideales y aspiraciones. Entreviste a un(a) compañero(a). Hágale preguntas usando las ideas que siguen y otras de su propia invención. Después su compañero(a) lo (la) entrevista a usted. Luego, prepare un breve resumen (*summary*) de los ideales de su compañero(a) en cuanto al amor, a la amistad y al trabajo.

1. ¿Qué tipo de hombre o mujer buscas para esposo(a)? ¿Buscas a alguien que... (a) ¿ser muy atractivo(a)? ¿inteligente? ¿simpático(a)? ¿trabajador(a)? (b) ¿ganar mucho dinero? (c) ¿llevar ropa elegante? (d) ¿bailar bien? (e) ¿no tener celos? ¿...? (Si ya tienes esposo[a], descríbelo[la].)
2. Como amigo o amiga, ¿prefieres a alguien que... (a) ¿ser divertido(a)? ¿sincero(a)? ¿generoso(a)? (b) ¿tener las mismas opiniones políticas que tú? (c) ¿tener más o menos la misma edad? ¿...?
3. Para tu profesión, ¿prefieres tener un trabajo que... (a) ¿ser interesante? ¿fácil? ¿de gran prestigio? (b) ¿permitirte ganar un buen salario? ¿permitirte conocer a mucha gente, o viajar? (c) ¿no producirte estrés? ¿...? (Si ahora tienes el trabajo de tus sueños, descríbelo.)

---

[10] Mark Holston, «El romance del bolero», *Américas,* septiembre-octubre de 1995, página 49.

7-21 Juego de memoria: ¿Hay alguien que lleve... ?

La clase debe dividirse en dos equipos. Un(a) voluntario(a) tiene que ponerse de pie (*stand up*) y cerrar los ojos. Algún estudiante del otro equipo le hace una pregunta sobre la ropa de las personas de la clase. Si el voluntario (la voluntaria) contesta bien (en español), su equipo gana un punto. Después le toca a (*it's the turn of*) un(a) voluntario(a) del otro equipo, etcétera. El equipo con más puntos al final gana el juego.

MODELOS ¿Hay alguien que lleve un chaleco amarillo?
No, no hay nadie que lleve un chaleco amarillo. (Está bien. Ganas un punto.)
¿Hay alguien que lleve una camisa blanca?
Sí, hay dos personas que llevan camisa blanca. (No está bien. Hay tres personas con camisa blanca. No ganas nada.)

The Subjunctive with Certain Adverbial Conjunctions

Antes que te cases, mira lo que haces.

—proverbio

1. The following adverbial conjunctions always require the subjunctive, since they indicate that an action or event is indefinite or uncertain—it is not necessarily going to happen.

a menos que *unless*	**para que** *so that*
con tal (de) que *provided that*	**sin que** *without*
en caso (de) que *in case*	

Niños, a menos que bajen el volumen de esa música, me volveré loco.

Children, unless you turn down that music, I'm going to go crazy.

Con tal que me quieras, estaré contento.

Provided that you love me, I'll be happy.

En caso de que venga Ana, dile que voy a regresar en unos minutos.

In case Ana comes, tell her I'll be back in a few minutes.

Te digo esto para que tengas cuidado.

I'm telling you this so that you will be careful.

Salen sin que tía Juana los vea.

They leave without Aunt Juana seeing them.

Sin que indicates that something does not take place—it does not in fact happen, as in the preceding example.

2. **Aunque** is used with the subjunctive to indicate opinion, uncertainty, or conjecture but with the indicative to indicate fact or certainty.

Aunque le guste esa camisa, no la va a comprar.

Although he may like that shirt, he's not going to buy it.

Aunque le gusta esa camisa, no la va a comprar.

Although he likes that shirt, he's not going to buy it.

| Aunque no sea muy respon-
sable, lo amo. | *Although he may not be very respon-
sible, I love him.* |
| Aunque no es muy responsable,
lo amo. | *Although he isn't very responsible, I
love him.* |

Note that the Spanish subjunctive is sometimes translated with *may* or *might* in English (in the present tense).

> *Entre las gentes, hay mil gustos diferentes.*
> —proverbio

3. **Antes (de) que** is a conjunction of time that always takes the subjunctive, since it implies that an action has not yet occurred and, therefore, is uncertain.

| Prometo practicar el violín
antes de que cenemos. | *I promise to practice the violin
before we eat dinner.* |
| Quiero disfrutar del buen
tiempo antes de que empiece
el invierno. | *I want to enjoy the good weather
before winter begins.* |

4. Other conjunctions of time can take either the subjunctive or the indicative.

cuando *when*	hasta que *until*
después (de) que *after*	mientras (que) *while*
en cuanto *as soon as*	tan pronto como *as soon as*

> *La música no se hace, ni debe hacerse jamás, para que se comprenda, sino para que se sienta.*
> —Manuel de Falla, compositor español

The indicative is used after these conjunctions to express a customary or completed action. In contrast, when the idea following the conjunction refers to an action in the future, the subjunctive must be used. This is because any action in the future is uncertain. Compare:

Cuando viene Mateo a nuestra casa, tocamos música «rock».	*When Mateo comes to our house, we play rock music. (customary action)*
Cuando venga Mateo a nuestra casa, tocaremos música «rock».	*When Mateo comes to our house, we'll play rock music. (He hasn't come yet; projection into the future.)*
Después que llega mi cheque cada mes, compro las provisiones.	*After my check arrives each month, I buy supplies. (customary action)*
Después que llegue mi cheque este mes, compraré una blusa.	*After my check arrives this month, I'll buy a blouse. (It hasn't come yet; projection into the future.)*

The past tense usually indicates that something has occurred and is a known fact. However, sometimes a past tense following a time conjunction is projected into the future and requires the subjunctive (in this case the imperfect subjunctive, which will be studied in Chapter 9). Compare:

| Te llamé cuando llegó Pablo. | *I called you when Pablo arrived.
(completed action, fact)* |
| Te iba a llamar cuando llegara
Pablo. (*imperfect subjunctive*) | *I was going to call you when (as
soon as) Pablo arrived. (Pablo's
arrival had not occurred at that
time; projection into the future.)* |

The use of the subjunctive after these conjunctions does not mean that the speaker or writer necessarily doubts that the action or event will take place; it is simply indefinite, since it has not yet occurred. No matter how plausible the event seems, the subjunctive must be used if there is a projection into the future—after all, what is in the future is unreal and uncertain.

5. Some of the preceding conjunctions are made up of prepositions (**para, sin, antes de, después de, hasta**) combined with **que.** These prepositions are followed by an infinitive if there is no change in subject. Compare the following:

Antes de cenar, tomamos una copa. (¡Salud!)	*Before eating dinner, we have a drink. (Cheers!)*
Antes de que lleguen los invitados, tomaremos una copa.	*Before the guests arrive, we will have a drink.*
Sin hablarme, entró en la casa.	*Without speaking to me, he went into the house.*
Paso por su casa todos los días sin que él me hable.	*I go by his house every day without his speaking to me.*

Práctica

7-22 Descripción. Piense usted en alguien a quien ve a menudo —un(a) pariente(a), un(a) amigo(a), su compañero(a) de cuarto, su novio(a)... Complete las siguientes oraciones. Esté preparado(a) para pasar la información a la clase.

1. Está contento(a) conmigo con tal que... *yo limpie mi parto de cuarto*
2. Estaba enojado(a) conmigo después de que... *rompi el vaso*
3. Quiero comprarle un regalo sin que él (ella)... *sepa*
4. Siempre está nervioso(a) antes de... *dar un examen*
5. Estaba impaciente cuando...
6. Se va a alegrar en cuanto... *yo le diga si.*

7-23 Situaciones y preferencias. Complete las oraciones con la forma apropiada de los verbos entre paréntesis.

En una tienda de ropa. Los señores Hernández hablan con el vendedor.

EL VENDEDOR: Buenos días, señores. ¿En qué puedo servirles?

LA SEÑORA H.: Busco un vestido para (1) _____ (ponerse) en una fiesta de cumpleaños.

EL VENDEDOR: ¿Quiere algo de seda (*silk*)...?

LA SEÑORA H.: No, quiero algo que (2) _____ (poder / yo) lavar a máquina. Y busco algo que no (3) _____ (ser) demasiado caro.

EL VENDEDOR: Tenemos muchos vestidos. Están por aquí.

(La señora Hernández mira los vestidos. Pasan unos minutos.)

EL SEÑOR H.:   ¿No puedes encontrar nada que te (4) _____ (gustar), querida?

LA SEÑORA H.:   Espera un momento más. Aquí hay algunos vestidos muy bonitos.
¿Te (5) _____ (gustar) éste?

EL SEÑOR H.:   Sí, sí. Aquí te espero mientras te lo (6) _____ (probar), mi amor.

(La señora se prueba el vestido y regresa.)

LA SEÑORA H.:   ¿Cómo me queda? Aunque me (7) _____ (encantar) los colores
y el modelo, temo que (8) _____ (costar) demasiado.

EL SEÑOR H.:   No importa. Llévalo aunque (9) _____ (ser; *it may be*) un poco
caro, porque es posible que no (10) _____ (encontrar /
nosotros) otro hoy. Y yo voy a llevar esta camisa; en cuanto la
(11) _____ (ver / yo), pensé en Miguelito. Creo que a él le
(12) _____ (ir) a gustar mucho.

LA SEÑORA H.:   De acuerdo. Pero después de que (13) _____ (salir / nosotros)
de esta tienda, necesito buscar unos zapatos que me
(14) _____ (quedar) bien con el vestido. Vamos a esa zapatería
que está en la calle Vallejo, ¿no?

EL SEÑOR H.:   ¡Ay, ay, ay!

7-24 Entrevista. Entreviste a un(a) compañero(a) para obtener la siguiente
información.

MODELO   qué quiere comprar en cuanto / tener el dinero
A: *¿Qué quieres comprar en cuanto tengas el dinero?*
B: *Quiero comprar un piano en cuanto tenga el dinero.*

1. qué va a hacer cuando / salir de la clase
2. a quién va a llamar cuando / llegar a casa
3. si piensa vivir en el mismo lugar hasta que / terminar sus estudios
4. qué necesita hacer antes de que / empezar los exámenes finales
5. si va a ir de viaje tan pronto como / llegar las vacaciones
6. si quiere ir a trabajar a algún país hispano con tal que alguien le / dar un buen
puesto allí

7-25 Consejos de una chica mexicana. Una chica mexicana le dio los siguientes
consejos a una norteamericana que iba a México: «Si va a un restaurante en
México, es una buena idea...

—preguntarle al camarero qué recomienda, cuál es la especialidad de la casa

—preguntar qué platos hay en la comida de precio fijo

—no ir muy temprano para cenar

—ver si hay gente mexicana en el restaurante; si no hay gente o si todos los
clientes son turistas, quizás la comida no es muy buena o muy típicamente
mexicana

—pedir la cuenta en vez de esperar que el camarero la traiga

—dejar una propina del 15 por ciento (%)»

Primero, hagan dos o tres oraciones que ella diría, si usara conjunciones adverbiales: e.g., **a menos que, con tal (de) que, cuando, después (de) que, en caso (de) que, hasta que, para que.**

MODELO *Pide la cuenta cuando termines de comer; no esperes hasta que el camarero la traiga.*

Después, denle consejos a un(a) mexicano(a) que viene a su ciudad. ¿Dónde debe comer? ¿Cuáles son algunas costumbres que debe conocer? Traten de usar conjunciones adverbiales.

En otras palabras

Para expresar acuerdo y desacuerdo

There are many ways to express agreement and disagreement:

1. You strongly agree with what someone is saying.

Sí, ¡cómo no!	Cierto.
Exacto.	Por supuesto.
Eso es.	Correcto.
Claro.	Sí, es verdad. Estoy de acuerdo.

2. You disagree with what someone is saying.

No, no es verdad.	¡Qué tonterías!
No, no estoy de acuerdo.	¡Qué ridículo!
Al contrario...	¡Qué va!

3. You partially agree with what someone is saying and partially disagree. (Or you disagree but don't want to appear disagreeable.)

   Bueno, eso depende.
   Está bien, pero por otra parte (*on the other hand*)...
   Estoy de acuerdo en parte.
   Pues, sí, hasta cierto punto.

4. You agree with a suggestion that you or someone else do something.

¡Claro que sí!	Como quiera usted. (Como quieras.) *As you like.*
Sí, ¡cómo no!	De acuerdo.

5. You disagree with a suggestion that you or someone else do something.

   Por el momento, no, gracias. Prefiero...
   ¡Ni por todo el oro (dinero) del mundo! ¡Ni a la fuerza (a palos)! *Not even by force (because of blows)!* ¡Ni loco(a)! *(colloquial)*
   ¡De ninguna manera!

Práctica

7-26 Opiniones sobre la música. ¿Está usted de acuerdo o no con las siguientes afirmaciones? En forma alternada, un(a) estudiante hará una afirmación y el otro (la otra) dirá si está o no de acuerdo.

1. La mejor música es la música «rock».
2. Los afroamericanos de Estados Unidos crearon el jazz.
3. La música de acordeón es «fatal» (horrible).
4. En general, las letras de la música «rap» son muy bonitas.
5. Juan Luis Guerra es famoso por sus merengues.
6. Richard Wagner es el compositor más importante de la historia de la música.
7. (¿?) sus propias ideas sobre los cantantes, conjuntos, estilos musicales... .

7-27 ¿De acuerdo? Piense en algunas actividades que son atrevidas (*daring*) o interesantes y en otras que son más rutinarias o menos agradables e invite a un(a) compañero(a) a hacerlas con usted. Su compañero(a) dirá si está o no de acuerdo.

MODELOS A: *¿Quieres ver un espectáculo de tango?*
B: *Sí, hombre, ¡cómo no!*[11]

A: *Vamos a un restaurante mexicano a comer un plato de menudo, ¿de acuerdo?*
B: *De ninguna manera. ¡Ni a palos!*

EN CONTACTO

7-28 Escoger un restaurante. Miren estos anuncios sobre algunos restaurantes de Cancún, México, y decidan juntos qué lugar les convendría a los diferentes tipos de viajeros. Vocabulario: botana *appetizer*; sucursal *branch*.

MODELO a un viajero a quien le encanten los mariscos
A un viajero a quien le encanten los mariscos, le convendría el restaurante El pescador. Tiene «lo mejor en mariscos en la ciudad».

---

[11] Note that **hombre** is used in this way colloquially in most parts of the Spanish-speaking world to address either a male or a female.

En su opinión, ¿cuál de estos restaurantes le convendría a...

1. alguien que sea un estricto vegetariano?
2. algún grupo de diez u once estudiantes que viajen juntos?
3. una persona que adore la carne?
4. un hombre que quiera impresionar a una mujer muy sofisticada?
5. unos turistas que deseen encontrar la comida y el ambiente típicamente mexicanos?
6. alguien que busque un lugar que esté abierto los lunes?
7. un matrimonio a quien le guste mucho el pescado?
8. algunos turistas que quieran escuchar música mientras cenan?

¿Cúal de los restaurantes prefieren ustedes? ¿Por qué?

7-29 Representación dramática. Trabajando con dos compañeros, inventen una conversación sobre una de estas situaciones. Luego, pueden presentarla a la clase.

1. Dos turistas van a un restaurante en México y un(a) camarero(a) les sirve. Los turistas piden un entremés, bebidas, un plato fuerte (principal) y un postre. Luego, algo pasa que causa un problema. Finalmente, se soluciona el problema. (Se puede consultar el **Vocabulario útil** de las páginas 184-185.)
2. Dos turistas entran en una tienda de ropa. Quieren comprar varios regalos y también ropa para ellos(as). Un(a) dependiente los atiende, pero hay algunos problemas. Finalmente, se solucionan los problemas. (Se puede consultar el **Vocabulario útil** de la página 189.)

7-30 COMPOSICIÓN:

Gustos musicales. Primero, haga una lista de tres cosas que le gustan o que le importan en la música y tres cosas que no le importan o que no le gustan. Puede mencionar el ritmo, el estilo de un(a) músico o cantante, los instrumentos musicales, la letra, etc. Después, escriba un párrafo sobre un(a) cantante o conjunto que le gusta y diga por qué le gusta.

MODELO *Me gusta que una canción tenga una letra bonita (original)...*
Me gusta la música de... porque sus canciones tienen letras bonitas (originales)...

El baile flamenco

La bailarina María Rosa habla de su amor por **la danza** y de los bailes que presenta su compañía El Ballet Español y comenta las diferentes clases de bailes que hace su grupo. En el video se ven los bailes y los trajes regionales y se escucha música **auténtica.**

Vocabulario

el	alma (f)	*soul, spirit, heart*
	auténtico (a)	*authentic*
el	escenario	*stage*
la	danza	*dance*
la	provincia	*province*
el	pueblo	*people, nation*
la	raíz (las raíces)	*root(s)*

Práctica de vocabulario

Complete las oraciones con palabras de la lista.

1. Andalucía tiene ocho _____ .
2. Los bailarines bailan en el _____ .
3. María Rosa dice que el flamenco es el _____ del pueblo.
4. El Ballet Español se especializa en danzas españolas _____ .
5. Las _____ del flamenco están en la cultura gitana.

HABLANDO DEL TEMA

◁❙❙▷ Andalucía, el lugar de origen del flamenco (y también de la corrida de toros), es famosa por las lindas playas de la Costa del Sol y por las ciudades de Sevilla, Granada y Córdoba, entre otras. Es una región fértil, conocida por sus vinos, olivos, cereales y frutas. La mezquita (*mosque*) de Córdoba y la Alhambra de Granada son dos ejemplos de la gran herencia árabe de España. Los moros estuvieron aquí desde 711 hasta 1492, cuando los Reyes Católicos conquistaron Granada, último reino árabe en España.

◁❙❙▷ El flamenco es un conjunto (grupo) de bailes pintorescos de mujeres vestidas de faralaes (*ruffled dresses*), peineta (*comb*) y mantilla que hacen el zapateado (*heel-tapping*). Los espectáculos de flamenco se hacen en los **tablaos** (tablados) (escenarios). Los bailarines de flamenco se llaman **bailaores** y los cantantes y músicos que los acompañan, **cantaores** y **tocaores.**

Pregunta de enfoque

¿Qué significa el baile para María Rosa?

Comprensión

1. ¿Qué tipo de bailes presenta la compañía de María Rosa?
2. ¿A María Rosa le gusta bailar? ¿Cómo lo sabe?
3. ¿Qué expresa cada provincia y cada pueblo a través del baile?
4. Según María Rosa, ¿qué es el flamenco?

Puntos de vista

1. ¿Ha visto alguna vez un espectáculo de flamenco? Descríbalo.
2. ¿Cómo son los bailes españoles que se ven en el video? Describa la música y los trajes regionales.
3. ¿Cómo son los bailes folklóricos de Estados Unidos? Compárelos con los españoles.
4. ¿Conoce algunos bailes regionales de España? ¿De qué regiones? ¿Cómo son?
5. ¿Ha visto usted otro tipo de baile hispano? ¿Cuál? Compárelo con el flamenco.

◀◗◖▶ El **cante jondo** es un canto folklórico que tiene sus orígenes en la comunidad gitana de Andalucía. La influencia del cante jondo se ve en los poemas del célebre poeta y dramaturgo (*dramatist*) andaluz Federico García Lorca (1898-1936).

◀◗◖▶ Hoy en día, la música gitana se ha hecho muy popular. El conjunto de guitarristas gitano **Gypsy Kings** llegó a tener fama mundial. Estos músicos y cantantes pertenecen a las comunidades gitanas del sur de Francia. El cantante principal, Nicolás Reyes, es hijo del famoso cantante flamenco José Reyes.

CAPÍTULO 8

Dimensiones culturales

Un grupo de jóvenes españoles

PRESENTACIÓN DEL TEMA

En el mundo hispano hay una gran variedad de culturas. El pueblo español es una mezcla de los muchos grupos que formaron lo que es hoy la cultura española: por ejemplo, los iberos (los primeros habitantes de la península), los celtas *(Celts)*, los griegos, los fenicios *(Phoenicians)*, los vascos *(Basques)*, los romanos y los árabes. Los romanos realizaron en España espléndidas obras de arquitectura, incluyendo murallas y acueductos que todavía se usan hoy. También trajeron a la península ibérica un sistema avanzado de leyes, el sistema de escritura que usamos y la religión cristiana. Cuando los árabes llegaron en el siglo VIII, mejoraron la agricultura con métodos de irrigación y trajeron muchas frutas y verduras (como la naranja y la zanahoria *[carrot]*) y el azúcar. También introdujeron un estilo de arquitectura que usaba el adobe y muchos arcos y patios. Entre los siglos VIII y XIII fundaron escuelas y numerosos centros culturales sin igual en el resto de Europa.

Al llegar *(upon arriving)* los españoles a América en los siglos XV y XVI, se encontraron con las civilizaciones indígenas azteca e inca y con las ruinas de las grandes ciudades mayas. En México y Centroamérica, los mayas habían construido grandes observatorios y templos. Sus sacerdotes tenían conocimientos de matemáticas muy avanzados, entre ellos el concepto del cero (0). Los aztecas, como los mayas, tenían un calendario exacto; también tenían una capital impresionante. Más al sur, en la región de los Andes, los incas sabían mucho de medicina (incluso practicaban operaciones delicadas) y tenían un sistema socializado para darles comida a los pobres y a los ancianos. En América se cultivaban el maíz, la papa, el tomate, el cacao (del que se hace el chocolate), el tabaco y otras plantas que los españoles no conocían.

Con la llegada de los africanos, la cultura hispanoamericana se enriqueció aún más, con la introducción de una nueva música muy rítmica y con nuevas formas de arte y baile. Muchas frutas,

> *Nuestra identidad está en la historia, no en la biología, y la hacen las culturas, no las razas; pero está en la historia viva. El tiempo presente no repite el pasado: lo contiene.*
>
> —Eduardo Galeano

verduras y raíces *(roots)* que se comen ahora en Hispanoamérica — como el plátano *(plantain)* y el camote *(yam)*— vinieron de África. La literatura afroamericana también es una contribución importante a la cultura hispana.

En Hispanoamérica uno se encuentra con un panorama humano de razas y culturas muy variadas. En el crisol *(melting pot)* latino, hay gente indígena, afroamericana, gitana, judía y también hay inmigrantes de muchos países: españoles, italianos, libaneses, sirios, chinos, japoneses . . .

Práctica

8-1 Preguntas

1. ¿Qué grupos étnicos formaron la cultura española?
2. Al llegar los españoles a América en los siglos XV y XVI, ¿con qué civilizaciones indígenas se encontraron?

3. ¿Cómo es la población de Hispanoamérica hoy?
4. ¿A quiénes debemos agradecer (*thank*) cuando...
   a. tomamos un vaso de jugo de naranja al levantarnos?
   b. nos desayunamos con cereal de maíz?
   c. escribimos una carta (usamos el alfabeto)?
   d. nos sentamos en el patio de una casa de adobe (o de «estilo español»)?
   e. nos divertimos en una fiesta bailando al ritmo de la música del Caribe (como el merengue o la rumba)?
   f. comemos camote el Día de Acción de Gracias?
   g. tomamos una taza de chocolate caliente?
   h. comemos una torta de zanahoria?
5. ¿Cuáles son las razas y culturas principales de Estados Unidos? ¿de Canadá? ¿Por qué cree usted que hay menos influencia de los indios (o de gente indígena) en Estados Unidos y Canadá que en Hispanoamérica?

8-2 Actividad. ¿Cuál es el origen? Muchas de las cosas que vemos o usamos diariamente (*daily*) tienen un origen interesante o extraño. Trabaje con un(a) compañero(a). Usando una enciclopedia, Internet o algún libro de consulta, investigue el origen de las siguientes cosas. Luego, pase la información a su compañero(a).

Estudiante A:

el ajedrez (*chess*)
la alcachofa (*artichoke*)
el algodón (*cotton*)
el cacahuete (*peanut*)
la calabaza (*squash*)
el calendario que usamos ahora
las castañuelas (*castanets*)

Estudiante B:

el chicle (*chewing gum*)   Aztecs
la corrida de toros   Spain
la guitarra
la mandioca (*de la que se hace la tapioca*)
los números arábigos (*1, 2, 3, etc.*)   Arabia Americas
el ron (*rum*)
la rumba   Africanas

> *Nosotros no somos una raza. Somos un arcoiris [rainbow] de razas y culturas.*
>
> —Raúl Juliá, actor puertorriqueño (1940–1994)

Vocabulario útil

Aspectos culturales

Razas y culturas del mundo hispano: Cognados

el africano (la africana)	el, la indígena
el, la árabe	el, la maya
el, la azteca	el mestizo (la mestiza)
el europeo (la europea)	el romano (la romana)
el, la inca	

Otras palabras

el judío (la judía)	*Jew*
precolombino(a)	*pre-Columbian (before Columbus)*

Verbos

cultivar	*to grow (crops)*
descubrir	*to discover*
enriquecerse (zc)	*to become enriched*
mezclarse	*to mix together, become mixed*

¡Ojo!

darse cuenta de *to realize, understand* / **realizar** *to realize; to bring about, make real*

encontrarse (ue) con *to meet, come across, run into* / **reunirse** *to meet, have a meeting*

introducir (zc) *to introduce* / **presentar** *to present, introduce (persons to each other)*

Práctica

8-3 Identificaciones históricas. Diga a qué grupos étnicos se refieren las siguientes descripciones.

1. Vivieron en el Valle de México donde tenían una capital magnífica con bibliotecas, baños públicos y faroles de aceite (*oil streetlamps*).
2. Introdujeron nuevos ritmos y formas musicales que revolucionaron la música del mundo.
3. Eran dos grupos que prosperaron en España durante la Edad Media, pero tuvieron que salir de ese país en 1492 por motivos políticos y religiosos.
4. Era la única civilización precolombina con un sistema de escritura ideográfica y fonética.
5. Realizaron impresionantes obras de arquitectura en su imperio, que se extendía de Ecuador, en el norte, hasta Chile, en el sur.

8-4 Preguntas

1. En muchas culturas hay un alimento básico; por ejemplo, los japoneses cultivan el arroz y los franceses, el trigo (*wheat*). ¿Sabe usted qué cultivaban los mayas y aztecas como alimento básico? ¿los incas? ¿Sabe usted qué se cultiva en la región donde usted vive?
2. ¿Conoce usted algunas construcciones realizadas por los indígenas de Estados Unidos o de Canadá? ¿Qué son y dónde están?
3. ¿En qué año llegó Cristóbal Colón a América? ¿Cree usted que en ese momento se dio cuenta de la importancia de su «descubrimiento» o no? ¿Por qué?
4. Hace veinte o treinta años el matrimonio entre personas de diferentes religiones, nacionalidades o razas era muy poco común en Estados Unidos y Canadá. ¿Es diferente la situación ahora? ¿Cree usted que es más probable que un matrimonio de ese tipo se divorcie o no? ¿Por qué?

Cristóbal Colón murió en 1504 pobre, ignorado y casi olvidado por todos. Había ido cuatro veces a las Américas.

Para escuchar

Un panorama cultural

Conversación 1: Para expresar una falta de comprensión. Jessica y Julia se encuentran con Tomás en la universidad.

8-5 Escuche la Conversación 1. Conteste las preguntas.

1. ¿Qué dibujo muestra el sitio donde tiene lugar la conversación? *en la cafetería*
2. ¿Cuál es el tema principal de la conversación?
   a. los aztecas   b. los mayas   c. el profesor de antropología

a.   b.

8-6 Escuche la Conversación 1 otra vez. ¿Qué cosas o qué personas se mencionan?

_X_ 1. los mayas
_____ 2. los aztecas
_X_ 3. el concepto del cero (0)
_X_ 4. un sistema de escritura
       ideográfica
_____ 5. grandes observatorios

_X_ 6. Chichén-Itzá
_____ 7. Tenochtitlán
_X_ 8. Yucatán
_X_ 9. *Ci u than* («No los
       entendemos»)

8-7 Escuche la Conversación 1 una vez más. ¿Qué expresiones de incomprensión se usan?

_X_ 1. ¿Qué?
_____ 2. No comprendo.
_X_ 3. No entendí.
_X_ 4. ¿Qué quiere decir...?

_X_ 5. ¿Cómo se llama...?
_X_ 6. ¿Cómo?
_____ 7. ¿Qué dijo?
_____ 8. ¿Lo podrías decir otra vez?

Conversación 2: Para verificar la comprensión; para pedir que alguien hable más despacio.
Jessica habla con su amiga Carmen.

8-8 Escuche la Conversación 2. Conteste estas preguntas.

1. ¿Adónde viajó Carmen?
   a. a España   b. por toda Latinoamérica   c. por toda Colombia
2. Según Carmen, Latinoamérica...
   a. tiene muchas dimensiones culturales.
   b. es muy homogénea (*homogeneous*).
   c. tiene muchos problemas de discriminación racial.

8-9 Escuche la Conversación 2 otra vez. Escoja la mejor respuesta.

1. A Carmen le sorprendió ver...
   a. salones de té típicamente ingleses en Chile.
   b. barrios japoneses en Perú.
   c. a y b (los dos).
2. A Jessica le sorprendió que en la costa de Colombia hubiera mucha influencia...
   a. francesa.   b. italiana.   c. africana.
3. Antes de ir a Colombia, Jessica pensaba que todos los latinoamericanos...
   a. usaban sombrero grande.   b. comían tacos.   c. bailaban el tango.

GRAMÁTICA Y VOCABULARIO

The Reflexive (2)

1. The reflexive was introduced in Chapter 1, pages 21–22.

Reflexive Pronouns		despertarse (ie)	
me	nos	**me** despierto	**nos** despertamos
te	os	**te** despiertas	**os** despertáis
se	se	**se** despierta	**se** despiertan

Me lastimé.	*I hurt myself. (I got hurt.)*
No nos despertamos hasta las nueve.	*We didn't wake up until nine.*
¿A qué hora se acostaron ustedes?	*What time did you go ("put yourselves") to bed?*
Se vistieron.	*They got (themselves) dressed.*

2. Reflexive pronouns precede a conjugated verb or follow and are attached to an infinitive,[1] as discussed in Chapter 1.

---

[1] They also follow and are attached to present participles, to be discussed in Chapter 12: **Sólo acostándome temprano voy a poder levantarme a las seis.**

Me voy a quedar en casa.   *I'm going to stay home.*
Voy a quedarme en casa.

Reflexive pronouns precede other object pronouns.

Se lavó las manos. Se las lavó.   *He washed his hands. He washed them.*
Me pongo los zapatos. Me los   *I'm putting on my shoes. I'm putting*
   pongo.   *them on.*
Nos quitamos el sombrero. Nos   *We take off our hats. We take them off.*
   lo quitamos.

Remember that a definite article (**el, la, los, las**) is used instead of a possessive for parts of the body or articles of clothing when it is clear who the possessor is. This is the case with reflexive constructions since the reflexive pronoun indicates that the action is being performed on the subject, the possessor. Notice in the last example (**Nos quitamos el sombrero**) that the singular, **el sombrero,** is used; it's understood that each person takes off one hat.

nos ensartamos *we got into*

3. Reflexive pronouns can function as either direct or indirect objects.

Nos sentamos.   *We sat down (seated ourselves).*
     (**Nos** *is a direct object.*)

Nos pusimos el suéter.   *We put on our sweaters. (Literally,*
     "We put to ourselves the
     *sweater." **Nos** is an indirect*
     *object; **el suéter** is a direct*
     object.)

4. Observe the differences in meaning between the reflexive and nonreflexive uses of the following verbs.

Nonreflexive	**Reflexive**
aburrir *to bore*	aburrirse *to be bored*
acordar (ue) *to agree*	acordarse (ue) (de) *to remember*
callar *to quiet, silence*	callarse *to be quiet*
cansar *to tire*	cansarse *to get tired*
enojar *to anger*	enojarse *to become angry*
equivocar *to mistake*	equivocarse (de) *to be wrong, mistaken*
lastimar *to hurt, injure*	lastimarse *to hurt oneself*
llamar *to call*	llamarse *to be named*
preguntar *to ask*	preguntarse *to wonder (ask oneself)*
preocupar *to (cause) worry*	preocuparse (de) *to worry about*
quedar *to remain, be left*	quedarse *to stay*
reunir *to gather, assemble, unite (+ noun)*	reunirse con *to meet*

¡Ojo!

hacer *to make, do* / **hacerse** *to become*

ir *to go* / **irse** *to go away*

poner *to put, place* / **ponerse** *to put on; + adjective, to become (e.g., **ponerse nervioso**)*

volver *to return* / **volverse** *+ adjective, to become (e.g., **volverse loco**)*

Nos equivocamos de habitación. ¡Perdón!	*We've got the wrong room. Sorry!*
Se reunió con su prima en el Café de la Paz.	*She met her cousin at the La Paz Café.*

Notice that many reflexive verbs indicate a change of state and are translated into English with *to become* or *to get*.

Me enojé.	*I became angry (got mad).*
Se puso muy serio (rojo, nervioso).	*He became very serious (red, nervous).*
Se aburren fácilmente.	*They get bored easily.*
Algunos conquistadores se hicieron muy ricos en América con el oro de los indios (entre ellos, el hermano de Santa Teresa de Ávila).	*Some conquistadores became very rich in America with the gold of the Indians (among them, the brother of St. Teresa of Avila).*

5. Most reflexive verbs can be used either reflexively or nonreflexively.

Estos ejercicios me cansan.	*These exercises tire me out.*
Me canso al final del día.	*I get tired at the end of the day.*
Sus acciones me preocupan.	*His actions worry me.*
Me preocupo mucho por mis notas.	*I'm really worried about my grades.*

6. A number of verbs are used only reflexively—for example, **arrepentirse de** (*to regret*), **darse cuenta de** (*to realize*), and **quejarse de** (*to complain about*).

Los incas no se dieron cuenta
   de que Pizarro iba a matar a
   su jefe, Atahualpa.

*The Incas didn't realize that Pizarro
was going to kill their leader,
Atahualpa.*

Se arrepiente de lo que le hizo
   a su hermanito.

*He regrets what he did to his little
brother.*

¿Por qué te quejas?

Why are you complaining?

7. Almost any verb that can take an object can be used reflexively.

Me miré en el espejo.

I looked at myself in the mirror.

A él le gusta escucharse.

He likes to listen to himself.

> *En el siglo XVI Cuzco, la capital de los incas, se podía comparar con cualquiera de las grandes ciudades de Europa. La civilización inca era muy avanzada.*

Práctica

8-10 ¿Qué pasa? Describa los dibujos, usando los verbos dados.

la cliente

1. quejarse de, ponerse nervioso

Julio

2. reunirse, lastimarse

Pepe   Felipe

3. ponerse, quitarse

los Díaz

SENTIDO ÚNICO

SENTIDO ÚNICO

4. equivocarse, darse cuenta de que

5. divertirse, aburrirse, dormirse   6. quedarse, irse

8-11 Descripciones y acciones. Usando verbos reflexivos, describa a los siguientes individuos. (En algunos casos, hay varias posibilidades.)

MODELO una persona con poca energía
Se cansa fácilmente. / Se va cuando hay trabajo.

1. una persona que no habla mucho
2. un individuo que no tiene control sobre sus emociones
3. alguien con pocos intereses
4. alguien que tiene mucha curiosidad
5. alguien que tiene buena memoria
6. un individuo muy extrovertido y sociable
7. alguien que nunca está contento
8. un individuo que tiene muchos accidentes
9. alguien que primero habla y luego piensa
10. el amigo ideal

8-12 Entrevista. Entreviste a un(a) compañero(a), usando las preguntas que siguen. Después, su compañero(a) lo (la) entrevista a usted.

1. ¿Cuándo te diviertes más? ¿Cuándo te aburres más?
2. ¿Te cansas más durante la semana o durante el fin de semana? ¿Por qué?
3. ¿Cuándo y dónde te reúnes con tus amigos? ¿Qué haces allí?
4. ¿Te preocupas demasiado o demasiado poco? ¿De qué te preocupas?
5. ¿De qué te arrepientes a veces?
6. ¿Te preguntas si vas a vivir mucho tiempo? ¿si te vas a casar?
7. ¿Qué piensas cuando te miras en el espejo?

—A pesar de la falta de aceros laminados y cemento de b u e n a calidad y de la agresión química de l a s aguas, espero que dure lo suficiente para que, cuando se hunda, las responsabilidades se las pidan a los visigodos.

Vocabulario útil

La rutina diaria

Por la mañana

desayunar(se), tomar el desayuno	*to have breakfast*
despertarse (ie)	*to wake up*
levantarse	*to get up*
ponerse (la ropa)	*to put on (clothing)*
vestirse (i)	*to get dressed*

Por la tarde/noche

acostarse (ue)	*to go to bed*
almorzar (ue) (el almuerzo)	*to have lunch (lunch)*
cenar (la cena)	*to have dinner (dinner)*
dormirse (ue)	*to fall asleep*
quitarse (la ropa)	*to take off (clothing)*

En el cuarto de baño

bañarse	to bathe, take a bath
lavarse	to get washed, wash up
cepillarse los dientes	to brush one's teeth
tomar una ducha, ducharse	to take a shower

[handwritten: Me despierto siete menos cuarto]
[handwritten: Me levanto a las 7]
[handwritten: Tomo ducha]
[handwritten: y me pongo la ropa. ← me desayuno]
[handwritten: Me cepillo los dientes.]

8-13 Mi rutina. Lea la lista de vocabulario y describa su rutina diaria. ¿Qué hace en un día típico? Use verbos reflexivos cuando sea posible.

MODELO *Me despierto a las siete...*

8-14 Un día perfecto. Describa un día perfecto, usando verbos reflexivos cuando sea posible.

MODELO *Me despierto a las once...*

The Reflexive with Commands

1. Like other object pronouns, reflexive pronouns precede negative commands or follow and are attached to affirmative commands.[2]

No te vayas, querido.	*Don't go, dear.*
¿Dónde está tu suéter, niño? Póntelo.	*Where is your sweater, child? Put it on.*
Siéntense, señores, por favor.	*Sit down, gentlemen, please.*

2. Before the reflexive **-os** can be added to an affirmative **vosotros** command, the final **-d** must be dropped. (Also, an accent must be added to the final **i** of **-ir** verbs.)

¡Divertíos!	*Enjoy yourselves!*
Vestíos —y daos prisa.	*Get dressed —and hurry up.*
¡Levantaos! —Dejadnos en paz.	*Get up! —Leave us alone.*

3. Before the reflexive **nos** can be added to an affirmative **nosotros** command, the final **-s** must be dropped. (Also, an accent must be added to the stressed syllable of the verb.)

Vámonos.	*Let's go.*
¡Levantémonos todos!	*Let's all stand up!*

---

[2] For a review of commands, see Chapter 6.

Práctica

8-15 Las órdenes del comandante. Un(a) «voluntario(a)» hará el papel del comandante. Tiene que ponerse frente a la clase y darles a los estudiantes las siguientes órdenes. Los estudiantes tienen que «obedecer» al comandante. A ver si todo el mundo comprende...

1. Díganme «¡Hola!».
2. Díganme «¡Hola!» en inglés.
3. Duérmanse.
4. Despiértense.
5. Levanten la mano.
6. Pónganse nerviosos.
7. Relájense.
8. ¿ ...?

Después, otro(a) «voluntario(a)» hace el papel del comandante.

1. Levantémonos.
2. Sentémonos.
3. Saludémonos.
4. Callémonos.
5. Riámonos.
6. Despidámonos.
7. ¿ ...?

8-16 ¿Qué se le dice a un amigo que ...? Invente mandatos que correspondan a las siguientes situaciones. Use verbos reflexivos cuando sea posible.

MODELO habla todo el tiempo
      Cállate. No hables tanto.

¿Qué se le dice a un amigo que...

1. lleva el sombrero siempre, aun dentro de la casa?
2. sale todas las noches y se queja de estar muy cansado?
3. se queda dormido toda la noche delante del televisor?
4. estudia demasiado y casi nunca sonríe?
5. se duerme muchas veces en la clase de español?
6. nunca lleva un abrigo cuando hace frío?
7. tiene que ir al dentista mucho?

8-17 Consejos para sentirse bien. Déle consejos a un(a) compañero(a) para que se sienta bien, siguiendo el modelo. Ideas: (no) acostarse, levantarse, dormirse, preocuparse, irse, quedarse, reunirse...

MODELO *Vete a pasear cuando te sientes triste. No te quedes en casa.*

The Reciprocal Reflexive

1. The reflexive pronouns **nos, os,** and **se** can be used with first-, second-, or third-person plural verbs, respectively, to express a mutual or reciprocal action.

Nos escribimos todas las semanas.	*We write to each other every week.*
¿Os perdonáis? —¡Nunca!	*Do you forgive each other? —Never!*
Se gritaron.	*They shouted at each other.*
Se dan la mano.	*They shake (each other's) hands.*
Nos conocíamos desde chicos.	*We had known each other since we were children.*

2. **Uno(a) a otro(a), unos(as) a otros(as)** are sometimes added for either clarity or emphasis. **El uno al otro (la una a la otra)** can also be used. The masculine forms are used unless both subjects are feminine.

Nos hablamos unos a otros.	*We talked to one another.*
Se sonríen el uno al otro.	*They smile at each other.*
Las niñas se ayudaron unas a otras.	*The girls helped one another.*

> Según el historiador Eduardo Galeano, los indígenas de las Américas son menos competitivos que los europeos y se ayudan más: «Tratan a la tierra como madre . . . A la ley capitalista de la ganancia [profit], oponen la vida compartida, la reciprocidad, la ayuda mutua.»

Vocabulario útil

Saludos y despedidas

abrazar (un abrazo)	to hug, embrace (a hug)	darse la mano	to shake hands
besar (un beso)	to kiss (a kiss)	la despedida	leave-taking, saying goodbye
el cariño	affection	saludar	to greet

¡Ojo!

despedir (i) *to fire* / **despedirse (i) (de)** *to take leave (of), say goodbye (to)*

Práctica

8-18 Un saludo hispano: Con cariño. Dos familias hispanas que son muy amigas se encuentran en la calle. ¿Qué hacen?

MODELO todos / saludarse
Todos se saludan.

1. los hombres / darse la mano y abrazarse
2. las mujeres / besarse en la mejilla (*on the cheek*)
3. los niños y los adultos / besarse
4. todos / decirse «¡Hola! ¿Qué tal? ¡Qué gusto verte!»
5. los adultos / preguntarse «¿Cómo está la familia?»
6. sonreírse y hablar durante unos minutos
7. todos / despedirse, otra vez con besos y abrazos

8-19 Hablando de los saludos.

1. Cuando usted saluda a sus amigos, ¿los besa y abraza? ¿Se dan la mano?
2. ¿Qué hace usted cuando se despide de ellos?
3. ¿Hay algunas ocasiones cuando el modo de despedirse o saludarse es más cariñoso? Explique.
4. En su opinión, ¿por qué no se besan o abrazan mucho los norteamericanos?
5. ¿En qué culturas hay más contacto físico en los saludos y despedidas? ¿En qué culturas hay menos?

8-20 Un(a) buen(a) amigo(a). Con un(a) compañero(a), haga y conteste preguntas acerca de un(a) buen(a) amigo(a) suyo(a).

MODELOS *¿Se ven mucho?*
Sí, nos vemos mucho.
No, no nos vemos mucho.

Ideas: conocerse desde hace mucho tiempo, hablarse mucho por teléfono, entenderse, gritarse a veces, ayudarse, extrañarse cuando no se ven durante mucho tiempo, escribirse de vez en cuando, darse regalos de cumpleaños

> *Dime cuántas personas te saludaron y te diré quien eres.*
>
> —José Peñalosa. El saludo es muy importante en la cultura latina.

The Impersonal *Se*; The *Se* for Passive

The Impersonal *Se*

The impersonal **se** is commonly used in Spanish when it is not necessary to identify the agent or doer of an action. The verb is always in the third-person singular.

Se come bien en Argentina.	*People (you, they) eat well in Argentina.*
Se calcula que el 20 por ciento de los esclavos africanos traídos a las Américas murieron en el viaje.	*It is calculated (people calculate) that 20 percent of the African slaves brought to the Americas died during the trip.*

Notice that there are different ways of translating this construction to English; these include *they, people, it, one, you,* and *we* used as the subject.

The *Se* for Passive

1. In the true passive voice, the subject receives (rather than performs) the action. It is used a great deal in English: *The glass was broken. The glasses were broken.* There is a true passive voice in Spanish (which is discussed in Chapter 10), but, in general, it is used only when the agent of an action is expressed. If there is no agent, the **se** for passive is generally used.

Se rompió la piñata. (Se rompieron las piñatas.)	*The piñata was broken. (The piñatas were broken.)*

> *El maíz se cultivaba en México hace 7.000 años.*

But:

La piñata fue rota
  por los niños.

The piñata was broken by the children. (The children are the agent, and the true passive is used.)

Notice that in Spanish the subject can come after the verb, as well as before, while in English it is always before the verb. The verb is singular or plural to agree with the subject:

El Día de la Raza se celebra en muchos países hispanos. También se celebran muchas fiestas católicas.

Columbus Day is celebrated in many Hispanic countries. Many Catholic holidays are also celebrated.

En Curazao, isla caribeña, se habla papiamento (una lengua que es una mezcla de español, portugués, inglés, francés y holandés). En Guatemala se hablan veintisiete lenguas indígenas.

In Curaçao, a Caribbean island, people speak Papiamento (a language that is a mixture of Spanish, Portuguese, English, French, and Dutch). In Guatemala, twenty-seven indigenous languages are spoken.

You don't need to be able to distinguish between the impersonal **se** and the **se** for passive. Simply remember: In general, if a plural subject is present in the clause with **se,** use the plural form of the verb. In all other cases, use the singular form.

Se habla español (Se hablan inglés y español) en Puerto Rico.

*Spanish is (English and Spanish are) spoken in Puerto Rico. (**se** for passive)*

Se ven muchos cocoteros en Puerto Rico.

*You see a lot of coconut trees in Puerto Rico. (**se** for passive)*

Se ve que hay muchos cocoteros en Puerto Rico.

*You see that there are a lot of coconut trees in Puerto Rico. (impersonal **se**)*

2. Indirect objects are often used with the **se** for passive construction to imply that something happened accidentally or to indicate that the person involved was not at fault or responsible. (This construction is sometimes called the "**se** for unplanned occurrences.")

¿Se les perdieron las llaves?

*Did you (**ustedes**) lose the keys? (Did the keys [in your possession] get lost?)*

> *Se cree que la guerra y la superpoblación causaron la caída de la civilización maya.*

Se le olvidó el pan (a José).
¿Se te cayó la leche? ¡Qué lío!

He (José) forgot the bread.
Did you drop the milk? What a mess!

Se me rompió el espejo.

The mirror (in my possession) got broken.

Práctica

8-21 Preguntas. Conteste de acuerdo con los modelos.

MODELOS ¿Hablan español y guaraní en Paraguay?
Sí, se hablan español y guaraní en Paraguay.
¿Comen mucha comida picante en Uruguay?
No, no se come mucha comida picante en Uruguay.

1. ¿Producen mucho café en Colombia? *Sí, se producen mucho...*
2. ¿Cultivan caña de azúcar y tabaco en Cuba?
3. ¿Hablan español en Brasil? *No, no se hablan español en Brasil*
4. ¿Celebran el Día de la Independencia el cuatro de julio en México? *se hablan*
5. ¿Bailan el tango en Argentina? *Si se baila el tango* *Portugues*
6. ¿Descubrieron mucho oro y plata en América del Sur?

8-22 ¿Qué se hace... ? Trabaje con un(a) compañero(a). Invente varias frases con **se** para explicar qué se hace en las siguientes situaciones.

MODELO en la cafetería de la universidad
Se come mucho y mal.
Se paga poco por la comida.
Se charla con los amigos.
Se mira a la gente.

1. cuando hay demasiado estrés en la vida
2. cuando se oye música africana bien tocada
3. en la biblioteca
4. en las montañas
5. cuando se tiene muchísima hambre
6. mientras se espera el autobús
7. durante los largos inviernos del norte
8. en las selvas tropicales
9. después de terminar un proyecto difícil
10. antes de salir de viaje

8-23 ¡Qué mala suerte! ¿Qué pasó?

MODELO olvidar / las llaves
A: *¿Se te olvidaron las llaves?*
B: *Sí, se me olvidaron.*

1. romper / el espejo
2. ir / el autobús
3. morir / el gato
4. caer / el vaso
5. perder / las tarjetas de crédito

8-24 Carnaval. Carnaval (*Mardi Gras*) se celebra tanto en las ciudades de Montevideo y Buenos Aires como en muchas ciudades brasileñas y en Nueva Orleans. En Montevideo durante carnaval, que tiene lugar los días anteriores al comienzo de la cuaresma (*Lent*), la gente de ascendencia africana organiza las «fiestas llamadas». Para saber cómo son, forme oraciones de acuerdo con los modelos.

MODELOS oír ritmos africanos *Se oyen ritmos africanos.*
               oír un tambor *Se oye un tambor.*

1. bailar la samba
2. cantar canciones con palabras africanas
3. contar historias de los esclavos negros
4. llevar trajes espléndidos
5. ver un desfile (*parade*) espectacular
6. ver banderas de Uruguay por todas partes
7. participar en la vida colectiva de la comunidad

8-25 Costumbres distintas. El cuadro abajo explica qué se hace en algunos días de fiesta en el mundo hispano. Complétenlo diciendo qué se hace en las mismas fechas en Estados Unidos y Canadá. Usen el **se** pasivo o impersonal en sus oraciones. La primera está hecha, como modelo. Vocabulario útil: ir a esquiar, bailar, cantar, invitar a alguien a comer, darles dulces a los niños, comprar flores y cajas (*boxes*) de chocolates en forma de corazón, abrir/dar regalos, ir a la iglesia (al templo), comer jamón (pavo), reunirse con los amigos.

Fecha	Lugar	Actividad
Día de Año Neuvo	España y Latinoamérica	Se duerme hasta tarde porque todos están cansados después de celebrar el último día del año.
	Estados Unidos y Canadá	**También se duerme hasta tarde y se miran partidos de fútbol en la televisión.**
Nochebuena (*Christmas Eve*)	España y Latinoamérica	Se hace una cena especial y después se va la a misa de medianoche.
	Estados Unidos y Canadá	
Navidad	Argentina y Chile	Se va a la playa porque allá es verano.
	Estados Unidos y Canadá	
Nochevieja (*New Year's Eve*)	España	Se comen doce uvas a medianoche, una por cada campanada (*stroke*) del reloj.
	Estados Unidos y Canadá	
Domingo de Pascua de Resurrección (*Easter Sunday*)	España y Latinoamérica	Se hacen procesiones, se va a misa y se prepara una comida especial.
	Estados Unidos y Canadá	
Día de la Madre	España y Latinoamérica	Se dan regalos o flores a la madre o se va a comer a un restaurante.
	Estados Unidos y Canadá	
Día de San Valentín	algunos países hispanos	Se regalan flores a la novia.
	Estados Unidos y Canadá	

Seis Buenas Razones Para Detestar Las Fiestas

armo la mesa . . . pongo la mesa; petardos *firecrackers*; abstemia, atea y huérfana *abstainer, atheist, and orphan*; fideos *noodles*

8-26 Una tortilla española. Ana María Arcos, de Extremadura, España, describe cómo hacer una tortilla (*omelette*) española. Primero, lea la lista de ingredientes. Después, cuéntele a un(a) compañero(a) cómo hacer una tortilla española, usando el **se** pasivo. Siga el modelo.

Ingredientes para cuatro personas:

Cinco patatas (papas)
Cuatro huevos
Una cebolla pequeña (opcional)
Sal
Aceite
Media taza de leche (opcional)

Vocabulario: pelar *to peel;* **cortar** *to cut;* **sartén** *frying pan;* **freír a fuego lento** *to fry on low heat;* **batir** *to beat;* **bien cocidas** *well cooked, well done;* **fuente** *bowl*

MODELO Primero, tienes que pelar las patatas y cortarlas en pequeños cubos.
Primero, se pelan las patatas y se cortan en pequeños cubos.

1. Pon un poco de aceite en una sartén. Hay que freír las patatas a fuego lento. Puedes echar cebolla si quieres, y echa sal al gusto.
2. Despúes, bate los huevos con la leche.
3. Cuando las patatas estén bien cocidas, ponlas en la fuente con los huevos y la leche.
4. Pon más aceite en la sartén. Después pon los huevos y las patatas y fríelos por cuatro o cinco minutos de un lado y cuatro o cinco minutos del otro lado. ¡Buen provecho!

En otras palabras

La falta de comprensión

You have probably had many experiences of miscommunication or misunderstanding even in your native language, and you probably find yourself sometimes interrupting someone to ask him or her to explain or clarify something, repeat part of a sentence, slow down, and so forth. In a foreign language, it's even more important to learn to make it clear that you just aren't following and need some help. Here are some ways to express this.

1. You don't understand any part of what the speaker is saying.

No comprendo... No entiendo...
¿Cómo?

¿Mande? (*Mexico*)
¿Qué dijo (dijiste), por favor? ¿Qué decía(s)?

2. You have a general idea of what was said, but you missed part of the statement or question.

¿Podría usted (¿Podrías) repetir lo que dijo (dijiste), por favor?
¿Cómo? ¿Me lo podría(s) decir otra vez?
No entendí el nombre de... ¿Cómo se llama?
¿Qué quiere decir la palabra...?
¿Pero dónde (cuándo, por qué, etc.)...?

3. The speaker is talking a mile a minute.

Más despacio, por favor.
¡No hable (hables) tan rápidamente, por favor!

4. You are fairly sure you know what the speaker said but want to confirm it. You can do this in a number of ways. One, of course, is to restate the sentence using the confirmation tags **¿verdad?, ¿no?**, and so forth.

El hermano de Isabel se llama Ricardo, ¿verdad? (¿no? ¿no es cierto?)[3]

Another way to get a speaker to confirm what he or she said so that you are sure you understand is to restate the sentence using one of the following:

¿Es decir que...?
Si entiendo bien, quiere(s) decir que...
En otras palabras...

Práctica

8-27 Un momento, por favor... Usted no comprende el significado total de lo que le dicen cuando oye los siguientes comentarios. Interrumpa (*interrupt*) a la persona que habla y pídale que le clarifique (*to clarify*) lo que dice.

MODELO Hubo un accidente de avión en... Murieron... personas. Era un vuelo de la compañía...
    ¿Cómo? ¿Dónde hubo un accidente? ¿Cuántas personas murieron? No entendí el nombre de la compañía aérea.

1. ¿Supiste que... ya es doctora? Se graduó hace...
2. El señor Hernández tiene... años y goza de buena salud. Pero ayer supe que se quejaba de que...

---

[3] Remember that the tag **¿de acuerdo?** is used in a different way, when some sort of action is proposed: **Vamos al cine, ¿de acuerdo?**

3. ¡Increíble! El doctor Ochoa se divorció en junio y se va a casar en agosto con...

4. No recuerdo una palabra española para eso, pero la palabra francesa *s'engager* lo expresa muy bien.

5. Los Salazar iban a ir a Coatzacoalcos pero se equivocaron de...

8-28 Si entiendo bien... Trabaje con un(a) compañero(a). Dígale a su compañero(a) varias cosas sobre su vida. Su compañero(a) repite la información, usando otras palabras o expresiones. Le pide que verifique (*verify*) lo que ha comprendido.

MODELO A: *Mi familia es de ascendencia japonesa. Mis abuelos paternos vinieron de Yatsushiro en el año 1900.*

B: *Es decir que su familia es de Japón, ¿no? ¿Dice que sus abuelos paternos vinieron de Yatsushiro?*

1. Mis papás son de [nombre de ciudad]... Viven en [nombre de ciudad]... hace... años.

2. Mi cumpleaños es...[la fecha de su cumpleaños]. Cuando nací, mi mamá tenía... años y vivía en...

3. Fui a una fiesta [la fecha o el día]... Celebramos...

EN CONTACTO

8-29 Juego de memoria: ¡Y entonces me acuesto! La primera persona empieza diciendo qué hace primero durante el día. La segunda persona repite esta frase y agrega una nueva frase. La tercera persona repite las dos frases y agrega una tercera, y así continúa. Cuando alguien se equivoca o no puede recordar las frases anteriores, tiene que decir, «¡Y entonces me acuesto!» y retirarse del juego. Entonces la próxima persona dice la última frase pronunciada y agrega una nueva frase. El juego seguirá hasta que se eliminen todos los jugadores excepto los que tienen muy buena memoria (o buena suerte).

MODELO A: *Me despierto a las siete y diez.*

B: *Me despierto a las siete y diez.*
Me cepillo los dientes.

C: *Me despierto a las siete y diez.*
Me cepillo los dientes.
Tomo un café con leche...

8-30 El anglo típico. ¿Cuál es el estereotipo del norteamericano («anglo») típico entre los hispanos? A continuación hay algunos aspectos de este estereotipo. Primero, diga usted si cree que cada frase es verdad o mentira. Después, en grupos de tres o cuatro estudiantes, comparen sus respuestas. ¿Por qué existirán estos estereotipos en el mundo hispano? Hagan una lista de posibles razones.

Según unas encuestas *(polls)*, algunos hispanos creen que...

En su opinión...
¿Verdadero o falso?

V	F

1. los norteamericanos son muy puntuales.
2. los hombres norteamericanos no aman a sus esposas porque las dejan hacer lo que quieren.
3. los norteamericanos se preocupan mucho de la acumulación de dinero y bienes materiales.
4. los norteamericanos son muy organizados.
5. Estados Unidos es un país muy poco religioso.
6. los norteamericanos piensan mucho en el futuro y por eso no saben divertirse en el presente.
7. los norteamericanos no expresan sus emociones.

8-31 Entrevista. Entreviste a un(a) compañero(a) para averiguar cómo se siente y qué hace en las siguientes situaciones. Verbos útiles: **aburrirse, cansarse, enojarse, ponerse contento(a)/decepcionado(a)/triste, preocuparse, quejarse.**

MODELO cuando vienen las fiestas de Navidad
   A: *¿Qué haces (o cómo te sientes) cuando vienen las fiestas de Navidad?*
   B: *Me pongo triste. Me siento solo(a).*

1. andas de compras con un(a) amigo(a) indeciso(a)
2. te atienden muy mal en un restaurante
3. no tienes dinero para pagar la cuenta
4. tienes exámenes
5. llueve todos los días
6. te cobran demasiado en una tienda
7. pasas mucho tiempo en el gimnasio (haciendo ejercicios, por ejemplo)
8. tienes que esperar mucho (en el aeropuerto, por ejemplo)
9. un(a) amigo(a) te miente

8-32 COMPOSICIÓN:

Otras culturas Escriba un párrafo sobre uno de los temas que siguen.

1. La discriminación ocurre por muchas razones: por cuestiones de raza, religión, sexo, lengua, nacionalidad, clase social o económica, o por creencias políticas. Muchas novelas y películas recientes tratan el tema de la discriminación. Piense en un libro o en una película que muestre este tema de manera interesante. ¿Qué grupos se presentan? ¿Qué problemas se tratan? ¿Cuál es la idea central? ¿Está usted de acuerdo con la presentación o no? ¿Por qué?
2. Hay muchas culturas y grupos étnicos en el mundo hispano. Escoja uno de esos grupos (por ejemplo, el de los incas, los vascos o los judíos sefardíes) y escriba un párrafo sobre la historia del grupo y sus contribuciones a la cultura hispana.

El chocolate en la cocina mexicana

Patricia Quintana habla del uso del chocolate en la cocina mexicana desde los tiempos antiguos hasta hoy. Describe el **cacao** como «el grano (*grain, bean*) divino de los dioses» y se refiere a la cocina mexicana como el resultado de **un mestizaje**, es decir, de una mezcla de influencias indígenas y españolas.

Vocabulario

el cacao	chocolate, cocoa bean
la cocina	cuisine; kitchen
la espuma	foam
la jícara	kind of cup, especially one made from a gourd
el mestizaje	mixture (of races)
el mole	spicy Mexican sauce containing chocolate and chilis
la monja	nun
nutrir	to nourish, feed
poblano(a)	native or characteristic of the Mexican state of Puebla
(lo) salado	(what is) salty

Práctica de vocabulario

8-33 Complete las oraciones con las palabras de la lista.

1. El chocolate _____ el alma y el espíritu.
2. Se lo puede servir como bebida en una _____.
3. El chocolate caliente tiene una _____ blanca encima.
4. Muchas _____ llegaron de España y vivían en conventos.
5. Un plato típico de Puebla se llama mole _____.

HABLANDO DEL TEMA

◁❚❚▷ El estado de Puebla queda en el centro de México y es la región más famosa por la excelencia de su arte culinario. La ciudad de Puebla, capital del estado, es una de las ciudades más grandes, antiguas y famosas de México. Es una ciudad colonial conocida por sus hermosos edificios e iglesias de estilo barroco. La arquitectura de Puebla es distinta por el uso de ladrillos (*bricks*) rojos y azulejos (*tiles*) pintados a mano.

◁❚❚▷ Los mexicanos de hoy siguen comiendo muchos alimentos y platos que comían los indígenas prehispánicos, hechos a base de plantas de origen americano. Además del chocolate, se comen chiles, frijoles, calabazas (*squash*), jitomates (*tomatoes*) y tortillas hechas de maíz. Todos ellos son productos que los europeos no conocían.

Pregunta de enfoque

¿Cuál es la importancia del chocolate en la cocina mexicana?

Comprensión

1. ¿Para preparar chocolate caliente, ¿qué ingredientes se usan además del azúcar? ¿Qué ingrediente llegó a México después de la conquista?
2. ¿Cuál es el origen de la palabra **chocolate?**
3. ¿Dónde está Puebla?
4. ¿Por qué se puede decir que la cocina mexicana es un mestizaje?
5. ¿Cuántos ingredientes tiene el mole poblano clásico?
6. Además del chocolate, ¿qué otros ingredientes se usan en la cocina mexicana?

Puntos de vista

1. ¿A usted le gusta el chocolate? ¿En qué comidas o bebidas lo toma?
2. ¿Prefiere los platos dulces o salados? ¿Qué le parece la idea de combinar los dos como se hace con el mole?
3. ¿A usted le gusta la comida mexicana? ¿Cuáles son sus platos favoritos?
4. ¿Prepara usted platos mexicanos? ¿Qué ingredientes usa?
5. Hay treinta y dos estados en México. Según Patricia, ¿cuántas cocinas hay en México?
6. ¿Cuántas cocinas habrá en Estados Unidos y Canadá? ¿Qué regiones son famosas por su cocina? ¿Qué platos regionales le gustan a usted?

La cocina hispanoamericana varía según la región y los productos locales. En la mayoría de los países sudamericanos, la comida no es picante. En Argentina, por ejemplo, la gente come mucha carne asada con papas, porque Argentina es uno de los más importantes países ganaderos (*cattle-raising*) del mundo. En Perú, un país del Pacífico, el ceviche (*marinated fish or shellfish*) es uno de los platos preferidos. El maíz, grano cultivado por los indígenas de todo el continente, se usa para preparar una gran variedad de platos en todos los países de Hispanoamérica.

CAPÍTULO

Un planeta para todos

PRESENTACIÓN DEL TEMA

En España y Latinoamérica, como en todo el mundo, hay grandes problemas ecológicos, pero también hay mucha gente que trata de proteger el medio ambiente. En la página anterior se ve un bosque tropical que está en uno de los nueve «megaparques» de Costa Rica; el director de cada parque trabaja con la gente de la comunidad para conservar el medio ambiente y, al mismo tiempo, estimular la economía. Por su gran belleza natural, los megaparques de Costa Rica son muy populares para la práctica del ecoturismo. Miles de turistas llegan todos los años a ver playas magníficas, volcanes legendarios, plantas extraordinarias y animales exóticos. También llegan científicos de todo el mundo para estudiar la flora y la fauna de la región.

Latinoamérica cuenta con cerca de la mitad de las selvas tropicales de la tierra. «Ecuador, por ejemplo, tiene una flora más variada que la totalidad de Europa... Un solo parque de Ecuador alberga *(shelters)* más especies de pájaros que las que existen a todo lo largo de los Estados Unidos, y una milla cuadrada *(square)* de selva amazónica alberga unas 1.500 variedades de mariposas, una cantidad dos veces mayor que la existente en Canadá y los Estados Unidos».[1] Sin embargo, en los

Las nueces de la tagua se transportan por canoa.

---

[1]   Alejandro de la Fuente, «Selvas tropicales: ¡Los pulmones del planeta no deben morir!», *Mundo 21,* enero de 1994, página 143.

Botón hecho de la nuez de la tagua.

bosques tropicales la tierra es muy pobre; después de pocos años de utilización ya no es buena ni para la agricultura ni para la ganadería *(cattle raising)*. En algunos lugares se ha comprobado *(proved)* que, sin destruir los bosques, la producción o recolección de nueces *(nuts)*, semillas, flores, plantas y hasta maderas tropicales puede ser muy lucrativa. En Maldonado, Ecuador, se ha desarrollado una industria basada en la recolección de una nuez que se llama la tagua. La gente de Maldonado (descendientes de esclavos africanos que llegaron a la región en el siglo XVIII) tiene gran respeto por la naturaleza. «Creo que la calidad de nuestro futuro depende del bosque. Si lo destruimos, también estaremos destruyendo nuestra sobrevivencia. La tagua representa una esperanza para nuestra vida, para nuestro medio», dice Milcíades Quintero, habitante de Maldonado.[2]

En la Reserva de la Biosfera de Calakmul, México, se han creado más programas y fuentes de trabajo que en cualquier otra reserva de Latinoamérica. Mucha gente vive de la artesanía, creando esculturas de madera, por ejemplo. En la foto se ven unas colmenas de abejas *(beehives)*. «La apicultura° *(beekeeping)* ha sido una actividad de los mayas desde la antigüedad».[3] Deocundo Acopa, ex director de la reserva y arquitecto de una nueva política para la zona, afirma: «Los gobiernos generalmente funcionan de arriba a abajo, pero no aquí. Nosotros trabajamos de abajo a arriba porque nada funcionaría sin la participación del pueblo... No se puede separar la naturaleza de la vida humana».[4]

[2] Haroldo y Flavia Castro, «La tagua: El marfil vegetal de Ecuador», *Geomundo,* enero de 1995, páginas 48-53.

[3] Kathryn Stafford, «Un soplo de vida en la Biosfera», *Américas,* mayo-junio de 1996, páginas 24-31.

[4] *Ibid.*

9-1 Preguntas

1. ¿Qué hacen los turistas en los megaparques de Costa Rica? ¿y los científicos?
2. ¿Qué hacen los directores de los nueve megaparques de Costa Rica?
3. ¿Aproximadamente qué porcentaje de las selvas tropicales de la tierra están en Latinoamérica?
4. ¿Cómo es la tierra de esas regiones?
5. ¿Qué puede hacer la gente que vive en una zona tropical para ganarse la vida sin destruir la selva?
6. ¿Qué se puede hacer en nuestro país para ayudar a proteger las selvas tropicales?

> *El que nada desperdicia, de nada carece [lacks]. [Waste not, want not.]*
>
> —proverbio

Vocabulario útil

El medio ambiente

Cognados

destruir	la gasolina
la ecología	la naturaleza
el ecólogo (la ecóloga)	el petróleo
el ecoturismo	reciclar
la explosión demográfica	el reciclaje

En la selva (el bosque) — *In the jungle (forest)*

la abeja	*bee*
el árbol	*tree*
la flor	*flower*
la mariposa	*butterfly*
el pájaro	*bird*
la semilla	*seed*

Otras palabras

la basura	*garbage*
el calentamiento global	*global warming*
la capa de ozono	*ozone layer*
el control de la natalidad	*birth control*
cuidar	*to take care of*
desperdiciar	*to waste*
los envases retornables	*returnable containers*
la huerta	*(fruit, vegetable) garden*
la lata (de aluminio)	*(aluminum) can*
mejorar, ponerse mejor	*to get better*
empeorar, ponerse peor	*to get worse*
proteger	*to protect*
el recurso natural	*natural resource*
la reserva	*preserve*

España es el país con la tasa [rate] de natalidad más baja de Europa Occidental.

¡Ojo!

ahorrar *to save (money, time, etc.)* / **conservar** *to save, preserve* / **salvar** *to save, rescue*

la atmósfera *air, atmosphere* / **el ambiente** *setting, ambience, environment* / **el medio ambiente** *(natural) environment*

Práctica

9-2 Conexiones. Conecte la palabra de la columna derecha con su definición o descripción en la columna izquierda.

_f_ 1. usar más de una vez	a. la abeja
_d_ 2. la superpoblación	b. empeorar
_i_ 3. cuidar	c. el ecólogo (la ecóloga)
_g_ 4. ponerse peor	d. la explosión demográfica
_h_ 5. la rosa, por ejemplo	e. los recursos naturales
_a_ 6. el insecto que hace la miel (*honey*)	f. reciclar
_g_ 7. devastar, arruinar	g. destruir
_b_ 8. el petróleo, los minerales, por ejemplo	h. la flor
_e_ 9. una persona que se dedica al medio ambiente	i. proteger
_c_	

9-3 El medio ambiente. Escoja la palabra apropiada para completar las oraciones.

1. Es importante proteger (la capa de ozono / el calentamiento global).
2. Siempre es preferible comprar (basuras / envases) retornables.
3. Tengo una (huerta / semilla) porque me gustan las frutas y verduras frescas.
4. Si plantamos más (flores / árboles), mejorará la calidad del aire.
5. En muchos países, hay programas de control de la (natalidad / mortalidad) y de planificación familiar.
6. Todos debemos (ahorrar / conservar) energía.

9-4 Entrevista. Entreviste a un(a) compañero(a), usando las preguntas que siguen. Después su compañero(a) lo (la) entrevista a usted.

1. ¿Conoces un parque nacional o estatal de gran belleza natural? ¿Cómo se llama? ¿Dónde está? ¿Se puede acampar allí? ¿Qué atracciones tiene?
2. ¿Qué piensas del ecoturismo? ¿Has hecho ecoturismo alguna vez? ¿Dónde?
3. ¿A ti te gusta estar al aire libre (*outside*), gozando de la naturaleza? ¿Te gusta hacer caminatas? ¿andar en bicicleta? ¿ir en kayak o canoa?
4. ¿Manejas mucho? ¿Tienes un auto grande o pequeño? ¿Debe el gobierno limitar el uso de la gasolina o subir los impuestos (*taxes*) de la gasolina?
5. ¿Cuál es un problema ecológico muy grave, según tu opinión (por ejemplo, el calentamiento global, la explosión demográfica, la contaminación del aire o del agua, la destrucción de los bosques tropicales)? ¿Le ves alguna solución al problema?

Para escuchar

El ecoturismo y la ecología

Conversación 1: Para dar consejos. Julia está de visita en el Parque Amacay-acu, una reserva en la Amazonia colombiana cerca de la ciudad de Leticia. Un guía habla con un grupo de turistas.

9-5 Escuche la Conversación 1. ¿Qué se puede ver en el parque?

___ 1. más de 450 especies de pájaros
___ 2. más de 150 especies de mamíferos (*mammals*)
___ 3. una cantidad extraordinaria de mariposas
___ 4. (1), (2) y (3)

9-6 Escuche la Conversación 1 otra vez. ¿Qué recomienda el guía?

___ 1. que caminen juntos en un solo grupo
___ 2. que hablen en voz alta
___ 3. que no asusten (*frighten*) a los animales
___ 4. que no recojan flores
___ 5. que visiten los mercados de Leticia
___ 6. que compren regalos hechos de plumas (*feathers*)
___ 7. que vayan a Iquitos desde Leticia

Conversación 2: Para expresar compasión. Jessica habla con Ana, una amiga colombiana.

9-7 Escuche la Conversación 2. ¿De qué hablan Jessica y Ana?

___ 1. del ecoturismo
___ 2. de la contaminación y del reciclaje
___ 3. del calentamiento global

9-8 Escuche la Conversación 2 otra vez. Conteste **V** (verdadero) o **F** (falso).

___ 1. En Colombia hay un Ministerio del Medio Ambiente.
___ 2. La industria petrolera y las compañías multinacionales han causado mucha contaminación en la Amazonia.
___ 3. Según Ana, hay que enseñarles a los niños a querer la naturaleza para que la cuiden.
___ 4. En Colombia no hay programas de reciclaje.
___ 5. Los cartoneros van de basurero en basurero sacando cartones, latas y papel.

9-9 Escuche la Conversación 2 una vez más. ¿Qué expresiones para expresar compasión se usan?

  — 1. ¡Es una lástima!   — 4. ¡Cuánto lo siento!
  — 2. ¡Qué horror!   — 5. ¡Caramba!
  — 3. ¡Qué desgracia!   — 6. ¡Pobrecitos!

GRAMÁTICA Y VOCABULARIO

The Imperfect Subjunctive

1. The imperfect subjunctive for all verbs is formed by removing the **-ron** ending from the third-person plural of the preterit and adding the appropriate imperfect subjunctive endings: **-ra, -ras, -ra, -ŕamos, -rais,** and **-ran.** Note that only the first-person plural (**nosotros**) form of the imperfect subjunctive has an accent.

hablar		comer		vivir	
hablara	habláramos	comiera	comiéramos	viviera	viviéramos
hablaras	hablarais	comieras	comierais	vivieras	vivierais
hablara	hablaran	comiera	comieran	viviera	vivieran

2. Here are some verbs that have irregular third-person preterit stems:

andar	**anduvie-**	hacer	**hicie-**	reír	**rie-**
conducir	**conduje-**	ir, ser	**fue-**	saber	**supie-**
construir	**construye-**	leer	**leye-**	tener	**tuvie-**
creer	**creye-**	morir	**murie-**	traer	**traje-**
dar	**die-**	oír	**oye-**	venir	**vinie-**
decir	**dije-**	poder	**pudie-**	ver	**vie-**
estar	**estuvie-**	poner	**pusie-**		
haber	**hubie-**	querer	**quisie-**		

3. The imperfect subjunctive is used in dependent clauses just as the present subjunctive is used, but it usually expresses a past action.

Quieren que conservemos   *They want us to keep the river*
   limpia el agua del río.   *water clean.*
Querían que conserváramos   *They wanted us to keep the*
   limpia el agua del río.   *river water clean.*

4. The imperfect subjunctive is used in the same situations as the present subjunctive (discussed in Chapters 5 and 7), although the verb in the main clause is usually in a past tense. It is used:

a. after main clauses containing verbs of uncertainty, emotion, will, necessity, approval (disapproval), and advice

Dudaban de que el agua fuera   *They doubted that the water was*
   potable.   *potable (drinkable).*
Tenían miedo de que el río   *They were afraid the river was*
   estuviera contaminado.   *polluted.*

| Papá me dijo que sacara la basura. | Dad told me to take out the garbage. |
| Nos aconsejaron que recicláramos los periódicos. | They advised us to recycle the newspapers. |

b. in adjective clauses that describe something indefinite or unknown

| Quería conocer a alguien que supiera algo sobre las plantas tropicales. | I wanted to meet someone who knew something about tropical plants. |
| No había nadie en el grupo que pudiera decirnos qué tipo de pájaro era. | There was no one in the group who could tell us what kind of bird it was. |

c. with impersonal expressions of doubt, expectation, emotion, will, or necessity

| Era lamentable que destruyeran el bosque. | It was sad that they were destroying the forest. |
| Era bueno que el ecoturismo lo salvara. | It was good that ecotourism was saving (saved) it. |

chapters 5+7 to review

d. after certain conjunctions, such as a **menos que, con tal (de) que, para que, sin que,** and the time conjunction **antes de que**[5]

Íbamos a ir al concierto a menos que lloviera.	We were going to go to the concert unless it rained.
La ecóloga esperó una hora para que el gobernador pudiera verla.	The ecologist waited an hour for the governor to be able to see her.
Marisol lo vio antes de que él fuera a Costa Rica.	Marisol saw him before he went to Costa Rica.

5. The imperfect subjunctives of **querer, deber,** and **poder** are often used to indicate politeness, to soften a statement or question.

Yo quisiera ir también. —¿Por qué no?	I'd like to go too. —Why not? (wish)
Yo quiero ir también. —Vamos.	I want to go too. —Let's go.
Debiera ir. —Bueno, sería mejor ir.	I should go. —Well, it would be better to go. (will)
Debo ir. —Sí, no tienes alternativa.	I should (must) go. —Yes, you don't have any choice. (stronger obligation)

6. The imperfect subjunctive is always used after **como si,** which implies a hypothetical or untrue situation.

| En la selva nos sentimos como si fuéramos los únicos seres humanos en la tierra. | In the jungle we felt as if we were the only human beings on earth. |

7. The **-ra** form of the imperfect subjunctive is generally preferred for conversation in Spanish America. An alternative form is found in many literary works

---

5 However, note that after other time conjunctions, such as **hasta que, cuando, después de que,** and **mientras,** the subjunctive is used to express an indefinite past action or one projected into the future, and the indicative is used to express past actions viewed as definitely completed. Compare: **Quería esperar hasta que llegaran.** *I wanted to wait until they arrived (would arrive).* **Esperé hasta que llegaron.** *I waited until they arrived.*

and is often used in Spain. This second form consists of the third-person plural preterit without the **-ron** endings plus the following endings: **-se, -ses, -se, -semos, -seis, -sen.** You should learn to recognize these forms; they are used just as the other forms except that they are not used to indicate politeness.

Querían ir a un lugar donde pudiesen ver flores tropicales.	*They wanted to go to a place where they could see tropical flowers.*
Llevamos a los niños a la reserva para que jugasen y gozasen del aire puro.	*We took the children to the preserve so that they could play and enjoy the fresh air.*
El niño se alegraba de que hiciese sol.	*The child was happy that it was sunny.*

Práctica

9-10 Dos conversaciones. Complete las oraciones con la forma apropiada de los verbos que están entre paréntesis; use el indicativo o el subjuntivo.

ANITA: Cuando salimos de la fiesta anoche, mi esposo quería que yo (1) _____ (manejar) de regreso a casa porque él había tomado una copa de vino, pero empezó a darme tantas instrucciones que casi me volvió loca.

LUCÍA: ¿Qué té pidió que (2) _____ (hacer)?

ANITA: Me aconsejó que (nosotros) (3) _____ (ir) más despacio para ahorrar gasolina. Después, cuando tuvimos que parar porque había un accidente en el camino, me dijo que (4) _____ (apagar) el motor.

LUCÍA: Seguramente no quería que se (5) _____ (desperdiciar) la gasolina.

ANITA: Exacto. Después, casi choqué con (*hit*) otro auto y toqué la bocina (*I honked the horn*). ¿Sabes lo que me dijo mi esposo?

LUCÍA: ... que no le gustaba que (tú) (6) _____ (tocar) la bocina... a ver... porque tenía dolor de cabeza.

ANITA: No. No le gustaba que yo (7) _____ (tocar) la bocina porque está muy en contra de la contaminación por el ruido. Ahora que está trabajando de abogado ambientalista, ¡no lo puedo complacer (*please*) en nada!

• • •

En una agencia de empleos.

LA CONSEJERA: Usted busca un trabajo de ingeniera ambientalista, ¿verdad?

LA INGENIERA: Sí. Ayer fui a una entrevista pero (ellos) me (8) dijeron (decir) que no tenía suficiente experiencia.

LA CONSEJERA: Hmm... Le aconsejé que (9) preparara (preparar) un *curriculum vitae*. ¿Lo preparó?

LA INGENIERA: Sí, claro. Lo hice tan pronto como (10) salí (salir) de su oficina hace dos semanas.

LA CONSEJERA: También le recomendé que (11) se informara (informarse) sobre la compañía donde tenía la entrevista.

LA INGENIERA: Sí, sí, eso también lo hice.

LA CONSEJERA: Pues, es una lástima que (ellos) no le (12) dieron (dar) el trabajo, pero con sus calificaciones sin dudas consigue un buen puesto... Es cuestión de tiempo.

Mundialmente, el número de autos es más de cuatro veces mayor que hace treinta años. El número de aviones es diez veces mayor.

9-11 De manera más cortés. Siga los modelos.

MODELOS Quiero decir algo ahora.
Quisiera decir algo ahora.

¿Debemos irnos?
¿Debiéramos irnos?

1. Quiero un vaso de agua.
2. Usted debe esperar.
3. ¿Quiere usted entrar?
4. Queremos hablarle.
5. Usted debe regresar más tarde.

9-12 Cuando eras niño(a)... Entreviste a un(a) compañero(a) usando las ideas que siguen. Después su compañero(a) lo (la) entrevista a usted.

Cuando eras niño(a)...

1. ¿qué querían tus padres que hicieras?
   Ideas: tocar un instrumento musical, sacar buenas notas, aprender a nadar, hablar con los adultos que venían de visita
2. ¿qué te prohibían que hicieras?   *estuviera con malas compañías*
   Ideas: salir a jugar sin pedir permiso, estar con «malas compañías», prender la estufa (*stove*), hablar con gente desconocida, pelear con tus hermanos
3. ¿qué te pedían o mandaban que hicieras?
   Ideas: limpiar tu cuarto, recoger tus juguetes (*toys*), cuidar a un(a) hermano(a)   *ayudaran ...*
   menor, ayudar con las tareas de la casa
4. ¿qué no te gustaba que tu familia hiciera?
   Ideas: no respetar tu derecho a estar solo(a) en tu cuarto, entrar en tu cuarto sin tocar (*knocking*), hablar mal de ti enfrente de otra gente, llevar cosas tuyas sin pedir permiso

¿Hiciste alguna travesura (*something mischievous*) alguna vez sin que tus papás lo supieran? ¿Qué?

9-13 Un(a) buen(a) amigo(a): ¿cómo es? Entreviste a un(a) compañero(a) sobre las amistades que ha tenido en el pasado. Después, traten de decidir qué cualidades son más importantes en un(a) buen(a) amigo(a). ¿Qué cualidades son indeseables?

Cuando eras más joven...

1. ¿Qué era importante para ti en cuanto a las amistades? Por ejemplo, ¿era importante que un(a) amigo(a) estuviera «en la onda» (*"with it," popular*)? ¿que te escuchara cuando tenías algún problema?
   Ideas: ser honesto(a) contigo, querer pasar tiempo contigo (haciendo alguna actividad que a tí te gustaba), acordarse de cosas pequeñas que te importaban, hablar abiertamente de sus sentimientos, dejarte expresar tus sentimientos sin tener miedo de que se riera, compartir tus intereses, llevarse bien con todo el mundo, ¿...?
2. ¿Qué hacían tus amigos que no te gustaba o que te molestaba? Por ejemplo, ¿te molestaba que un(a) amigo(a) te tratara bien cuando estaban solos pero que no te tratara bien cuando estaban con otra gente?
   Ideas: reírse de ti, no guardar tus secretos, no hacerte caso, presionarte (*pressure you*) a hacer cosas que no querías hacer, protestar si no hacías lo que él

(ella) te decía, pedirte dinero u otras cosas, evitar la ira (*anger*) de otra gente a todo costo, fumar marijuana, tomar demasiado, ¿...?

If Clauses (1)

1. An *if* clause in the present tense always takes the indicative, since a simple assumption is being made. The verb in the main clause may be in the present or future tense or the imperative mood.

Si nos bajamos aquí, podemos caminar al parque.	*If we get off here, we can walk to the park.*
Si tienes frío, ponte el suéter.	*If you're cold, put on your sweater.*

If clauses will be discussed further in Chapter 11. The important thing to remember is that the present subjunctive is not used after **si** meaning *if (assuming that)*. **Si** meaning *whether* also takes the indicative in the present.

No sé si podemos reciclar esta clase de plástico.	*I don't know if we can recycle this kind of plastic.*

2. When an *if* clause expresses something hypothetical or contrary to fact, a past subjunctive is used.

Habla como si fuera experto en ecología.	*He talks as if he were an expert in ecology.*
¡Si sólo pudieran venir con nosotros a las Islas Galápagos!	*If only you could come with us to the Galápagos Islands!*

3. The conditional is generally used in the main clause when a past subjunctive is used in the *if* clause.

Si hubiera más ecoturismo, la economía del país mejoraría.	*If there were more ecotourism, the economy of the country would improve.*
Si cuidáramos mejor la tierra, no habría tantos problemas ecológicos.	*If we took better care of the earth, there wouldn't be so many ecological problems.*

4. If the speaker or writer is not discussing something contrary to fact, then the statement is assumed to be true and the indicative is used. Compare:

Si no cuesta mucho, podemos visitar Monteverde.	*If it doesn't cost a lot, we can visit Monteverde.*
Si no costara mucho, podríamos visitar Monteverde.	*If it didn't cost a lot, we could visit Monteverde.*
Si llueve, no irán al campo.	*If it rains, they won't go to the country.*
Si lloviera, no irían al campo.	*If it were raining, they wouldn't go to the country.*

The indicative can also be used in the past tense in an *if* clause, depending upon the point of view.

Si Juan te dijo eso, se equivocó.	*If Juan told you that, he was wrong. (speaker believes that Juan said this)*
Si él me dijera eso, no lo creería.	*If he told me that, I wouldn't believe it. (hypothetical statement)*

Vocabulario útil

Problemas ambientales

El siguiente gráfico apareció en la revista peruana *Debate*. Está basado en una encuesta (*survey*) de más de mil personas que contestaron la pregunta, «¿Cuál o cuáles de estos problemas ambientales diría usted que le preocupan más?» Los números representan porcentajes del total.

¿CUÁL O CUÁLES DE ESTOS PROBLEMAS AMBIENTALES DIRÍA UD. QUE LE PREOCUPAN MÁS?

% MULTIPLE

72 — BASURA EN LA CALLE Y OTROS LUGARES PUBLICOS

41 — LA CONTAMINACION DE LOS RIOS Y MARES

56 — LA CONTAMINACION DEL AIRE CAUSADA POR LOS ESCAPES DE LOS VEHICULOS

35 — LA CONTAMINACION DEL AIRE CAUSADA POR PLANTAS ELECTRICAS E INDUSTRIALES

31 — CONTAMINACION DEL AGUA POTABLE

24 — LA DESTRUCCION DE LOS BOSQUES TROPICALES

15 — CONGESTION VEHICULAR EN LOS CAMINOS

14 — PERDIDA DE CAMPO Y ESPACIOS ABIERTOS

9 — EXTINCION DE ALGUNAS ESPECIES ANIMALES

5 — CONTAMINACION POR RUIDO

Otras palabras	
llover (ue)	*to rain*
nevar (ie)	*to snow*

¡Ojo!

hacer calor (frío) *to be warm (cold) (weather)* / **tener calor (frío)** *to be warm (cold), said of people or animals*

Práctica

9-14 Consejos para proteger el medio ambiente. La señora Medina se preocupa mucho por el medio ambiente. ¿Qué le sugiere a su marido?

MODELO no comprar productos con envases innecesarios / ahorrar dinero
Si no compráramos productos con envases innecesarios, ahorraríamos dinero.

1. caminar al trabajo / ponernos en forma (*in good shape*)
2. secar la ropa afuera en vez de usar la secadora (*dryer*) / usar menos electricidad
3. usar detergente biodegradable / no contaminar el agua
4. tener una huerta / tener frutas y verduras frescas
5. plantar más árboles / ayudar a mejorar la calidad del aire
6. escribir en los dos lados de las hojas de papel / no desperdiciar tanto papel
7. apagar las luces al salir de una habitación / conservar energía

Todo papel o cartón es reciclable, casi al 100% (cien por ciento).

 throw out

9-15 Si... Complete las oraciones, usando los siguientes verbos u otros de su elección: **echar, estar, hacer frío (sol), llover, manejar, nevar.** Puede haber más de una posibilidad.   *to snow*

MODELOS *Si el aire está contaminado mañana, los niños no deben salir.*
Si no hiciera frío, no necesitaríamos los abrigos.

1. Si _____ este fin de semana, mucha gente irá a la playa.
2. Si todo el mundo _____ autos eléctricos, habría menos contaminación del aire.
3. Si _____ en la primavera, los agricultores (*farmers*) están contentos.
4. Si el agua _____ contaminada, no podríamos tomarla.
5. Si nadie _____ productos tóxicos a los ríos, no morirían tantos peces.
6. Si _____, podríamos esquiar en las montañas.   *nevara*

9-16 «Si estuvieras en una isla desierta...» Mire la entrevista de *Gente en español* en la página 243: «Si estuvieras en una isla desierta, ¿qué celebridad te gustaría que te acompañara?»[6] Conteste las preguntas en la página 244.

---

[6] *Gente en español,* junio/julio de 2001, página 180.

dimelaverdad

POR GENEVIEVE MARLIN

Si estuvieras en una isla desierta, ¿qué celebridad te gustaría que te acompañara?

> "Sin duda alguna, mi esposa, Gabriela Spanic. Se supone que si estoy en una isla desierta tal vez sean los últimos momentos de mi vida, así que me gustaría pasarlos al lado de la mujer que amo. Además, cuando nos casamos dijimos que estaríamos juntos en las buenas y en las malas…"
>
> **MIGUEL DE LEÓN** actor, *Carita de ángel*

> "Gabriel García Márquez, porque aunque no tuviéramos sexo, no habría comida… él me llevaría a los lugares más poblados a comer los mas exquisitos manjares y a disfrutar los más grandes placeres sólo con su palabra…"
>
> **SUSANA ZABALETA,** actriz, *Mi destino eres tú*

> "Tendría que ser Tom Hanks. Parece llevarse bien con todo el mundo. Pienso que diría muchos chistes y haría que el tiempo pasara muy rápido. Me encantan sus películas y verdaderamente quisiera conocerlo".
>
> **JOHN RUIZ,** campeón peso completo de la WBA

> "Julia Roberts. Es muy inteligente y bonita. Además, sé que tendría buenísimas conversaciones con ella. No estaría aburrido. He trabajado con ella y sé que es una linda y generosa persona".
>
> **YUL VÁSQUEZ,** actor, *Traffic*

poblados *populated*; **manjares** *dishes, foods*; **placeres** *pleasures*

1. ¿Qué dice Miguel de León?
2. ¿Por qué escogió Susana Zabaleta a Gabriel García Márquez?
3. ¿Por qué escogió John Ruiz a Tom Hanks?
4. ¿Qué dice Yul Vásquez?

 9-17 Con un(a) compañero(a), haga y conteste las siguientes preguntas:

Si estuvieras en una isla desierta...

1. ¿qué celebridad te gustaría que te acompañara? ¿Por qué?
2. ¿qué libro llevarías? ¿Por qué?
3. ¿qué otra cosa llevarías? ¿Por qué?

9-18 ¡A disfrutar de la naturaleza! Escojan un parque o una reserva natural que ustedes conocen y denle consejos a un(a) amigo(a) latino(a) que quiera visitarlo. Hagan por lo menos cinco oraciones que empiecen con **Si...**

MODELO querer visitar... , / ser mejor...
> *Si quieres visitar Yellowstone, es mejor ir en la primavera porque se pueden ver muchas clases de animales y el tiempo es muy agradable.*

1. querer pasar la noche allí, / ser una buena idea...
2. llevar... , / poder...
3. no importarte el dinero, / poder...
4. querer comer bien, / deber ir...
5. hacer buen tiempo, / poder...
6. tener un espíritu aventurero, / deber...

9-19 El ambiente. Trabajando con tres o cuatro compañeros, discuta las siguientes preguntas. Después, esté preparado(a) para explicarle a la clase las opiniones de su grupo.

1. Si el gobierno de Estados Unidos (o Canadá) pudiera resolver uno de los problemas que se presentan en el gráfico del **Vocabulario útil** de la página 241, ¿qué problema doméstico debería resolver primero? ¿Qué problema internacional debería tratar de resolver?
2. Si queremos dejar de hacer daño (*harm*) a las especies animales, ¿qué podemos o debemos hacer? (Ideas: apoyar a organizaciones como..., no comer carne, no usar abrigos de piel, no comprar productos como...)
3. Si todos los países trabajaran juntos, ¿qué podrían hacer para parar la destrucción de los bosques tropicales? ¿la contaminación del agua? ¿del aire?
4. ¿Cuál es el problema más grande que tenemos ahora en este país? Si tuvieran poder y dinero, ¿qué harían para resolverlo?

> *Los genomas del chimpancé y del hombre se parecen en un 98.5 por 100.*
>
> —*Muy interesante,* año XVIII, número 4, página 62.

Adverbs

1. Many adverbs are formed from the feminine form of an adjective plus the suffix **-mente**. (In many cases, the masculine and feminine forms are the same.)

Masculine Adjective	Feminine Adjective	Adverb	
misterioso	misteriosa	misteriosamente	*mysteriously*
preciso	precisa	precisamente	*precisely, exactly*
igual	igual	igualmente	*equally; likewise*
común	común	comúnmente[7]	*commonly*
frecuente	frecuente	frecuentemente	*frequently*

2. If two or more adverbs ending in **-mente** occur in a series, only the last one has the suffix **-mente**.

Viven sencilla y tranquilamente. — *They live simply and quietly.*
Los niños caminaban rápida y alegremente. — *The children were walking quickly and happily.*

3. In Spanish as in English, adverbs usually follow the verbs they modify, as you have seen in the preceding examples. They generally precede adjectives they modify: **muy bonito; totalmente inolvidable.** Note that adverbs like **demasiado, bastante, poco,** and **mucho** can also be used as adjectives, in which case they agree with the nouns they modify.

El gato come poco (demasiado). — *The cat eats very little (too much).*
Compramos pocos (demasiados) envases de plástico. — *We buy few (too many) plastic containers.*

¡DEVUELVELE EL EQUILIBRIO!

LA BASURA, EL POLVO, LOS GASES TÓXICOS, LAS SUSTANCIAS QUÍMICAS, LA DESTRUCCION DE LAS ESPECIES, EL RUIDO... ¡TODO ESTO NOS ESTA DESEQUILIBRANDO! ¡HAZ ALGO!

¡NO CONTAMINES!

Existen no menos de diez millones de especies y varidades en la tierra y los expertos estiman que estamos matando a 10.000 de ellas anualmente... Casi el 50 por ciento de las especies animales y de las variedades vegetales vivas podrían desaparecer durante los próximos cincuenta años.

—*Discover en español,* diciembre de 2000, página 41.

---

[7] The adverb retains the written accent of the adjective if it has one.

Práctica

9-20 Los efectos del tiempo. Convierta en adverbios los adjetivos que están entre paréntesis y complete las oraciones.

1. El tiempo afecta _____ (radical) a los seres humanos.
2. Nos enfermamos más _____ (fácil, frecuente) durante el invierno.
3. Cuando hace frío, el pelo crece más _____ (lento).
4. Durante un huracán, pensamos más _____ (claro).
5. _____ (normal), la presión atmosférica (*air pressure*) baja relaja a la gente.
6. _____ (preciso) por eso, durante un día de presión atmosférica baja tenemos tendencia a olvidar las cosas que llevamos como, por ejemplo, el paraguas, los paquetes...
7. Cuando la presión atmosférica baja muy _____ (rápido), hay más accidentes, más suicidios y más crímenes.

9-21 En mi caso... Complete las oraciones con la forma apropiada de **poco, mucho** o **demasiado,** según su propia situación.

1. Reciclo _____ latas y botellas.
2. Compro _____ artículos hechos de plástico.
3. Uso _____ papel.
4. Como _____ carne de vaca.
5. Como _____ postres.
6. Trabajo _____ en la computadora.
7. Tomo _____ bebidas con cafeína.

9-22 ¿Pero cómo? Un «voluntario(a)» da un mandato a otro(a), siguiendo el modelo. El (La) otro(a) «voluntario(a)» hace lo que el (la) primero(a) le dice.

MODELO sacar / exacto / 25 centavos de la cartera
        A: *Saca exactamente 25 centavos de la cartera.*
        B: *(Hace lo que le dijo—i.e., saca 25 centavos de la cartera.)*

1. levantarse / lento
2. bailar / alegre
3. sentarse / rápido
4. pedirme un lápiz / cortés
5. mirarme / fijo
6. saludarme / cariñoso
7. levantar la mano / rápido
8. despedirse / triste
9. ir a la pizarra / directo
10. escribir tu nombre / claro / en la pizarra
11. abrir la puerta / cuidadoso y nervioso

The Infinitive

As you have seen, the infinitive is commonly used after conjugated verbs (particularly verbs such as **tener que, deber, hay que, poder,** and **querer**) or after impersonal expressions (such as **es necesario que, es importante que,** and so on).

Tengo (Debo/Quiero) trabajar.   *I have to (should/want to) work.*
Esa clase de música me hace   *That kind of music makes me sleep.*
    dormir.

Es importante proteger el medio   *It's important to protect the*
    ambiente.   *environment.*

The infinitive is also used:

1. as a noun, sometimes preceded by **el**

   El fumar contamina el aire.   *Smoking contaminates the air.*

2. after a preposition

   Fueron a las Islas Galápagos para   *They went to the Galápagos Islands*
       estudiar la flora y la fauna.   *to study the flora and fauna.*
   Siga por allí hasta llegar al   *Continue that way until you reach*
       parque.   *the park.*
   Después de cenar, fuimos al   *After having dinner, we went to the*
       cine.   *movies.*

3. with verbs like **prohibir** and **permitir** (along with an indirect object) instead of a subjunctive form. Compare the following:

   No permitieron que yo los
       acompañara.
   No me permitieron acompa-   *They didn't allow me to go with them.*
       ñarlos.

   Prohibió que recogiéramos flores.
   Nos prohibió recoger flores.   *He forbade us to pick flowers.*

4. **Al** + infinitive means *on* or *upon doing something.*

   Al verlo entrar, fui a saludarlo.   *On seeing him come in, I went to*
       greet him.
   ¿Qué te dijo ella al salir?   *What did she say to you upon leaving?*

Two other uses of the infinitive, which you should be able to recognize, are:

1. with **hacer** or **mandar** to mean *to have something done.* An indirect object is sometimes used with this construction.

   Cortés hizo destruir el templo de   *Cortés had the temple of the Aztecs*
       los aztecas y mandó construir   *destroyed and ordered a cathedral*
       en su lugar una catedral.   *built in its place.*

2. with **¡A...!** as a command.

   ¡A comer, niños!   *Come eat, children!*
   ¡A trabajar!   *Get to work!*

Vivir es cambiar, ver cosas nuevas, experimentar otras sensaciones.

—Amando de Miguel,
sociólogo español

Al hacer una visita, tiene uno siempre la seguridad de dar gusto; si no al llegar, al despedirse.

—dicho

La madera amarilla, que crece en dos islas del Océano Índico, tiene propiedades para combatir la leucemia (leukemia). Pero no se puede utilizar para su explotación medicinal porque hay muy pocos ejemplares (examples, specimens) de este árbol por culpa de la deforestación.

En 1940 uno de cada ocho habitantes del mundo vivía en ciudades; hoy es uno de cada tres.

Práctica

9-23 El sueño y la contaminación por el ruido. En las grandes ciudades del mundo, mucha gente sufre de insomnio o de otros problemas relacionados con el sueño. El ruido, que ahora se considera un agente contaminante, es uno de los muchos factores que afectan el sueño. Para saber más sobre este tema, tome esta prueba. Complete las oraciones con el equivalente en español; después, diga si las oraciones son verdaderas (**V**) o falsas (**F**).

1. El ruido reduce la fase de sueño profundo y hasta puede _____ (*cause*) pesadillas (*nightmares*). (**V F**)

2. _____ (*Upon hearing*) un ruido inesperado, como una sirena, una motocicleta, un avión o un tren que pasa, mucha gente se siente molesta; en cambio, los ruidos habituales, como el aire acondicionado, no molestan tanto. (**V F**)

3. En general, los hombres se duermen más rápidamente que las mujeres y duermen más profundamente. Por eso, se oyen muchas anécdotas de mujeres que hacen _____ (*get up*) a sus esposos para _____ (*look for*) «al ladrón (*thief*) que está abajo». (**V F**)

4. La persona que duerme como una piedra (*rock*) lo hace _____ (*without changing*) mucho de posición. (**V F**)

5. El _____ (*Not dreaming*) es muestra (*sign*) de que una persona tiene la conciencia tranquila. (**V F**)

6. Un baño caliente inmediatamente _____ (*before going to bed*) produce un sueño rápido. (**V F**)

7. Las bebidas que contienen cafeína no afectan nuestra capacidad para _____ (*remain, stay*) dormidos. (**V F**)

8. Un vaso de leche caliente puede _____ (*make you fall asleep*) rápidamente. (V F)

9. Después de veinticuatro horas _sin dormir_ (*without sleeping*), mucha gente da
muestras de irritabilidad, pérdida de memoria y alucinaciones. (V) F

9-24 Refranes (proverbios). Todos los proverbios que aparecen a la izquierda llevan
uno o más verbos en infinitivo. Trate de comprender su significado (pida ayuda a su
instructor, si la necesita) y luego forme sus propios proverbios.

1. Ver es creer.

   Amar es...

2. El dar es honor, y el pedir
   dolor.

   El... es honor y el... dolor.

3. Para aprender nunca es tarde.

   Para... nunca es tarde.

4. Querer es poder.

   ... es...

5. Ni ir a la guerra ni casarse se
   deben aconsejar.

   Ni... ni... se deben aconsejar.

6. Más vale (*it is better*) estar
   solo que mal acompañado.

   Más vale... que...

9-25 Entrevista. Entreviste a un(a) compañero(a) para saber qué hizo, qué dijo
o cómo se sentía en los siguientes momentos de su vida. Use las ideas que siguen o
sus propias ideas y **al** (+ infinitivo).

MODELO terminar la escuela secundaria

> A: *¿Qué hiciste (dijiste, ¿Cómo te sentías) al terminar la escuela*
> *secundaria?*
> B: *Al terminar la escuela secundaria, fui a una gran fiesta (me sentía*
> *muy feliz).*

1. entrar en la escuela primaria por primera vez
2. ir solo(a) a un lugar lejos de tu familia por primera vez
3. sacar la licencia de manejar
4. cumplir dieciocho años
5. conseguir tu primer empleo

9-26 ¡Qué lata! (*What a pain!*) Trabaje con un(a) compañero(a). ¿Qué cosas le
molestan? Dé tres o cuatro ejemplos usando el infinitivo. Haga y conteste preguntas (**¿Por qué...? ¿Cuándo...?**).

MODELOS *Me molesta no poder dormir (perder algo y no poder encontrarlo,*
> *sentir celos, olvidar..., no recordar...).*

The Verb Acabar *(terminar)*

1. **Acabar** means to *end, finish, run out.*

   ¿Cuándo vas a acabar con ese
   proyecto?

   When are you going to finish with
   that project?

   ¿Se nos va a acabar el petróleo?[8]

   Are we going to run out of petroleum?

---

[8] **Acabar** is often used with the **se** for unplanned occurrences to mean *to run out.*

2. **Acabar bien (mal)** means to *have a happy (sad) ending.*

¿Cómo acabó la novela? ¿Acabó bien? —No, acabó mal. Murió el héroe.	*How did the novel end? Did it have a happy ending? —No, it had a sad ending. The hero died.*

3. **Acabar de** + infinitive in the present tense means *to have just;* in the imperfect, it means *had just.*

Acabamos de oír las noticias. ¡Felicitaciones!	*We have just heard the news. Congratulations!*
Acababan de salir cuando empezó a nevar.	*They had just gone out when it started to snow.*

Práctica

9-27 Entrevista. Con un(a) compañero(a), haga y conteste preguntas usando el verbo **acabar.** Estén listos para compartir la información con la clase.

MODELOS *¿Acabas de cambiar algo en tu vida? Por ejemplo, ¿acabas de empezar un nuevo programa de ejercicios? ¿iniciar una nueva relación sentimental? ¿mudarte? ¿cambiar de trabajo?*

¿Acabas de ver una película interesante? ¿Cómo acabó? ¿Acabó bien o mal?

¿Se acaba de hacer algo en esta universidad o ciudad que mejore (empeore) la calidad de vida de los estudiantes o habitantes? ¿Qué?

En otras palabras

> Quien no oye consejo, no llega a viejo.
>
> —proverbio.

Para dar consejos; Para expresar compasión o solidaridad o falta de compasión o solidaridad

Para dar consejos

Here are some ways to give advice in Spanish.

Usted debe (tú debes)...
Usted debiera (tú debieras)...
Le (te) aconsejo que *(+ subj.)*...
Es mejor que *(+ subj.)*...
Le (te) recomiendo que *(+ subj.)*...

Para expresar compasión o falta de compasión

When people tell you something sad, how do you show that you sympathize with them, feel sorry about what they're going through? Here are some ways to do that.

¡Qué lástima!

¡Qué desgracia! (= ¡Qué mala suerte!)

¡Qué barbaridad! *Good grief!*

¡Pobrecito(a)! ¡Pobre de ti!

¡Qué molestia! *What a pain!*

¡Qué horror! *How awful!*

Eso debe ser terrible.

¡Ay, Dios mío!

¡Caramba! ¡Caray!

Siento mucho que *(+ subj.)*...

¡Cuánto lo siento!

Oftentimes, however, when friends or family are telling you a tale of woe, you don't necessarily feel sorry for them. Here are some ways to express lack of sympathy.

¿Y qué? ¿Qué más da? ¿Qué importancia tiene? *So what?*

Es de esperar. *It's to be expected.*

¿Qué esperaba(s)? *What did you expect?*

La culpa es suya (tuya). *It's your own fault.*

¡Buena lección! Ahora aprenderá(s) a... Eso le (te) enseñará a...

Práctica

9-28 Consejos. Déles consejos a las personas que se encuentran en las siguientes situaciones. Invente varios consejos diferentes para cada caso. Use las formas de **tú.**

MODELO Quiero hacer una excursión a la Amazonia pero no sé a qué país ir ni cuánto costaría.

Te aconsejo que llames a la agencia Discovery Ecotours. Debes conseguir una guía de turismo sobre América del Sur. Te recomiendo que busques información por Internet.

1. Tengo ganas de trabajar para alguna organización que se dedique a proteger el medio ambiente.
2. Deseo aprender más sobre la ecología y cómo se puede ayudar a salvar la tierra.
3. Una amiga mía está deprimida porque sus padres piensan divorciarse.
4. Hace tres días que mi novio(a) no me llama.
5. Mis padres quieren que pase el verano con ellos, pero yo quiero ir a Latinoamérica.

9-29 Su amigo. Usted tiene un amigo que siempre parece tener mala suerte, pero a veces él mismo se la busca (*sometimes he brings it on himself*). Su amigo le cuenta sus problemas; a veces a usted le da lástima y a veces no, según el caso. Exprésalo en las siguientes situaciones.

1. Fracasé en el examen de biología porque no había estudiado.
2. Alguien me robó la bicicleta.
3. Tengo que mudarme de apartamento; me olvidé de pagar el alquiler (*rent*) durante dos meses.
4. Mi hermano tuvo un accidente automovilístico y está en el hospital.
5. No conseguí el trabajo porque llegué dos horas tarde a la entrevista.

9-30 ¿Qué hago?

Escriba un problema (real o imaginado) en cada una de estas tres categorías: 1. la vida sentimental   2. una dificultad en cuanto a sus clases   3. algún dolor físico. Su profesor(a) le dará a cada uno un papel (e.g., psicólogo[a], consejero[a], doctor[a]). Pónganse de pie; pídales y déles consejos a los demás según sus papeles.

 EN CONTACTO

[Los turistas] ya no solamente quieren sol, playa y discoteca, sino también paz, belleza, transparencia sobre sus cabezas, contacto con la naturaleza y buena salud de las aguas litorales [coastal].

—Joaquín Araújo, escritor español

9-31 Dime la verdad. Con un(a) compañero(a), conteste las siguientes preguntas personales y inventen otras para conocerse mejor.

1. Si tuvieras $1.000, ¿qué comprarías?
2. Si pudieras cambiar algo en tu vida, ¿qué cambiarías?
3. Si pudieras hablar con cualquier personaje histórico, ¿con quién hablarías?

9-32 Un día fatal. Describa un día horrible. ¿Qué pasó? Trate de usar algunas de las siguientes estructuras:

Mis papás (no) querían que... *(+ imp. subj.)*
Un amigo me pidió que... *(+ imp. subj.)*
Mi profesor de... me dijo que (no)... *(+ imp. subj.)*
Era sorprendente/increíble/horrible que... *(+ imp. subj.)*
Acababa de... cuando...
Al *(+ infinitive)*...
Desafortunadamente...

9-33 Un poema. Escojan una estación del año: la primavera, el verano, el otoño o el invierno. Escriban un poema que tenga la siguiente estructura:

La primavera

adjetivo adjetivo

infinitivo infinitivo infinitivo

sustantivo sustantivo[9] PALABRA DE TRANSICIÓN sustantivo sustantivo

infinitivo infinitivo infinitivo

adjetivo adjetivo

El verano

---

[9] Up to this point in the poem, the words should describe or relate to the season you have chosen (in the above case, spring). Then add a transition word that links the seasons (for example, SOL). After this, the nouns, infinitives, and adjectives should relate to the next season (in the above case, summer).

9-34 COMPOSICIÓN:

Usted y el medio ambiente. Escriba un párrafo sobre uno de los siguientes temas.

1. Un problema ecológico que a usted le interese. ¿Cuál es el problema? ¿Qué se hace para resolverlo? ¿Qué más se debe o se puede hacer para resolverlo?

2. El ecoturismo. Describa un lugar (como un parque nacional en este o en otro país) muy bonito para la práctica del ecoturismo. ¿Cómo se llama y dónde está? ¿Qué atracciones hay allí? Puede usar algunas de las ideas del ejercicio 9-19 de la página 244 y/o la siguiente información.

RESERVA DE LA BIOSFERA DEL MANU (PERÚ)

La Reserva de la Biosfera del Manu, Perú, a unos 160 kilómetros de Machu Picchú, es la zona protegida más rica en especies del mundo. «La lista de aves [birds], mamíferos, reptiles y plantas es interminable. La de los pueblos nativos, no lo es. Sólo hay cuatro grupos étnicos, dos de los cuales, los kogapakori y los yora, apenas han mantenido contactos con la civilización... Su vida depende totalmente de la selva para vestirse, alimentarse y curar sus enfermedades.»

—J. P. De Albéniz, «Paraíso peruano», *El País*, 6 febrero de 1994, páginas 80–81

Las mariposas en Ecuador

En la reserva de Mindo, Ecuador, en el bosque ecuatoriano, hay gente que se dedica a estudiar las mariposas. Rossi Gómez de la Torre explica cómo estos insectos empiezan su vida y cómo se transforman de **oruga** en **pupa** y finalmente en **mariposa.** Habla de la importancia de proteger las especies de mariposas no investigadas hasta ahora y del peligro que corren por la **tala** de árboles.

Vocabulario

alimentarse (de)	to eat, get nourishment (from)
el buho	owl
colgarse	to hang, to be suspended
el invernadero	hothouse, greenhouse
la oruga	caterpillar
la pupa	pupa, chrysalis
la sobrevivencia	survival
rescatar	to save, rescue
reventar (ie)	to break, burst
la tala	felling, cutting (of trees)
talar	to fell, cut (trees)

Práctica de vocabulario

Complete las oraciones con las palabras de la lista.

1. La mariposa hembra (*female*) pone los huevos en una planta particular y luego éstos se rompen o _se cuelgan_
2. Las orugas salen del huevo y _se alimentan_ de la planta por tres meses y medio.
3. Luego las orugas buscan un lugar donde _____ y se transforman en pupa.
4. Muchas variedades de mariposas raras se crían (*are raised*) en el _invernadero_

HABLANDO DEL TEMA

◀❙❙▶ El Bosque Protector Mindo-Nambillo, reserva de fauna y flora, y el pequeño pueblo de Mindo están cerca de Quito, al oeste del volcán Pichincha. En este impresionante paisaje se encuentran muchas variedades de mariposas, aves (*birds*) y orquídeas. Los ecoturistas que deseen visitar la reserva pueden ponerse en contacto con los Amigos de la Naturaleza de Mindo, una organización ecológica.

◀❙❙▶ El Yunque, una reserva nacional de Puerto Rico, es la única selva tropical del territorio norteamericano. El Yunque tiene doscientos cuarenta tipos de árboles, orquídeas selváticas y otras plantas. Es el lugar preferido del loro (*parrot*) puertorriqueño, que se ha salvado de la extinción. Por los muchos senderos (*trails*) de El Yunque se puede oír el canto de la ranita (*frog*) indígena de Puerto Rico, el coquí.

5. Desafortunadamente, se cree que habrá _katala_ de árboles para construir un oleoducto (*oil pipeline*).

6. En Mindo, mucha gente trata de _rescatar_ las diversas especies de mariposas.

Pregunta de enfoque

¿Por qué es la mariposa uno de los primeros insectos en huir (*flee*) de un bosque talado, según la narradora?

Comprensión

1. ¿Cuántas variedades de mariposas hay en Mindo que no han sido investigadas todavía?

2. Durante la reproducción de las mariposas, ¿por cuánto tiempo se unen el macho y la hembra?

3. ¿Qué pasa después de que las orugas se cuelgan? _tres meses_

4. ¿Qué imagen tiene una de las mariposas raras en sus alas (*wings*)? ¿Cómo la ayudará a sobrevivir?

5. ¿Por qué la construcción de un oleoducto representa un peligro para la reserva?

Puntos de vista

1. ¿A usted le interesaría estudiar la entomología, es decir, el estudio de los insectos? ¿Por qué sí o por qué no?

2. ¿Cree usted que es necesario proteger toda la flora y fauna que existe hoy? Explique.

3. ¿Por qué es importante el trabajo que se hace en Mindo?

4. ¿Puede haber un oleoducto y protección de la fauna al mismo tiempo? Explique.

◀▶ México tiene varias reservas biosféricas. Una de las más famosas es la de Sian Ka'an, en la península de Yucatán. La reserva tiene más de un millón de acres, divididos entre pantanos (*swamps*), una selva tropical y un sistema marino. Esta reserva es tan importante que se incluye entre los sitios de la Herencia Mundial de la UNESCO.

◀▶ En Chile, la Reserva Nacional Las Vicuñas está situada en los Andes a más de 5000 metros de altura y ofrece panoramas exquisitos. Entre los animales que se pueden observar allí están el cóndor, la perdiz (*partridge*), el cuy (*guinea pig*), la puma y la vicuña. La reserva también tiene interés histórico y antropológico por sus altares y ruinas precolombinos.

El Sitio se adaptó a ti y creó Cupido Net. Un lugar para que encuentres al amor de tu vida.

Presentación del tema

En todas partes del mundo la gente vive bombardeada con anuncios comerciales: en la televisión, en la radio, en revistas, en periódicos y por correo. Durante años los anuncios nos han sugerido cómo debemos vestir, a quién nos debemos parecer y qué tipo de productos debemos comprar para dar una buena imagen. A menudo nos han convencido de que si compramos esos productos conseguiremos la felicidad, la juventud, el éxito, la belleza, etcétera. Nos han vendido la idea de que se puede resolver cualquier problema en la vida comprando un producto determinado. Según un artículo de la revista española *Prima:* «La buena imagen vende, sea un detergente o un político. Y como la imagen y la economía son dos pilares de nuestra sociedad, detergentes y políticos se han buscado quienes les aconsejen 'cómo comerse el mercado'... Pierre Balduin, responsable de la imagen de

«A todas nos gusta tener la piel suave y un perfume francés».

muchos franceses famosos, dice que da igual un detergente que un político cuando ambos *[they both]* entran en el mundo de la imagen: "Tanto en un caso como en otro, hay que decir verdades que el hombre quiere oír. La Coca-Cola es joven desde hace 140 años'». [1]

La mayoría de los anuncios comerciales sugieren que los productos modernos son mejores que los tradicionales. Muchos anuncios van dirigidos a gente sin recursos económicos que vive en países pobres. Estas personas tienen poco dinero pero a menudo viven en familias extensas y combinan sus ingresos. Miran los anuncios en la televisión y quieren los productos que ven.

Algunas personas opinan que la publicidad es mala porque ha contribuido a cambiar nuestros valores. Dicen que nos ha hecho malgastar dinero y comprar cosas que no necesitamos. Quieren prohibir la publicidad dirigida a los niños porque a menudo los niños no saben distinguir entre un anuncio comercial y el programa de televisión que están mirando.

En cambio, otras personas opinan que la publicidad no es negativa. A todo el mundo le gusta ir de compras aunque sólo sea para mirar las vitrinas *(store windows)*. El ir de compras nos hace sentir bien. Comprando y usando los productos anunciados, nos identificamos con las personas que los promocionan. Así, todos podemos sentirnos jóvenes, ricos y bellos.

Práctica

10-1 Preguntas

1. ¿Cuáles son los valores o temas que los anuncios han usado con frecuencia para promocionar sus productos?
2. ¿De qué nos han convencido, muchas veces?
3. ¿Por qué opinan algunas personas que la publicidad es mala? ¿Qué cree usted?
4. ¿A usted le gusta ir de compras? ¿Lo (la) pone de buen humor?
5. ¿Mira las vitrinas cuando no tiene dinero para comprar cosas?
6. ¿Qué tipo de cosas le gusta comprar? ¿Qué tipo de cosas no le gusta comprar?

La publicidad no inventa nada. Sólo recoge lo que está en el aire y le da una nueva forma.

—José María Raventos,
presidente de una
agencia de publicidad

Vocabulario útil

La imagen y los negocios

Cognados

la compañía
el comercio
la imagen
el producto
la publicidad
el vendedor (la vendedora)

---

[1] María Salinas, «Quién te ha visto y quién te ve!» *Prima,* septiembre de 1994, página 38.

Los gastos personales

la alimentación	*food*
el alquiler	*rent*
la deuda	*debt*
el gasto	*expense*
el presupuesto	*budget*

Verbos

ahorrar	*to save (money)*
anunciar	*to announce, advertise*
conseguir (i)	*to obtain, get*
contratar	*to employ, hire*
deber	*to owe*
dirigir (j)	*to direct*
invertir (ie) en	*to invest in*
negociar	*to negotiate, do business*
pedir (i) / tomar prestado(a)	*to borrow*
prestar	*to lend*
promocionar	*to promote*

Otras palabras

el ahorro	*savings*
el anuncio	*announcement, advertisement*
el, la comerciante	*businessperson*
el ingreso	*income*
el negocio	*business*

¡Ojo!

gastar *to spend (money or energy)* / **malgastar** *to waste, spend badly* /
  pasar *to spend (time)*
mantener *to support (economically)* / **soportar** *to put up with, hold up (physically)*

> *El dinero es como el agua; un poquito salva, y mucho ahoga [drowns].*
>
> —proverbio

Práctica

10-2 Familias de palabras. Dé el sustantivo que corresponda a cada verbo.

MODELO alquilar *el alquiler*

1. comerciar
2. negociar
3. anunciar
4. ahorrar
5. producir
6. imaginar
7. gastar
8. deber *la deuda*

10-3 ¡Falta algo! Escoja la palabra apropiada para completar las siguientes oraciones.

1. _____ (Gastamos / Pasamos) tres días en Sevilla.
2. No puedo _____ (soportar / mantener) a mi tío porque es muy rico y muy egoísta.

3. ¿Cuánto dinero _____ (malgastas / gastas) tú en comida por semana?
4. Eduardo _____ (mantiene / soporta) a sus abuelos, a su esposa y a sus niños con un ingreso de sólo dos mil pesos al mes.
5. ¿Me podrías _____ (prestar / dirigir) ese lápiz, por favor?

10-4 Entrevista: Tú y el dinero. Entreviste a un(a) compañero(a), usando las preguntas que siguen. Después, su compañero(a) lo (la) entrevista a usted. Comparen las respuestas con las de los otros estudiantes de la clase.

1. ¿En qué gastas más dinero: en la matrícula, la alimentación, el alquiler, los libros?
2. ¿Tienes un presupuesto? ¿Calculas tus gastos cada mes?
3. ¿Qué gastos han aumentado recientemente? ¿Cuáles han bajado?
4. ¿Qué porcentaje de tus ingresos gastas en alquiler? ¿Te importa vivir en un lugar lindo o prefieres ahorrar en alquiler y tener más dinero para otras cosas? Explica.
5. ¿Malgastas dinero a veces? ¿En qué malgastas dinero?
6. ¿Tienes deudas? ¿A quién le debes dinero?
7. Cuando quieres ahorrar dinero, ¿qué haces?

10-5 Cuatro anuncios comerciales. Trabajando con dos o tres estudiantes, compare los siguientes anuncios. ¿Qué productos anuncian? ¿Cuál es la imagen que tratan de proyectar? ¿Están dirigidos a hombres? ¿a mujeres? ¿De qué edad? ¿Qué piensa usted de los anuncios?

1.

Fotografía por Phoebe Ferguson, Manhattan, NY

Presentando la nueva película Kodak Gold Plus. Puro color. Más colores que nunca. No le confíe sus preciosos recuerdos a nada menos que la película Kodak.

© Eastman Kodak Company, 1992.

Puro Color. Más Colores Que Nunca.™

2.

PRIMER PROVEEDOR
DE SOLUCIONES INTERNET
EN ESPAÑA

 1986
Goya realiza la primera
conexión Internet en España.

 1993
Goya crea el primer servidor
Web de España.

 1995
Goya crea el primer servidor
de comercio electrónico en España.

 1996
Goya realiza la primera transacción
comercial en línea en España.

M Á S   D E   D I E Z   A Ñ O S
D E   E X P E R I E N C I A
I N T E G R A N D O   I N T E R N E T
E N   L A   E M P R E S A

Goya Servicios Telemáticos, S.A.   www. goya. es - Telf. 902 386 384

3.

España
...descúbrenos!

**Escuela
de Español
para Extranjeros**

➤ **madrid**
➤ *marbella*

✔ **Niños (desde los 7 años)**
✔ **Universitarios y Adultos**
✔ **Ejecutivos y Empresas**

• Cursos Intensivos (máximo 8 alumnos por clase)
• Programa "Home Stay" con actividades y excursiones
• Cultura, Literatura e Historia Española
• Programa en "High School"
• Summer Residential Camp
• Programas diseñados para Grupos

ENFOREX
SPANISH LANGUAGE SCHOOL

C/ Alberto Aguilera, 26
28015 Madrid • SPAIN
Tel. (+34-1) 594 37 76
Fax (+34-1) 594 51 59

E-mail: spanish@enforex.es
www.enforex.es

4.

¿QUÉ SERÍA DEL MUNDO SIN ROMANCE?

El romance tiene su propio idioma. Y Visa le facilita encontrar nuevas formas de expresar sus sentimientos.

Ese regalo tan especial, que lo diga todo. Un ramo de flores habla con pasión. Y su restaurante favorito puede ofrecerle el ambiente apropiado para una conversación íntima.

Usted puede contar con la tranquilidad que le da

su tarjeta Visa para hacer lo que usted guste en cualquier lugar. Incluso disponer de efectivo al instante en los cajeros automáticos conectados a la Red Mundial Visa y Plus.

Quizás por eso es que más personas alrededor del mundo encuentran nuevas formas de expresar sus sentimientos con Visa que con todas las otras tarjetas juntas.

EL MUNDO PREFIERE
VISA

Para escuchar

Compra y venta

Conversación: Para hacer un pedido *(request)*; **para ofrecer ayuda.** Ramón tiene problemas financieros. Habla con Julia.

10-6 Escuche la conversación y escoja la mejor respuesta.

1. Ramón quiere...
   a. hacer una compra.
   b. hacer un presupuesto.
   c. ayudar a Julia.
2. Ramón vive...
   a. en una residencia estudiantil.
   b. con sus papás.
   c. con amigos en un apartamento.
3. Julia cree que Ramón...
   a. gasta demasiado dinero.
   b. no gasta mucho dinero.
   c. debe comprar su propia ropa.

10-7 Escuche la conversación otra vez. ¿Qué expresiones se usan para hacer un pedido?

_X_ 1. Necesito tu ayuda.
___ 2. Quisiera...
_X_ 3. ¿Me podrías ayudar a...?
___ 4. ¿Me harías el favor de...?

10-8 ¿De qué clase de gastos hablan Ramón y Julia?

_X_ 1. el alquiler
_X_ 2. la alimentación
___ 3. el transporte
_X_ 4. el teléfono

___ 5. el turismo
_X_ 6. la ropa
___ 7. los servicios médicos
_X_ 8. la matrícula

Dos anuncios comerciales.

 10-9 Escuche los dos anuncios comerciales. ¿Qué productos o servicios anuncian?

Vocabulario:

Anuncio 1
tras la pista *on the trail*
sendero estrecho *narrow roadway*
hasta las cabras daban la vuelta *even the goats were turning back*
la cima *the top*
el águila *eagle*

Anuncio 2
compa' = compadre, amigo
mi vieja = mi esposa

10-10 Escuche otra vez. ¿Quiénes hablan en el primer anuncio?

✗ 1. un detective y una contrabandista
___ 2. un hombre y su esposa

¿Quiénes hablan en el segundo anuncio?

___ 1. dos amigos
✗ 2. un hombre y su papá

10-11 Escuche una tercera vez y complete las oraciones.

    Anuncio 1: «Sus _____ de aventura _____ realidad. Estás _____
_____ mí, _____ .»
    Anuncio 2: « _____ _____ es más _____ y confiable
(trustworthy)… Es la mejor manera de _____ _____ a México.»

GRAMÁTICA Y VOCABULARIO

Past Participles as Adjectives

Formation of the Past Participle

Regular Past Participles

To form the past participles of nearly all verbs, add **-ado** to the stems of **-ar** verbs and **-ido** to the stems of **-er** or **-ir** verbs. If an **-er** or **-ir** verb stem ends in **-a**, **-e**, or **-o**, the **-ido** ending takes an accent.

habl**ado**	com**ido**	viv**ido**
tra**ído**	le**ído**	o**ído**

Irregular Past Participles

Some past participles are irregular.

abierto	abrir	**muerto**	morir
cubierto	cubrir[2]	**puesto**	poner
descrito	describir	**resuelto**	resolver
dicho	decir	**roto**	romper
escrito	escribir	**visto**	ver
hecho	hacer	**vuelto**	volver

Use of the Past Participle

1. Past participles used as adjectives agree in gender and number with the nouns they modify.

varias revistas publicadas en México	*several magazines published in Mexico*
diez pesos prestados y pagados	*ten pesos borrowed and paid*
«Comida hecha, amistad deshecha».	*The meal done, the friendship undone (said jokingly of someone who "eats and runs").*

2. Past participles are often used with **estar**; as adjectives, they agree with the subject.

Las tazas están rotas.	*The cups are broken.*
¿Está cerrado el negocio?	*Is the business closed?*
Los niños están dormidos.	*The children are asleep.*

3. Notice that **estar** with a past participle generally indicates the result of an action.

El matemático resolvió el problema. El problema está resuelto.	*The mathematician solved the problem. The problem is solved.*
El vendedor abrió la tienda. La tienda está abierta.	*The salesperson opened the store. The store is open.*
Los comerciantes están sentados en el restaurante; hablan de negocios mientras toman el desayuno.[3]	*The businesspersons are sitting (seated) in the restaurant; they're talking about business while they have breakfast.*

Con excepción del inglés, el español es la lengua más importante para una carrera en comercio, según el 63 por ciento de 150 ejecutivos estadounidenses. El 16 por ciento dio el segundo lugar al japonés.

—ACTFL Newsletter, primavera 1997, vol. 9, número 3, página 20

---

[2] Note that verbs built upon these verbs will also have the irregularity. Some examples are **descubierto** (descubrir), **deshecho** (deshacer), **supuesto** (suponer), **devuelto** (devolver).

[3] Notice that in English in this particular example the present participle (*sitting*) could be used. However, the use of the present participle in Spanish (**están sentándose**) would mean *are sitting down* (i.e., action in progress rather than resultant state).

Práctica

10-12 El Día de los Reyes. Es el 6 de enero y se celebra el Día de los Reyes Magos, conmemorando (recordando) la fecha cuando, según la tradición, Melchor, Gaspar y Baltazar le hicieron regalos al Niño Jesús. Diga qué ha pasado, de acuerdo con el modelo.

MODELO Los comerciantes cerraron los negocios.
   Los negocios están cerrados.

1. Vestimos a los niños con ropa bonita.
2. Los niños abrieron los regalos.
3. Hicimos la «rosca de reyes» (*special cake*).
4. Reunimos a la familia y a los amigos.
5. Pusimos la mesa.
6. Nos sentamos a la mesa a comer.

10-13 ¿Qué vas a comprar? En forma alternada, cuéntele a un(a) compañero(a) varias cosas que quisiera comprar, usando participios pasados.

MODELO una película / dirigir por...
   Pienso comprar una película dirigida por Pedro Almodóvar.

Ideas: un disco compacto de música / componer por..., una novela / escribir por..., un traje (auto, etc.) / hacer en..., un perfume (unos chocolates) / importar de..., unos zapatos / hacer en....

The Perfect Indicative Tenses

Present Perfect			Past Perfect		
he	hemos		había	habíamos	
has	habéis	+ *past participle*	habías	habíais	+ *past participle*
ha	han		había	habían	

Future Perfect			Conditional Perfect		
habré	habremos		habría	habríamos	
habrás	habréis	+ *past participle*	habrías	habríais	+ *past participle*
habrá	habrán		habría	habrían	

> *Amor, dinero y dolores nunca han estado escondidos.*
>
> —Calderón de la Barca, *El condenado de amor*

1. The perfect tenses are all formed with **haber** plus a past participle. The past participle does not agree with the subject—it always ends in **-o**.

¿Qué han hecho, niños? ¿Han roto algo?	*What have you done, children? Have you broken something?*
Recientemente hemos ahorrado diez mil pesos.	*Recently we've saved ten thousand pesos.*

2. The present perfect (the present tense of **haber** plus a past participle) is used to tell that an action *has occurred* recently or has some bearing upon the present. It is generally used without reference to a specific time in the past, since it implies an impact upon the present.

Ya ha ido al banco y tiene el dinero en efectivo.	*He (She) has already gone to the bank and has the cash.*
Han cambiado la imagen del producto.	*They've changed the product's image.*
¡Mi hijo se ha graduado!	*My son has graduated!*

The preterit can often be used to convey the same general meaning as the present perfect, but the use of the present perfect implies that the impact of the situation or event is still felt; for instance, the speaker of the last example could have said **¡Mi hijo se graduó!** but this would have indicated more distance— emotionally or in time—from the event.

3. The past perfect (imperfect of **haber** plus a past participle) is used for past actions that *had occurred* (before another past event, stated or implied). The second event, if mentioned, is usually in the preterit.

Ya habían escogido una mesa cerca de la ventana.	*They had already chosen a table near the window.*
Ya había vendido el coche cuando llamé.	*He (She) had already sold the car when I called.*

4. The future perfect (the future of **haber** plus a past participle) implies that something *will have taken place* (or *may have taken place*) by some future time. It can also imply probability in the past, that something *must* or *might have occurred*, that it *has probably occurred*.

¿Habremos terminado la campaña de publicidad para diciembre?	*Will we have finished the ad campaign by December?*
Usted habrá estado muy entusiasmado con el nuevo negocio, ¿no?	*You have probably been very excited about the new business, right?*
Esteban parece muy contento. Habrá conseguido el puesto.	*Esteban looks very happy. He must have gotten the job.*

[¡CÓMO PASA EL TIEMPO, QUICO...!]

¿QUIÉN HA DICHO QUE LAS NUEVAS GENERACIONES NO TIENEN UTOPÍAS?

LAS TIENEN Y MUCHO MÁS CONCRETAS, POR CIERTO

PORQUE SI NOSOTROS PEDÍAMOS...

¡QUEREMOS UN MUNDO MEJOR!

ELLOS, EN CAMBIO, PIDEN...

Queremos un mundo como el que sale en los anuncios de la TELE !!

5. The conditional perfect (the conditional of **haber** plus a past participle) is used to express actions or events that *would have* or *might have taken place*. Like the future perfect, it can imply probability in the past, that something *had probably occurred*.

Yo no me habría olvidado de pagar la cuenta.	*I would not have forgotten to pay the check.*
Lo habría soportado sin decir nada.	*He (She) must have put up with it without saying anything.*

6. The auxiliary form of **haber** and the past participle are rarely separated by another word—negative words and pronouns usually precede the auxiliary, as you have seen in the previous examples.

Práctica

10-14 Quejas. La señora Vega se queja de la situación económica. ¿Qué le dice a su esposo? Siga el modelo.

MODELO Aumentan el alquiler. *Han aumentado el alquiler.* ⌐ Presente perfecto

1. Los precios suben.
2. El costo de vida aumenta el doble.
3. No ahorramos nada este mes.
4. Tú tienes muchos gastos.
5. Tenemos que gastar todos nuestros ahorros.

10-15 Una mañana de mala suerte. El señor Ramos llegó al trabajo por la tarde. ¿Qué había pasado por la mañana allí antes de su llegada?

 past perfect

MODELO La computadora dejó de funcionar.
La computadora había dejado de funcionar.

Antes de su llegada ...

1. Su secretaria perdió unos documentos importantes.
2. Todos los empleados (*employees*) fueron a una reunión a las diez.
3. Olvidó una cita con un cliente importante.
4. Recibió muchas cartas de clientes insatisfechos.
5. Su abogado llamó solamente para dar malas noticias.
6. Su secretaria se enfermó.
7. Todos los empleados tuvieron una mañana terrible.

10-16 ¿Qué habrá hecho? Mire el siguiente anuncio. ¿Qué habrá hecho esta estudiante a las horas indicadas?

MODELO a las seis y veinte
Se habrá despertado.

Seis y veinte,
suena el despertador.

Sigue la comodidad
de mis Flexi.

A desayunar
fruta.

Y al paso
del tiempo.

Córrele
al exámen.

Ni modo,
al mal paso
darle prisa.

Qué buena onda,
el maestro no llegó.

Ahora,
a ligar a la
cafetería.

Hasta el otro
lado de la ciudad.

En la tarde
a clase de teatro.

Después a clase
de álgebra.

Uff, con el sabelotodo.

flexi

Comodidad a toda hora.

ligar *to pick (someone) up,*
meet up with; **el sabelotodo**
Know-it-all

1. a las ocho
2. a mediodía
3. a las seis de la tarde

¿Qué habrá hecho un(a) estudiante típico(a) de su universidad ayer a las seis y veinte? ¿a mediodía? ¿a las seis de la tarde?

10-17 ¿Qué habrías hecho tú? Déle consejos a un amigo suyo que acaba de graduarse, de acuerdo con el modelo.

MODELO A: *Alguien me ofreció un puesto con un sueldo (salary) anual de ochenta mil dólares, pero no me gustó mucho la descripción del trabajo ¡y era en Bangladesh! ¿Qué habrías hecho tú?*
B: *No lo habría aceptado. (Lo habría aceptado, pero sólo por seis meses.*

1. Alguien me ofreció un buen puesto, también con un sueldo de ochenta mil dólares al año, en una planta industrial.
2. Alguien me ofreció un puesto ideal, exactamente lo que quería, pero sólo pagaban veinticinco mil dólares al año.
3. Mi novia quería que trabajara en la compañía de su papá, y me gustaba el trabajo, pero su papá es una persona muy exigente.
4. Mis papás me querían regalar un viaje a Europa, pero yo quería un auto nuevo.
5. Quería seguir mis estudios, pero estaba un poco cansado de estudiar y dar exámenes.

10-18 De trabajos y carreras. Entreviste a un(a) compañero(a) sobre trabajos y carreras, usando las preguntas que siguen. Luego, su compañero(a) lo (la) entrevista a usted. Esté preparado(a) para explicar después las opiniones de su compañero(a).

1. ¿Has trabajado alguna vez en una compañía o negocio? ¿En qué tipo de compañía o negocio? ¿Cómo era tu jefe?
2. Cuando llegaste a la universidad, ¿habías decidido ya qué especialidad o campo de estudio seguirías? ¿Habías escogido ya una profesión? ¿Habías tenido antes un trabajo relacionado con esa profesión?
3. Desde que llegaste a la universidad, ¿qué cursos has seguido que te han gustado (o no te han gustado) mucho?
4. Para el año 2015, ¿habrás terminado con tus estudios? ¿conseguido un buen puesto? ¿comprado una casa? ¿comprado un carro? ¿Te habrás casado? ¿Tendrás hijos?

10-19 El trabajo más interesante (aburrido). En grupos de cuatro o cinco estudiantes, cada participante describe un trabajo que ha hecho alguna vez. Puede ser un trabajo pagado o voluntario. ¿Quién ha tenido el trabajo más interesante? ¿más aburrido? ¿más pesado (duro)? ¿más extraño? Estén preparados para compartir la información con la clase.

MODELOS A: *He trabajado de vendedor en una tienda de ropa deportiva. He vendido...*

B: *He cuidado a cinco niños muy traviesos* (mischievous)*...*

C: *He trabajado para el Club Sierra. He hecho llamadas para pedir dinero...*

Vocabulario útil

Compra y venta

a precio reducido (rebajado)	*at a reduced (lower) price*
el, la dependiente	*salesclerk*
el dueño (la dueña)	*owner*
la etiqueta	*label*
la oferta; en oferta	*offer; on sale*
el precio fijo	*fixed price*
regatear	*to bargain*
la tienda	*store, shop*

The Present Perfect and Past Perfect Subjunctive

Present Perfect		
haya	hayamos	
hayas	hayáis	+ *past participle*
haya	hayan	

Past Perfect		
hubiera(-se)[4]	hubiéramos(-semos)	
hubieras(-ses)	hubierais(-seis)	+ *past participle*
hubiera(-se)	hubieran(-sen)	

1. The present perfect subjunctive, formed with the present subjunctive of **haber** plus a past participle, is used instead of the present perfect indicative when the subjunctive is required.

Los hemos conocido antes.	*We have met them before.*
¿Es posible que los hayamos conocido antes?	*Is it possible that we've met them before?*
Han terminado.	*They have finished.*
Espero que hayan terminado.	*I hope they have finished.*

Remember that compound (perfect) tenses in Spanish are used similarly to English, as discussed earlier in this chapter. Compare the following:

¿Es posible que los hayamos conocido?	*Is it possible that we have met them?* (present perfect subjunctive)
¿Es posible que los conozcamos?	*Is it possible that we know them?* (present subjunctive)
Espero que hayan terminado.	*I hope they have finished.* (present perfect subjunctive)
Espero que terminen.	*I hope they finish.* (present subjunctive)

2. After a main clause in the present tense, the present perfect subjunctive is generally used rather than the imperfect subjunctive to express a completed action. Compare the Spanish with the English translation.

Me alegro de que no hayas malgastado el dinero.	*I'm glad you haven't wasted the money.*
Es posible que hayan vendido el auto.	*It's possible that they sold the car.*

3. The past perfect subjunctive, formed with the imperfect subjunctive of **haber** plus a past participle, is used instead of the past perfect indicative when the subjunctive is required.

---

[4] The alternate endings are shown in parentheses (**hubiese, hubieses,** and so on).

Habían pagado la deuda.	*They had paid the debt.*
Me sorprendió que ya hubieran (hubiesen) pagado la deuda.	*It surprised me that they had already paid the debt.*
Había comprado el último boleto.	*I had bought the last ticket.*
Tenían miedo de que yo hubiera (hubiese) comprado el último boleto.	*They were afraid I had bought the last ticket.*

Again, compare these sentences:

Tenían miedo de que yo comprara el último boleto.	*They were afraid I would buy the last ticket. (past subjunctive)*
Tenían miedo de que yo hubiera comprado el último boleto.	*They were afraid I had bought the last ticket. (past perfect subjunctive)*

The use of the past perfect subjunctive in the dependent clause indicates that the action occurred before the action or situation expressed in the main clause—it *had occurred earlier.*

Sequence of tenses with the subjunctive will be discussed further in Chapter 11.

Práctica

10-20.1 ¿Cómo te ha ido? Un(a) voluntario(a) va a leer las siguientes oraciones. Exprese sus reacciones, empezando con **Me alegro de que...** , **Es una lástima que...,** **Siento mucho que..., Es horrible (fantástico) que...** u otra expresión apropiada.

MODELOS He conocido a una chica supersimpática.
Me alegro de que hayas conocido a una chica supersimpática.

Me he puesto un tatuaje de Jennifer López en el pecho (chest).
¡Me sorprende que te hayas puesto un tatuaje de Jennifer López en el pecho!

1. Me han robado el carro.
2. Me he casado.
3. Mis papás me han comprado un Jaguar.
4. He fracasado en todas mis clases.
5. Mis abuelos me han mandado quinientos dólares.

10-20.2 Trabaje con un(a) compañero(a). Dígale por lo menos cuatro cosas que usted ha hecho últimamente, cosas que lo (la) han hecho feliz o infeliz. Su compañero(a) debe expresar sus reacciones, siguiendo los modelos.

Ideas:

conseguir el trabajo perfecto
sacar «A» en...
conocer a...
comprar...

leer un libro fascinante («fatal»)
ver una obra teatral (una exposición de arte)
ir a una fiesta «superbuena» (horrible)
hacer un viaje a...

10-21 ¿Y antes de llegar a la universidad? Diga por lo menos dos cosas que le habían pasado antes de venir por primera vez a la universidad. Otras personas del grupo deben hacer comentarios, empezando con **Es bueno (fantástico, horrible, malo, extraño, ridículo, increíble, etc.) que...**

MODELO Antes de llegar a la universidad, había ahorrado dos mil dólares (vendido mi motocicleta, viajado por Europa, etc.).
Es sorprendente que hubieras ahorrado dos mil dólares (vendido tu motocicleta, viajado por Europa, etc.).

The Verb Haber; Expressing Obligation

1. In addition to its use in forming compound (perfect) tenses, the verb **haber** is used impersonally in the third-person singular; in the present tense, the irregular form **hay** means *there is* or *there are.*

   Hay muchos anuncios en el periódico hoy. | *There are a lot of ads in the newspaper today.*

   The regular third-person forms are used in other tenses in a similar manner.

   Hubo (Habrá) mucha publicidad en la televisión durante el partido. | *There was (will be) a lot of advertising on television during the game.*

2. **Haber de** means *to be supposed* or *expected to.*

   Hemos de ir al mercado esta tarde. | *We are supposed to go to the market this afternoon.*

   Los dependientes habían de ganar quinientos pesos la hora. | *The salesclerks were supposed to earn five hundred pesos an hour.*

3. **Hay que** means *it is necessary, one must.* ~~impersonal~~

   Hay que trabajar para vivir. | *We have to work to live. (It's necessary to, one must.)*

   Hay que is more impersonal than **tener que** or **deber. Tener que** is normally translated *to have to,* and **deber** is often translated as *should;* both of these expressions convey personal or individual obligation, but **deber** does not express as strong an obligation as **tener que.**

   Tenemos que pagar la deuda. | *We have to (must) pay the debt.*
   Tengo que buscar un compañero de cuarto. | *I have to look for a roommate.*

   Debo asistir a la reunión. | *I should (ought to) attend the meeting.*
   Debiera ir. | *I should go (no strong obligation).*

Práctica

10-22 No es obligatorio, pero... Conteste las preguntas, de acuerdo con el modelo.

MODELO ¿Tienes que llamar a tus papás?
No, pero debiera llamarlos. He de llamarlos hoy.

*No hay hermano
Ni pariente tan cercano
Ni amigo tan de verdad
Como el dinero en la mano
En cualquier necesidad.*

—Castillejo,
Obras morales

1. ¿Tienes que terminar el trabajo?
2. ¿Tienes que hacer las fotocopias?
3. ¿Tienes que leer el artículo?

4. ¿Tienes que escribir la composición?
5. ¿Tienes que mandar la carta?

10-23 Hay que trabajar para vivir. Piense en las responsabilidades que todos tenemos y escriba por lo menos tres oraciones acerca de ellas. Siga el modelo.

MODELO *Hay que estudiar para sacar buenas notas.*

 10-24 Obligaciones. Cuéntele a un(a) compañero(a) tres o cuatro obligaciones que usted tiene ahora. Use los verbos **haber, deber** o **tener que.**

MODELO *Tengo que comprar una nueva bicicleta. He de comprarla mañana porque la necesito pronto.*
No debiera gastar mi dinero en cosas frívolas.

The Passive Voice

1. In Spanish as well as in English, sentences can be in either the active voice or the passive voice. Compare the following:

Passive Voice	Active Voice
La casa fue vendida por los dueños, los señores Rendón. (*The house was sold by the owners, Mr. and Mrs. Rendón.*)	**Los dueños,** los señores Rendón, vendieron la casa. (*The owners, Mr. and Mrs. Rendón, sold the house.*)
Muchas ciudades magníficas fueron construidas por los mayas. (*Many magnificent cities were built by the Mayas.*)	**Los mayas** construyeron muchas ciudades magníficas. (*The Mayas built many magnificent cities.*)

No es oro todo lo que reluce [glitters].
—proverbio

The subjects of the sentences are shown in bold type. In the passive voice, the subject receives (rather than performs) the action of the verb. In the active voice, the subject performs the action of the verb.

2. The passive voice is constructed with a form of **ser** plus a past participle. The past participle agrees with the subject in gender and number.

subject	+	**ser**	+	past participle	(+ **por** + agent)
La casa		**fue**		**vendida**	(**por los dueños**).

Los cien mil euros serán pagados por la compañía. — *The one hundred thousand euros will be paid by the company.*

El dinero ha sido prestado por el Banco Central. — *The money has been lent by Central Bank.*

3. The agent of the action performed on the subject (**por** + agent) is not always expressed.

Los productos fueron comprados a precio reducido.	*The products were bought on sale.*
Mucho petróleo mexicano fue exportado a Estados Unidos el año pasado.	*A lot of Mexican oil was exported to the United States last year.*
Hemos sido invitados a un congreso.	*We have been invited to a conference.*

4. The true passive is not used as often in Spanish as in English. The active voice is preferred. When an agent is not expressed, the passive **se** is much more common than the true passive. **Estar** plus a past participle is used to express the result of an action, as discussed on page 265 of this chapter. Compare the following:

Se abrió una zapatería en esa calle la semana pasada.	*A shoe store was opened on that street last week. (agent unimportant—se)*
La zapatería fue abierta por una familia de Lima.	*The shoe store was opened by a family from Lima. (agent expressed—ser)*
La zapatería está abierta ahora.	*The shoe store is open now. (resulting condition—estar)*
Se redujeron los precios de la gasolina.	*Gasoline prices were reduced. (agent unimportant—se)*
Los precios de la gasolina allí fueron reducidos por el gobierno.	*Gasoline prices there were reduced by the government. (agent expressed—ser)*
Los precios están reducidos.	*The prices are reduced. (resulting condition—estar)*

ex. La puerta es abierta por la profesora

Práctica

10-25 Hechos (Facts). Haga oraciones acerca de las cosas y las personas siguientes. Use la voz pasiva de los siguientes verbos: **pintar, elegir, diseñar, construir, escribir, explorar.**

MODELO Vicente Fox / presidente de México / 2000
       Vicente Fox fue elegido presidente de México en 2000.

1. las ciudades de Chichén-Itzá y Uxmal / mayas / antes del siglo XI — *fueron construidas*
2. el suroeste de Estados Unidos / Vásquez de Coronado / 1540 — *fue explorado*
3. *El Quijote* / Cervantes / 1605 — *fue escrito por Cerv...*
4. los cuadros *La Tirana* y *La reina María Luisa* / Goya / 1799 — *fueron pintados por*
5. el Templo de La Sagrada Familia / el arquitecto español Antoni Gaudí — *fue diseñado*

10-26 ¿Verdad o mentira? Haga tres o cuatro oraciones como las del ejercicio 10-26, usando la voz pasiva. Algunas deben ser ciertas y otras, falsas. Luego, dígaselas a un(a) compañero(a). Su compañero(a) debe corregir las oraciones falsas.

MODELOS A: *La ciudad de Tenochtitlán, en México, fue construida por los mayas.*
B: *¡No, hombre! Fue construida por los aztecas.*
A: *La novela* La casa de los espíritus *fue escrita por Isabel Allende.*
B: *Correcto.*

10-27 La alienación. Lea esta anécdota del escritor uruguayo Eduardo Galeano y conteste las preguntas.

La alienación

Allá en los años mozos [de la juventud], fui cajero de banco.

Recuerdo, entre los clientes, a un fabricante *[maker]* de camisas. El gerente del banco le renovaba *[renewed]* los préstamos por pura piedad *[pity]*. El pobre camisero vivía en perpetua zozobra *[angustia]*. Sus camisas no estaban mal, pero nadie las compraba.

Una noche, el camisero fue visitado por un ángel. Al amanecer, cuando despertó, estaba iluminado. Se levantó de un salto *[bolt, jump]*.

Lo primero que hizo fue cambiar el nombre de su empresa, que pasó a llamarse Uruguay Sociedad Anónima, patriótico título cuyas siglas *[initials]* son: U.S.A. Lo segundo que hizo fue pegar *[stick]* en los cuellos *[necks]* de sus camisas una etiqueta que decía, y no mentía: Made in U.S.A. Lo tercero que hizo fue vender camisas a lo loco. Y lo cuarto que hizo fue pagar lo que debía y ganar mucho dinero.[5]

1. ¿Dónde trabajaba el autor cuando era joven?
2. ¿A quién recuerda él en la anécdota?
3. ¿Por qué fueron renovados los préstamos del fabricante?
4. Según Galeano, ¿por quién fue visitado el camisero una noche?
5. ¿Qué idea tuvo el camisero? ¿Por qué cambió el nombre de su empresa?
6. ¿Fueron hechas en Estados Unidos las camisas? ¿Dónde fueron hechas?
7. ¿Qué pensaba la gente que compraba las camisas? ¿Por qué preferían las cosas importadas? ¿Qué opina usted de la estrategia del camisero?

En otras palabras

Para hacer un pedido; Para hacer una compra; Para ofrecer ayuda

Para hacer un pedido

1. in a restaurant or on the street

   Quisiera un café, por favor.
   ¿Me puede traer un café, por favor?
   ¡Oiga! ¿Podría usted ayudarme?

---

[5] Eduardo Galeano, *El libro de los abrazos* (México, DF: siglo veintiuno editores, 1994), página 146.

Note: To get the attention of the waiter or a person in the street, you can say, «**Oiga**», «**Disculpe**», or «**Por favor**». Polite forms like **podría** and **quisiera** are often used in requests, and it's better to avoid **quiero** or **deseo,** which are very direct and can sound childish or impolite.

2. in a shop or business

Buenos días. ¿Podría usted atenderme?
Buenos días. Busco (Necesito) un suéter blanco. Mi talla (*size*) es treinta y ocho.
Buenas tardes. Quisiera cambiar algunos cheques de viajero.

Remember to greet the clerk or shopkeeper before making a request; it's considered rude not to.

Para hacer una compra

While most stores and shops have **precios fijos** (*fixed prices*), in the street, flea market, or countryside it is common to bargain, especially for crafts. This is not considered rude, and the rules are fairly simple. After asking the price and receiving a reply, you (1) praise the item or say you like it, (2) explain you can't pay much, and (3) offer about half the price mentioned.

Es muy linda (la manta), pero no puedo gastar mucho. Podría ofrecerle tres mil pesos. (*Asking price was 6,000 pesos.*)
Me gusta (la cartera), pero no tengo mucho dinero. ¿Podría usted aceptar diez mil pesos? (*Asking price was 20,000 pesos.*)

Usually, the person selling will then offer a new price, approximately two-thirds or three-quarters of the original. You can then accept («**Muy bien. Me lo [la] llevo**».) or continue bargaining, if you enjoy it, by offering a slightly lower price.

Para ofrecer ayuda

Offering help or assistance goes hand in hand with requests. In a shop, the clerk or owner will normally say, «**¿En qué puedo servirlo(la)?**» In a restaurant, the waiter will be likely to say, «**¿Qué gusta(n) ordenar?**» or «**¿Qué quisiera(n)?**» or «**¿Qué les puedo traer?**» If you are in a position of offering assistance yourself, you might say the following:

¿Quiere(s) que yo... (+ *subj.*)?
¿Desea(s) que yo... (+ *subj.*)?
Haré... con mucho gusto.
Si quiere, yo podría...
Permítame (Permíteme) ayudarle(te) a...

Práctica

10-28 Situaciones. ¿Cómo haría usted un pedido en cada una de las siguientes situaciones?

1. Usted está sentado(a) en un restaurante. El camarero no le hace caso (*is not paying attention to you*). Quiere pedir una limonada.

2. Usted entra en el correo; necesita cuatro estampillas para mandar cartas por avión a Estados Unidos.

3. Usted ha visto un anuncio de una oferta especial en una zapatería; entra en la zapatería para comprarse un par de sandalias.

4. Usted está en un banco. Quiere cambiar un cheque de viajero.

5. Alguien le ha robado el dinero. Usted no sabe qué hacer ni adónde ir.

6. El hombre sentado delante de usted en el cine habla mucho, y usted no puede escuchar el diálogo de la película.

10-29 Breves encuentros. Inicie conversaciones breves relacionadas con cada una de las siguientes situaciones.

1. You walk into a clothing store. The owner greets you and asks if he can help you. You say yes, you're looking for a jacket. He asks you what size you wear (**¿Cuál es su talla?**). You reply that you are a size thirty-eight. You ask if he can show you some brown or blue jackets. He says of course, and you choose one you like. He asks if you are paying cash, and you ask if he will take a credit card instead. He replies yes, and you buy the jacket.

2. You and a friend go into a restaurant to have dinner. Half an hour later you have finished half a carafe (**garrafa**) of wine but still have not been given a menu (**el menú**). You get the waiter's attention, get a menu, and order dinner. You ask if he could bring you two glasses of water.

3. You are walking down the street on your way to the train station, and you see an elderly lady carrying two heavy suitcases. Tell her you are going to the station and ask if you can help her with her luggage.

EN CONTACTO

10-30 Un anuncio muy efectivo (o muy tonto). Escoja un anuncio comercial que usted ha visto en la televisión o escuchado en la radio. Descríbale el anuncio a un(a) compañero(a). ¿Qué producto o servicio anunciaba? ¿Era chistoso? ¿tonto? ¿Le gustó? ¿Le molestó? Después, con su compañero(a), decidan por qué recuerdan algunos anuncios y se olvidan de otros. Hagan una lista de tres cosas importantes que debe tener un anuncio para tener éxito.

10-31 ¿Quién es más rápido? La clase se divide en dos equipos. Hay dos sillas cerca del (de la) profesor(a): una tiene la etiqueta «**Verdad**» y otra, «**Mentira**». Un(a) estudiante de cada equipo se levanta y se para *(stands)* delante de la clase. El (La) profesor(a) hace una serie de afirmaciones usando la voz pasiva. Algunas son verdaderas y otras, falsas. Si la afirmación es verdadera, el (la) primer(a) estudiante en llegar a la silla y sentarse gana un punto. Si se sienta en la silla equivocada *(wrong)*, el otro equipo gana un punto. El (La) profesor(a) decidirá cuántos puntos hay que tener para ganar el juego.

10-32 Mercado al aire libre.

1. Este juego es para toda la clase. Cada persona trae uno o dos objetos para «vender» en el mercado (un libro, una planta o cualquier objeto).
2. Dos tercios (2/3) de la clase son los «turistas» que miran los objetos y regatean[6] el precio de los que quieren. Los otros tratan de vender su mercancía.
3. Después de un rato, cada persona «compra» algo y explica por qué. Luego llega otro grupo de «turistas».

---

[6] See page 277 for how to bargain.

10-34 COMPOSICIÓN:

Un anuncio. Escoja uno de los productos que se ven en las páginas 280 y 281 y escriba un anuncio comercial de tres o cuatro oraciones. ¿A quién se dirige el anuncio? ¿Por qué se debe comprar el producto?

De compras en Madrid

Aunque no se puede comprar la felicidad, casi todo lo demás está a la venta en Madrid. En el video, se sigue una ruta comercial por las animadas calles de la capital. En esta zona hay grandes **almacenes,** como el Corte Inglés, mercados tradicionales y tiendas pequeñas. También se ve el famoso Mercado del **Rastro** en el viejo Madrid, donde se venden objetos usados.

Vocabulario

al peso   *by the weight*
el almacén   *department store*
cazar una buena oferta   *to hunt for a good deal (offer)*
los deleites   *delights*
el equipo electrónico   *electronic equipment*

las golosinas   *sweets*
el obsequio   *gift, present*
por pieza   *by the item*
el rastro   *trace, sign; flea market, second-hand store*
el regateo   *bargaining*

Práctica de vocabulario

Empareje las siguientes palabras y frases.

1. golosinas e
2. cazar una buena oferta b
3. obsequio d
4. almacén c
5. al peso a

a. por kilo
b. buscar algo a buen precio
c. tienda grande
d. regalo
e. caramelos, dulces

HABLANDO DEL TEMA

◁🎞▷ El Rastro, el famoso mercado al aire libre madrileño, se puede visitar los domingos y los días festivos por la mañana. Se encuentra en el pintoresco Madrid viejo, por la calle Ribera de Curtidores, muy cerca de la Plaza Mayor. En este mercado los precios no siempre son fijos, y se puede regatear.

◁🎞▷ En el centro de Madrid, en la Gran Vía y en las calles circundantes (*surrounding*), se encuentran muchas tiendas y grandes almacenes. Por allí cerca queda la Puerta del Sol, la célebre plaza donde a los madrileños y a los turistas les encanta pasear, ir de compras y tomar o comer algo en uno de los muchos cafés y restaurantes de la zona.

Pregunta de enfoque

¿Qué está a la venta en el centro de Madrid?

Comprensión

1. ¿Cómo se llama el almacén madrileño que se ha convertido en «una institución»?
2. ¿Qué se puede comprar en la «calle del sonido» (*sound*)? ¿Qué habrán vendido allí en el pasado?
3. ¿Qué se vende en los mercados tradicionales? ¿Cómo se venden los productos?
4. ¿Qué es el Rastro? ¿Cuándo es posible visitarlo? ¿Qué se puede comprar allí?
5. ¿Cómo son los compradores madrileños? ¿A qué nivel (*level*) han elevado la compra algunos de ellos?

Puntos de vista

1. ¿Adónde va usted para comprar ropa, comida, equipo electrónico, un obsequio? ¿Al centro? ¿a un centro comercial? ¿Le gusta «cazar buenas ofertas»?
2. ¿Qué le parece el regateo? ¿Por qué objetos en nuestra sociedad es común regatear? ¿Dónde y cuándo ha tratado usted de negociar una rebaja de precio? ¿Qué tal le resultó?
3. Si pudiera ir de compras en Madrid, ¿adónde iría? ¿Qué compraría?
4. ¿Ha comprado usted objetos de segunda mano en un mercado como el Rastro? ¿Dónde?

◀◖◗▶ El mercado de la Merced, en Ciudad de México, se considera el mercado más antiguo de las Américas. Fue así nombrado por el monasterio de la Merced, cuyas ruinas se encuentran allí cerca. Se vende de todo en sus tiendecillas (*shops, stalls*). También los compradores serios han de visitar los **tianguis**, que son pequeños mercados que se instalan temporalmente en las calles de la capital mexicana.

CAPÍTULO 11

¡Adiós, distancias!

Una telaraña digital permite que se conecten millones de computadoras y accedan a increíbles servicios en todo el planeta.

PRESENTACIÓN DEL TEMA

¿Quiere visitar el Museo del Oro en Colombia? ¿escuchar una estación de radio de España? ¿saber el estado del tiempo en Puerto Rico? ¿viajar a las ruinas incas de Machu Picchu en Perú? ¿ir de compras a México? ¿informarse sobre las últimas noticias de Costa Rica? ¿Quiere hacer todo esto sin salir de su casa? Ningún problema… si tiene conexión a la Red (Internet).

Hay muchos periódicos y revistas en español en la Red; algunos de los más conocidos son *El País* de España, *El Tiempo* de Bogotá y *El Mercurio* de Chile. Se puede viajar a cualquier país hispano electrónicamente y ver fotos e imágenes de la vida y de la cultura allí. Hay sitios en la Red donde se puede comprar desde el último *(the latest)* grito de la moda en Madrid hasta el nuevo disco compacto de su cantante favorito en Miami. Hasta se puede buscar empleo, vivienda o pareja en los países hispanos por Internet. Según un artículo de la revista española *Cuadernos Cervantes,* «Los cambios reales en Internet los encontramos en la facilidad de comunicación, la disponibilidad *(availability)* de transmisión de voz, de textos, gráficos y animaciones, de datos, de video y de sonido. La magia de la personalización que produce la interactividad es lo que motiva a los usuarios. Uno de los mayores éxitos entre los servidores de información de habla hispana es el «chateo», un diálogo escrito entre varias personas a través de ordenadores [computadoras] distantes….» También se nota que en la Red hay «universidades

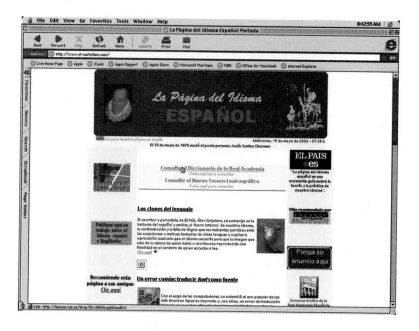

presenciales a distancia cuyo campus es tan extenso como el planeta».[1] El e-mail es un fenómeno global; algunos estudios afirman que la mitad del tráfico de correo electrónico es internacional. Parece que el mundo es un lugar cada vez más pequeño.

Según estudios a nivel mundial, las personas que tienen computadoras en casa le dedican más horas que a la televisión o a la lectura de libros y revistas. ¿Somos más solitarios ahora por culpa de la tecnología? «La mayoría de los estudiosos opina que no. En primer lugar, cada nueva tecnología nos abre una ventana a la comunicación con decenas (dozens) de personas. En segundo lugar, la técnica ha aumentado el tiempo libre para disfrutar de la vida social.»[2]

Práctica

11-1 Preguntas

1. ¿Cuáles son algunos de los usos de la Red en español?
2. ¿Cuáles son algunos de los periódicos o revistas en español en la Red?

---

[1] Joaquín Soler, «Internet, el español y los cimientos de un cambio global», *Cuadernos Cervantes,* septiembre-octubre de 1997, página 58.

[2] «Nace el *Homo Tecnologicus*», *Muy interesante,* año XVI, número 1, página 9.

3. Según el artículo de *Cuadernos Cervantes*, ¿qué es lo que más motiva a los usuarios de Internet?
4. ¿Cuál es el peor problema que usted haya tenido con las computadoras? Por ejemplo, ¿ha perdido algún trabajo o archivo que hizo en la computadora? ¿Es adicto(a) a la Red? ¿Tiene amigos con esta adicción?
5. ¿Somos más solitarios ahora por culpa de la tecnología? ¿Qué piensa usted?
6. ¿A usted le gusta navegar por la Red? ¿Cuáles son algunas de sus páginas favoritas?

Vocabulario útil

La computadora y la comunicación

Cognados

el CD-ROM	el monitor	el sitio *web*
el fax	el ratón (el mouse)	la tecnofobia
(el/la) Internet[3]	el servidor	el virus
el módem		

La Red nació en 1969 y el correo electrónico en 1971. En su corta existencia, Internet ha revolucionado las relaciones humanas.

Verbos

archivar	to file
bajar (descargar) archivos	to download ("lower files")
entrar al sistema	to log in
enviar por correo electrónico, emailear	to send by e-mail
enviar por fax, faxear	to send by fax
guardar	to save; to keep
hacer un archivo de reserva	to make a backup
imprimir	to print
navegar por («surfear», recorrer) la Red	to navigate (surf, go through) the Net
salir del sistema	to log off, quit

Otras palabras

el buscador (*Spain:* el rastreador)	search engine
el ciberamigo (la ciberamiga)	cyberfriend
la computadora portátil	laptop
la dirección (casilla) electrónica	e-mail address
el disco flexible (duro)	floppy (hard) disk
la impresora (láser)	(laser) printer
el ordenador (*Spain*)	computer

---

[3] While often no article is used with the word *Internet,* in Mexico the article **el** is sometimes used and the article **la** is used among many Latin Americans. Words like **surfear, faxear,** and **emailear** (pronounced maintaining the vowel sounds of "e-mail" in English) also come from English, as do words like **flamear** (*to flame*), **cliquear** (*to click*), or **hacer un backup** or **hacer un download.**

la página en la Red, la página principal	home page
la pantalla	screen
la programación	software
la salida, la producción	output
el sonido	sound
el usuario (la usuaria)	user

Práctica

11-2 Fuera de lugar. Para cada grupo, indique cuál de las palabras está fuera de lugar.

MODELO usuario / programador / sonido / ingeniero
        sonido

1. navegar / bajar / viajar / recorrer ~~recorrer~~ *bajar*
2. pantalla / monitor / dirección / impresora *dirección*
3. enviar / faxear / salir / emailear *salir*
4. guardar / dar / archivar / reservar *dar*
5. documento / salida / ciberamigo / producción *ciberamigo*

11-3 Entrevista. Entreviste a un(a) compañero(a), usando las siguientes preguntas. Después, su compañero(a) lo (la) entrevista a usted.

1. ¿Tienes computadora? ¿Para qué la usas?
2. ¿Mandas muchos mensajes por correo electrónico? ¿Cuáles son las ventajas del correo electrónico? Por ejemplo, ¿te gusta mandar mensajes a las dos de la mañana?

3. ¿Participas en algún grupo de discusión o «chateo»? Si la respuesta es afirmativa, ¿cuál es el tema de las conversaciones? ¿Participa mucha gente?

4. ¿Tienes CD-ROM? ¿Qué CD-ROMs usas más?

5. ¿Qué le aconsejas a una persona que sufre de tecnofobia?

6. ¿Tienes una página en la Red o has participado en algún grupo que tiene una página? ¿Qué información incluye? Si hicieras una página nueva, ¿qué información incluirías?

Para escuchar

En Bucaramanga

Conversación 1: Para expresar alivio, gratitud y comprensión. Mike y Julia hablan con la señora Gutiérrez, la mamá de Julia.

11-4 Escuche la Conversación 1. ¿Cuál es el dibujo que muestra el lugar donde están?

1.

2.

11-5 Escuche la Conversación 1 otra vez. Conteste **V** (verdad) o **F** (falso).

_____ 1. La señora Gutiérrez espera a Julia desde las diez.

_____ 2. Los jóvenes llegaron temprano.

_____ 3. Mike y la señora Gutiérrez ya se conocían.

_____ 4. Los jóvenes viajaron por autobús.

_____ 5. Fue un viaje muy largo y aburrido.

_____ 6. Mike le dice a la señora Gutiérrez, «Habrá estado muy preocupada».

Conversación 2: Para expresar incredulidad y enojo. Julia está en el aeropuerto. Va de regreso a Bogotá, donde tiene que asistir a un congreso. Le da el boleto a una agente de la aerolínea. Vocabulario: **se venció** *expired*

11-6 Escuche la Conversación 2 y conteste la pregunta que sigue: ¿Por qué está enojada Julia?

11-7 Escuche la Conversación 2 una vez más. ¿Qué expresiones para expresar incredulidad o enojo se usan?

_____ 1. ¿Está bromeando?   _____ 5. ¡No puede ser!
_____ 2. ¡Qué barbaridad!   _____ 6. ¡Qué ridículo!
_____ 3. ¡Sólo esto me faltaba!   _____ 7. ¿Habla en serio?
_____ 4. ¿En qué te molesta?   _____ 8. ¡Esto es el colmo!

GRAMÁTICA Y VOCABULARIO

Sequence of Tenses with the Subjunctive: Summary

You have seen that the subjunctive is used in a dependent clause after certain verbs or impersonal expressions that occur in a main clause (for a review of the subjunctive, see Chapters 5 and 7). This chart summarizes the sequence of tenses with the subjunctive:

Main Clause (Indicative)	Dependent Clause (Subjunctive)
present (present perfect) future command	present or present perfect subjunctive
past (preterit, imperfect, past perfect) conditional	imperfect or past perfect subjunctive

In general, the present or present perfect subjunctive is used in a dependent clause that requires the subjunctive when the verb in the main clause is in the:

1. present tense

   Espero que impriman el informe.
   *I hope they print out the report. (present subjunctive: **impriman**)*

   Espero que hayan imprimido el informe.
   *I hope they have printed out the report. (present perfect subjunctive: **hayan imprimido**)*

2. present perfect tense

   La directora ha pedido que lleguemos a las ocho.
   The director has requested that we be there at eight.

3. future tense

   El jefe insistirá en que aprendas el nuevo sistema.
   The boss will insist that you learn the new system.

4. imperative

Dígale que me lo envíe por fax.   *Tell him (her) to send it to me by fax.*

In general, *the imperfect* or *past perfect subjunctive* is used in a dependent clause that requires the subjunctive when the verb in the main clause is in the:

1. preterit

Me alegré de que hicieras un archivo de reserva. ¡Qué alivio!

Me alegré de que hubieras hecho un archivo de reserva. ¡Qué alivio!

I was happy that you made a back-up file. What a relief! (imperfect subjunctive: **hicieras***)*

I was happy that you had made a backup file. (past perfect subjunctive: **hubieras hecho***)*

2. imperfect

Dudaba que Ana hubiera bajado los archivos.

I doubted that Ana had downloaded the files.

3. past perfect

La universidad no había permitido que hiciéramos copias de los discos flexibles.

The university hadn't permitted us to make copies of the floppy disks.

4. conditional

Mis padres me aconsejarían que estudiara informática.

My parents would advise me to study computer science.

As you will remember from Chapter 10, compound tenses are generally used in Spanish just as they are in English. In the example **Espero que impriman el informe,** for instance, you use **impriman** if you mean *print* and **hayan imprimido** if you mean *have printed.* The progressive tenses (formed with **estar**) are discussed in Chapter 12.

Práctica

11-8 Breves conversaciones. Complete las siguientes conversaciones con la forma apropiada del modo subjuntivo de los verbos indicados.

MARINA: ¿Quieres que te (1) _ayude_ (ayudar) a crear una página en la Red?

MARTA: Prefiero que me (2) _arregles_ (arreglar) la impresora y me (3) _busques_ (buscar) información sobre Frida Kahlo.

MARINA: Sería mejor que te (4) _enseñara_ (enseñar) a hacer esas cosas, ¿no crees?

MARTA: Bueno, es que temo que (tú) (5) _pierdas_ (perder) la paciencia conmigo.

• • •

ALBA: ¡Qué problema! El jefe me dijo que (6) _bajara_ (bajar) unos archivos, que (7) _hiciera_ (hacer) unos archivos de reserva y que (8) _imprimiera_ (imprimir) un montón de documentos, pero mi computadora no funciona.

conditional

[handwritten margin notes: "command", "present subj."]

ANTONIO: Pídele al jefe que te (9) _preste_ (prestar) su computadora portátil.

• • •

BEATRIZ: Inés me vuelve loca. Ayer quería que le (10) _creara_ (crear) una página principal y después insistió en que (11) _recorriera_ (recorrer) la Red para reservarle un vuelo a Bogotá. Me alegro de que hoy no (12) _venga_ (venir).

ÁNGELA: Pues, sí. Si ella (13) _estuviera_ (estar) aquí hoy, tendríamos mucho más trabajo. ¡Será mejor que (nosotras) no (14) _contestemos_ (contestar) el teléfono!

11-9 Antes y ahora. En forma alternada, conteste las siguientes preguntas usando los tiempos verbales apropiados del subjuntivo. Puede usar las ideas que se dan entre paréntesis o sus propias ideas. Después, comparta algunas de sus respuestas con la clase.

Cuando eras pequeño(a), ...	Y ahora...
1. ¿qué querías que tus amigos hicieran por ti? (jugar contigo, compartir sus dulces, ir contigo a patinar)	¿qué quieres que hagan? (dejarte en paz cuando necesitas estudiar, compartir sus apuntes, ir contigo al cine)
2. ¿qué les pedías a tus papás que hicieran por ti? (comprarte juguetes [toys], llevarte al parque, pagar tus lecciones de natación)	¿qué les pides que hagan? (comprarte ropa, mandarte dinero, pagarte la matrícula)
3. ¿qué te gustaba que tus maestros hicieran? (mostrar películas, dejarte salir temprano, llevar a la clase a alguna excursión)	¿qué te gusta que tus profesores hagan? (explicar las tareas claramente, repasar [review] antes de los exámenes, ser generosos con las notas)
4. ¿qué **no** querías que la gente hiciera? (decirte «¡Qué grande estás!», tratarte de bebé, comprarte libros o ropa para tu cumpleaños)	¿qué **no** quieres que la gente haga? (mandarte correo electrónico descortés, enviarte chistes tontos, insultarte en el grupo de discusión)

If Clauses (2)

1. When an *if* clause expresses something hypothetical or contrary to fact, a past subjunctive is used. The conditional or conditional perfect is generally used in the main clause (if there is a main clause).

Si + imperfect subjunctive, ... conditional... :

Si ella estuviera aquí, ¿qué haría?   *If she were here, what would she do? (Fact: she isn't here.)*

Si + past perfect subjunctive, ... conditional perfect... :

Si hubiéramos usado otro buscador, habríamos encontrado la información.

If we had used another search engine, we would have found the information. (Fact: we didn't use another search engine.)

2. **Como si** always requires a past subjunctive form:

Marta habla francés como si fuera francesa.

Marta speaks French as if she were a Frenchwoman.

¡Como si (yo) no hubiera entrado al sistema!

As if I had never logged in! (Fact: I did log in.)

3. However, if the speaker or writer is not discussing something contrary to fact, if the statement is assumed to be true, the indicative is used. After **si**, a verb in the present tense is always in the indicative (never the present subjunctive). Compare:

Si lo mandan por fax, llegará en seguida.

If they send it by fax, it will arrive immediately. (simple statement, assumed to be true)

Si lo mandaran por fax, llegaría en seguida.

If they sent it by fax, it would arrive immediately. (Note that both clauses use a simple verb form.)

Si lo hubieran mandado por fax, habría llegado en seguida.

If they had sent it by fax, it would have arrived immediately. (Note that both clauses use a compound verb form.)

FORGES

COMO CONSEJERO DELEGADO QUIERO FINALIZAR NUESTRA TRADICIONAL COMIDA DE EMPRESA CON MI BRINDIS MÁS EFUSIVO AL ESFUERZO Y DEDICACIÓN DE TODOS USTEDES: GRACIAS ¡MUCHAS GRACIAS

En Internet hay unos cinco millones de sitios web, más de mil millones de páginas. «Si un ser humano dedicara a su lectura toda su jornada (day) laboral, sin vacaciones de ningún tipo, tardaría 25.000 años en leerlas todas.» *Muy interesante*, año XVIII, Número 6, página 43

brindis *toast*

Práctica

11-10 En el congreso (*conference*) de informática. Complete las siguientes oraciones con las formas apropiadas de los verbos que están entre paréntesis. *[future]*

[no condiciono so no subj.]

JOSÉ: Si te (1) ___doy___ (dar) mi dirección electrónica, ¿me mandarás una copia de tus apuntes?

EDUARDO: Claro, y también te (2) ___enviaré___ (enviar) ese artículo sobre buscadores.

ANA: Carlos, si no (3) ___hubieras venido___ (venir) al congreso, ¿qué habrías hecho este fin de semana?

CARLOS: No sé. Quizás (4) ___habría salido___ (salir) de paseo con la familia.

SUSANA: ¿Me prestas un bolígrafo, por favor?

MARTA: Déjame ver si (5) ___tengo___ (tener) uno.

RAQUEL: Oye, Lucía, si (6) ___pudieras___ (poder) pasar todo el día recorriendo la Red, ¿lo harías?

LUCÍA: Pues, la verdad, ¡no! Si (7) ___tuviera___ (tener) tiempo, pasaría el día en la playa.

[cond per]

EDUARDO: ¿Qué habría pasado si este congreso (8) ___hubiera tenido___ (tener) lugar en Buenos Aires?

SILVIA: Pues, yo estaría paseando ahora, visitando los sitios de interés. Creo que nadie (9) ___asistiría___ (asistir) a ninguna conferencia si pudiera ver «el París de Sudamérica».

[past subj.]

11-11 Use su imaginación. Complete las siguientes oraciones.

1. Si escribo a alguien por correo electrónico hoy,...
2. Si pudiera ir a cualquier país,...
3. Voy a viajar por todo el mundo si...
4. Me habría divertido mucho (más) el fin de semana si...
5. Si hubiera tenido tiempo,...

11-12 Entrevista. Entreviste a un(a) compañero(a), usando las siguientes preguntas. Después, su compañero(a) lo (la) entrevista a usted.

1. ¿Habría sido diferente tu vida si no hubieran inventado la computadora? ¿En qué aspectos? ¿Qué otra invención cambió la vida humana? ¿Cómo habría sido diferente tu vida si no la hubieran inventado?
2. ¿Conoces a alguien que haya conocido a su novio(a) por Internet? Si tú buscaras novio(a), ¿usarías la Red como ayuda?
3. Si pudieras viajar a través del tiempo, ¿a qué siglo y lugar te transportarías? ¿Qué harías allí? ¿Con quién hablarías? ¿Qué preguntas le harías?

Aunque América Latina es la región de más rápido crecimiento en el uso de Internet, su uso sigue siendo un lujo (luxury) para muchos. Esto se debe a los altos precios de las facturas (bills) telefónicas por minuto y al costo de las computadoras.

—Gente, 7 de junio, 2000, página 60.

4. ¿Se debe censurar la información que sale en la Red? ¿Qué pasaría si el gobierno empezara a regular estrictamente el contenido de las páginas de Internet? Si tuvieras niños pequeños en casa, ¿sería diferente tu respuesta?

5. Si hubiera un acuerdo internacional para regular la Red, ¿sería posible hacerlo cumplir (*enforce it*)?

11-13 Una reunión de amigos. Haga una pregunta usando una cláusula con **sí** y escríbala en una tarjeta. (Por ejemplo, «**Si tuvieras $1000, ¿qué comprarías?**»; «**Si fueras presidente...**», etc.) Levántese y haga la pregunta a otro(a) estudiante. Después de contestar, el (la) otro(a) estudiante le hará una pregunta a usted. Intercambien las tarjetas. Haga la pregunta que ha recibido a otro(a) estudiante. Haga y conteste por lo menos seis preguntas. ¿Cuál es la pregunta más interesante de todas?

Conjunctions

Y to *E*, *O* to *U*

Use **e** instead of **y** when the following word begins with **i-** or **hi-** (but not when it begins with **hie-**).

padre e hijo *father and son*	gracia e ironía *humor and irony*
Fernando e Isabel *Ferdinand and Isabella*	verano e invierno *summer and winter*
fuego y hielo *fire and ice*	

Use **u** instead of **o** when the following word begins with **o-** or **ho-**.

plata u oro *silver or gold*	dinero u honor *money or honor*
uno u otro *one or another*	

Pero versus *Sino*

Pero is normally used to mean *but;* however, if the first phrase or clause is negative and the second phrase or clause contradicts the first, **sino** or **sino que** is used. **Sino** means *but on the contrary* or *but rather* and is followed by information that contradicts and replaces the previous information.

No llegó temprano, sino tarde.	*He didn't arrive early, but late.*
No llegó temprano, pero por lo menos vino.	*He didn't arrive early, but at least he came.*
Papá no está en su oficina, sino en casa.	*Papa isn't in his office; he's at home.*
Papá no está en casa, pero no sé dónde está.	*Papa isn't at home, but I don't know where he is.*

Sino que, not **sino,** is often used to introduce a clause (which by definition contains a conjugated verb):

No parecía triste, sino que sonreía.	*She didn't seem sad; (but rather) she was smiling.*

Práctica

11-14 Combinaciones. Una (combine) las siguientes palabras con **y** o **e.**

MODELOS chistes / anécdotas   genial / inteligente
         chistes y anécdotas   *genial e inteligente*

1. ida / vuelta
2. español / inglés
3. anglos / hispanos
4. nieve / hielo
5. carne / hueso
6. inmigrantes / emigrantes

11-15 ... y más combinaciones. Una las siguientes palabras con **o** o **u.**

MODELOS gracia / humor   invierno / otoño
         gracia o humor   *invierno u otoño*

1. oreja / ojo
2. oro / plata
3. espalda / hombro
4. unos / otros
5. ayer / hoy
6. mujer / hombre

11-16 Las comunicaciones del Imperio Inca. Los incas del siglo XV podían mandar un mensaje de Quito, Ecuador, a Cuzco, Perú —una distancia de dos mil kilómetros— en sólo cinco días. Complete las siguientes oraciones sobre su sistema de comunicaciones con **pero, sino** o **sino que.**

1. El sistema de comunicación más rápido del siglo XV no se encontraba en Europa, _____ en Perú.
2. Los incas de Perú tenían un sistema de carreteras muy avanzado, _____ no conocían la rueda *(wheel)*.
3. Por eso, en sus grandes carreteras, no siempre usaban rampas para subir y bajar, _____ los caminos también tenían escaleras.
4. No tenían caballos, _____ usaban llamas para transportar cargas.
5. La capital de su imperio no fue Machu Picchu, _____ Cuzco.
6. Los caminos del Imperio Romano eran extensos, _____ no tanto como los del Imperio Inca.

Por versus *Para*

The most common meaning of both **por** and **para** in English is *for.* In general, **por** often has to do with source, cause, or motive, while **para** has to do with intended destination, purpose, or use.

La página principal fue creada por Miguel para los otros estudiantes.	*The home page was created by Miguel for the other students.*
«¿Por qué nací, padre?» —«Pregunte más bien para qué nació.» Unamuno, *Abel Sánchez*	*"Why was I born, father (for what reason)?" —"Ask instead for what purpose you were born."* Unamuno, *Abel Sánchez*

Para is used to express:

1. direction or destination (*toward*)

   Salieron para Colombia ayer.   *They left for Colombia yesterday.*

2. intended recipient (*for someone or something*)

   Estas flores son para ti. —Gracias.   *These flowers are for you. —Thank*
   Muy agradecida.   *you. I'm very grateful.*
   ¿Trabaja usted para ellos?   *Do you work for them?*

3. purpose (*in order to*)

   Para encontrar información   *(In order) To find information fast,*
   rápidamente, usa la Red.   *use the Net.*

4. a specific point in time

   Tengo que contestar para el   *I have to answer by Friday.*
   viernes.
   Vamos a casa de mis abuelos   *We're going to my grandparents'*
   para la Semana Santa.   *house for Easter (Holy Week).*

5. lack of correspondence in a comparison

   Para su edad, el niño es muy fuerte.   *For his age, the child is very strong.*
   Ella es muy joven para José.   *She's very young for José.*

6. intended use

   El módem se usa para transmitir   *The modem is used to transmit*
   información a través de la   *information through the telephone*
   línea telefónica.   *line.*
   Este papel es para la impresora.   *This paper is for the printer.*

Por is used to express:

1. cause, motive (*on account of, for the sake of, because of*)

   ¿Por qué salieron del sistema?   *Why did they log out? Out of*
   ¿Por frustración?   *frustration?*

> MAESTRO: ¿Por qué es famoso Colón?
> ALUMNO: Por su memoria.
> MAESTRO: ¿Por su memoria?
> ALUMNO: En la plaza hay una estatua con un letrero [sign]: «A la memoria de Colón.»

jurásico *from the Jurassic era*

2. *through, along, by, by means of* (a mode of transportation or communication)

Todos los domingos damos un paseo por esta calle y por la plaza principal.	*Every Sunday we take a walk along this street and through the main square.*
El mensaje fue mandado por fax por José Luis.[4]	*The message was sent by fax by José Luis.*
¿La carta va por avión?	*Is the letter going by plane?*

3. *in exchange for*

En 1763 los españoles cambiaron la Florida por La Habana (que había sido capturada por los ingleses en 1762).	*In 1763 the Spanish exchanged Florida for Havana (which had been captured by the English in 1762).*
Pepito, ¡esto es el colmo! ¿Pagaste tres mil pesos por esos dulces?	*Pepito, this is the last straw! You paid three thousand pesos for those candies?*

Vocabulario útil

Expresiones con por y para

darse por vencido(a)	to give up, surrender
estar para	to be about to; to be in the mood for
estar por	to be in favor of
para mí (ti, etc.)	as far as I'm (you're, etc.) concerned
para siempre	forever
por completo	totally, completely
por eso	for that reason
por lo menos	at least
por otra parte	on the other hand
por si acaso	just in case
por todos lados, por todas partes	everywhere

4. the object of an errand

Pablo, ve al mercado por leche y queso.	*Pablo, go to the market for milk and cheese.*

5. *in place of (as a substitute for, on behalf of)*

Hoy Isabel trabaja por mí en el banco.[5]	*Isabel is working instead of me (taking my place) in the bank today.*
Acepté el premio por José; él está enfermo.	*I accepted the prize for José; he's sick.*

---

[4] **Por** is used to express the agent in a passive construction, as discussed in Chapter 10.

[5] Notice the difference between **trabajar por** and **trabajar para** (p. 297, item 2).

6. duration or length of time

¿Por cuántas semanas te vas
de vacaciones? —Por dos
semanas.

*For how many weeks are you going
on vacation? —For two weeks.*

Iremos a España por dos meses.[6]

We'll go to Spain for two months.

7. unit of measure, *per*

Los huevos están a cincuenta
pesos por docena.

Eggs are fifty pesos a dozen.

Pagamos el alquiler por
semana, no por mes.

*We pay the rent by the week,
not by the month.*

Práctica

11-17 ¿Por o para? Haga oraciones con **por** o **para**.

MODELO Mandé el mensaje / correo electrónico
Mandé el mensaje por correo electrónico.

1. Esa computadora es demasiado grande / el escritorio
2. Estaremos en Barcelona / el sábado
3. Vamos a Toledo / una semana
4. Olvidé su nombre / estar muy nervioso
5. Fue a la sala / hablar con los invitados
6. Pagué demasiado / la impresora
7. Tengo el dinero / comprar el monitor
8. Dimos un paseo / el centro

11-18 Chistes. Complete los párrafos con **por** o **para**.

Hay un incendio (fuego) en un edificio grande donde trabajan un paraguayo, un
argentino y un uruguayo. Ellos están en el piso más alto y parece que
no hay posibilidad de salvación. El argentino mira (1) _____ todas partes
(2) _____ ver si hay alguna salida. No ve nada y decide saltar *(jump)*.
(3) _____ morir (4) _____ algo, grita (5) «¡ _____ Argentina!» cuando se tira
(6) _____ la ventana. (7) _____ no ser menos, el uruguayo dice
(8) «¡ _____ Uruguay!» y también salta. El paraguayo está (9) _____ saltar
cuando decide buscar una salida otra vez (10) _____ si acaso. Ve una escalera y
corre hacia ella gritando (11) «¡ _____ la escalera!»

•   •   •

Un señor mandó un cheque (1) _____ matricularse en una escuela que ofrecía
un curso de telepatía (2) _____ correspondencia. (3) _____ dos semanas
esperó y esperó. Finalmente decidió que no se daría (4) _____ vencido. Llamó
(5) _____ teléfono (6) _____ quejarse. «No mandamos ese curso

---

[6] **Por** is also used in expressions with the word **vez: por primera vez** (*for the first time*).

(7) _____ correo», dijo la secretaria que contestó. «Lo mandamos
(8) _____ telepatía.» «Todavía no he recibido nada», dijo el hombre. «Ya lo sé. Se
ve claro que usted fracasará (9) _____ completo en el curso.»

11-19 Opiniones. Trabaje con un(a) compañero(a). Hágale por lo menos tres
preguntas usando **por** o **para.** Esté preparado(a) para pasar la información a la
clase.

MODELOS *¿Crees que dos personas pueden estar enamorados «para siempre» o
no? ¿Por qué?*
¿En qué ocasión te has dado por vencido(a)?
Para ti, ¿cuál es el momento más agradable del día? ¿Por qué?

En otras palabras

Para expresar alivio, gratitud y comprensión

In Chapter 3, you saw various ways to express approval, disapproval, and surprise.
You have also looked at various ways of expressing emotions such as fear, hope,
surprise, and so on that require the subjunctive (Chapter 5). Here are some ways to
express other kinds of emotion:

1. alivio (*relief*)

   ¡Qué bien!
   ¡Qué alivio!
   ¡Gracias a Dios!
   ¡Cuánto me alegro! ¡Qué alegría!
   ¡Menos mal!
   ¡Por fin! (*when something good has finally happened*)

2. gratitud

   Gracias. Mil (Muchas) gracias.
   Usted es muy amable.

3. comprensión (*empathy*)

   Debe(s) estar muy contento(a). *You must be very happy.*
   Estará(s) muy orgulloso(a). *You must be very proud.*
   Se (Te) sentirá(s) muy decepcionado(a). *You must feel very disappointed.*

Note that expressing empathy (that you understand what someone else is feeling
or thinking) is different from expressing sympathy, discussed in Chapter 9.

Para expresar incredulidad y enojo

1. incredulidad (*disbelief*)

   ¿Habla(s) en broma?
   ¿Está(s) bromeando?
   ¡Pero lo dice(s) en broma!

¡Pero no habla(s) en serio!
¡Qué ridículo!
Increíble.
Imposible.
No puede ser.
¡No me diga(s)!
Vaya. ¡Qué va! *Come on now!*

2. enojo (*anger*)

¡Esto es el colmo!
¡Esto es demasiado!
¡Qué barbaridad!
¡No faltaba más!

Práctica

11-20 Situaciones. Dé la respuesta apropiada de acuerdo con cada una de las siguientes situaciones.

MODELO alguien le dice que ganó la lotería
¡Qué suerte! ¡Estarás muy contento(a)! (¡Te sentirás muy feliz!)

1. alguien le cuenta que su mamá está en el hospital
2. alguien le dice que se va a casar
3. su hermana se lleva el coche de usted sin pedir permiso; es la tercera vez que hace lo mismo este mes
4. hay un accidente de avión; usted teme que sea el mismo avión en que viaja su papá, pero resulta que no lo es
5. alguien le regala unos chocolates muy ricos

11-21 ¡Eso es increíble! Trabaje con un(a) compañero(a). Estudiante A hace cuatro afirmaciones poco probables. Estudiante B expresa su incredulidad.

Ideas: Mi novia es... (e.g., Miss Universo), Todos los norteamericanos son... (e.g., materialistas), Todos los profesores de esta universidad son... (e.g., expertos en informática), Mi hermano de doce años es... (e.g., astronauta).

EN CONTACTO

11-22 Busco a... Busque a un(a) compañero(a) que haga las siguientes cosas. Debe hablar con varios compañeros. Puede hacerle sólo una pregunta a cada persona.

MODELO entra al sistema más de tres veces por día para mirar el correo electrónico
A: *¿Entras al sistema más de tres veces por día para mirar el correo electrónico?*
B: *Sí, entro... No, no entro...*
(Si la respuesta es afirmativa, el o la estudiante B firma en el recuadro en la página 302.)

	Firma
1. entra al sistema más de tres veces por día para mirar el correo electrónico	
2. recibe más de cien mensajes por correo electrónico por semana	
3. recibe más de veinte mensajes por teléfono cada semana	
4. ha reservado por lo menos un vuelo aéreo por Internet	
5. ha comprado por lo menos dos cosas por Internet	
6. hace archivos de reserva de todo, por si acaso	
7. se da por vencido(a) muy fácilmente cuando hay un problema con la computadora o con otra máquina	
8. usa el teléfono celular más de quince veces al día	
9. compró algún aparato electrónico hace poco	
10. va de vacaciones por más de dos meses este verano	

11-23 ¿Quién es? Este juego es para grupos de cuatro jugadores o más.

1. Una persona sale del cuarto mientras las otras seleccionan a alguien del grupo o a alguna persona conocida de todos.
2. La persona que está afuera vuelve al grupo y trata de adivinar quién es el individuo seleccionado, haciendo preguntas que empiezan con **si.** Ejemplos: *Si esta persona se casara, ¿con qué tipo de hombre (mujer) se casaría? Si fuera una máquina (un país, un edificio), ¿qué máquina sería? Si escribiera un cuento, ¿qué tipo de cuento escribiría?*
3. Las otras personas del grupo deben turnarse (*take turns*) para contestar hasta que la persona que juega adivina correctamente o se da por vencida.

Se dice que la interactividad, la capacidad de mantener una comunicación en dos direcciones, es el mejor antídoto contra los poderes autoritarios.

11-24 La tecnología moderna. Entreviste a un(a) compañero(a), usando las preguntas que siguen. Después, su compañero(a) lo (la) entrevista a usted.

1. ¿Cuáles son algunas ventajas de la tecnología moderna? Por ejemplo, ahora que mucha gente tiene aparatos domésticos como el lavaplatos (*dishwasher*) o el horno de microondas (*microwave oven*) y puede comunicarse por fax o por correo electrónico, ¿vivimos mejor? ¿En qué aspecto(s)?

2. ¿Cuáles son las desventajas de tener muchos aparatos eléctricos?

3. ¿Vivimos más tranquilos que nuestros antepasados? ¿Tenemos más tiempo libre? ¿Sufrimos de más tensión nerviosa? Cuando tú sientes tensión o estrés en tu vida, ¿qué haces? (Por ejemplo, ¿sales a pasear? ¿caminas? ¿haces ejercicios? ¿te reúnes con tus amigos?)

 11-25 COMPOSICIÓN:

La tecnología. Usando sus ideas y opiniones del Ejercicio 11-24, escriba un párrafo sobre la tecnología moderna. En general, ¿cree que la tecnología es una ventaja o una desventaja? Si no existieran algunas máquinas, ¿sería mejor o peor la calidad de vida? Dé ejemplos.

> *El spam es una de las formas más detestadas de invasión publicitaria... Según la Comisión Europea, el correo no solicitado por Internet cuesta a los abonados (subscribees) 10.000 millones de euros al año.*
>
> —Muy interestante, año XVIII, número 7, página 41.

Los cibercafés

La alta tecnología es muy cara en los países latinoamericanos. Debido a que la gran mayoría de las personas no tienen computadora en casa, van a **los cibercafés.** Mientras toman algo, pueden **chequear** su correo electrónico o navegar por Internet.

Vocabulario

amplio(a) *extensive, ample, roomy*
la alta tecnología *high technology*
chequear *(Mexico:* **checar***) to check*
el cibercafé *cybercafé, café with high-speed Internet access*

degustar *to taste, sample*
digamos *let's say, as we say (often used before an opinion)*
escanear *to scan*
el hogar *family home*

Práctica de vocabulario

Complete las oraciones con las palabras de la lista.

1. Muchos latinoamericanos no tienen acceso a Internet en sus _el hogares_
2. Necesita_chequear_ el correo electrónico varias veces al día.
3. ¿Las fotos? Puedes _escanear_las y enviármelas.
4. Mientras trabajas en la computadora en el café, puedes _degustar_ una torta.
5. Mis amigos trabajan para una compañía de _la alta tecnología_

es canear los [handwritten left margin]

HABLANDO DEL TEMA

◀❙❚▶ Muchos mexicanos van al café América Online, que se encuentra en un centro comercial en Ciudad de México, para aprovechar (*take advantage of*) los servicios de Internet. En Latinoamérica, los cibercafés le dan a la gente acceso a la alta tecnología. En los cibercafés los estudiantes pueden escribir e imprimir sus trabajos, chequear su correo electrónico y hasta escanear fotos.

◀❙❚▶ La informática (o el cómputo, como se dice en México) es muy importante en la formación, o educación, universitaria. Por ejemplo, en la UNAM, la Universidad Nacional Autónoma de México, las facultades de arquitectura, contaduría (*accounting*), derecho y medicina tienen centros de cómputo donde los estudiantes pueden hacer sus investigaciones por computadora. La UNAM publica también una revista digital.

Pregunta de enfoque

¿Por qué es el cibercafé un gran
fenómeno en Latinoamérica?

Comprensión

1. ¿Qué posibilidades le da el
   cibercafé al público?
2. ¿Dónde se encuentran los cibercafés? ¿Cómo son?
3. ¿Se enseña más sobre alta tecnología en la escuela pública o
   en la privada? Explique.
4. ¿Qué tareas hace la gente en el cibercafé? ¿Cómo se divierte allí?
5. ¿Qué consigue la gente a través del *chat* o de la plática en Internet?

Puntos de vista

1. ¿Ha ido usted alguna vez a un cibercafé? ¿Cómo era el ambiente?
2. ¿Prefiere trabajar en casa, en la biblioteca o en un cibercafé? ¿Por qué?
3. Si usted pudiera abrir un cibercafé, ¿dónde lo haría? ¿Cómo sería?
4. Si usted conociera a alguien en un *chat* o en una plática, ¿iría a una cita con esa
   persona? ¿Por qué sí o por qué no?
5. ¿Cómo han cambiado las relaciones humanas con el uso de las computadoras?

◀◖▮▶ En Hispanoamérica, como en Estados Unidos, la informática ha transformado las bibliotecas, especialmente las bibliotecas nacionales. Por ejemplo, la Biblioteca Nacional de Panamá tiene su catálogo en línea y otro programa interesante: una reedición digital de las obras impresas (*printed*) antes del 1900.

CAPÍTULO 12

La imaginación creadora

PRESENTACIÓN DEL TEMA

Existen muchos ejemplos de la imaginación creadora en el mundo hispano; aquí hay algunos importantes.

Dos de los personajes más conocidos de la literatura mundial son don Quijote de la Mancha y su compañero Sancho Panza (véase la foto en la página anterior), creados por Miguel de Cervantes (1547-1616). Su famosa novela *El ingenioso hidalgo don Quijote de la Mancha* trata de un hombre que lee tantas novelas de caballería (*chivalry, about knighthood*) que empieza a creer que la vida caballeresca es la realidad. Toma el nombre «don Quijote de la Mancha» y sale en busca de aventuras. Interpreta todo lo que encuentra según los libros que había leído. En una de sus aventuras más conocidas, don Quijote ataca unos molinos de viento (*windmills*) creyendo que son gigantes (*giants*). Hoy, en muchas lenguas, el nombre «don Quijote» se usa para referirse a alguien que es muy idealista.

El arquitecto Antoni Gaudí y Cornet (1852-1926) diseñó la iglesia La Sagrada Familia en Barcelona, España. Dedicó cuarenta y tres años de su vida a su construcción y murió antes de terminarla. Gaudí creía que la arquitectura era una totalidad orgánica compuesta de muchas artes distintas. Las estructuras que diseñó dan la apariencia de ser objetos naturales que se amoldan (*conform*) a las leyes de la naturaleza.

Tita

Laura Esquivel, escritora y guionista (*scriptwriter*) de cine, nació en México en 1952. Su primera novela, *Como agua para chocolate,* fue un éxito mundial y ha sido traducida a veinte idiomas. La novela, una historia de amor imposible, transcurre° (*takes place*) básicamente en la cocina. Laura Esquivel, como su personaje Tita, es una cocinera experta. La cocina es para ella un lugar sagrado, un centro generador de vida, y las recetas (*recipes*) son muy importantes. «Todos tenemos nuestro pasado encerrado (*enclosed*) en recetas de cocina», dice la autora. En la foto de la página 307 se ve una escena de la película *Como agua para chocolate.*

El pintor Francisco José de Goya y Lucientes (1746–1828) era pintor oficial de la corte española. Pintó muchos retratos de la familia real. También hizo muchos dibujos que satirizaban los abusos políticos, sociales y religiosos de esa época. En 1808, cuando los franceses invadieron España, Goya empezó a crear una serie de cuadros llamados *Los desastres de la guerra (The Disasters of War).* En la foto se ve su famosa pintura *El tres de mayo, 1808.* Los soldados franceses aparecen sin caras; sin embargo, en las caras de los campesinos españoles se ven el horror, el orgullo y la resignación ante la muerte.

> *La suprema facultad del hombre no es la razón, sino la imaginación.*
>
> —Edmundo O'Gorman, historiador mexicano

El tres de mayo, 1808, Fransisco José de Goya y Lucientes

El científico Mario Molina Henríquez nació en Ciudad de México. En 1995 ganó el Premio Nóbel de Química por su descubrimiento del papel que juegan los fluoroclorometanos en la destrucción de la capa de ozono. Esto tuvo un impacto inmediato en la regulación y control de estos compuestos químicos y resultó en una mayor preocupación por proteger el medio ambiente.

Hay muchos ejemplos de la creatividad humana en las artesanías de España y Latinoamérica. En la foto, una mujer de Guatemala está tejiendo. Guatemala tiene una de las tradiciones textiles más ricas del mundo, con más de 325 trajes típicos diferentes, y los tejidos guatemaltecos son famosos por sus diseños imaginativos y sus colores vivos. En todas partes del mundo hispano, se ven artesanías muy originales, como cerámicas, canastas (*baskets*) y artículos de cuero (*leather*), de plata o de cobre (*copper*).

Práctica

12-1 Preguntas

1. Cuando se usa el nombre «don Quijote» para referirse a alguien, ¿qué quiere decir? ¿Conoce usted a alguien «tipo don Quijote»?
2. ¿Dónde está la iglesia La Sagrada Familia? ¿Quién la diseñó?
3. ¿Ha visto usted *Como agua para chocolate*? ¿Le gustó? ¿Ha visto alguna película del director español Pedro Almodóvar u otro(a) director(a) hispano(a)? ¿Le gustó? ¿Por qué sí o por qué no?
4. Mire el cuadro de Francisco de Goya, *El tres de mayo, 1808.* Describa la escena según su punto de vista: ¿qué trataba de decir Goya cuando pintó este cuadro?

5. ¿Quién es Mario Molina? ¿Por qué ganó el Premio Nóbel de Química?
6. ¿Por qué son famosos los tejidos guatemaltecos?
7. Dé un ejemplo de alguien que usted conoce que es creativo(a) en la vida diaria; por ejemplo, alguien que sepa cocinar, sacar fotos, tejer, coser, dibujar, hacer carpintería... ¿Puede dar algún ejemplo de algo que usted o alguna otra persona haya creado o inventado recientemente?
8. ¿Se considera usted una persona creativa? Explique.

Vocabulario útil

La creación humana

Cognados

la carpintería	la escultura
el carpintero (la carpintera)	el fotógrafo (la fotógrafa)
la colección de estampillas (antigüedades)	el invento
creativo(a)	el inventor (la inventora)
el escultor (la escultora)	el pintor (la pintora)

Verbos

adornar	to decorate
coser	to sew, stitch
crear	to create
dibujar	to draw
diseñar	to design; to draw
entusiasmarse por	to be (get) enthusiastic about
ilustar	to illustrate
inventar	to invent
investigar	to research
producir (zc)	to produce
tejer	to weave; to knit

Otras palabras

creador(a)	creative (of artistic work)
el creador (la creadora)	creator
el dibujo	drawing
la investigación	research
la obra	work (of art, literature)
la pintura	painting
el retrato	portrait
el tejido	weaving
la tela	fabric

Práctica

12-2 ¿Quién es? Para cada uno de los siguientes sustantivos, dé el sustantivo derivado que se aplica a las profesiones.

MODELO la escultura *el escultor (la escultora)*

1. la pintura
2. la carpintería
3. la fotografía
4. el invento
5. la creación

12-3 Preguntas

1. ¿Sabe usted coser? ¿tejer? ¿Diseña la ropa que cose o teje?
2. ¿Tiene una colección de estampillas? ¿de monedas (*coins*)? ¿de alguna otra cosa?
3. ¿A usted le interesa la fotografía? ¿Salen bien las fotos que saca? ¿De qué o de quién saca fotos, generalmente?
4. ¿Se entusiasma usted por la carpintería? ¿la jardinería?
5. ¿Es usted buen(a) cocinero(a)? ¿Qué clase de comida le gusta preparar?
6. ¿Sabe dibujar? ¿pintar? ¿Siguió una clase de arte alguna vez?

12-4 Actividad. Cada persona de su grupo escoge una obra de una persona creadora de origen hispano (e.g., una película, una novela, un dibujo, una pintura, o una fotografía). Use Internet o algún libro de consulta si es necesario. Dé un breve informe al grupo sobre la obra y su creador(a).

Para escuchar

El arte y la imaginación[1]

Conversación: Para disculparse; para expresar vacilación; para cambiar de tema. Mike y Julia se reúnen en la Plaza Bolívar.

Florencia

12-5 Escuche la conversación. ¿Dónde va a estar Julia en el verano? ¿y Mike?

12-6 Escuche la conversación otra vez. Conteste **V** (verdad) o **F** (falso).

___V___ 1. Mike recibió una carta de un fotógrafo que está en Brasil y va a ir allí a trabajar con él.

___F___ 2. Va a hacer un reportaje fotográfico acerca de Río de Janeiro.

---

[1] More listening-comprehension practice is available in the **Para escuchar: Suplemento** section immediately following the appendices.

3. Julia va a ir a Italia a estudiar literatura italiana.
4. Julia piensa mucho en el matrimonio.
5. Mike y Julia van a celebrar las fiestas navideñas en Colombia.

Celebración de la fantasía

12-7 El historiador, escritor y dibujante Eduardo Galeano, autor de «Celebración de la fantasía»,[2] nació en Montevideo, Uruguay, en 1940. Escuche la siguiente selección; probablemente no entenderá todas las palabras, pero eso no es necesario para comprender lo que pasa. Conteste esta pregunta: ¿Qué tiene el niño en la muñeca (*wrist*)?

Vocabulario: **haraposo** *in rags;* **cerdito** *small pig;* **Súbitamente se corrió la voz** *Suddenly the word got around;* **rodeado** *surrounded;* **loritos o lechuzas** *small parrots or owls;* **desamparadito** *waif;* **atrasa** *it runs slow*

12-8 Escuche otra vez. Conteste **V** (verdad) o **F** (falso).

_____ 1. La historia tiene lugar en Montevideo, Uruguay.
_____ 2. El autor está mirando unas ruinas de piedra (*stone*).
_____ 3. Un niño le pide al autor que le regale una lapicera (*pen*).
_____ 4. Otros niños se acercan al autor porque quieren que les dibuje animalitos en la mano.
_____ 5. Los niños son de familias de la clase media.

12-9 Escuche por tercera vez. ¿En qué forma muestra la anécdota la imaginación creadora?

GRAMÁTICA Y VOCABULARIO

emphasize ongoing action

The Present Participle and the Progressive Forms

The Present Participle

1. To form present participles, add **-ando** to the stems of **-ar** verbs and **-iendo** to the stems of **-er** and **-ir** verbs.

    habl**ando**   com**iendo**   viv**iendo**

2. If the **-er** or **-ir** verb stem ends in a vowel, add **-yendo** rather than **-iendo** (since an unaccented **i** between two vowels becomes a **y**).[3]

    cre**yendo**   ca**yendo**   o**yendo**   tra**yendo**

---

[2] Eduardo Galeano, *El libro de los abrazos* (México, DF: siglo veintiuno editores, 1994), página 27.
[3] The present participle of **ir, yendo**, is rarely used.

3. In stem-changing -**er** and -**ir** verbs, the stem changes from **e** to **i** or **o** to **u** (as in the third-person singular and plural of the preterit).

diciendo   durmiendo   siguiendo
pidiendo   muriendo   sintiendo
prefiriendo   pudiendo   viniendo

4. Present participles are invariable except that reflexive or object pronouns can follow and be attached to them.

Clara se despertó creyendo que
   había oído algo.
Juan pasó toda la tarde ador-
   nando el árbol de Navidad.
No conociéndolos bien, decidí
   no hablarles de política.

*Clara woke up thinking she'd heard
   something.*
*Juan spent the whole afternoon
   decorating the Christmas tree.*
*Not knowing them well, I decided
   not to talk politics with them.*

Note that when pronouns are attached an accent is required to maintain the syllable stressed in the infinitive.

5. Sometimes the present participle can be used to mean *by* plus a present participle in English.

No vas a solucionar nada
   llorando, Martita.

*You're not going to solve anything
   by crying, Martita.*

The Progressive Forms

Present Progressive		
estoy	estamos	+ present participle
estás	estáis	
está	están	

Past (Imperfect) Progressive		
estaba	estábamos	+ present participle
estabas	estabais	
estaba	estaban	

Past (Preterit) Progressive		
estuve	estuvimos	+ present participle
estuviste	estuvisteis	
estuvo	estuvieron	

Future Progressive		
estaré	estaremos	+ present participle
estarás	estaréis	
estará	estarán	

Conditional Progressive		
estaría	estaríamos	+ present participle
estarías	estaríais	
estaría	estarían	

1. The progressive forms, **estar** plus a present participle, are used when attention to a specific moment is emphasized. They indicate that an action *is (was, will be, would be) taking place or in progress* at a specific time, at this or that moment in time.

RAMONA — por Lino Palacio

¿Qué estás haciendo?
Ana estaba cosiendo una blusa
    para su hija.
Cristina estará haciendo investi-
    gaciones científicas ahora.
Estaría bailando ahora si no
    tuviera que estudiar.
    —Así es la vida!

What are you doing?
Ana was sewing a blouse for her
    daughter.
Cristina must be doing scientific
    research now.
I would be dancing now if I didn't
    have to study. —That's life!

The progressive is used far less in Spanish than in English, since the simple forms in Spanish (for instance, the present) usually translate the English progressive.[4] It is generally used in reference to a very specific time frame. The use of the preterit progressive is rare.

2. **Andar, ir, seguir,** and **venir** can also be used to form the progressive, although these constructions are not as common as the progressive with **estar.**

Anda buscando a alguien que
    lo ayude a programar la
    computadora.
Iban cantando por la calle.
El muchachito seguía mirán-
    dola. ¡Qué mujer más rara!
Viene componiendo música
    desde que tenía quince años.

He's (going around) looking for
    someone to help him program
    the computer.
They went singing down the street.
The little boy kept watching her.
    What a strange woman!
She's been composing music since
    she was fifteen years old.

Práctica

> *Yo no tengo la culpa de ver más y diferente que los otros.*
>
> —Pablo Picasso, pintor español

12-10 Pablo Picasso: Una persona creadora. Diga qué estaba haciendo Picasso en los años siguientes.

MODELO 1897 / estudiar en la Real Academia de Bellas Artes de Madrid (a la edad de dieciséis años)
En 1897 estaba estudiando en la Real Academia de Bellas Artes de Madrid.

---

[4] The present progressive is never used for future or anticipated actions, when the simple present is often used: **El martes salgo para Montevideo** (not **estoy saliendo**).

1. 1900 / vivir en París; descubrir las obras de Toulouse-Lautrec y de otros pintores
2. 1906 / pintar *Les demoiselles d'Avignon,* una obra revolucionaria
3. 1907 / trabajar con los «Ballets Rusos» de Sergio Diaghilev; hacer el montaje de escenarios (*sets*)
4. 1908 / desarrollar el estilo cubista
5. entre 1930 y 1935 / ilustrar obras literarias y hacer esculturas
6. 1937 / pintar *Guernica,* que trata de la Guerra Civil Española
7. entre 1937 y 1944, durante la Segunda Guerra Mundial / sufrir hambre y miseria
8. 1947 / producir cerámica muy original
9. entre 1953 y 1954 / dibujar; hacer 180 dibujos, muchos de minotauros y toreros
10. entre 1955 y 1973 / todavía crear nuevos estilos y técnicas artísticas[5]

> Todo niño es artista. El problema estriba [lies, rests] en que lo siga siendo cuando crezca.
>
> —Pablo Picasso

12-11 ¿Qué estabas haciendo... ? Entreviste a un(a) compañero(a), usando las preguntas que siguen. Después, su compañero(a) lo (la) entrevista a usted.

1. ¿Qué estabas haciendo anoche a las diez? ¿el sábado a las diez?
2. ¿Qué estarías haciendo ahora si no tuvieras clase?
3. ¿Qué estarías haciendo esta semana si tuvieras mucho dinero y si estuvieras de vacaciones?
4. ¿En qué estabas pensando al entrar en la clase?
5. ¿Qué estarás haciendo mañana a mediodía? ¿a las seis de la tarde?

---

[5] A la edad de 92 años, en 1973, Picasso todavía se mantenía activo y creador.

12-12 ¿Cuánto tiempo de nuestra vida pasamos...?

1. Primero, lea la información.

...vistiéndonos?
531 días

VESTUARIO CEDIDO POR CORTEFIEL. FOTOS: RAFAEL ROA. ESTILISMO: IRMA PUEYO. ILUSTRACIONES Y MONTAJE: FERNANDO AZNAR

...hablando por teléfono?
180 días

...consultando la hora?
3 días

«Si tomamos como referencia a un ciudadano mexicano que viva setenta años, y calculamos lo que le ocupan las más diversas tareas cotidianas [*daily*], comprobaremos [*we find*] que emplea un año en correr, otro en divertirse, y siete los dedica a comer... Así gastamos el tiempo del que disponemos [*that we have available*]». —Elena García de Guinea, *Muy interesante*, año XVI, número 7, páginas 68-72.

2. Con un(a) compañero(a), haga y conteste preguntas acerca de las actividades del cuadro, usando participios presentes.

MODELO *¿Cuánto tiempo se pasa viendo televisión?*
Cinco años, 303 días.

Vocabulario: **resfriado** *ill with a cold;* **cortejar** *to court;* **festejar** *to celebrate;* **rellenar** *to fill out;* **afeitarse** *to shave;* **peinarse** *to comb or brush one's hair*

TABLA DE TIEMPOS	
Estar de pie	30 años
Dormir	23 años
Estar sentado	17 años
Caminar	16 años
Trabajar	8-9 años
Comer	6-7 años
Soñar	4 años
Transporte colectivo	3 años
Ver televisión	5 años + 303 días
Hablar y escuchar	2 años
Reír	1 año + 258 días
Cocinar	1 año + 195 días
Estar resfriado	1 año + 135 días
Cortejar y ser cortejado	1 año + 139 días
Correr	1 año + 75 días
Estar enfermo	1 año + 55 días
Ir a la escuela	1 año + 40 días
Festejar	1 año + 10 días
Hacer colas	500 días
Rellenar formularios	305 días
Leer	250 días
Telefonear	180 días
Vestirse (hombre)	177 días
(mujer)	531 días
Hacer las compras	140 días
Afeitarse	140 días
Lavarse (hombre)	117 días
(mujer)	2 años
Peinarse	108 días
Cepillarse los dientes	92 días
Depilarse (mujer)	72 días
Llorar	50 días
Saludar	8 días
Rellenar formas fiscales	3- 6 días
Consultar el reloj	3 días

FUENTE: SCIENCE ET VIE

¿Hay algunos datos (*data*) que les sorprendan? ¿Cuáles?

3. Hagan y contesten preguntas acerca de sus propias rutinas.

MODELOS *En un día típico, ¿cuánto tiempo pasas viendo televisión?*
¿Crees que vas a pasar un año y 195 días de tu vida cocinando? En una semana típica, ¿cuánto tiempo pasas cocinando?

12-13 ¿Qué estoy haciendo?
Piense en una acción que sepa decir en español: por ejemplo, **Estoy tejiendo, cosiendo, jugando a las cartas (o a algún deporte), abriendo un paquete, tocando el trombón.** Exprese la acción con gestos para que la vean los otros miembros del grupo. (Habrá que repetir la acción varias veces.) Después, la persona que adivina lo que usted está haciendo debe expresar otra acción con gestos, etcétera.

Relative Pronouns; The Neuter Lo, Lo que

Relative pronouns replace nouns and are used to join simple sentences. For example:

Conozco a un carpintero. El carpintero trabaja aquí. → Conozco a un carpintero que trabaja aquí.

I know a carpenter. The carpenter works here. → I know a carpenter who works here.

quienes is used after prepositions.

Pienso en unos amigos. Los amigos viven en Salamanca. → Los amigos en quienes pienso viven en Salamanca.

I'm thinking about some friends. The friends live in Salamanca. → The friends I'm thinking about (about whom I'm thinking) live in Salamanca.

1. The relative pronoun **que** (*that, which, who, whom*) can refer to either people or things.

El postre que preparaste estaba muy rico.

The dessert (that) you prepared was very delicious.

El poeta que escribió «Hora Cero» se llama Ernesto Cardenal.

The poet who wrote "Zero Hour" is named Ernesto Cardenal.

> *Dime con quien andas y te diré quien eres.*
> —proverbio

Quien cannot be used in the preceding example—**que** is essential. Note that relative pronouns cannot be omitted in Spanish as they often are in English.

2. **Quien** (plural **quienes**), meaning *who* or *whom*, is used to refer to people. It is frequently used after prepositions (often the preposition **a**).

Los amigos a quienes busco son peruanos.

The friends I'm looking for (for whom I'm looking) are Peruvian.

La señora con quien me encontré ayer es escultora.

The woman I met yesterday is a sculptor.

La pintora de quien me hablabas vive en Madrid, ¿no?

The painter you were talking to me about (about whom you were talking) lives in Madrid, doesn't she?

Los carpinteros en quienes pienso son de El Salvador.

The carpenters I'm thinking about (about whom I'm thinking) are from El Salvador.

Que is not used after a preposition to refer to people; **quien(es)** must be used in the preceding examples and has the meaning *whom*.

Notice that although in informal English a sentence can end with a preposition, this is not possible in Spanish.

¿Cómo se llama el estudiante con quien habla el profesor?

What's the name of the student the teacher is talking to (to whom the teacher is talking)?

3. **Cuyo** (*whose, of which*) agrees in gender and number with the noun it modifies (person or thing), not with the possessor.[6]

En un lugar de La Mancha, de cuyo nombre no quiero acordarme...

In a place in La Mancha, whose name (the name of which) I don't wish to remember ...

Una novela cuyos personajes viven en Macondo...

A novel whose characters (the characters of which) live in Macondo ...

4. **El cual (que), la cual (que), los cuales (que),** and **las cuales (que)** are sometimes used instead of **que** or **quien** after prepositional phrases or preposi-

---

[6] To say *whose* when asking a question, use **¿De quién . . . ?**: **¿De quién es esta composición?**

tions with two or more syllables (e.g., **hacia, para, detrás, contra**) and after **por** and **sin** to avoid confusion with the conjunctions **porque** and **sin que**:

La biblioteca detrás de la cual (la que) hay un museo de arte...

The library behind which there is an art museum ...

Las antigüedades por las cuales (las que) pagamos cien mil pesos...

The antiques for which we paid one hundred thousand pesos ...

La hermana de Luis, para la que compré el pasaje...

Luis's sister, for whom I bought the ticket ...

5. **El (la) que** and **los (las) que** have a use that **el cual** does not have. These forms can mean *he (she, the one) who (that)* or *those who (that)*.

Uno de mis primos, el que vive en México, viene a visitarnos el domingo.

One of my cousins, the one who lives in Mexico, is coming to visit us on Sunday.

Los que no ayudan, no comen.

Those who don't help don't eat.

Quien can also mean *he (she) who;* it is often used in proverbs.

Quien más sabe, más duda.

He who knows most doubts most.

6. The neuter **lo** can be used with a masculine singular adjective to express an abstract idea or quality.

Lo cierto es que la computadora es un invento muy útil.

The (one) sure thing is that the computer is a very useful invention.

Lo único que comprendí de esa obra fue el título.

The only thing I understood about that play (work) was the title.

7. **Lo** can also refer to an idea or quality already mentioned.

¡Esas fotos son horribles! —No, querida, no lo son.

Those photos are terrible! —No, dear, they aren't.

Es divertido hacer su propia ropa. —Sí, lo sé.

It's fun to make your own clothing. —Yes, I know.

8. **Lo que** expresses the English relative pronoun *what.*

No entiendo lo que quiere decir, señor.

I don't understand what you mean, sir.

Quico

Vocabulario útil

El mundo literario

Cognados

el autor (la autora)	el, la novelista
la (auto)biografía	la poesía
la ciencia ficción	el, la poeta (also, la poetisa)
la fantasía (fantástica)	publicar
la novela (romántica, histórica, policíaca, de misterio)	satírico(a)

Otras palabras

el cuento	story
el ensayo	essay
el escritor (la escritora)	writer

¡Ojo!

el personaje character in film or literature; personage / **el carácter** character, personality, temper

el tiempo time (as an abstract concept) / **la hora** time (of day) / **la vez** time (instance) / **el rato** short time or while

Práctica

12-14 La creación literaria. Una (combine) las oraciones usando como enlace (link) **que** o **quien(es)**, de acuerdo con los modelos.

MODELOS Nicolás Guillén era poeta. Describió a Cuba como «un largo lagarto (alligator) verde».
Nicolás Guillén era el poeta que describió a Cuba como «un largo lagarto verde».

Son editores. Juana publicó un libro con ellos.
Son los editores con quienes Juana publicó un libro.

1. Estoy buscando un libro de poemas. Se llama *Rimas*.
2. Pablo Neruda era un poeta chileno. Ganó el Premio Nóbel.
3. En la biblioteca están los escritores peruanos. El profesor estaba hablando con ellos.
4. Voy a una conferencia sobre Gabriela Mistral. Empieza a las dos.
5. Cervantes era un novelista excepcional. Se dijo de él: «Él es la vida y la naturaleza».

12-15 Escritores hispanos. Una las oraciones con una forma de **cuyo**, de acuerdo con el modelo.

> *Escribir una novela es como bordar (embroider) una tapicería (tapestry) con hilos (threads) de muchos colores: es un trabajo artesanal de cuidado y disciplina.*
>
> —Isabel Allende, escritora chilena

MODELO Arturo Pérez-Reverte es un escritor español. Sus novelas son muy imaginativas.
Arturo Pérez-Reverte es un escritor español cuyas novelas son muy imaginativas.

1. Jorge Luis Borges era un escritor argentino. Sus cuentos son muy populares en todo el mundo. ~~cuyos~~
2. Tino Villanueva es un escritor chicano. Su poesía es satírica. ~~cuya~~
3. Ángeles Mastretta es una autora mexicana. Sus libros tratan de mujeres fuertes e independientes. ~~cuyos~~
4. José Martí era un poeta cubano. Sus *Versos sencillos* son muy famosos.
5. Isabel Allende es una autora chilena. Su novela *Paula* trata de su hija. ~~cuya~~

12-16 Proverbios. Complete los siguientes proverbios con **lo que** o **el que**.

1. Ni ~~el que~~ ama ni ~~el que~~ manda quieren compañía.
2. ~~lo que~~ saben tres, público es (*is public knowledge*).
3. ~~el que~~ espera, desespera, si no alcanza ~~lo que~~ desea.
4. Paga ~~lo que~~ debes y sabrás ~~lo que~~ tienes.
5. No hay peor sordo (*deaf person*) que ~~el que~~ no quiere oír.

Después, haga su propio proverbio.

MODELOS *El que nunca ama, nunca sufre.*
El que se queja de lo que le falta, no sabe apreciar lo que tiene.

12-17 «Cosas que me molestan» y «Cosas que me encantan». Trabaje con un(a) compañero(a). Haga y conteste preguntas sobre sus gustos y sobre las cosas que de veras lo (la) vuelven loco(a). Ayude a su compañero(a) a crear dos listas, una con varias cosas que le molestan y otra con varias cosas que le encantan. Use pronombres relativos.

MODELOS *Lo que me molesta:*
(1) la gente que habla en el cine durante una película
(2) las personas a quienes siempre hay que esperar porque siempre llegan tarde
(3) los profesores cuya escritura no se puede leer en la pizarra...

12-18 ¿Qué te gusta leer? Entreviste a un(a) compañero(a) sobre sus gustos literarios, usando las preguntas que siguen. Después, su compañero(a) lo (la) entrevista a usted. Esté preparado(a) para pasar la información a la clase.

1. ¿Cuál es el nombre de un(a) novelista cuyas obras te gustan mucho? ¿Por qué te gustan? Entre sus obras, ¿cuál fue la que más te gustó?
2. En Estados Unidos y Canadá, la gran mayoría de los libros que se venden son novelas románticas, policíacas o de misterio. Para mucha gente representan un escape de la realidad. ¿A ti te gustan estas clases de libros o prefieres leer libros que traten de la vida real?

> *Escribo novelas para recrear la vida a mi manera.*
>
> —Arturo Pérez Reverte, escritor español

> *Hay que tomar lo bueno con lo malo.*
>
> —dicho

3. ¿Lees biografías o autobiografías? Entre las que has leído, ¿cuáles eran las más interesantes?

4. ¿Lees poesía? ¿Hay un(a) poeta cuyos versos hayas leído varias veces? ¿Cómo se llama?

5. ¿Qué clase de revistas te gusta leer? ¿Te gustan las revistas que traen información o las que entretienen con humor, artículos sobre deportes, la moda, ...?

6. ¿Hay un periódico por medio del cual te informes de lo que pasa en el mundo? ¿Cómo se llama? ¿Lo lees todos los días?

Diminutives

1. Diminutives are often used to express smallness in size or to show affection. The most common diminutive endings are **-ito, -illo, -ecito,** and **-ecillo** (and their feminine and plural forms). A final vowel is often dropped before a diminutive ending is added.

amiguita[7]	pueblecito	chiquilla[7]	panecillo (*roll*)
muchachito	viejecito	soldadillo	florecilla
delgadito (*thin*)	jovencita	pajarillo	

---

[7] A final **-go (-ga)** becomes **gu (amiguito)** and a final **-co (-ca)** becomes **qu (chiquillo)**.

2. Sometimes diminutives can express ridicule—the ending **-illo** or **-ecillo** is
   sometimes used for this purpose.

No me gustan las obras de ese autorcillo.	*I don't like the works of that (would be) author.*
¡Qué coquetilla!	*What a little flirt!*

Práctica

12-19 Un chiste. Para cada diminutivo en negrilla, dé la palabra base.

MODELO **florecilla** *flor*

Una mujer mexicana que tiene tendencia a usar muchos diminutivos se casa con un
venezolano y va a vivir a Venezuela. Un día están almorzando cuando la mujer le
dice a su marido: «Ay, mi (1) **amorcito**, ¡cómo extraño a mi querida familia en
México! Quisiera ver a mamá, a papá, a mis (2) **hermanitos** y a sus (3)
chiquillos... ¿No podríamos hacer un (4) **viajecito** para verlos? Podríamos
quedarnos allí en la (5) **casita** de mi (6) **abuelita** para no gastar en hoteles. Tú
sabes que ella tiene sus 80 años y está muy (7) **viejita** ahora... ¿Me pasas un (8)
panecillo, por favor?» El hombre, ya hasta la coronilla (*up to the crown, fed up*)
con los diminutivos, le grita: «Mujer, ¿qué es esto de 'abuelita', 'viajecito',
'chiquillos'? ¿No puedes hablar como todo el mundo?» La mujer se calla, y después
de un rato él nota que ella no ha comido nada. «Y ahora, ¿qué? ¿No vas a comer?», le
dice. Y ella responde: «Bueno, es que ya no tengo mucho... apeto.»

12-20 Use su imaginación. Escriba una oración usando tantos diminutivos como
le sea posible.

MODELO *El soldadillo delgadito le dio un besito a la jovencita coquetilla.*

En otras palabras

Para disculparse
How do you excuse yourself or apologize for something? How do you express
forgiveness if someone apologizes to you? Here are some ways to do that:

Lo siento (mucho). Siento mucho que (+ *subj.*)...
Perdón. Perdóneme. (Perdóname.)
Discúlpeme. (Discúlpame.)
La culpa fue mía. *It was my fault.*
Está bien.
No importa. No hay problema.
No tenga(s) pena. *No need to be embarrassed.*

Para expresar vacilación

Here are some phrases you can use when you need time to think (hesitation phrases).

A ver. *Let's see.*   Tendría que pensarlo.
Buena pregunta.   Depende (de)... *It depends (on)* ...
Yo diría... / ¿Cómo diría?   Pues... / Bueno... / Este...

Para resumir una idea

Summarizing, or drawing conclusions, is important in both speaking and writing. Here are some ways to indicate that you are coming to the point, expressing a conclusion.

A fin de cuentas... , Después de todo... *In the final analysis* ...
Al fin y al cabo... *In the end (after all is said and done)* ...
Total (que)... *So* ...
En conclusión... , En resumen... *(formal) In summary* ...
En síntesis... *In short* ...

Para cambiar de tema

The ability to make a transition, or change of subject, is also important in both speaking and writing. Here are some ways to do this in Spanish.

En cambio... *On the other hand* ..., *In contrast* ...
Por el contrario... *However* ..., *On the contrary* ...
Por otra parte... *On the other hand* ...
Sin embargo... *However* ...
Cambiando de tema... *To change the subject* ...
A propósito,... *By the way,* ...
A propósito de... *Regarding* ..., *Talking about* ...
En cuanto a... , Con respecto a... *As far as ... is concerned* ...

Práctica

12-21 Disculpas. Dé la respuesta apropiada de acuerdo con cada una de las siguientes situaciones.

1. Su mamá le dice: «Siento mucho que tu papá y yo no te podamos acompañar al cine.»
2. Usted llega media hora tarde a una reunión en casa de su hermano.
3. Usted llega media hora tarde a una cita que tiene con un profesor.
4. Usted tropieza con (*bump into*) alguien en el teatro.
5. Alguien le dice: «Me olvidé de presentarte a María en la fiesta de anoche. Lo siento mucho.»

12-22 Entrevista. Usted tiene una entrevista para obtener un trabajo de verano y piensa mucho antes de responder a las preguntas que le hacen. Demuéstrelo mediante el uso de las frases que sirven para expresar vacilación. (*Express this by using a "hesitation phrase."*)

1. ¿Por qué cree usted que tiene las cualificaciones necesarias para hacer este tipo de trabajo?
2. ¿Para qué tipo de persona desea usted trabajar?
3. ¿Podría usted trabajar para una persona un poco exigente y agresiva?
4. Una de sus cartas de recomendación dice que usted es inteligente pero no muy trabajador(a). ¿Qué dice usted?
5. ¿Qué tipo de trabajo piensa usted tener dentro de diez años?

12-23 ¡Socorro! (*Help!*) La siguiente composición está incompleta; necesita frases de transición. Ayude a quien la escribe a sacar mejor nota, completándola con las expresiones apropiadas.

(1) _____ la literatura española del siglo XVI, no hay duda de que el escritor más famoso de entonces es Miguel de Cervantes. Su conocido *El Quijote* es una parodia de las novelas de caballería. En esas novelas, el caballero andante (*knight errant*) siempre es una encarnación del héroe típico. (2) _____, don Quijote y su amigo Sancho Panza son fieles retratos humanos, y la novela muestra la realidad cotidiana (*daily*) de la época. (3) _____ de Sancho Panza, la obra lo presenta como un personaje materialista cuya idiosincrasia contrasta con el idealismo de don Quijote. Los dos personajes reflejan un extenso panorama de cualidades humanas que van de lo ridículo a lo sublime. La novela trata algunos problemas fundamentales, como, por ejemplo: ¿Qué somos los seres humanos: lo que creemos ser o lo que los demás (*other people*) creen que somos? ¿Existe una verdad ideal, como cree don Quijote en su locura, o no hay más realidad que la que percibimos por los sentidos (*senses*)? (4) _____, Cervantes no nos da la respuesta. (5) _____, nos hace pensar y nos obliga a buscar la respuesta nosotros mismos.

> La vida es un enigma; el arte es su revelación. ¿Nos dice la verdad? No. ¿Para qué? Nos hace olvidarla.
>
> —Jacinto Benavente, *De sobremesa*

EN CONTACTO

12-24 Entrevista. ¿Qué lo (la) ayuda a ser más creativo(a)? Para el autor alemán Federico Schiller era el aroma de las manzanas podridas (*rotten*). Ernest Hemingway necesitaba «un lugar limpio y bien iluminado». Honorato de Balzac se vestía de monje (*monk*) para buscar inspiración. Entreviste a un(a) compañero(a), usando las siguientes preguntas. Después, su compañero(a) lo (la) entrevista a usted.

1. ¿Qué te ayuda a ser creativo(a)? ¿Alguna comida? ¿bebida? ¿cierto tipo de música? ¿los ejercicios físicos?
2. ¿Existe cierto lugar en el cual trabajas mejor o algún momento del día durante el cual se te ocurren las ideas más creativas? ¿Dónde o cuándo?
3. ¿Conoces a alguien a quien tú consideras muy creativo(a)? ¿Quién? ¿Qué hace?

> Ser creador significa considerar todo el proceso de vida como un proceso de nacimiento . . . la mayoría de la gente muere antes de nacer totalmente. El poder creador significa nacer antes de morir.
>
> —Erich Fromm

12-25 La poesía concreta. La poesía «concreta» es una combinación de palabras y diseños o imágenes que ilustran una cosa o un concepto. Con un(a) compañero(a), escriba un poema «concreto». Aquí hay algunos ejemplos.

12-26 COMPOSICIÓN:

Una persona creadora. Escriba un párrafo sobre una persona que, según su opinión, es muy creadora. Trate de usar pronombres relativos y algunas expresiones de las listas de la páginas 323 y 324. Siga estas instrucciones.

1. Escriba una oración que presente a la persona que escogió. Por ejemplo: Según mi opinión, Isabel Allende, la escritora chilena, es una persona muy creadora.
2. En por lo menos cinco oraciones, describa lo que hace la persona que escogió. Si sabe algo sobre su vida, cuéntelo en dos o tres oraciones, diciendo dónde nació, dónde vive, algún hecho (*fact*) que influyó en su vida, etcétera.
3. Termine con una oración de conclusión: ¿Por qué escogió usted a esta persona?

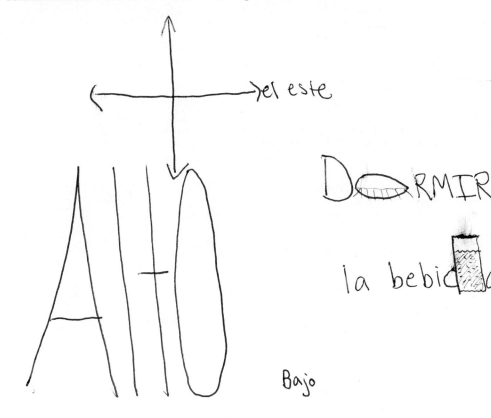

El Nuyorican Poets Café

Los puertorriqueños han creado en Nueva York instituciones culturales como el Museo del Barrio, teatros en español y un café que funciona como **salón** literario, el Nuyorican Poets Café. A Miguel Algarín, fundador del café, le encanta recitar sus obras para el público. El café **se ha convertido** en un centro internacional.

Vocabulario

acudir a	to come/go to
convertirse (ie) (en)	to become
criarse	to grow up
en búsqueda de	in search of
el enfoque	focus
lograr	to succeed in, manage to
habituarse (a)	to get used or accustomed (to)
la nobleza	nobility, integrity
la pretensión	pretentiousness
el salón	literary salon

Práctica de vocabulario

Complete las oraciones con palabras de la lista.

1. Los inmigrantes tuvieron que ~~acudir~~ al nuevo país. *habituarse*
2. Los poetas estaban en *búsqueda* de un *el salón*.
3. El café ha logrado *convertirse* en un centro internacional.
4. Según Miguel Algarín, el *enfoque* del Nuyorican Poets Café es «puramente la poesía».
5. El señor tiene *nobleza* de espíritu y se interesa en todas las culturas.

HABLANDO DEL TEMA

◁▭▷ Miguel Algarín, poeta, profesor y director de teatro puertorriqueño, fundó el Nuyorican Poets Café en 1974. Algarín, el dramaturgo (*dramatist*) Miguel Piñero y otros escritores puertorriqueños formaron un movimiento literario en Nueva York durante los años 70. El Nuyorican Writers Group daba voz a la comunidad puertorriqueña de Estados Unidos, los «Nuyoricans». Algarín ha escrito varios libros, entre los cuales está la antología *Aloud: Voices from the Nuyorican Poets Café*.

◁▭▷ El Nuyorican Poets Café se abrió en 1974. Se encuentra en el distrito East Village. Hay funciones

Pregunta de enfoque

¿Cuál es la importancia del
Nuyorican Poets Café para los
poetas jóvenes y para la cultura
puertorriqueña?

Comprensión

1. ¿Dónde se crió (creció) Miguel
   Algarín?
2. ¿Qué significa el Nuyorican Poets Café para él?
3. ¿Cómo era el café cuando se abrió?
4. ¿En qué se convirtió el café?
5. Cuente lo de la visita de los poetas japoneses. ¿Cómo los recibió el público?

Puntos de vista

1. ¿Qué contactos tiene usted con la poesía? ¿La escucha en *rap* o en canciones?
   ¿La lee en tarjetas o en libros? ¿La inventa? ¿Existe poesía sin palabras?
2. ¿Qué lugares hay en su ciudad donde se recita poesía? ¿Cuál es su poema favorito?
3. Miguel Algarín dice que «estoy en casa» en el café. ¿Qué significa? ¿En qué lugares se siente usted en casa?
4. ¿Cómo está ayudando el café a fomentar (*foster, encourage*) la cultura?

(*shows*) de poesía, teatro, música o película todas las noches menos los lunes. Muchos escritores famosos, como Sandra María Esteves, Víctor Hernández Cruz y Pedro Pietri se asocian con el café.

◀◗▭▶ En la ciudad de Boston viven muchos hispanoamericanos y hay una comunidad puertorriqueña importante. El barrio hispano más conocido de la ciudad se llama Jamaica Plain; por las calles de este barrio se encuentran restaurantes, comercios y tiendas hispanos, y hay una marcada presencia hispana en las artes.

CAPITALIZATION

A. Names of languages and adjectives or nouns of nationality are not capitalized in Spanish; names of countries are.

Robin es inglés, pero habla muy bien el español. Pasó varios años en Panamá.	*Robin is English, but he speaks Spanish very well. He spent several years in Panama.*

B. The first-person singular **yo** is not capitalized, as *I* is in English. Days of the week and names of months are also lowercased in Spanish.

En enero, durante el verano, yo voy a la playa todos los domingos por la tarde.	*In January, during the summer, I go to the beach every Sunday afternoon.*

C. In Spanish titles, with rare exceptions, only the first word and any subsequent proper nouns are capitalized.

El amor en los tiempos del cólera	Love in the Time of Cholera
La casa de Bernarda Alba	The House of Bernarda Alba

D. **Usted** and **ustedes** are capitalized only when abbreviated: **Ud. (Vd.), Uds. (Vds.).** Similarly, **señor (Sr.), señora (Sra.),** and **señorita (Srta.)** are capitalized only in abbreviations.

PUNCTUATION

A. The question mark and exclamation mark appear, in inverted form, at the beginning of a question or exclamation. They are not always placed at the beginning of a sentence but, rather, at the beginning of the actual question or exclamation.

¡Hola! ¿Cómo estás?	*Hi! How are you?*
Si usted pudiera viajar a Sudamérica, ¿a qué país viajaría?	*If you could travel to South America, to what country would you travel?*

B. Guillemets (« ») are used instead of the quotation marks used in English.

«¡Felicitaciones!» me dijo.	*"Congratulations!" he said to me.*

SYLLABICATION

A. A single consonant (including **ch**, **ll**, and **rr**) forms a syllable with the following vowel(s).

co-ci-na	ba-rrio	lla-ma
mu-cha-cha	de-sa-rro-lla-do	hu-ma-ni-dad

B. Syllables are usually divided between two consonants.

Mar-ta sal-go gen-te ár-bol

C. However, most consonants with **l** or **r** form a consonant group that can't be divided.

a-bril	so-pra-no	de-mo-cra-cia
re-gla	a-gra-da-ble	ha-bla-dor

D. Groups of two or more consonants are normally divided so that the final consonant goes with the following vowel(s): pe**rs**-**p**ec-ti-va, i**ns**-**t**an-te. However, if there is a combination of consonants that can't be divided (one of the consonants is **r** or **l**), this rule does not apply: mo**ns**-**tr**uo (**tr** can't be divided), so**r**-**pr**en-der (**pr** can't be divided).

E. Combinations of strong vowels (**a, e, o**) are divided to form separate syllables.

ca-es   le-er   ca-no-a   pa-se-o

However, a weak vowel (**i** or **u**) combines with a strong vowel or with another weak vowel to form a diphthong, which functions with a consonant or consonants as a single syllable if unaccented.

ciu-dad   puer-to   bai-lar   au-di-to-rio

Note that in combinations of a weak and strong vowel where the weak vowel is accented, the two vowels are divided into separate syllables.

mí-o   pa-ís   re-ír   po-li-cí-a

WORD STRESS

A. Words that end in a vowel, **n**, or **s** are stressed on the next-to-the-last syllable.

dul-ce **dis**-co   man-**za**-nas   o-**ri**-gen

B. Words that end in a consonant other than **n** or **s** are stressed on the final syllable.

ju-ven-**tud**   ve-**jez** pa-**pel**   ad-mi-**rar**

C. An accent changes the pattern; a word is always stressed on a syllable with an accent.

a-**diós**   **ár**-bol   **pá**-ja-ro   **ó**-pe-ra

B Numbers, Dates, and Time

CARDINAL NUMBERS

0	cero	29	veintinueve (veinte y nueve)
1	uno, una	30	treinta
2	dos	31	treinta y un(o), una
3	tres	40	cuarenta
4	cuatro	50	cincuenta
5	cinco	60	sesenta
6	seis	70	setenta
7	siete	80	ochenta
8	ocho	90	noventa
9	nueve	100	ciento (cien)
10	diez	101	ciento un(o, a)
11	once	110	ciento diez
12	doce	200	doscientos(as)
13	trece	300	trescientos(as)
14	catorce	400	cuatrocientos(as)
15	quince	500	quinientos(as)
16	dieciséis (diez y seis)	600	seiscientos(as)
17	diecisiete (diez y siete)	700	setecientos(as)
18	dieciocho (diez y ocho)	800	ochocientos(as)
19	diecinueve (diez y nueve)	900	novecientos(as)
20	veinte	1000	mil
21	veintiún, veintiuno, veintiuna (veinte y un[o, a])	1100	mil ciento (mil cien)
		1500	mil quinientos(as)
22	veintidós (veinte y dos)	2000	dos mil
23	veintitrés (veinte y tres)	100.000	cien mil
24	veinticuatro (veinte y cuatro)	200.000	doscientos(as) mil
25	veinticinco (veinte y cinco)	1.000.000	un millón (de)
26	veintiséis (veinte y seis)	2.000.000	dos millones (de)
27	veintisiete (veinte y siete)	2.500.000	dos millones quinientos(as) mil
28	veintiocho (veinte y ocho)		

ORDINAL NUMBERS

1st	primer(o, a)	5th	quinto(a)	8th	octavo(a)
2nd	segundo(a)	6th	sexto(a)	9th	noveno(a)
3rd	tercer(o, a)	7th	séptimo(a)	10th	décimo(a)
4th	cuarto(a)				

A. Cardinal numbers are invariable ...

cuatro hermanas y cinco
  hermanos

four sisters and five brothers

except **ciento** and **uno** and their compound forms:

doscientas personas
un viudo y una viuda
treinta y una familias
veintiún maridos y veintiuna
  esposas

two hundred people
a widower and a widow
thirty-one families
twenty-one husbands and twenty-one
  wives

B. **Ciento** becomes **cien** before a noun or before **mil** or **millones.**

Cien años de soledad es una
  novela famosa de Gabriel
  García Márquez.
Hace cien mil años el hombre
  neandertal vivía en España.

One Hundred Years of Solitude is a
  famous novel by Gabriel García
  Márquez.
One hundred thousand years ago
  Neanderthal man lived in Spain.

C. Above 999 **mil** must be used.

En mil novecientos cincuenta
  y nueve Fidel Castro llegó al
  poder en Cuba.

In nineteen (hundred) fifty-nine
  Fidel Castro came to power in
  Cuba.

D. **Un millón de (dos millones de,** etc.) are used for millions.

España tiene unos 40 millones
  de habitantes.

Spain has about 40 million inhabitants.

E. Ordinal numbers have to agree in gender with the nouns they modify.

la décima vez
el noveno día

the tenth time
the ninth day

F. The final **o** of **primero** and **tercero** is dropped before a masculine singular
noun.

¿Es el primer o el tercer día del
  mes?

Is it the first or third day of the month?

G. **El primero** is used in dates for the first of the month; cardinal numbers are used for other days of the month.

El primero de mayo es el Día de los Trabajadores; el cinco de mayo es el día de la batalla de Puebla contra los franceses en México.

The first of May is Labor Day; the fifth of May is the day of the battle of Puebla against the French in Mexico.

H. Ordinal numbers are used with names of kings or queens up to **décimo(a),** *tenth;* beyond that cardinal numbers are normally used.

Isabel Primera (I)   Carlos Quinto (V)   Alfonso Doce (XII)

I. Note that ordinal numbers are used for fractions up to *tenth,* except that **medio** is used for *half* and **tercio** for *third.* **La mitad (de algo)** is used for *half of a definite amount.*

una cucharada y media
medio español y medio inglés
la mitad de una manzana
dos tercios del trabajo
un cuarto (quinto) del libro

a teaspoon and a half
half Spanish and half English
half an apple
two-thirds of the work
a fourth (fifth) of the book

DAYS OF THE WEEK

domingo	*Sunday*	jueves	*Thursday*
lunes	*Monday*	viernes	*Friday*
martes	*Tuesday*	sábado	*Saturday*
miércoles	*Wednesday*		

MONTHS OF THE YEAR

enero	*January*	julio	*July*
febrero	*February*	agosto	*August*
marzo	*March*	se(p)tiembre	*September*
abril	*April*	octubre	*October*
mayo	*May*	noviembre	*November*
junio	*June*	diciembre	*December*

SEASONS

la primavera	*spring*	el otoño	*autumn*
el verano	*summer*	el invierno	*winter*

TIME OF DAY

The verb **ser** is used to tell time in Spanish.

¿Qué hora es?	*What time is it?*
Era la una.	*It was one o'clock.*
Son las tres en punto.	*It's exactly three o'clock.*
Son las diez y media.	*It's 10:30.*
Serán las cuatro y cuarto (quince).	*It must be 4:15.*
Son las siete menos diez.	*It's 6:50.*
Eran las nueve y veinte de la noche.	*It was 9:20 at night.*

A. Verbs that are followed by **a** before an infinitive:

acostumbrarse a to get used to
aprender a to learn (how) to
atreverse a to dare to
ayudar a to help to
bajar a to come down to
comenzar a to begin to
contribuir a to contribute to
correr a to run to
decidirse a to decide to
empezar a to begin to

enseñar a to teach (how) to
enviar a to send to
invitar a to invite to
ir a to go to
obligar a to force or oblige to
oponerse a to oppose
pasar a to go to
salir a to go out to
venir a to come to
volver a to do (something) again

B. Verbs followed by **a** before an object:

acercarse a to approach
acostumbrarse a to get used to
asistir a to attend
bajar a to come down to
contribuir a to contribute to
correr a to run to
corresponder a to correspond to
dar a to face
dirigir a to direct to
invitar a to invite
ir a to go to

jugar a to play
llegar a to arrive (at)
manejar a to drive to
oler a to smell of
oponerse a to oppose
pasar a to go to
referirse a to refer to
salir a to go out to
subir a to get on
venir a to come to
volver a to return to

C. Verbs followed by **con** before an object:

acabar con to finish, put an end to
amenazar con to threaten with
casarse con to marry
consultar con to consult with

contar con to count on
encontrarse con to run into, meet
enfrentarse con to face
romper con to break (up) with
soñar con to dream about

D. Verbs followed by **de** before an infinitive:

acabar de to have just
acordarse de to remember to
alegrarse de to be happy to
cansarse de to get tired of

dejar de to stop
haber de to be supposed to
olvidarse de to forget to
tratar de to try to

E. Verbs followed by **de** before an object:

acordarse de to remember
arrepentirse de to regret
bajar de to get off
burlarse de to make fun of
cansarse de to get tired of
constar de to consist of
cuidar(se) de to take care of (oneself)
darse cuenta de to realize
depender de to depend on
despedirse de to say good-bye to
disfrutar de to enjoy
enamorarse de to fall in love with

equivocarse de to (verb) the wrong (noun)[*]
gozar de to enjoy
jactarse de to boast about
olvidarse de to forget
padecer de to suffer from
preocuparse de to worry about
quejarse de to complain about
reírse de to laugh at
salir de to leave
servir de to serve as
sufrir de to suffer from
tratar de to deal with, be about

---

[*] Me equivoqué de autobús. I took the wrong bus. Me equivoqué de puerta. I went to the wrong door.

F. Verbs followed by **en** before an infinitive:

consentir en to consent to   **tardar en** to delay in, take (so
insistir en to insist on   long, so much time) to

G. Verbs followed by **en** before an object:

confiar en to trust in, to   **fijarse en** to notice
convertirse en to change into   **fracasar en** to fail
entrar en to go in, enter   **influir en** to influence
especializarse en to major in   **pensar en** to think about

H. Verbs followed by **por** before an infinitive:

preocuparse por to worry about

I. Verbs followed by **por** before an object:

estar por to be in favor of   **preocuparse por** to worry about;
luchar por to fight for   take care of
preguntar por to ask about   **votar por** to vote for

Regular Verbs

SIMPLE TENSES

Present	Imperfect	Preterit	Future	Conditional	
hablar	hablo	hablaba	hablé	hablaré	hablaría
	hablas	hablabas	hablaste	hablarás	hablarías
	habla	hablaba	habló	hablará	hablaría
	hablamos	hablábamos	hablamos	hablaremos	hablaríamos
	habláis	hablabais	hablasteis	hablaréis	hablaríais
	hablan	hablaban	hablaron	hablarán	hablarían
comer	como	comía	comí	comeré	comería
	comes	comías	comiste	comerás	comerías
	come	comía	comió	comerá	comería
	comemos	comíamos	comimos	comeremos	comeríamos
	coméis	comíais	comisteis	comeréis	comeríais
	comen	comían	comieron	comerán	comerían
vivir	vivo	vivía	viví	viviré	viviría
	vives	vivías	viviste	vivirás	vivirías
	vive	vivía	vivió	vivirá	viviría
	vivimos	vivíamos	vivimos	viviremos	viviríamos
	vivís	vivíais	vivisteis	viviréis	viviríais
	viven	vivían	vivieron	vivirán	vivirían

SIMPLE TENSES

Present	Imperfect	
hable	hablara (se)	—
hables	hablaras (ses)	habla (no hables)
hable	hablara (se)	hable
hablemos	habláramos (semos)	hablemos
habléis	hablarais (seis)	hablad (no habléis)
hablen	hablaran (sen)	hablen
coma	comiera (se)	—
comas	comieras (ses)	come (no comas)
coma	comiera (se)	coma
comamos	comiéramos (semos)	comamos
comáis	comierais (seis)	comed (no comáis)
coman	comieran (sen)	coman
viva	viviera (se)	—
vivas	vivieras (ses)	vive (no vivas)
viva	viviera (se)	viva
vivamos	viviéramos (semos)	vivamos
viváis	vivierais (seis)	vivid (no viváis)
vivan	vivieran (sen)	vivan

PERFECT TENSES

	Present Perfect	Past Perfect	Future Perfect	Conditional Perfect
hablado	he hablado	había hablado	habré hablado	habría hablado
	has hablado	habías hablado	habrás hablado	habrías hablado
	ha hablado	había hablado	habrá hablado	habría hablado
	hemos hablado	habíamos hablado	habremos hablado	habríamos hablado
	habéis hablado	habíais hablado	habréis hablado	habríais hablado
	han hablado	habían hablado	habrán hablado	habrían hablado
comido	he comido	había comido	habré comido	habría comido
	has comido	habías comido	habrás comido	habrías comido
	ha comido	había comido	habrá comido	habría comido
	hemos comido	habíamos comido	habremos comido	habríamos comido
	habéis comido	habíais comido	habréis comido	habríais comido
	han comido	habían comido	habrán comido	habrían comido
vivido	he vivido	había vivido	habré vivido	habría vivido
	has vivido	habías vivido	habrás vivido	habrías vivido
	ha vivido	había vivido	habrá vivido	habría vivido
	hemos vivido	habíamos vivido	habremos vivido	habríamos vivido
	habéis vivido	habíais vivido	habréis vivido	habríais vivido
	han vivido	habían vivido	habrán vivido	habrían vivido

PROGRESSIVE TENSES

	Present Progressive	Past Progressive		Present Progressive
hablando	estoy hablando	estaba hablando	**comiendo**	estoy comiendo
	estás hablando	estabas hablando		estás comiendo
	está hablando	estaba hablando		está comiendo
	estamos hablando	estábamos hablando		estamos comiendo
	estáis hablando	estabais hablando		estáis comiendo
	están hablando	estaban hablando		están comiendo

PERFECT TENSES

Present Perfect	Past Perfect
haya hablado	hubiera (se) hablado
hayas hablado	hubieras (ses) hablado
haya hablado	hubiera (se) hablado
hayamos hablado	hubiéramos (semos) hablado
hayáis hablado	hubierais (seis) hablado
hayan hablado	hubieran (sen) hablado
haya comido	hubiera (se) comido
hayas comido	hubieras (ses) comido
haya comido	hubiera (se) comido
hayamos comido	hubiéramos (semos) comido
hayáis comido	hubierais (seis) comido
hayan comido	hubieran (sen) comido
haya vivido	hubiera (se) vivido
hayas vivido	hubieras (ses) vivido
haya vivido	hubiera (se) vivido
hayamos vivido	hubiéramos (semos) vivido
hayáis vivido	hubierais (seis) vivido
hayan vivido	hubieran (sen) vivido

PROGRESSIVE TENSES

Past Progressive		Present Progressive	Past Progressive
estaba comiendo	**viviendo**	estoy viviendo	estaba viviendo
estabas comiendo		estás viviendo	estabas viviendo
estaba comiendo		está viviendo	estaba viviendo
estábamos comiendo		estamos viviendo	estábamos viviendo
estabais comiendo		estáis viviendo	estabais viviendo
estaban comiendo		están viviendo	estaban viviendo

Spelling-Changing, Stem-Changing, and Irregular Verbs

ORTHOGRAPHIC CHANGES

Some rules to help you conjugate verbs that have orthographic (spelling) changes are:

1. A **c** before **a, o,** or **u** is pronounced like a *k* in English; a **c** before **e** or **i** is pronounced like *s* (except in certain parts of Spain, where it is pronounced like *th*). A **c** changes to **qu** before **e** or **i** to preserve the *k* sound.

2. A **g** before **a, o,** or **u** is pronounced like a *g* in English, but before **e** or **i** it is pronounced like a Spanish **j** (*b* in English). Before **e** or **i**, **g** is often changed to **gu** to preserve the *g* sound. Similarly, a **g** may be changed to **j** to preserve the *b* sound before **a, o,** or **u.**

3. A **z** is changed to **c** before **e** or **i.**

4. An unstressed **i** between two vowels is changed to **y.**

Examples of orthographic changes are noted in the list of verbs that follows.

VERB INDEX

In the following list, the numbers in parentheses refer to the verbs conjugated in the charts on pages 346–357. Footnotes are on page 357.

acordar o *to* ue (*see* contar)
acostar o *to* ue (*see* contar)
adquirir i *to* ie, i (*see* sentir)
agradecer c *to* zc (*see* conocer)
alargar g *to* gu[1]
almorzar o *to* ue, z *to* c[2] (*see* contar)
analizar z *to* c[2]
andar (1)
apagar g *to* gu[1]
aparecer c *to* zc (*see* conocer)
aplicar c *to* qu[3]
aprobar o *to* ue (*see* contar)

arrepentirse e *to* ie, i (*see* sentir)
atacar c *to* qu[3]
atender e *to* ie (*see* perder)
buscar c *to* qu[3]
caber (2)
caer (3)
cerrar e *to* ie (*see* pensar)
comenzar e *to* ie, z *to* c[2] (*see* pensar)
componer (*see* poner)
concluir y[4] (*see* huir)
conducir (4) c *to* zc, j
confiar (*see* enviar)

conocer (5) c *to* zc
conseguir[6] (*see* seguir)
construir y[4] (*see* huir)
contar (6) o *to* ue
contribuir y[4] (*see* huir)
costar o *to* ue (*see* contar)
crecer c *to* zc
creer (7) i *to* y[5]
criticar c *to* qu[3]
cruzar z *to* c[2]
dar (8)
decir (9)
defender e *to* ie (*see* perder)

demostrar o *to* ue (*see* contar)
desaparecer c *to* zc (*see* conocer)
despedir e *to* i (*see* pedir)
despertar e *to* ie (*see* pensar)
destruir y[4] (*see* huir)
detener (*see* tener)
diagnosticar c *to* qu[3]
dirigir g *to* j
divertirse e *to* ie, i (*see* sentir)
doler o *to* ue (*see* volver)
dormir (10) o *to* ue, u
elegir e *to* ie, j (*see* pedir)
empezar e *to* ie, z *to* c[2]
   (*see* pensar)
encontrar o *to* ue (*see* contar)
enriquecer c *to* zc (*see* conocer)
entender e *to* ie (*see* perder)
enviar (11)
envolver o *to* ue (*see* volver)
escoger g *to* j
establecer c *to* zc (*see* conocer)
estar (12)
exigir g *to* j
explicar c *to* qu[3]
extender e *to* ie (*see* perder)
favorecer c *to* zc (*see* conocer)
gozar z *to* c[2]
haber (13)
hacer (14)
herir e *to* ie, i (*see* sentir)
hervir e *to* i (*see* pedir)
huir (15) y[4]
impedir e *to* i (*see* pedir)
influir y[4] (*see* huir)
intervenir (*see* venir)
introducir c *to* zc, j (*see* conducir)

invertir e *to* ie, i (*see* sentir)
ir (16)
jugar (17) g *to* gu[1]
justificar c *to* qu[3]
juzgar g *to* gu[1]
leer i *to* y[5] (*see* creer)
llegar g *to* gu[1]
llover o *to* ue (*see* volver)
mantener (*see* tener)
mentir e *to* ie, i (*see* sentir)
merecer c *to* zc (*see* conocer)
morir o *to* ue, u (*see* dormir)
mostrar o *to* ue (*see* contar)
nacer c *to* zc (*see* conocer)
negar e *to* ie, g *to* gu[1] (*see* pensar)
nevar e *to* ie (*see* pensar)
obtener (*see* tener)
ofrecer c *to* zc (*see* conocer)
oír (18)
oponer (*see* poner)
padecer c *to* zc (*see* conocer)
pagar g *to* gu[1]
parecer c *to* zc (*see* conocer)
pedir (19) e *to* i
pensar (20) e *to* ie
perder (21) e *to* ie
pertenecer c *to* zc (*see* conocer)
poder (22)
poner (23)
preferir e *to* ie, i (*see* sentir)
probar o *to* ue (*see* contar)
producir c *to* zc, j (*see* conducir)
publicar c *to* qu[3]
quebrar e *to* ie (*see* pensar)
querer (24)
reaparecer c *to* zc (*see* conocer)

reconocer c *to* zc (*see* conocer)
recordar o *to* ue (*see* contar)
reducir c *to* zc, j (*see* conducir)
reír (25)
renacer c *to* zc (*see* conocer)
repetir e *to* i (*see* pedir)
resolver o *to* ue (*see* volver)
rezar z *to* c[2]
rogar o *to* ue, g *to* gu[1] (*see* contar)
saber (26)
salir (27)
seguir e *to* i, gu *to* g[6] (*see* pedir)
sembrar e *to* ie (*see* pensar)
sentar e *to* ie (*see* pensar)
sentir (28) e *to* ie, i
ser (29)
servir e *to* i (*see* pedir)
sonreír (*see* reír)
soñar o *to* ue (*see* contar)
sostener (*see* tener)
sugerir e *to* ie, i (*see* sentir)
tener (30)
tocar c *to* qu[3]
traducir c *to* zc, j (*see* conducir)
traer (31)
tropezar e *to* ie, z *to* c[2] (*see* pensar)
utilizar z *to* c[2]
valer (32)
vencer c *to* z
venir (33)
ver (34)
vestir e *to* i (*see* pedir)
visualizar z *to* c[2]
volar o *to* ue (*see* contar)
volver (35) o *to* ue

VERB CONJUGATIONS

Infinitive	Indicative				
	Present	**Imperfect**	**Preterit**	**Future**	**Conditional**
1. andar	ando	andaba	anduve	andaré	andaría
	andas	andabas	anduviste	andarás	andarías
	anda	andaba	anduvo	andará	andaría
	andamos	andábamos	anduvimos	andaremos	andaríamos
	andáis	andabais	anduvisteis	andaréis	andaríais
	andan	andaban	anduvieron	andarán	andarían
2. caber	quepo	cabía	cupe	cabré	cabría
	cabes	cabías	cupiste	cabrás	cabrías
	cabe	cabía	cupo	cabrá	cabría
	cabemos	cabíamos	cupimos	cabremos	cabríamos
	cabéis	cabíais	cupisteis	cabréis	cabríais
	caben	cabían	cupieron	cabrán	cabrían
3. caer	caigo	caía	caí	caeré	caería
	caes	caías	caíste	caerás	caerías
	cae	caía	cayó	caerá	caería
	caemos	caíamos	caímos	caeremos	caeríamos
	caéis	caíais	caísteis	caeréis	caeríais
	caen	caían	cayeron	caerán	caerían
4. conducir	conduzco	conducía	conduje	conduciré	conduciría
	conduces	conducías	condujiste	conducirás	conducirías
	conduce	conducía	condujo	conducirá	conduciría
	conducimos	conducíamos	condujimos	conduciremos	conduciríamos
	conducís	conducíais	condujisteis	conduciréis	conduciríais
	conducen	conducían	condujeron	conducirán	conducirían
5. conocer	conozco	conocía	conocí	conoceré	conocería
	conoces	conocías	conociste	conocerás	conocerías
	conoce	conocía	conoció	conocerá	conocería
	conocemos	conocíamos	conocimos	conoceremos	conoceríamos
	conocéis	conocíais	conocisteis	conoceréis	conoceríais
	conocen	conocían	conocieron	conocerán	conocerían
6. contar	cuento	contaba	conté	contaré	contaría
	cuentas	contabas	contaste	contarás	contarías
	cuenta	contaba	contó	contará	contaría
	contamos	contábamos	contamos	contaremos	contaríamos
	contáis	contabais	contasteis	contareis	contaríais
	cuentan	contaban	contaron	contarán	contarían

Subjunctive		Commands	Participles	
Present	**Imperfect**		**Present**	**Past**
ande	anduviera (se)	—	andando	andado
andes	anduvieras (ses)	anda (no andes)		
ande	anduviera (se)	ande		
andemos	anduviéramos (semos)	andemos		
andéis	anduvierais (seis)	andad (no andéis)		
anden	anduvieran (sen)	anden		
quepa	cupiera (se)	—	cabiendo	cabido
quepas	cupieras (ses)	cabe (no quepas)		
quepa	cupiera (se)	quepa		
quepamos	cupiéramos (semos)	quepamos		
quepáis	cupierais (seis)	cabed (no quepáis)		
quepan	cupieran (sen)	quepan		
caiga	cayera (se)	—	cayendo	caído
caigas	cayeras (ses)	cae (no caigas)		
caiga	cayera (se)	caiga		
caigamos	cayéramos (semos)	caigamos		
caigáis	cayerais (seis)	caed (no caigáis)		
caigan	cayeran (sen)	caigan		
conduzca	condujera (se)	—	conduciendo	conducido
conduzcas	condujeras (ses)	conduce (no conduzcas)		
conduzca	condujera (se)	conduzca		
conduzcamos	condujéramos (semos)	conduzcamos		
conduzcáis	condujerais (seis)	conducid (no conduzcáis)		
conduzcan	condujeran (sen)	conduzcan		
conozca	conociera (se)	—	conociendo	conocido
conozcas	conocieras (ses)	conoce (no conozcas)		
conozca	conociera (se)	conozca		
conozcamos	conociéramos (semos)	conozcamos		
conozcáis	conocierais (seis)	conoced (no conozcáis)		
conozcan	conocieran (sen)	conozcan		
cuente	contara (se)	—	contando	contado
cuentes	contaras (ses)	cuenta (no cuentes)		
cuente	contara (se)	cuente		
contemos	contáramos (semos)	contemos		
contéis	contarais (seis)	contad (no contéis)		
cuenten	contaran (sen)	cuenten		

Infinitive	Indicative				
	Present	**Imperfect**	**Preterit**	**Future**	**Conditional**
7. creer	creo	creía	creí	creeré	creería
	crees	creías	creíste	creerás	creerías
	cree	creía	creyó	creerá	creería
	creemos	creíamos	creímos	creeremos	creeríamos
	creéis	creíais	creísteis	creeréis	creeríais
	creen	creían	creyeron	creerán	creerían
8. dar	doy	daba	di	daré	daría
	das	dabas	diste	darás	darías
	da	daba	dio	dará	daría
	damos	dábamos	dimos	daremos	daríamos
	dais	dabais	disteis	daréis	daríais
	dan	daban	dieron	darán	darían
9. decir	digo	decía	dije	diré	diría
	dices	decías	dijiste	dirás	dirías
	dice	decía	dijo	dirá	diría
	decimos	decíamos	dijimos	diremos	diríamos
	decís	decíais	dijisteis	diréis	diríais
	dicen	decían	dijeron	dirán	dirían
10. dormir	duermo	dormía	dormí	dormiré	dormiría
	duermes	dormías	dormiste	dormirás	dormirías
	duerme	dormía	durmió	dormirá	dormiría
	dormimos	dormíamos	dormimos	dormiremos	dormiríamos
	dormís	dormíais	dormisteis	dormiréis	dormiríais
	duermen	dormían	durmieron	dormirán	dormirían
11. enviar	envío	enviaba	envié	enviaré	enviaría
	envías	enviabas	enviaste	enviarás	enviarías
	envía	enviaba	envió	enviará	enviaría
	enviamos	enviábamos	enviamos	enviaremos	enviaríamos
	enviáis	enviabais	enviasteis	enviaréis	enviaríais
	envían	enviaban	enviaron	enviarán	enviarían
12. estar	estoy	estaba	estuve	estaré	estaría
	estás	estabas	estuviste	estarás	estarías
	está	estaba	estuvo	estará	estaría
	estamos	estábamos	estuvimos	estaremos	estaríamos
	estáis	estabais	estuvisteis	estaréis	estaríais
	están	estaban	estuvieron	estarán	estarían

	Subjunctive	Commands	Participles	
Present	**Imperfect**		**Present**	**Past**
crea	creyera (se)	—	creyendo	creído
creas	creyeras (ses)	cree (no creas)		
crea	creyera (se)	crea		
creamos	creyéramos (semos)	creamos		
creáis	creyerais (seis)	creed (no creáis)		
crean	creyeran (sen)	crean		
dé	diera (se)	—	dando	dado
des	dieras (ses)	da (no des)		
dé	diera (se)	dé		
demos	diéramos (semos)	demos		
deis	dierais (seis)	dad (no deis)		
den	dieran (sen)	den		
diga	dijera (se)	—	diciendo	dicho
digas	dijeras (ses)	di (no digas)		
diga	dijera (se)	diga		
digamos	dijéramos (semos)	digamos		
digáis	dijerais (seis)	decid (no digáis)		
digan	dijeran (sen)	digan		
duerma	durmiera (se)	—	durmiendo	dormido
duermas	durmieras (ses)	duerme (no duermas)		
duerma	durmiera (se)	duerma		
durmamos	durmiéramos (semos)	durmamos		
durmáis	durmierais (seis)	dormid (no durmáis)		
duerman	durmieran (sen)	duerman		
envíe	enviara (se)	—	enviando	enviado
envíes	enviaras (ses)	envía (no envíes)		
envíe	enviara (se)	envíe		
enviemos	enviáramos (semos)	enviemos		
enviéis	enviarais (seis)	enviad (no enviéis)		
envíen	enviaran (sen)	envíen		
esté	estuviera (se)	—	estando	estado
estés	estuvieras (ses)	está (no estés)		
esté	estuviera (se)	esté		
estemos	estuviéramos (semos)	estemos		
estéis	estuvierais (seis)	estad (no estéis)		
estén	estuvieran (sen)	estén		

Infinitive	Indicative				
	Present	**Imperfect**	**Preterit**	**Future**	**Conditional**
13. haber	he	había	hube	habré	habría
	has	habías	hubiste	habrás	habrías
	ha	había	hubo	habrá	habría
	hemos	habíamos	hubimos	habremos	habríamos
	habéis	habíais	hubisteis	habréis	habríais
	han	habían	hubieron	habrán	habrían
14. hacer	hago	hacía	hice	haré	haría
	haces	hacías	hiciste	harás	harías
	hace	hacía	hizo	hará	haría
	hacemos	hacíamos	hicimos	haremos	haríamos
	hacéis	hacíais	hicisteis	haréis	haríais
	hacen	hacían	hicieron	harán	harían
15. huir	huyo	huía	huí	huiré	huiría
	huyes	huías	huiste	huirás	huirías
	huye	huía	huyó	huirá	huiría
	huimos	huíamos	huimos	huiremos	huiríamos
	huís	huíais	huisteis	huiréis	huiríais
	huyen	huían	huyeron	huirán	huirían
16. ir	voy	iba	fui	iré	iría
	vas	ibas	fuiste	irás	irías
	va	iba	fue	irá	iría
	vamos	íbamos	fuimos	iremos	iríamos
	vais	ibais	fuisteis	iréis	iríais
	van	iban	fueron	irán	irían
17. jugar	juego	jugaba	jugué	jugaré	jugaría
	juegas	jugabas	jugaste	jugarás	jugarías
	juega	jugaba	jugó	jugará	jugaría
	jugamos	jugábamos	jugamos	jugaremos	jugaríamos
	jugáis	jugabais	jugasteis	jugaréis	jugaríais
	juegan	jugaban	jugaron	jugarán	jugarían
18. oír	oigo	oía	oí	oiré	oiría
	oyes	oías	oíste	oirás	oirías
	oye	oía	oyó	oirá	oiría
	oímos	oíamos	oímos	oiremos	oiríamos
	oís	oíais	oísteis	oiréis	oiríais
	oyen	oían	oyeron	oirán	oirían

	Subjunctive	Commands	Participles	
Present	**Imperfect**		**Present**	**Past**
haya	hubiera (se)		habiendo	habido
hayas	hubieras (ses)			
haya	hubiera (se)			
hayamos	hubiéramos (semos)			
hayáis	hubierais (seis)			
hayan	hubieran(sen)			
haga	hiciera (se)	—	haciendo	hecho
hagas	hicieras (ses)	haz (no hagas)		
haga	hiciera (se)	haga		
hagamos	hiciéramos (semos)	hagamos		
hagáis	hicierais (seis)	haced (no hagáis)		
hagan	hicieran (sen)	hagan		
huya	huyera (se)	—	huyendo	huido
huyas	huyeras (ses)	huye (no huyas)		
huya	huyera (se)	huya		
huyamos	huyéramos (semos)	huyamos		
huyáis	huyerais (seis)	huid (no huyáis)		
huyan	huyeran (sen)	huyan		
vaya	fuera (se)	—	yendo	ido
vayas	fueras (ses)	ve (no vayas)		
vaya	fuera (se)	vaya		
vayamos	fuéramos (semos)	vayamos		
vayáis	fuerais (seis)	id (no vayáis)		
vayan	fueran (sen)	vayan		
juegue	jugara (se)	—	jugando	jugado
juegues	jugaras (ses)	juega (no juegues)		
juegue	jugara (se)	juegue		
juguemos	jugáramos (semos)	juguemos		
juguéis	jugarais (seis)	jugad (no juguéis)		
jueguen	jugaran (sen)	jueguen		
oiga	oyera (se)	—	oyendo	oído
oigas	oyeras (ses)	oye (no oigas)		
oiga	oyera (se)	oiga		
oigamos	oyéramos (semos)	oigamos		
oigáis	oyerais (seis)	oíd (no oigáis)		
oigan	oyeran (sen)	oigan		

Infinitive	Indicative				
	Present	**Imperfect**	**Preterit**	**Future**	**Conditional**
19. pedir	pido	pedía	pedí	pediré	pediría
	pides	pedías	pediste	pedirás	pedirías
	pide	pedía	pidió	pedirá	pediría
	pedimos	pedíamos	pedimos	pediremos	pediríamos
	pedís	pedíais	pedisteis	pediréis	pediríais
	piden	pedían	pidieron	pedirán	pedirían
20. pensar	pienso	pensaba	pensé	pensaré	pensaría
	piensas	pensabas	pensaste	pensarás	pensarías
	piensa	pensaba	pensó	pensará	pensaría
	pensamos	pensábamos	pensamos	pensaremos	pensaríamos
	pensáis	pensabais	pensasteis	pensaréis	pensaríais
	piensan	pensaban	pensaron	pensarán	pensarían
21. perder	pierdo	perdía	perdí	perderé	perdería
	pierdes	perdías	perdiste	perderás	perderías
	pierde	perdía	perdió	perderá	perdería
	perdemos	perdíamos	perdimos	perderemos	perderíamos
	perdéis	perdíais	perdisteis	perderéis	perderíais
	pierden	perdían	perdieron	perderán	perderían
22. poder	puedo	podía	pude	podré	podría
	puedes	podías	pudiste	podrás	podrías
	puede	podía	pudo	podrá	podría
	podemos	podíamos	pudimos	podremos	podríamos
	podéis	podíais	pudisteis	podréis	podríais
	pueden	podían	pudieron	podrán	podrían
23. poner	pongo	ponía	puse	pondré	pondría
	pones	ponías	pusiste	pondrás	pondrías
	pone	ponía	puso	pondrá	pondría
	ponemos	poníamos	pusimos	pondremos	pondríamos
	ponéis	poníais	pusisteis	pondréis	pondríais
	ponen	ponían	pusieron	pondrán	pondrían
24. querer	quiero	quería	quise	querré	querría
	quieres	querías	quisiste	querrás	querrías
	quiere	quería	quiso	querrá	querría
	queremos	queríamos	quisimos	querremos	querríamos
	queréis	queríais	quisisteis	querréis	querríais
	quieren	querían	quisieron	querrán	querrían

Subjunctive		Commands	Participles	
Present	**Imperfect**		**Present**	**Past**
pida	pidiera (se)	—	pidiendo	pedido
pidas	pidieras (ses)	pide (no pidas)		
pida	pidiera (se)	pida		
pidamos	pidiéramos (semos)	pidamos		
pidáis	pidierais (seis)	pedid (no pidáis)		
pidan	pidieran (sen)	pidan		
piense	pensara (se)	—	pensando	pensado
pienses	pensaras (ses)	piensa (no pienses)		
piense	pensara (se)	piense		
pensemos	pensáramos (semos)	pensemos		
penséis	pensarais (seis)	pensad (no penséis)		
piensen	pensaran (sen)	piensen		
pierda	perdiera (se)	—	perdiendo	perdido
pierdas	perdieras (ses)	pierde (no pierdas)		
pierda	perdiera (se)	pierda		
perdamos	perdiéramos (semos)	perdamos		
perdáis	perdierais (seis)	perded (no perdáis)		
pierdan	perdieran (sen)	pierdan		
pueda	pudiera (se)	—	pudiendo	podido
puedas	pudieras (ses)			
pueda	pudiera (se)			
podamos	pudiéramos (semos)			
podáis	pudierais (seis)			
puedan	pudieran (sen)			
ponga	pusiera (se)	—	poniendo	puesto
pongas	pusieras (ses)	pon (no pongas)		
ponga	pusiera (se)	ponga		
pongamos	pusiéramos (semos)	pongamos		
pongáis	pusierais (seis)	poned (no pongáis)		
pongan	pusieran (sen)	pongan		
quiera	quisiera (se)	—	queriendo	querido
quieras	quisieras (ses)	quiere (no quieras)		
quiera	quisiera (se)	quiera		
queramos	quisiéramos (semos)	queramos		
queráis	quisierais (seis)	quered (no queráis)		
quieran	quisieran (sen)	quieran		

Infinitive	Indicative				
	Present	**Imperfect**	**Preterit**	**Future**	**Conditional**
25. reír	río	reía	reí	reiré	reiría
	ríes	reías	reíste	reirás	reirías
	ríe	reía	rió	reirá	reiría
	reímos	reíamos	reímos	reiremos	reiríamos
	reís	reíais	reísteis	reiréis	reiríais
	rien	reían	rieron	reirán	reirían
26. saber	sé	sabía	supe	sabré	sabría
	sabes	sabías	supiste	sabrás	sabrías
	sabe	sabía	supo	sabrá	sabría
	sabemos	sabíamos	supimos	sabremos	sabríamos
	sabéis	sabíais	supisteis	sabréis	sabríais
	saben	sabían	supieron	sabrán	sabrían
27. salir	salgo	salía	salí	saldré	saldría
	sales	salías	saliste	saldrás	saldrías
	sale	salía	salió	saldrá	saldría
	salimos	salíamos	salimos	saldremos	saldríamos
	salís	salíais	salisteis	saldréis	saldríais
	salen	salían	salieron	saldrán	saldrían
28. sentir	siento	sentía	sentí	sentiré	sentiría
	sientes	sentías	sentiste	sentirás	sentirías
	siente	sentía	sintió	sentirá	sentiría
	sentimos	sentíamos	sentimos	sentiremos	sentiríamos
	sentís	sentíais	sentisteis	sentiréis	sentiríais
	sienten	sentían	sintieron	sentirán	sentirían
29. ser	soy	era	fui	seré	sería
	eres	eras	fuiste	serás	serías
	es	era	fue	será	sería
	somos	éramos	fuimos	seremos	seríamos
	sois	erais	fuisteis	seréis	seríais
	son	eran	fueron	serán	serían
30. tener	tengo	tenía	tuve	tendré	tendría
	tienes	tenías	tuviste	tendrás	tendrías
	tiene	tenía	tuvo	tendrá	tendría
	tenemos	teníamos	tuvimos	tendremos	tendríamos
	tenéis	teníais	tuvisteis	tendréis	tendríais
	tienen	tenían	tuvieron	tendrán	tendrían

	Subjunctive	Commands	Participles	
Present	**Imperfect**		**Present**	**Past**
ría	riera (se)	—	riendo	reído
rías	rieras (ses)	ríe (no rías)		
ría	riera (se)	ría		
riamos	riéramos (semos)	riamos		
riáis	rierais (seis)	reíd (no riáis)		
rían	rieran (sen)	rían		
sepa	supiera (se)	—	sabiendo	sabido
sepas	supieras (ses)	sabe (no sepas)		
sepa	supiera (se)	sepa		
sepamos	supiéramos (semos)	sepamos		
sepáis	supierais (seis)	sabed (no sepáis)		
sepan	supieran (sen)	sepan		
salga	saliera (se)	—	saliendo	salido
salgas	salieras (ses)	sal (no salgas)		
salga	saliera (se)	salga		
salgamos	saliéramos (semos)	salgamos		
salgáis	salierais (seis)	salid (no salgáis)		
salgan	salieran (sen)	salgan		
sienta	sintiera (se)	—	sintiendo	sentido
sientas	sintieras (ses)	siente (no sientas)		
sienta	sintiera (se)	sienta		
sintamos	sintiéramos (semos)	sintamos		
sintáis	sintierais (seis)	sentid (no sintáis)		
sientan	sintieran (sen)	sientan		
sea	fuera (se)	—	siendo	sido
seas	fueras (ses)	sé (no seas)		
sea	fuera (se)	sea		
seamos	fuéramos (semos)	seamos		
seáis	fuerais (seis)	sed (no seáis)		
sean	fueran (sen)	sean		
tenga	tuviera (se)	—	teniendo	tenido
tengas	tuvieras (ses)	ten (no tengas)		
tenga	tuviera (se)	tenga		
tengamos	tuviéramos (semos)	tengamos		
tengáis	tuvierais (seis)	tened (no tengáis)		
tengan	tuvieran (sen)	tengan		

Infinitive	Indicative				
	Present	Imperfect	Preterit	Future	Conditional
31. traer	traigo	traía	traje	traeré	traería
	traes	traías	trajiste	traerás	traerías
	trae	traía	trajo	traerá	traería
	traemos	traíamos	trajimos	traeremos	traeríamos
	traéis	traíais	trajisteis	traeréis	traeríais
	traen	traían	trajeron	traerán	traerían
32. valer	valgo	valía	valí	valdré	valdría
	vales	valías	valiste	valdrás	valdrías
	vale	valía	valió	valdrá	valdría
	valemos	valíamos	valimos	valdremos	valdríamos
	valéis	valíais	valisteis	valdréis	valdríais
	valen	valían	valieron	valdrán	valdrían
33. venir	vengo	venía	vine	vendré	vendría
	vienes	venías	viniste	vendrás	vendrías
	viene	venía	vino	vendrá	vendría
	venimos	veníamos	vinimos	vendremos	vendríamos
	venís	veníais	vinisteis	vendréis	vendríais
	vienen	venían	vinieron	vendrán	vendrían
34. ver	veo	veía	vi	veré	vería
	ves	veías	viste	verás	verías
	ve	veía	vio	verá	vería
	vemos	veíamos	vimos	veremos	veríamos
	veis	veíais	visteis	veréis	veríais
	ven	veían	vieron	verán	verían
35. volver	vuelvo	volvía	volví	volveré	volvería
	vuelves	volvías	volviste	volverás	volverías
	vuelve	volvía	volvió	volverá	volvería
	volvemos	volvíamos	volvimos	volveremos	volveríamos
	volvéis	volvíais	volvisteis	volveréis	volveríais
	vuelven	volvían	volvieron	volverán	volverían

	Subjunctive		Commands	Participles	
Present	**Imperfect**			**Present**	**Past**
traiga	trajera (se)		—	trayendo	traído
traigas	trajeras (ses)		trae (no traigas)		
traiga	trajera (se)		traiga		
traigamos	trajéramos (semos)		traigamos		
traigáis	trajerais (seis)		traed (no traigáis)		
traigan	trajeran (sen)		traigan		
valga	valiera (se)		—	valiendo	valido
valgas	valieras (ses)		val (no valgas)		
valga	valiera (se)		valga		
valgamos	valiéramos (semos)		valgamos		
valgáis	valierais (seis)		valed (no valgáis)		
valgan	valieran (sen)		valgan		
venga	viniera (se)		—	viniendo	venido
vengas	vinieras (ses)		ven (no vengas)		
venga	viniera (se)		venga		
vengamos	viniéramos (semos)		vengamos		
vengáis	vinierais (seis)		venid (no vengáis)		
vengan	vinieran (sen)		vengan		
vea	viera (se)		—	viendo	visto
veas	vieras (ses)		ve (no veas)		
vea	viera (se)		vea		
veamos	viéramos (semos)		veamos		
veáis	vierais (seis)		ved (no veáis)		
vean	vieran (sen)		vean		
vuelva	volviera (se)		—	volviendo	vuelto
vuelvas	volvieras (ses)		vuelve (no vuelvas)		
vuelva	volviera (se)		vuelva		
volvamos	volviéramos (semos)		volvamos		
volváis	volvierais (seis)		volved (no volváis)		
vuelvan	volvieran (sen)		vuelvan		

[1] In verbs ending in -gar, the g is changed to gu before e: jugué, llegué, negué, pagué, rogué.

[2] In verbs ending in -zar, the z is changed to c before e: almorcé, analicé, comencé, empecé, especialicé, gocé, recé.

[3] In verbs ending in -car, the c is changed to qu before an e: ataqué, busqué, critiqué, equivoqué, publiqué.

[4] In verbs like concluir, a y is inserted before any ending that does not begin with i: concluyo, construyo, contribuyo, destruyo, huyo.

[5] An unstressed i between two vowels is changed to y: creyó, leyó.

[6] In verbs ending in -guir, the gu is changed to g before a and o: sigo (siga).

Vocabulary

Spanish-English Vocabulary

The following vocabulary includes all words used in this text except exact or certain very close cognates, cognates ending in **-ción** or **-sión,** most proper nouns, most numbers, most conjugated verb forms, regular past participles when the infinitive is listed, and adverbs ending in **-mente** when the corresponding adjective is listed. Stem-changing verbs are indicated by (**ie**), (**ue**), or (**i**) following the infinitive. A (**zc**) after an infinitive indicates that **c** is changed to **zc** in the first-person singular form of the present tense; similarly, (**z**) indicates a change from **c** to **z.** The following abbreviations are used:

abbr. abbreviation	*obj. of prep.* object of a preposition
adj. adjective	*obj. pron.* object pronoun
adv. adverb	*p. part.* past participle
coll. colloquial	*pl.* plural
conj. conjunction	*prep.* preposition
dir. obj. direct object	*pron.* pronoun
f. feminine	*recip. reflex.* reciprocal reflexive
fam. familiar (**tú** or **vosotros**)	*refl. pron.* reflexive pronoun
indir. obj. indirect object	*rel. pron.* relative pronoun
inf. infinitive	*sing.* singular
m. masculine	*subj. pron.* subject pronoun
n. noun	

Note also that in Spanish, **ñ**—a separate letter of the alphabet—follows **n** in dictionaries, so that **bañar** would occur after **bandera** (for example).

A

a at; to; for; from; on
abajo below, underneath
abandonar to abandon, leave
el **abanico** fan
la **abeja** bee
abierto open
el **abogado** (la **abogada**) lawyer
abolir to abolish
el **aborto** abortion
abrazar to embrace
el **abrazo** hug
abrigado heavy, warm
el **abrigo** coat, overcoat
abril April
abrir to open
absoluto absolute; **no... en absoluto** not ... at all
absurdo absurd, ridiculous
la **abuela** grandmother
el **abuelo** grandfather; *pl.* grandparents
la **abundancia** abundance
aburrido bored; boring
aburrir to bore; **aburrirse** to get bored
el **abuso** abuse
acá here
acabar to end, finish, run out; **acabar bien** (**mal**) to end well (badly), have a happy (sad) ending; **acabar de** + *inf.* to have just (done something)
la **academia** academy
académico academic
acampar to camp
acaso perhaps
acceder a to get into; **acceder a la universidad** to get into college

el **acceso** access
el **accesorio** accessory
el **accidente** accident
la **acción** action; **Día de Acción de Gracias** Thanksgiving Day
el **aceite** oil
acelerado accelerated, hurried
el **acento** accent
aceptar to accept
acerca (de) concerning, about
acercarse (a) to approach
acompañar to accompany
aconsejar to advise, counsel
acordar (ue) to agree; **acordarse de** to remember
acortar to shorten
acostar (ue) to put to bed; **acostarse** to go to bed
acostumbrarse (a) to become accustomed to, get used to
la **actitud** attitude, position
la **actividad** activity
activo active
el **acto** act
el **actor** actor
la **actriz** actress
actual current, present day
la **actualidad** present, present time
actualmente currently
actuar to act (out), play a role
acuático aquatic
acudir a to go to; to come
el **acueducto** aqueduct
el **acuerdo** agreement; **¿de acuerdo?** okay?; **estar de acuerdo con** to agree with, be in agreement with; **ponerse de acuerdo** to come to an agreement; **Sí, de acuerdo.** All right, okay.

acumular to accumulate
la **acupuntura** acupuncture
acusado accused; *m.* defendant
acusar to accuse
adaptarse a to adapt to
adecuado adequate
adelantado ahead
adelante forward; **adelante con...** on with ...; **desde ese día en adelante** from that day on; **salir adelante** to get ahead, make progress; **seguir adelante** to proceed straight ahead
además besides; also, in addition; **además de** in addition to
adentro inside
adicto a addicted to
adiós good-bye
la **adivinanza** riddle
adivinar to guess
el **adjetivo** adjective
la **administración de empresas** business administration
administrar to administer, keep account of
admirar to admire
admitir to admit
el **adobe** adobe, sun-dried brick
el, la **adolescente** adolescent
adonde where
¿adónde? (to) where?
adoptar to adopt
adorar to adore
adornar to adorn, decorate
el **adorno** decoration, accessory
adquirir (ie) to acquire

la **aduana** customs house

adulto adult

el **adverbio** adverb

aéreo (pertaining to) air

aeróbico aerobic

la **aerolínea** airline

el **aeropuerto** airport

afectar to affect

la **afirmación** statement

afirmar to state, affirm

afirmativo affirmative

afortunadamente
fortunately

africano African

afrocubano Afro-Cuban

afuera outside

la **agencia** agency; **agencia de
empleos** employment
agency

la **agenda** calendar

el, la **agente** agent; **agente de
viajes** travel agent

agradable pleasant

agradar to give pleasure

agradecer (zc) to thank

agradecido grateful, thankful

agregar to add

agresivo aggressive

el **agricultor** (la **agricultora**)
farmer

la **agricultura** agriculture

el **agua** f. water

el **aguacate** avocado

agudo sharp

ahora now, currently, at
present; **ahora más que
nunca** now more than ever;
ahora mismo right away,
immediately

ahorrar to save

el **ahorro** saving

el **aire** air; **al aire libre** in
the open air

aislado isolated

el **ajedrez** chess

el **ajo** garlic

al (*contraction of* **a** + **el**); **al** +
inf. on or upon doing
something; **al aire libre** in
the open air; **al amanecer** at
dawn; **al contrario** on the
contrary; **al fin** finally; **al
final de** at the end of; **al
mismo tiempo** at the same
time; **al peso** by the weight;
de al lado next door

alargar to lengthen

la **alberca** swimming pool

albergar to lodge,
accommodate

el **albergue** inn, hostel

alcanzar to catch; to reach; to
be enough

la **alcoba** bedroom

alcohólico alcoholic

alegrar to make happy; **alegrar
la vida** to cheer up

alegrarse (de) to be glad,
happy; **¡Cuánto me alegro!**
How happy I am!

alegre cheerful, happy

la **alegría** joy, happiness; **¡Qué
alegría!** How terrific!; **¡Qué
alegría verte!** How nice to
see you!

alemán German

la **alergia** allergy

alérgico allergic

el **alfabeto** alphabet

la **alfombra** carpet

algo *pron.* something,
anything; *adv.* somewhat;
tener algo que ver con to
have something to do with

alguien someone, somebody;
anyone, anybody

algún, alguno some; any;
some sort of; *pl.* some; a few;
some people; **a (en) alguna
parte** somewhere; **alguna
vez** ever; **algunas veces**
sometimes; **de alguna**

manera in some way,
somehow; **en algunas
partes** in some places,
somewhere; **sin duda
alguna** with no doubt

la **alimentación** food

alimentarse (de) to nourish
oneself (by)

el **alimento** nourishment, food

el **alivio** relief; **¡Qué alivio!**
What a relief!

allá there

allí there; **Sigan por allí.**
Continue that way
(direction).

el **alma** f. soul, spirit, heart

el **almacén** department store

la **almeja** clam

el **almirante** admiral

almorzar (ue) to have lunch, a
large midday meal

el **almuerzo** lunch

Aló. Hello. (*on telephone*)

el **alojamiento** lodging,
boarding

el **alpinismo** climbing, hiking

alquilar to rent

el **alquiler** rent

alrededor (de) around

la **alta tecnología** high
technology

alternado: en forma alternada
alternating, taking turns

la **alternativa** alternative,
choice

los **altibajos** ups and downs

la **altitud** height

alto tall, high; **la clase alta**
upper class

la **altura** height; **tener seis
pies de altura** to be six feet
tall

el **alumbrado** light

el **alumno** (la **alumna**)
student

el **ama de casa** f. housewife

amable kind

amanecer to dawn; to get up; *m. n.* dawn, daybreak

el, la **amante** lover

amar to love

amarillo yellow

ambicioso ambitious

ambiental environmental

ambientalista environmental

el **ambiente** environment; **medio ambiente** (natural) environment

ambos both

la **amenaza** threat

amenazar to threaten

americano American; **fútbol americano** football

el **amigo** (la **amiga**) friend; **ser muy amigo de** to be a good friend of

la **amistad** friendship

amistosamente in a friendly way

el **amor** love

amoroso loving, affectionate; amorous

el **analfabetismo** illiteracy

analfabeto illiterate

ancho wide; **tener 50 pies de ancho** to be 50 feet wide

el **anciano** (la **anciana**) elderly person

anciano old, aged

andar to walk; to ride in; to function

andino Andean, in the Andes

la **anécdota** anecdote

angloamericano Anglo-American

la **angustia** anxiety, anguish

el **ánimo** spirit

anoche last night

anochecer to get dark; *m. n.* dusk, nightfall

ansioso anxious

ante before; in the presence of

anteayer the day before yesterday

los **anteojos** eyeglasses

el **antepasado** (la **antepasada**) ancestor

anterior preceding; **anterior a** before

antes before, first; **antes de (que)** before

el **antibiótico** antibiotic

el **anticonceptivo** contraceptive

el **antidepresivo** antidepressant

el **antídoto** antidote

la **antigüedad** antique

antiguo old, ancient; former

el **antónimo** antonym

la **antropología** anthropology

el **antropólogo** (la **antropóloga**) anthropologist

anunciar to announce

el **anuncio** announcement, advertisement

el **año** year; **a fines del año** at the end of the year; **a los siete años** at the age of seven; **celebrar tus 80 años** to celebrate your 80th birthday; **durante dos años** for two years; **el año pasado** last year; **el año que viene** next year; **los años 70** the seventies; **hace un año** a year ago; **tener 19 años** to be 19 years old

apacible peaceful

apagar to turn off

el **aparato** appliance

aparecer (zc) to appear

la **apariencia** appearance

el **apartamento** apartment

aparte apart

el **apellido** last name

el **apéndice** appendix

el **apetito** appetite

aplicar to apply

apoderarse de to take possession of

aportar to bring

apoyar to support, back

el **apoyo** support

apreciar to appreciate

aprender to learn

aprisa quickly, hurriedly

aprobar (ue) to pass (an exam)

apropiado appropriate

aproximadamente approximately

aproximarse a to approach, move near

apuntar to make a note of

el **apunte** note; **tomar apuntes** to take notes

apurarse a to hurry up; to hurry to

aquel, aquella *adj.* that; **aquél, aquélla** *pron.* that (one)

aquello *pron.* that

aquellos, aquellas *adj.* those; **aquéllos, aquéllas** *pron.* those

aquí here; **aquí cerca** nearby; **Aquí tienes.** Here you are.

el, la **árabe** Arab

arábigo Arabic

el **árbol** tree

archivar to file

el **archivo** file; **archivo de reserva** backup file

el **arco** arch

el **área** *f.* area

la **arepa** corn pancake

argentino Argentinean

árido arid, dry

el **arma** *f.* weapon

armar to arm

el **arquitecto** (la **arquitecta**) architect

la **arquitectura** architecture

arreglar to fix

arrepentirse (ie) to repent; **arrepentirse de** to regret

arrestar to arrest

arriba on top; up; **de arriba** above

arrimarse to join along/together

el **arroz** rice

el **arte** art; *pl.* las **artes** arts; **bellas artes** fine arts

el **artículo** article; **artículo definido** definite article; **artículo indefinido** indefinite article

el, la **artista** artist; actor, actress

artístico artistic

asar to roast

la **ascendencia** descent, origin

ascender to ascend, go up

el **ascensor** elevator

el **asco** revulsion, disgust

asegurar(se) to make sure

así in this way; like this (that); so; thus; **así que** so, in that way

asiático Asian

el **asiento** seat; **tomar asiento** to take a seat

asistir (a) to attend

asociado associate(d)

asociarse to be associated

el **asombro** astonishment, marvel

el **aspecto** aspect

la **aspirina** aspirin

la **astrología** astrology

la **astronomía** astronomy

asumir to assume

el **asunto** matter, subject, issue, affair

atacar to attack

el **ataque** attack

la **atención** attention; **prestar atención** to pay attention

atender (ie) to attend to; to wait on, respond

el, la **atleta** athlete

atlético athletic

la **atmósfera** atmosphere

atmosférico atmospheric

atormentar to torment

atractivo attractive; *m.* attraction

atraer to attract

atrás behind

atreverse a to dare

las **atribuciones** allowances, privileges

aumentar to go up; to increase; **aumentar de peso** to gain weight; **aumentar el doble** to double

el **aumento** increase; **aumento de sueldo** increase in salary, raise

aun even

aún still, yet

aunque even though, although

auténtico authentic

la **autobiografía** autobiography

el **autobús** bus; **en autobús** by bus

el **autódromo** racetrack

automático automatic

el **automóvil** automobile, car

automovilístico *adj.* automobile, car

la **autonomía** autonomy, independence

el **autor** (la **autora**) author

la **autoridad** authority

autoritario authoritarian

el **autostop** hitchhiking; **hacer autostop** to hitchhike

¡Auxilio! Help!

avanzar to advance

la **aventura** adventure

aventurero adventurous

avergonzar to embarrass

averiguar to find out

el **avión** plane; **en avión** by plane

¡Ay! Ouch! Oh!

ayer yesterday

la **ayuda** help

ayudar to help

el **azafrán** saffron

azteca Aztec

el **azúcar** sugar

azul blue

B

el **bachillerato** secondary-school degree

bailar to dance

el **bailarín** (la **bailarina**) dancer

el **baile** dance

bajar to descend; to go down; **bajar de peso** to lose weight; **bajar un archivo** to download a file; **bajarse de** to get off

bajo *prep.* under; *adj.* short; low; **a precio más bajo** at a lower price

el **balcón** balcony

la **bancarrota** bankruptcy

el **banco** bank; bench

la **bandera** flag

bañar to bathe; **bañarse** to take a bath

el **baño** bath; bathroom

el **bar** bar

barato cheap

la **barbaridad** atrocity; **¡Qué barbaridad!** Good grief!
el **barco** boat
la **barra** bar
la **barrera** barrier; division
el **barrio** neighborhood
basar (en) to base (on)
la **base** staple, basis; **a base de** based on
básico basic
el **básquetbol** basketball
bastante *adj.* enough; *adv.* rather; quite a bit; **bastante bien** pretty good
bastar to be enough, suffice; **¡Basta!** That's enough!
la **bastardilla** italics
la **basura** garbage
el **basurero** garbage can
la **batalla** battle
el **batido** shake (*lit.* beating together)
el **bautismo** baptism
el **bebé** baby
beber to drink
la **bebida** drink
la **beca** scholarship
el **béisbol** baseball
la **belleza** beauty
bello beautiful; **bellas artes** fine arts
la **bendición** blessing
beneficiar to benefit
beneficioso beneficial
besar to kiss
el **beso** kiss
la **biblioteca** library
la **bicicleta** bicycle; **andar en bicicleta** to go by bicycle
el **bicicross** dirt biking
bien well; very; good, fine; **acabar bien** to have a happy ending; **bastante bien** pretty good; **¿Está bien que** + *subjunctive...*? Is it okay to

...?; **pasarlo bien** to have a good time
los **bienes** *pl.* goods
la **bienvenida** welcome; **dar la bienvenida a** to welcome
bienvenido welcome
bilingüe bilingual
el **billete** *(Spain)* ticket
la **biografía** biography
la **biología** biology
el **biólogo** (la **bióloga**) biologist
la **biosfera** biosphere
la **bisabuela** great-grandmother
el **bisabuelo** great-grandfather; *pl.* great-grandparents
la **bisnieta** great-granddaughter
el **bisnieto** great-grandson; *pl.* great-grandchildren
blanco white
la **blusa** blouse
la **boca** mouth
la **boda** wedding
el **bolero** Spanish song or dance
el **boleto** ticket
el **bolígrafo** ballpoint pen
la **bolsa (de valores)** stock market
el **bolsillo** pocket
el **bolso** bag, purse
bombardear to bombard
el **bombón** sweet, candy
bonito pretty
borracho drunk
el **bosque** forest
el **bote** rowboat; **bote de vela** sailboat
la **botella** bottle
el **botones** bellboy
el **Brasil** Brazil
brasileño Brazilian
el **brazo** arm

breve brief
brillante brilliant
la **brillantez** brilliance
el **brío** strength, vigor
la **broma** joke; **en broma** in fun, jokingly
bromear to joke
el **bronce** bronze; brass
bruto stupid
bucear to dive, go diving
el **buceo** (scuba) diving; **hacer buceo** to go diving
buen, bueno good, nice; well, okay; **¡Buen provecho!** Enjoy your meal!; **Buen viaje.** Have a good trip.; **¡Buena lección!** That will teach you (him, her, etc.)!; **Bueno.** Hello. (*Mexico, used as telephone greeting*); Well ...; **Hace buen tiempo.** The weather is nice.; **¡Qué buenas noticias!** What good news!; **¡Qué bueno!** Great!
el **búho** owl
burlarse de to mock; to make fun of
la **burra** female donkey
el **burrito** large tortilla rolled around meat, beans, etc.
el **buscador** search engine
buscar to look for; **en busca de** in search of
la **búsqueda** search
el **buzón** mailbox

C

caballeresco knightly, chivalrous
la **caballería** chivalry
el **caballero** gentleman
el **caballo** horse
caber to fit

la **cabeza** head; **le duele la cabeza** his (her) head aches

el **cabo** end; **al fin y al cabo** in the end

el **cacao** cacao tree or bean; chocolate, cocoa bean

cada each, every

caer(se) to fall (off)

el **café** coffee; café

la **cafeína** caffeine

la **caída** fall

el **cajero** (la **cajera**) cashier

el **calcetín** sock

la **calculadora** calculator

calcular to calculate

la **calefacción** heat, heating

el **calendario** calendar

el **calentamiento (global)** (global) warming

la **calidad** quality

cálido warm, hot

caliente hot (temperature)

callar to quiet, silence; **callarse** to keep quiet

la **calle** street; **calle principal** main street

la **calma** calmness, composure

el **calor** heat, warmth; **hace calor** the weather is hot; **tener calor** to be warm, hot

la **caloría** calorie

el **calzado** footwear, shoe(s)

la **cama** bed

la **cámara** camera; **cámara de video** video camera

el **camarero** (la **camarera**) waiter (waitress)

el **camarón** shrimp

cambiar to change; to exchange; **Cambiando de tema...** Changing the subject ...; **cambiar de opinión** to change one's mind; **cambiar de**

residencia to move; **cambiar de trabajo** to change jobs

el **cambio** change; **en cambio** on the other hand, in contrast; **la tasa de cambio** rate of exchange

caminar to walk

la **caminata** walk; **hacer (darse) una caminata** to take a walk

el **camino** road

el **camión** truck

la **camioneta** van

la **camisa** shirt

la **camiseta** T-shirt

el **camote** sweet potato

el **campamento** camp; **ir de campamento** to go camping

la **campaña** campaign

el **campeonato** championship

el **campesino** (la **campesina**) country person, peasant, farmer

el **campo** country; field

canadiense Canadian

el **canal** channel

la **canción** song

la **candela** candle

el **candidato** (la **candidata**) candidate

cansado tired

cansar to tire out; **cansarse** to become tired

el, la **cantante** singer

cantar to sing

la **cantidad** quantity; **cantidad** *coll.* a whole lot

el **cañón** canyon; cannon

la **capa (de ozono)** (ozone) layer

la **capacidad** capacity

capaz able, capable

capitalista capitalist

el **capítulo** chapter

capturar to capture

la **cara** face

el **carácter** character; nature; **de buen carácter** good-natured

caracterizar to characterize

¡Caramba! Good grief!

el **caramelo** sweet, candy

¡Caray! Good grief!

la **cárcel** jail

cardíaco heart, cardiac

carecer de to lack; to be without

el cargo: a cargo de in charge of

el **Caribe** Caribbean

el **cariño** affection

cariñoso affectionate

carismático charismatic

carnaval Mardi Gras celebration

la **carne** meat; **carne de vaca** beef

caro expensive

la **carpintería** carpentry

el **carpintero** (la **carpintera**) carpenter

la **carrera** career; race; **estudiar a la carrera** to cram

la **carretera** highway

la **carta** letter

el **cartel** sign

la **cartera** wallet, small purse

el **cartógrafo** (la **cartógrafa**) mapmaker

el **cartón** cardboard

el **cartonero** (la **cartonera**) (*Colombia*) person who collects recyclable materials from garbage bins or cans

la **casa** house; **en casa** in the home, at home; **fuera de casa** outside the home (out)

el **casamiento** wedding

casar to marry; **casarse** to get married

casi almost

el **caso** case; **en caso de que** in case; **hacer caso** to pay attention

el **castellano** Castilian, Spanish (language)

el **castillo** castle

el **catálogo** catalogue

el **catarro** head cold

la **catedral** cathedral

la **categoría** category, class

católico Catholic

la **causa** cause; **a causa de** because of

causar to cause

la **cebolla** onion

ceder to cede, give up

la **cédula** card; **cédula de identidad** ID (card)

celebrar to celebrate

el **celo** jealousy; **tener celos** to be jealous

celoso jealous

celta Celtic

celtíbero Celtiberian

el **cementerio** cemetery

la **cena** dinner

cenar to eat dinner

el **censo** census

la **censura** censorship

censurar to censor

el **centavo** cent

el **centro** center; downtown; **centro comercial** shopping center

Centroamérica Central America

centroamericano Central American

la **cerámica** ceramics

cerca (de) near; **aquí cerca** nearby

el **cerdo** pork

el **cereal** grain, bean

la **ceremonia** ceremony

cero zero

cerrar (ie) to close; **cerrar con llave** to lock

el **cerro** hill

la **cerveza** beer

el **chaleco** vest

la **chaqueta** jacket

la **charla** talk, chat

charlar to chat, talk

la **charrería** *(Mexico)* practice of traditional horsemanship

el **charro** (la **charra**) *(Mexico)* horseman (horsewoman)

¡chau! *(Southern Cone of South America, from Italian "ciao")* So long!, Bye!

checar *(Mexico)* to check

el **cheque** check; **cheque de viajero** traveler's check

la **chica** girl

el **chico** boy; *pl.* boys or boys and girls

chico small

el **chile** chili pepper; **chile relleno** stuffed chili pepper

chileno Chilean

chino Chinese

el **chiste** joke; **chiste verde** dirty joke

chistoso amusing, witty, funny

el **ciberamigo** (la **ciberamiga**) cyberfriend

el **cibercafé** cybercafe

ciego blind

el **cielo** sky, heaven

cien, ciento one hundred; **por ciento** per cent

la **ciencia** science; **las ciencias de computación** computer science; **las ciencias políticas** political science; **las ciencias sociales** social sciences

la **ciencia-ficción** science fiction

el **científico** (la **científica**) scientist

cierto *adj.* certain, a certain; true; *adv.* of course, certainly; **lo cierto es que** the fact is that

el **cigarrillo** cigarette

el **cigarro** cigar

la **cima** height

el **cine** cinema, movie theater

la **cinematografía** cinematography

la **cinta** tape

la **cintura** waist

la **circunstancia** circumstance

la **cita** appointment; date

la **ciudad** city

el **ciudadano** (la **ciudadana**) citizen

la **claridad** light; **con claridad** clearly

el **clarinete** clarinet

claro clear; light; **¡Claro!** Of course! **¡Claro que no!** Of course not!

la **clase** class; kind, type; **clase alta** upper class; **compañero(a) de clase** classmate; **viajar en primera clase** to travel first class

clásico classical

la **cláusula** clause

el, la **cliente** customer

el **clima** climate

la **clínica** clinic

cobrar to charge

la **cocaína** cocaine

el **coche** car; **en coche** by car

la **cocina** cuisine, cooking; kitchen

cocinar to cook

el **cocinero** (la **cocinera**) cook, chef

el **coco** coconut

el **cocodrilo** crocodile

el **coctel** cocktail (party)

la **coincidencia** coincidence

la **cola** line; **hacer cola** to stand in line

colectivo collective

el **colegio** (elementary or secondary) school, usually private

el **colmo** height, limit; **¡Esto es el colmo!** This is the last straw!

colocar to place

colombiano Colombian

coloquial colloquial, informal

la **columna** column

la **comadre** close family friend; godmother of one's child

combatir to combat

combinar to combine

el **comediante** (la **comedianta**) comedian (comedienne)

comentar to comment

el **comentario** comment; commentary

comenzar (ie) to begin

comer to eat

comercial commercial

el, la **comerciante** businessperson

el **comercio** commerce, business

cometer to commit, make

cómico comical, funny; **la tira cómica** cartoon, comic strip

la **comida** food; meal

el **comienzo** beginning; **a comienzos de** at the beginning of

la **comisión** commission

como *adv.* as, as though; like, such as; how; *conj.* since, as long as; **cómo** how (to); **como quieras** as you like;

como si as if; **tan... como** as ... as; **tanto (...) como** as much (...) as

¿cómo? (¡cómo!) how? (how); what? what did you say? what is it?; **¡cómo no!** of course!; **¿Cómo se dirá...?** How does one say...?

cómodo comfortable

el **compa'** short for **compadre**

el **compadre** close family friend; godfather of one's child

el **compañero** (la **compañera**) companion; **compañero(a) de clase** classmate; **compañero(a) de cuarto** roommate

la **compañía** company

la **comparación** comparison

comparar to compare

comparativo comparative

compartir to share

la **compasión** compassion, pity, sympathy

la **competencia** competition

competitivo competitive

completar to complete

completo complete; full (i.e., no vacancies); **pensión completa** room with three meals a day included

complicado complicated

componer to compose

comportarse to behave

el **compositor** (la **compositora**) composer

la **compra** purchase; **ir de compras** to go shopping

el **comprador** (la **compradora**) buyer

comprar to buy

comprender to understand

la **comprensión** understanding; empathy

comprensivo understanding

compuesto *adj* composed; *n.* compound

la **computación** computation; las **ciencias de computación** computer science

la **computadora** computer

común common

la **comunicación** communication

comunicar(se) to communicate

la **comunidad** community

el **comunismo** communism

comunista communist

con with; **con gran interés en** greatly interested in; **con más razón** all the more reason; **con permiso** excuse me, with your permission; **con respecto a** with respect to, in reference to; **con tal (de) que** provided that

concentrarse en to be centered in

el **concepto** concept

la **conciencia** conscience

el **concierto** concert

concluir to finish

concreto concrete

conducir (zc) to drive; to lead, conduct

la **conferencia** lecture

confesar (ie) to confess

la **confianza** confidence, trust

confundir to confuse

el **congreso** congress; conference

la **conjetura** conjecture, guess

el **conjunto** band

conmemorar to commemorate

conmigo with me

conocer (zc)   to meet; to know; to know about, be familiar with; **¡Qué gusto conocerlo(la)!**   Nice to meet you! Pleasure to meet you!

el **conocido** (la **conocida**)   acquaintance; *adj.* known, well known

el **conocimiento**   knowledge

la **conquista**   conquest

el **conquistador**   conqueror

conquistar   to conquer

la **consecuencia**   consequence

consecutivo   consecutive

conseguir (i)   to obtain, get

el **consejero** (la **consejera**)   adviser; counselor

el **consejo**   piece of advice; **dar consejos**   to advise

conservador   conservative

conservar   to conserve; save

considerar   to consider

consigo *pron.* with you, with him, with her, with them; with yourself, with yourselves, with himself, with herself, with oneself, with themselves

consistir (en)   to consist (of)

consolado   consoled

constante   constant

constituir   to constitute

construir   to build

el **consuelo**   consolation

la **consulta: libro de consulta**   reference book

consultar   to consult

consumir   to consume

el **consumo**   consumption

la **contabilidad**   accounting

el **contacto**   contact; **en contacto**   in touch

contado: pagar al contado   to pay cash

contaminar   to pollute

contar (ue)   to tell; **contar (con)**   to count (on)

contemporáneo   contemporary

contener (ie)   to contain

el **contenido**   contents

contento   happy

la **contestación**   answer, reply

el **contestador (automático)**   (automatic) answering machine

contestar   to answer, respond

contestataria   questioning, rebellious, contentious

el **contexto**   context

contigo   with you (*fam. sing.*)

el **continente**   continent

continuación: a continuación   immediately after(wards), following

continuar   to continue

contra   against; **en pro o en contra**   for or against

contrario: al contrario   on the contrary; **por el contrario**   on the contrary, however

contrarreloj   timed (*lit.* against the clock)

contrastar   to contrast

el **contraste**   contrast

contratar   to hire, employ

el **contrato**   contract

contribuir (con)   to contribute

controlar   to control; to check

convencer (z)   to convince

convenir (ie)   to be convenient, suitable

el **convento**   convent

conversar   to converse

convertir (ie, i)   to convert, change; **convertirse en**   to become

la **convivencia**   living together (in society)

convivir   to live together, live with

el **coñac**   cognac

la **copa**   glass; goblet; **tomar una copa**   to have a drink (usually alcoholic)

copiar   to copy

coqueto   flirtatious

el **corazón**   heart

la **corbata**   necktie

la **cordillera**   range, chain (of mountains)

el **coro**   chorus

correcto   correct, right

corregir (i)   to correct

el **correo**   post office; mail

correr   to run

la **correspondencia**   correspondence; **curso por correspondencia**   correspondence course

corresponder   to correspond

la **corrida: corrida de toros**   bullfight

la **corte**   court (royal)

cortés   courteous

la **cortesía**   courtesy, politeness

corto   short, brief

la **cosa**   thing

la **cosecha**   harvest

coser   to sew

cósmico   cosmic

la **costa**   coast; **costa marítima**   seacoast

costar (ue)   to cost

el **costo**   cost; **costo de vida**   cost of living

la **costumbre**   custom, habit

cotidiano   daily

el **creador** (la **creadora**)   creator; *adj.* creative

crear   to create

la **creatividad**   creativity

creativo   creative

crecer (zc)   to grow; to grow up

el **crecimiento**   growth

el **crédito**   credit; **la tarjeta de crédito**   credit card la **creencia** belief

creer to believe, think; **Creo que no.** I don't think so.; **¿No crees?** Don't you think so?; **¡Ya lo creo!** I believe it!

criarse to grow up, be brought up

el **crimen** crime

el **cristal** glass, crystal

cristiano Christian

Cristo Christ

la **crítica** critique, review

criticar to criticize

el **crítico** (la **crítica**) critic

la **crónica** chronicle

la **cruz** cross

cruzar to cross

el **cuaderno** notebook

la **cuadra** city block

el **cuadro** picture, painting

cual, cuales: el (la) cual, los (las) cuales which, whom; **lo cual** which

¿cuál? ¿cuáles? which? which one(s)? what?

la **cualidad** quality, attribute, characteristic

cualquier any; **cualquiera** anyone

cuando when, whenever

¿cuándo? when?

cuanto: en cuanto as soon as; **en cuanto a** as far as ... is concerned; **unos cuantos** a few

¿cuánto? how much? how many? **¡Cuánto me alegro!** How happy I am!; **¡Cuánto lo siento!** How sorry I am! I'm very sorry!; **¿cuánto tiempo?** how long?

el **cuarto** room; quarter; fourth; **cuarto de al lado** room next door; **cuarto de baño** bathroom; **cuarto doble** double room; **cuarto sencillo** single room

cubano Cuban

cubierto (de) covered (with); *m.* tableware

cubista cubist (art)

cubrir to cover

la **cuchara** tablespoon

la **cucharita** teaspoon

el **cuchillo** knife

el **cuello** neck

la **cuenta** bill, check; **a fin de cuentas** in the final analysis; **darse cuenta de** to realize

el **cuento** story

el **cuerpo** body

la **cuestión** question, matter, issue

el **cuestionario** questionnaire

el **cuidado** care; **Cuidado.** Be careful.; **tener cuidado** to be careful

cuidadosamente carefully

cuidar(se) to take care of (oneself)

culinario culinary

la **culpa** blame, guilt; **La culpa fue mía.** It was my fault.; **tener la culpa** to be guilty

culpable guilty

cultivar to cultivate

el **cultivo** cultivation

culto well educated

la **cultura** culture

el **cumpleaños** birthday

cumplir to reach; fulfill; **cumplir... años** to be ... years old

la **cuna** cradle

la **cuota** fee; installment, payment

el **cura** priest

la **cura** cure

curar(se) to cure (oneself)

la **curiosidad** curiosity

curioso curious, strange

el **curso** course; **curso de computación** computer-science course; **seguir un curso** to take a course

cuyo *rel pron.* whose, of whom, of which

D

dado given

la **danza** dance

el, la **danzante** dancer

el **daño** harm; **hacer daño** to harm

dar to give; **dar a** to face, be on; **dar la bienvenida a** to welcome; **dar consejos** to give advice; **dar importancia a** to consider (something) important; **dar un paseo** to take a walk; **dar un paso** to take a step; **dar una vuelta** to go for a walk; **darse cuenta de** to realize; **darse la mano** to shake hands; **darse por vencido** to give up, surrender; **darse prisa** to be in a hurry; **¿Qué más da?** So what?

de of, from, about; in; on (*after a superlative*); by; made of; as, with; **De nada.** You're welcome.; **de veras** really; **más de** more than (*before a number*)

debajo de underneath

deber to owe; to be obliged to, have to, ought to, should; *m. n.* duty; *pl.* homework

debido: debido a due to

débil weak

la **debilidad** weakness

la **década** decade

decente decent

la **decepción** disappointment

decepcionado disappointed

decidir to decide

decir (i) to say, tell; **¿Cómo se dirá... ?** How does one say ... ?; **es decir,...** that is, ...; **¿Es decir que... ?** Is that to say ... ? Do you mean ...?; **querer decir** to mean

la **decisión** decision; **tomar una decisión** to make a decision

declarar to declare

dedicar to dedicate; **dedicarse a** to dedicate oneself to

el **dedo** finger; **el dedo del pie** toe

el **defecto** defect

defender (ie) to defend

la **defensa** defense

el **defensor** (la **defensora**) defender

definido definite

degenerar to degenerate

degustar to taste, try

dejar to leave (something behind); to let, allow; **dejar de** to stop; **Déjeme presentarme.** Allow me to introduce myself.; **dejar caer** to let fall; to drop

del contraction of **de** + **el**

delante (de) in front of, before

los **deleites** delights

delgado slender

delicado delicate

delicioso delicious

la **delincuencia** delinquency

demás rest, remaining; **lo demás** the rest; **los demás** (the) others

demasiado too, too much; pl. too many

la **democracia** democracy

el, la **demócrata** democrat

democrático democratic

demográfico: la explosión demográfica population explosion

la **demoiselle** (French) young lady, maiden

demonios: qué demonios what in the dickens

demostrar (ue) to demonstrate, show

el **demostrativo** demonstrative

denso thick

el, la **dentista** dentist

dentro (de) inside; within

depender (de) to depend (on)

el, la **dependiente** clerk

el **deporte** sport; **hacer deportes** to play sports

deportivo adj. relating to sports

deprimido depressed

derecho straight; right; **a la derecha** to the right; **seguir derecho** to proceed straight ahead

el **derecho** right; law

derivar to derive

derramar to spill

el **desacuerdo** disagreement; **estar en desacuerdo con** to disagree with

desafortunadamente unfortunately

desagradable unpleasant

desaparecer (zc) to disappear

la **desaprobación** disapproval

desarrollar to develop; to unfold

el **desarrollo** evolution; development; growth

el **desastre** disaster

desayunar(se) to have breakfast; **desayunarse con...** to have ... for breakfast

el **desayuno** breakfast; **tomar el desayuno** to have breakfast

descansar to rest

el **descanso** rest

descender (ie) to descend

descifrar to decipher, unscramble

descompuesto broken

desconcertado disconcerted

descongestionar to relieve congestion

desconocido unfamiliar, not known; n. stranger

descortés impolite, rude

describir to describe

descriptivo descriptive

descubierto discovered

el **descubrimiento** discovery

descubrir to discover

el **descuento** discount

desde since; from; **desde chico** since childhood; **desde hace mucho tiempo** for a long time; **desde hace muchos años** for many years

desdichado unfortunate

deseable desirable

desear to wish, want

el **desempleo** unemployment

el **deseo** wish

desesperar to despair

la **desgracia** misfortune; **¡Qué desgracia!** What bad luck!

deshacer to undo, take apart

deshonesto dishonest

el **desierto** desert; adj. deserted, desert

la **desigualdad** inequality

la **desnutrición** malnutrition

desocupar to get out of, vacate

desorganizado disorganized

despacio slow

la **despedida** farewell, leavetaking

despedir (i) to fire;
   despedirse (de) to say
   goodbye (to)
desperdiciar to waste
despertar (ie) to waken;
   despertarse to wake up,
   awaken
despierto awake; alert
después (de) after, afterwards;
   después (de) que *conj.*
   after; **después de todo** in the
   final analysis, in the end; **poco**
   después shortly afterwards
el **destino** destiny
destructivo destructive
destruir to destroy
la **desventaja** disadvantage
el **detalle** detail
determinar to determine, fix
detestar to hate, detest
detrás de behind
la **deuda** debt; **deuda externa**
   foreign debt
devolver (ue) to return, give
   back
el **devoto** (la **devota**) devotee,
   adherent (of a religion); *adj.*
   devout
el **día** day; **al día siguiente**
   on the following day;
   Buenos días. Good
   morning.; **de día** by day;
   día de fiesta holiday; **el**
   Día de Acción de Gracias
   Thanksgiving Day; **el Día de**
   Año Nuevo New Year's
   Day; **el Día de la**
   Independencia
   Independence Day; **el Día de**
   la Madre Mother's Day; **el**
   Día de los Muertos All
   Souls' Day, Day of the Dead; **el**
   Día de la Raza Columbus
   Day; **el Día de los Reyes**
   Magos Epiphany; **el Día de**

San Valentín Valentine's
   Day; **el Día del Trabajo**
   Labor Day; **hoy (en) día**
   today, nowadays; *pl.* **en**
   aquellos días in those
   days; **en unos días** in a few
   days; **todos los días**
   everyday
el **diablo** devil
el **diálogo** dialogue
diario daily; *m. n.* newspaper;
   diary
el, la **dibujante** illustrator
dibujar to draw
el **dibujo** drawing
el **diccionario** dictionary
el **dicho** saying; *p. part.* said,
   told
diciembre December
el **dictador** dictator
la **dictadura** dictatorship
el **diente** tooth
la **dieta** diet; **estar a dieta** to
   be on a diet
la **diferencia** difference
diferente different
difícil difficult, hard
la **dificultad** difficulty
la **dignidad** dignity
el **diminutivo** diminutive; *adj.*
   tiny
dinámico dynamic, energetic
el **dinero** money; **dinero en**
   efectivo cash; **¡Ni por todo**
   el dinero del mundo! Not
   (even) for all the money in
   the world!
el **dios** god; **si Dios quiere**
   God willing
diplomático diplomatic
el **diputado** (la **diputada**)
   representative
la **dirección** address, direction;
   dirección electrónica e-
   mail address

directo direct
el **director** (la **directora**)
   conductor; director
dirigir to direct
la **disciplina** discipline
el **disco** record; disk; **disco**
   compacto compact disc;
   disco duro hard disk; **disco**
   flexible floppy disk
la **discoteca** discotheque
discreto discreet
discriminar (a) to
   discriminate (against)
la **disculpa** excuse
disculpar to excuse, forgive;
   disculparse to apologize
el **discurso** speech
la **discusión** argument;
   discussion
discutir to discuss; to argue
diseñar to design, draw
el **diseño** design, drawing
disfrutar (de) to enjoy
disminuir to go down,
   decrease
la **disputa** fight, argument
la **distancia** distance; **llamada**
   de larga distancia long-
   distance call
distinguir to distinguish
distinto different, distinct,
   peculiar
la **diversidad** diversity
la **diversión** entertainment,
   diversion
diverso diverse, different; *pl.*
   several
divertido amusing, funny;
   amused
divertir (ie) to amuse,
   entertain; **divertirse** to have
   a good time
dividir to divide, separate, part;
   dividirse en to be divided
   into

divorciar to divorce

divorciarse to get a divorce

el **divorcio** divorce

doblar to double; to fold; to turn

el **doble** double; **aumentar el doble** to double

la **docena** dozen

el **doctor** (la **doctora**) doctor

el **doctorado** doctorate

documentar to document

el **documento** document

el **dólar** dollar

doler (ue) to hurt, ache; **Me duele la cabeza.** My head aches.

el **dolor** pain, ache; regret, sorrow

doméstico domestic; **animal doméstico** pet

dominador dominating

dominante dominant

dominar to dominate, control, rule

el **domingo** Sunday

dominicano Dominican; of the Dominican Republic

el **dominio** domination

don, doña titles of respect or affection used before a first name

donde where

¿dónde? where?; **¿de dónde?** from where?

dondequiera wherever

dormido asleep

dormir (ue) to sleep; **dormirse** to fall asleep

el **dormitorio** bedroom

dramático dramatic

drástico drastic

la **droga** drug(s)

la **ducha** shower

la **duda** doubt

dudar to doubt

dudoso doubtful, dubious

el **dueño** (la **dueña**) owner, proprietor

el **dulce** sweet, piece of candy; *adj.* sweet; fresh

durante for; during; **¿durante cuánto tiempo?** for how long?

durar to last, take a long time

duro hard; difficult

E

e and (*replaces* **y** *before words beginning with* **i-** *or* **hi-**)

echar to throw (out); **echar una siesta** to take a nap

la **ecología** ecology

la **economía** economics; economy

económico economic

el, la **economista** economist

el **ecuador** the equator

ecuestre *adj.* equestrian, related to horseback (riding)

la **edad** age; **la Edad Media** Middle Ages; **¿Qué edad tienes?** How old are you?; **tener... años de edad** to be ... years old

el **edificio** building

editar to publish

la **educación** upbringing; education

educado brought up; educated; **bien educado** well brought up; **mal educado** badly brought up, rude, spoiled

educar to bring up; to educate

efectivo actual, real; **dinero en efectivo** cash

el **efecto** effect

eficaz efficacious, effective

eficiente efficient

el **egoísmo** selfishness

egoísta selfish

ejecutivo executive

el **ejemplo** example; **por ejemplo** for example

ejercer to exercise; **ejercer una profesión** to practice a profession

el **ejercicio** exercise; **hacer ejercicio** to exercise

el **ejército** army

el the; **el que** he who, the one who

él *subj. pron.* he; *obj. of prep.* him, it; **de él** (of) his

la **elección** election; choice

la **electricidad** electricity

eléctrico electric

la **elegancia** elegance

elegante elegant, stylish

elegir (i) to elect; to choose

elemental essential, basic

el **elemento** element

elevar to raise, elevate

eliminar to eliminate

ella *subj. pron.* she; *obj. of prep.* her, it; **de ella** her, (of) hers

ellos, ellas *subj. pron.* they; *obj. of prep.* them; **de ellos (ellas)** their, (of) theirs

emailear *coll.* to e-mail

embarazada pregnant

embargo: sin embargo however

la **emergencia** emergency

el, la **emigrante** emigrant

emigrar to emigrate

emocional emotional

emocionante exciting, moving

emotivo emotional

empeorarse to become worse

el **emperador** (la **emperadora**) emperor (empress)

empezar (ie) to begin, start, initiate

el **empleado** (la **empleada**) employee

emplear to use; to employ, hire

el **empleo** employment, job; **la agencia de empleos** employment agency; **dar empleo** to employ, hire

la **empresa** company; **administración de empresas** business administration

en in; into; at; on; **en bastardilla** in italics; **en búsqueda de** in search of; **en cambio** on the other hand, in contrast; **en casa** at home; **en caso (de) que** in case; **en cuanto** as soon as; **en cuanto a** as far as ... is concerned; **en la gloria** in seventh heaven; **en la luna** daydreaming; **en punto** on the dot; **en realidad** in reality; **en resumen** in summary; **en seguida** at once; **en serio** seriously; **en síntesis** in short; **en vez de** instead of; **en vivo** live (performance); **pensar en** to think about

enamorado (de) in love (with)

enamorarse (de) to fall in love (with)

encantador charming, enchanting

encantar to delight, enchant; **Encantado.** Delighted; Glad to meet you.; **Me encanta(n)...** I love ...

encargarse de to be in charge of

encerrado closed in

la **enchilada** enchilada (a tortilla stuffed with meat or cheese and served with a rich sauce)

la **enciclopedia** encyclopedia

encima (de) above, on top (of)

encontrar (ue) to find, encounter; **encontrarse con** to meet, run across

la **encuesta** poll

enemigo hostile; *n.* enemy

la **energía** energy

enfermarse to become ill, get sick

la **enfermedad** illness

el **enfermo (la enferma)** sick person; *adj.* sick, ill

el **enfoque** focus

enfrentar to confront

enfrente de in front of

engañar to deceive, trick, fool

el **engaño** deceit, cheating

engañoso tricky

el **enlace** link

enojado angry

enojar to anger; **enojarse** to become angry

enorme enormous

enriquecer (zc) to enrich; **enriquecerse** to be enriched

la **ensalada** salad

el **ensayo** essay

la **enseñanza** teaching; education; instruction

enseñar to teach; to show

entender (ie) to understand, to hear

enterarse (de) (ie) to find out (about)

entero whole, entire

el **entierro** funeral, burial

entonces then; and so

la **entrada** entrance, entry; **el salón de entrada** lobby

entrado: entrado en años getting on in years

entrante: la semana entrante coming week

entrar to enter, go into, come in; **entrar al sistema** to log in

entre between; among; **entre tanto** in the meantime

el **entremés** appetizer

entretener (ie) to entertain

el **entretenimiento** entertainment

la **entrevista** interview

entrevistar to interview

entusiasmado (con) excited, enthusiastic (about)

entusiasmarse por to be (get) enthusiastic about

el **entusiasmo** enthusiasm

el **envase (retornable)** (returnable) container

enviar to send

la **envidia** envy

la **epidemia** epidemic

el **episodio** episode

la **época** age, time

el **equipaje** luggage; equipment

el **equipo** team; **equipo electrónico** audio equipment

la **equivalencia** equivalence

equivalente equivalent

equivocar to mistake, get wrong; **equivocarse** to be mistaken, be wrong; to make a mistake

la **escalera** stairs; ladder

el **escándalo** scandal

escanear to scan

escaparse de to escape from, get out of

la **escena** scene, episode

el **escenario** stage, set

el **esclavo (la esclava)** slave

escoger to choose, select

esconder to hide

escribir to write

escrito *p. part. of* **escribir** written

el **escritor (la escritora)** writer

la **escritura** writing

el **escuadrón** squad;
escuadrón de la muerte
death squad

escuchar to listen to

la **escuela** school; **escuela primaria** elementary school; **escuela secundaria** high school

el **escultor** (la **escultora**) sculptor

la **escultura** sculpture

ese, esa *adj.* that; **ése, ésa** *pron.* that (one)

el **esfuerzo** effort

la **esgrima** fencing

la **esmeralda** emerald

eso *pron.* that; **a eso de** at around (time of day); **Eso es.** That's right.; **por eso** that's why, for that reason

esos, esas *adj.* those; **ésos, ésas** *pron.* those

el **espacio** space; **espacio en blanco** blank

la **espalda** back

espantoso frightening

español Spanish

especial special

la **especialidad** specialty; major

especializarse en to major in; to specialize in

especialmente especially

la **especie** species; type, kind

específico specific

el **espectáculo** show

el **espejo** mirror

la **esperanza** hope

esperar to wait for; to hope; to expect; **Es de esperar.** It's to be expected.; **¡No esperaba esto!** I didn't expect this!

el **espíritu** spirit, soul

espiritual spiritual

espléndido splendid

espontáneo spontaneous

la **esposa** wife

el **esposo** husband; *pl.* husband and wife

la **espuma** foam

el **esquí** ski

esquiar to ski

la **esquina** corner

estable stable

establecer (zc) to establish

el **establecimiento** establishment

la **estación** season; station

el **estadio** stadium

la **estadística** statistic

el **estado** state, government status; **estado libre asociado** free associated state; **Estados Unidos** United States

estadounidense (citizen) of the United States

la **estampilla** stamp

el **estante** shelf

estar to be; **¿Está bien que +** *subjunctive...* **?** Is it okay to ...?; **estar cansado** to be tired; **estar de acuerdo con** to be in agreement with; **estar de buen (mal) humor** to be in a good (bad) mood; **estar de visita** to be visiting; **estar despierto** to be alert, awake; **estar en la luna** to be daydreaming

la **estatua** statue

este, esta *adj.* this; **éste, ésta** *pron.* this (one)

el **este** east

el **estereotipo** stereotype

el **estilo** style; **estilo de vida** lifestyle

estimado esteemed; dear

estimulante stimulating

estimular to stimulate

el **estímulo** stimulant

esto *pron.* this (one)

el **estómago** stomach

estrecho narrow, closed in; *n. m.* straits

la **estrella** star; **estrella errante** falling star

el **estrés** stress (*Anglicism*)

estricto strict

la **estructura** structure

estructurado structured

el, la **estudiante** student

estudiantil *adj.* student; **la residencia estudiantil** dorm

estudiar to study

el **estudio** study; survey

la **estufa** stove

estupendo wonderful, great

la **etiqueta** label

étnico ethnic

europeo European

el **evento** event, happening

evidente evident, obvious

evitar to avoid, keep away from

exacto exact; **¡Exacto!** Right! Precisely!

exagerar to exaggerate

el **examen** examination, test; **fracasar en un examen** to fail an exam; **hacer (dar, sufrir, pasar) un examen** to take an exam

examinar to examine

la **excelencia** excellence

excelente excellent

excepto except

exclamar to exclaim

exclusivamente exclusively

la **excusa** excuse

exigente demanding

exigir to demand

exiliarse to go into exile
existente existing
existir to exist, be
el **éxito** success; **tener éxito** to be successful
exitoso successful
exótico exotic
la **experiencia** experience
experimentar to experience
el **experto** (la **experta**) expert
la **explicación** explanation
explicar to explain
el **explorador** (la **exploradora**) explorer
explorar to explore
exponer to exhibit
la **exportación** exportation, export
exportar to export
la **exposición** exhibit
expresar(se) to express (oneself)
extender (ie) to extend
extenso extended
externo foreign
el **extranjero** (la **extranjera**) foreigner; adj. foreign; **en el extranjero** abroad
extrañar to miss
extraño strange, odd
extraordinario extraordinary
extremo extreme
extrovertido extroverted

F

la **fábrica** factory
fabricar to manufacture
fácil easy, simple
la **facilidad** ease
la **facultad** school (of a university), department; faculty (capacity)
la **falda** skirt
fallar to fail

falso false
la **falta** lack
faltar to be lacking; **Me falta(n)...** I need ...; **¡No faltaba más!** That's all we need!
la **fama** fame
la **familia** family
familiar adj. family; n. family member
la **familiaridad** familiarity
famoso famous
la **fantasía** fantasy
fantástico fantastic, unreal
la **farmacia** pharmacy; pharmacology
fatal coll. horrible, awful
la **fatiga** fatigue
el **favor**; **por favor** please; **favor de...** please ...
favorito favorite
faxear to fax
la **fe** faith
febrero February
la **fecha** date
fecundar to fertilize
la **felicidad** happiness; pl. congratulations
las **felicitaciones** congratulations
feliz happy; **Feliz fin de semana.** Have a nice weekend.
femenino feminine
feminista feminist
fenicio Phoenician
fenomenal phenomenal, terrific
el **fenómeno** phenomenon
feo ugly
feroz ferocious; terrible
ficticio fictitious
la **fidelidad** loyalty
la **fiebre** fever
fiel faithful

la **fiesta** party; **día de fiesta** holiday; **hacer una fiesta** to have a party
figurar to figure; be present
fijar to affix; **fijarse (en)** to notice
fijo fixed, set
filosofar to philosophize
la **filosofía** philosophy
el **filósofo** (la **filósofa**) philosopher
el **fin** end; **a fin de cuentas** in the final analysis; **a fines de** at the end of; **al fin** finally; **al fin y al cabo** in the end (to make a long story short); **fin de semana** weekend; **poner fin a** to put an end to; **por fin** finally
el **final**: **al final (de)** at the end (of)
finalizar to finalize
finalmente finally
financiero financial
las **finanzas** finances
firmar to sign
firme firm; hard
la **física** physics
el **físico** (la **física**) physicist; adj. physical
flamenco pertaining to Gypsy music
el **flan** dessert somewhat like a custard
la **flauta** flute
la **flor** flower
flotar to float
folklórico folk (music), folkloric
la **forma** form; type; shape
la **formación** education, training
la **formalidad** formality
formar to form, make

formidable terrific

el **formulario** form

fortalecer (zc) to fortify, give strength

forzado forcibly, by necessity

la **fotocopia** photocopy

la **foto(grafía)** photo(graph); photography; **sacar fotos** to take pictures

el **fotógrafo** (la **fotógrafa**) photographer

fracasar (en) to fail

francamente frankly

francés French

la **frase** sentence, phrase

fraudulento fraudulent

la **frecuencia: con frecuencia** frequently

frecuente frequent

frente a opposite, facing

la **fresa** strawberry

fresco fresh; cool; **hace fresco** the weather is cool

el **frijol** bean

el **frío** cold; **hace frío** the weather is cold; **tener frío** to be cold

frito fried

la **frontera** border; frontier

la **fruta** fruit

el **fuego** fire

la **fuente** source; fountain

fuera (de) outside (of)

fuerte strong; loud; **plato fuerte** main course

la **fuerza** force, power

fulano so-and-so

fumar to smoke

funcionar to function; **Esto no funciona.** This doesn't work (is out of order).

el **funcionario** functionary

el **fundador** (la **fundadora**) founder

fundar to found, establish

furioso furious

el **fútbol** soccer; **fútbol americano** football

el **futuro** future

G

el **galanteo** courtship, wooing

la **galaxia** galaxy

la **gallina** hen, chicken

el **gallo** rooster

el **galón** gallon

el **ganador** (la **ganadora**) winner

ganar to earn; to win

las **ganas: tener ganas de +** *inf.* to feel like (doing something)

la **garantía** warranty

la **garganta** throat

la **gasolina** gasoline

gastar to spend (money, for instance)

el **gasto** expenditure, expense

el **gato** cat

generador generative

general general, usual; **por lo general** in general, generally

generalizar to generalize

el **género** gender; genre

generoso generous

genial congenial; brilliant (having genius)

el **genio** genius

la **gente** people

la **geografía** geography

geográfico geographic

el, la **gerente** manager

el **gesto** gesture, expression

el **gigante** giant

el **gimnasio** gym

la **gira** tour

gitano Gypsy

la **gloria: estar en la gloria** to be in seventh heaven

gobernar (ie) to govern

el **gobierno** government

las **golosinas** sweets

el **golpe** blow, hit

gordo fat

gozar (de) to enjoy; **gozar de buena salud** to enjoy good health

la **grabadora** tape recorder

la **gracia** grace, charm; humor, quality of being funny or amusing; **hacerle gracia a uno** to strike someone as funny; *pl.* thanks; **Día de Acción de Gracias** Thanksgiving Day; **¡Gracias!** Thank you! Thanks!; **Gracias por llamar (venir).** Thanks for calling (coming).

gracioso funny, amusing

el **grado** degree; grade

graduarse to graduate

gráfico graphic

la **gramática** grammar

gran (*apocope of* **grande**) great, large; **gran parte** a great part

grande big, large; great

el **grano** grain, bean

gratis free of charge

gratuito free of charge

grave grave, serious

griego Greek

la **gripe** flu

gritar to shout

el **grupo** group

guapo good-looking

guaraní Guaraní (Indian group of Paraguay)

guardar to keep; to put away

guatemalteco Guatemalan

güero fair (complexion)

la **guerra** war

el, la **guía** guide; **la guía** guidebook

el **guión**   script

la **guitarra**   guitar

gustar   to please, be pleasing to; **Me gusta(n)...** I like ...

el **gusto**   pleasure; taste; **¡Cuánto gusto de verte!** How nice to see you!; **El gusto es mío.** The pleasure is mine.; **Mucho (Tanto) gusto.** Pleased to meet you.; **No he tenido el gusto.** I haven't had the pleasure.; **¡Qué gusto!** What a pleasure!; **Sobre gustos no hay nada escrito.** To each his (her) own.

H

haber   to have (*auxiliary verb to form compound tenses*); to be (impersonal); **haber de + inf.** to be supposed to, be expected to; **había** there was (were); **habrá** there will be; **hay** there is (are); **hay que + inf.** it is necessary to, one must (should); **No hay de qué.** You're welcome. Don't mention it.; **No hay pena.** No need to be embarrassed.; **¿Qué hay?** What's up?; What's the matter?; **¿Qué hay de nuevo?** What's new?

la **habilidad**   ability

la **habitación**   room

el, la **habitante**   inhabitant

habitar   to inhabit, live

el **hábito**   habit

habituarse a   to get used to, accustomed to

el **habla: de habla hispana** Spanish-speaking

hablador   talkative

hablar to talk, speak; **hablando de todo un poco** to change

the subject; **¡Ni hablar!** Don't even mention it!

hace   (*with a verb in the past tense*) ago; **hace dos años** two years ago; **¿cuánto tiempo hace que... ?** how long has ...?; **hace... que + present** something has been going on for + *time period*

hacer   to make; to do; **hacer + inf.** to have something done; **hacer buen (mal) tiempo** to be good (bad) weather; **hacer calor (frío, sol, viento)** to be hot (cold, sunny, windy); **hacer cola** to stand in line; **hacer deportes** to play sports; **hacer ejercicios** to do exercises; **hacer una fiesta** to have a party; **hacerle gracia a uno** to strike someone as funny; **hacer mal a alguien** to harm someone; **hacer un papel** to play a role; **hacer una pregunta** to ask a question; **hacer trampas** to cheat; **hacer uso de** to make use of; **hacer un viaje** to take a trip; **hacerse + noun (or adj.)** to become; **Eso no se hace.** That's not allowed (done).

hacia   toward

hacía: hacía... que (+ imperfect) something had been going on for + *time period*

hallar   to find

el **hambre** *f.*   hunger; **tener hambre** to be hungry

la **hamburguesa**   hamburger

hasta   until; as far as; up to; even; **desde... hasta** from ...

to; **¡Hasta luego!** See you later!; **hasta que** *conj.* until

hecho   made; *m. n.* event; fact

el **helado**   ice cream

la **hembra**   female

el **hemisferio**   hemisphere

la **herencia**   heritage; inheritance

la **hermana**   sister

el **hermano**   brother; *pl.* brothers, brothers and sisters

hermoso   beautiful, handsome

el **héroe**   hero

la **heroína**   heroine

el **hidalgo (la hidalga)** nobleman (noblewoman)

el **hielo**   ice

la **hierba**   herb; grass

el **hierro**   iron

la **hija**   daughter

el **hijo**   son; *pl.* children, sons and daughters

hipotético   hypothetical

hispánico   Hispanic

hispano   Hispanic

hispanoamericano   Hispanic American

la **histeria**   hysteria

la **historia**   story; history

histórico   historic

el **hockey-césped**   field hockey

el **hockey-patín**   ice hockey

el **hogar**   home

la **hoja**   leaf; sheet (of paper)

¡Hola!   Hello! Hi!

holandés   Dutch

el **hombre**   man; **¡Hombre!** *coll.* Wow! Man! (*used as a form of address for women or men*)

el **hombro**   shoulder

homogéneo   homogeneous, similar

hondo   deep

honesto   honest

honrado honorable

honrar to honor

la **hora** hour; time; **durante una hora** for an hour; **Es hora de...** It's time to ...; **hora de partida** time of departure; **No veo la hora...** I can't wait ...; **¿Qué hora es?** What time is it?

el **horario** schedule, timetable

el **horóscopo** horoscope

horrendo awful

la **hostería** inn, hostel

el **hotel** hotel; **hotel de lujo** luxury hotel

hoy today; **hoy (en) día** these days, nowadays; **hoy mismo** this very day

el **hueco** hole

la **huelga** strike; **hacer huelga** to be on strike

la **huerta** fruit or vegetable garden

el **hueso** bone

el, la **huésped** (*also* la **huéspeda**) guest

el **huevo** egg

huir to flee

la **humanidad** humanity

humanitario humanitarian

humano human

humilde humble

el **humo** smoke

el **humor** humor; mood; **estar de buen (mal) humor** to be in a good (bad) mood

humorístico humorous

hundirse to sink

el **huracán** hurricane

¡Huy! Ow!

I

ibérico Iberian

el **ibero** (la **ibera**) Iberian (Spanish or Portuguese)

iberoamericano Iberian American

ida: de ida y vuelta roundtrip

idealista idealistic

la **identidad** identity; **cédula de identidad** ID (card)

identificarse con to identify with

ideográfico ideographic, using symbols

la **ideología** ideology

ideológico ideological

el **idioma** language

idiota idiotic

la **iglesia** church

ignorar to ignore, not know

igual the same; equal; **igual que** the same as

la **igualdad** equality

igualmente equally; **Igualmente.** Same to you.

ilegal illegal

iluminar to illuminate

ilustrar to illustrate

la **imagen** image, picture

imaginar to imagine

imaginativo imaginative

imitar to imitate

impedir (i) to impede, hinder

el **imperio** empire

el **impermeable** raincoat

impertinente impertinent

implicar to imply

imponer to impose

la **importación** importation, import

la **importancia** importance; **dar importancia a** to consider (something) important; **¿Qué importancia tiene?** So what?

importante important

importar to matter, be important; **No importa.** It doesn't matter.

imposible impossible

impresionante impressive

impresionar to impress

impresionista impressionist

impreso printed

la **impresora** printer

imprimir to print

improvisar to improvise

el **impuesto** tax

el **impulso** impulse

inaugurar to inaugurate, open

inca Inca; **Inca** *m.* supreme ruler of the Incas

incaico of the Incas

la **incapacidad** incapacity

el **incendio** fire

incitar to incite, encourage

incluir to include

incluso including; even

incómodo uncomfortable

incompleto incomplete

inconstante inconstant

la **incredulidad** disbelief

increíble incredible; **¡Qué increíble!** How amazing!

indeciso indecisive

indefinido indefinite

la **independencia** independence

independiente independent

independizarse to become independent, self-sufficient

indeseable undesirable

indicar to indicate; to note

el **indicativo** indicative

el **indicio** clue word

indígena native; indigenous

indio Indian

indirecto indirect

el **individuo** individual

indocumentado undocumented

inducir (zc) to induce

la **industria** industry

industrializar to industrialize

la **infancia** childhood

infantil children's

infeliz unhappy
el **infierno** hell
el **infinitivo** infinitive
la **influencia** influence
influir to influence
informarse to get information
la **informática** computer science
informativo informative
el **informe** report
la **ingeniería** engineering
el **ingeniero** (la **ingeniera**) engineer
ingenioso ingenious
Inglaterra England
inglés English
el **ingrediente** ingredient
los **ingresos** income
iniciar to initiate, strike up
la **injusticia** injustice
injusto unfair; unjust
inmediato immediate
el, la **inmigrante** immigrant
la **inmunología** immunology
innovar to innovate
inocente innocent
inolvidable unforgettable
insatisfecho dissatisfied
la **inseguridad** insecurity
insistir en to insist on
insolente insolent
el **insomnio** insomnia
insoportable unbearable
inspirar to inspire
el **instrumento** instrument
insultante insulting
insultar to insult
el **insulto** insult
intelectual intellectual
la **inteligencia** intelligence
inteligente intelligent
la **intensidad** intensity
intensivo intensive
intenso intense
la **interactividad** interactivity
intercambiar to exchange

el **interés** interest; **con gran interés en** greatly interested in
interesante interesting
interesar to interest; **interesarse** to be interested
internacional international
interno domestic
interpretar to interpret
interrogar to interrogate, question
interrumpir to interrupt
intervenir (ie) to intervene
intolerante intolerant
introducir (zc) to introduce
introvertido introverted
intuitivo intuitive
la **inundación** flood
inútil useless
invadir to invade
inventar to invent
el **invento** invention
el **invernadero** hothouse, greenhouse
la **inversión** investment
invertir (ie) to invest
la **investigación** research; investigation
investigar to research
el **invierno** winter
el **invitado** (la **invitada**) guest
invitar to invite; to treat
la **inyección** injection
ir to go; **ir a** + *inf.* to be going to + *inf.*; **ir a pie** to go by foot; **ir de campamento** to go camping; **ir de compras** to go shopping; **ir de paseo** to go for a stroll; **ir en avión (tren, barco,** etc.) to go by plane (train, boat, etc.); **irse** to go (away), leave; **¡Qué va!, ¡Vaya!** Come on now!
irlandés Irish

la **ironía** irony
irónico ironic
irracional irrational
irresponsable irresponsible
la **irritabilidad** irritability
la **isla** island
el **istmo** isthmus
italiano Italian
el **itinerario** schedule
izquierdo left; **a la izquierda** on (to) the left

J

el **jai alai** jai alai (game of Basque origin)
jamás never, (not) ever
el **jamón** ham
japonés Japanese
el **jardín** garden
la **jardinería** gardening
el **jardinero** (la **jardinera**) gardener
el **jaripeo** (*Mexico*) rodeo
el, la **jefe** (*also* **la jefa**) boss, leader
la **jícara** (*Mexico*) cup
el, la **joven** young person; *adj.* young
judío Jewish
el **juego** (type of) game
el **jueves** Thursday
el, la **juez** judge
el **jugador** (la **jugadora**) player
jugar (ue) (a) to play (sports, games); to gamble
el **jugo** juice
el **juguete** toy
julio July
junio June
la **junta** junta; board, council; meeting
junto together, near
la **justicia** justice
justificar to justify

justo fair, just
la **juventud** youth

K

el **kilo(gramo)** kilo(gram)
el **kilómetro** kilometer

L

la the (*f. sing.*); *dir. obj.* her, it, you (**Ud.**); **la de** that of; **la que** the one that
laboral work
laboralmente in terms of work
el **lado** side; **al lado de** next to, next door to; **al otro lado** on the other side; **de al lado** next door; **del lado de** on the side of; **por todos lados** everywhere
el **ladrón** thief
el **lagarto** alligator
el **lago** lake
lamentar to lament, be sad
el **lamento** lament
el **lápiz** pencil
largo long; **a lo largo de** along
las the (*f. pl*); *dir. obj.* them, you (**Uds.**); **las de** those of; **las que** the ones (those) that
la **lástima** pity; **¡Qué lástima!** What a pity!
lastimar to hurt, injure; **lastimarse** to hurt oneself
la **lata** tin (can); **¡Qué lata!** What a pain!
el **latín** Latin (language)
latino Latin
latinoamericano Latin American
lavar to wash; **lavarse las manos** to wash one's hands

le *indir. obj.* (to, for, from) him, her, it, you (**Ud.**)
la **lección** lesson
la **leche** milk
el **lector** (la **lectora**) reader
la **lectura** reading
leer to read
legalizar to legalize
el **legislador** (la **legisladora**) legislator, lawmaker
la **legumbre** vegetable, legume
lejos far; far away; **lo más lejos posible** as far away as possible
la **lengua** language; tongue; **lengua materna** native language
el **lenguaje** language, terminology
lento slow
les *indir. obj.* (to, for, from) them, you (**Uds.**)
la **letra** letter; lyrics; *pl.* letters; literature
el **letrero** sign (incorporating written information, such as a shop sign, billboard, poster), label
levantar to raise; to lift up; **levantarse** to get up; to stand up
la **ley** law
la **leyenda** legend
libanés Lebanese
liberado liberated
la **libertad** liberty; freedom
el **libertador** liberator
libertar to free; to liberate
la **libra** pound
libre free, at liberty; unoccupied, not in use; **al aire libre** in the open air
la **librería** bookstore
el **libro** book; **libro de consulta** reference book

el **liceo** high school
el **líder** leader
ligero light
limitar to limit
el **limón** lemon
la **limonada** lemonade
limpiar to clean (up)
limpio clean
lindo pretty
la **línea** line; **en líner** on line
el **lío** mess, confusion
el **líquido** liquid
la **lista** list
listo ready; clever; **estar listo** to be ready; **ser listo** to be clever; to be quick
literario literary
la **literatura** literature
el **litro** liter
la **llamada** call; **llamada de larga distancia** long-distance call
llamar to call; **llamar la atención** to get (one's) attention; **llamarse** to be called; **¿Cómo se llama Ud.?** What is your name?
la **llave** key; **cerrar con llave** to lock
la **llegada** arrival
llegar to arrive; **llegar a ser** to become; **llegar a tener fama** to become famous
llenar to fill, fill out
lleno (de) full; filled (with)
llevar to carry; to take; to wear; **llevar una vida feliz** to have a happy life
llorar to cry
llover (ue) to rain
la **lluvia** rain
lo *dir. obj.* him, it, you (**Ud.**); the (*neuter*): **lo antes posible** as soon as possible; **lo cual** which; **lo máximo**

coll. the greatest; **lo mejor** the best thing; **lo mismo** the same thing; **lo que** what, that which

loco mad; crazy; **estar loco por** to be crazy about; **volver loco** to drive (someone) crazy; **volverse loco** to go crazy

la **locura** craziness, madness; weakness

lógico logical, reasonable

lograr to achieve; to obtain; to manage to; to succeed in

la **longevidad** longevity

los the (*m. pl.*); *dir. obj.* them, you (Uds.); **los de** those of; **los que** the ones (those) that (who)

la **lotería** lottery

la **lucha** struggle, fight; **lucha libre** freestyle

luchar to fight; to struggle; **luchar por** to fight for

luego then; afterwards; **luego que** *conj.* as soon as

el **lugar** place; **fuera de lugar** out of place; **tener lugar** to take place

el **lujo** luxury; **el hotel de lujo** luxury hotel

la **luna** moon; **estar en la luna** to be daydreaming

el **lunes** Monday

la **luz** light; traffic light

M

el **machismo** attitude that considers men to be superior to women

machista (male) chauvinistic

el **macho** male

la **madera** wood

la **madre** mother

madrileño of Madrid

la **madrina** godmother

la **madrugada** early morning, dawn

madurar to mature

maduro ripe

el **maestro** (la **maestra**) teacher; master

mágico magic, magical

magnífico magnificent

el **mago** magician; **los (Reyes) Magos** Three Kings, Wise Men

el **maíz** corn, maize

mal *adv.* badly, poorly; **acabar mal** to have an unhappy ending; **mal educado** rude, spoiled

el **mal** evil; **Nunca hizo mal a nadie.** He never harmed anyone.

mal, malo *adj.* bad, naughty; **estar de mal humor** to be in a bad mood; **hace mal tiempo** the weather is bad; **¡Menos mal!** That's a relief! Just as well!

la **maleta** suitcase

malgastar to waste

mandar to order; to send; to command; **¿Mande?** *(Mexico)* Pardon?, Sorry?

el **mandato** order, command

la **mandioca** manioc

el **mando** command; authority

manejar to drive; to manage, handle, speak (a language)

la **manera** way; **de alguna manera** somehow; **de esta manera** in this way; **de ninguna manera** (in) no way; **¡De ninguna manera!** No way!; **¿De qué manera?** In what way? How?

el **mango** mango (fruit)

la **manifestación** demonstration

manifestar (ie) to demonstrate, hold a rally

la **mano** hand; **darse la mano** to shake hands; **hecho a mano** handmade

la **manta** blanket

mantener (ie) to maintain; to support; to keep

la **mantequilla** butter

la **manzana** apple; *(Spain)* block

la **mañana** morning; *adv.* tomorrow; **de la mañana** A.M.; **por la mañana** in the morning

el **mapa** map

la **máquina** machine

el **mar** sea; ocean; **la orilla del mar** seashore

el **maratón** marathon

maravilloso wonderful

la **marca** brand

marcado noticeable, obvious

marchar to go; **marcharse** to leave, depart

el **marido** husband

la **mariposa** butterfly

el **marisco** shellfish

marítimo maritime; **la costa marítima** seacoast

el **martes** Tuesday

marzo March

más *adv.* more; any more; most; *prep.* plus; **ahora más que nunca** now more than ever; **con más razón** all the more reason; **más adelante** farther on; **más bien** rather; **más de** + *number* more than...; **más que** more than; **más o menos** more or less; okay; **más tarde** later; **más vale** it is better; **no tener más remedio** to have no other recourse; **¡Qué ciudad más bonita!** What a lovely city!; **¿Qué más da?** So what?

la **máscara** mask

matar to kill

las **matemáticas** mathematics

el, la **matemático** mathematician

la **materia** subject, field of study

la **maternidad** maternity; **en estado de maternidad** pregnant

materno maternal; **lengua materna** native language

la **matrícula** registration; tuition; **la oficina de matrículas** office of student registration

matricularse to register

el **matrimonio** married couple; matrimony; marriage

máximo: lo máximo *coll.* the greatest

maya Maya

mayo May

mayor greater; older; **el (la) mayor** the greatest; the oldest; **la mayor parte de** most of

la **mayoría** majority

me (to, for, from) me; myself

la **medalla** medal

la **medianoche** midnight

mediante by means of

las **medias** stockings

el **medicamento** medicine

la **medicina** medicine

el, la **médico** (*also* la **médica**) physician; *adj.* medical

la **medida** measure; measurement

medio half; middle; average; **la clase media** middle class; **la Edad Media** Middle Ages; **media mañana** in the late morning; **el medio ambiente** environment; **el Medio Oriente** Middle East

el **medio** medium; mean(s); **por medio de** by means of

el **mediodía** noon

mediterráneo *adj.* Mediterranean

mejor better; best; **lo mejor** the best part or thing

mejorar to improve; **mejorarse** to get better

la **memoria** memory; remembrance

mencionar to mention, tell

menor smaller; younger; smallest; youngest

menos less; least; except; **a menos que** unless; **al menos** at least; **más o menos** more or less; okay; **menos de** less than; **¡Menos mal!** That's a relief! Just as well!; **por lo menos** at least

el **mensaje** message

el **mensajero** (la **mensajera**) messenger

la **mente** mind

mentir (ie) to lie

la **mentira** lie

el **menudo** tripe soup

menudo: a menudo often

el **mercado** market

la **mercancía** merchandise

merecer (zc) to deserve

el **mes** month; **hace un mes** a month ago; **el mes pasado** last month; **por mes** monthly

la **mesa** table

el **mestizaje** crossing of races

mestizo mestizo, Indian and European

la **meta** goal, aim

meter to put; to insert; **meter la pata** to put one's foot in one's mouth, blunder

el **método** method

el **metro** meter

mexicano Mexican

mexico-americano Mexican American

la **mezcla** mixture

mezclar(se) to mix

mi, mis my

mí *obj. of prep.* me; myself

el **miedo** fear; **tener (sentir) miedo** to be afraid

el **miembro** member

mientras (que) while; **mientras tanto** in the meantime

el **miércoles** Wednesday

mil thousand; one thousand

el **milagro** miracle

militar military; *n.* soldier

la **milla** mile

millón million

el **millonario** (la **millonaria**) millionaire

mínimo minimal

el **ministro** (la **ministra**) minister

la **minoría** minority

minoritario minority

el **Minotauro** Minotaur (monster with the head of a bull)

el **minuto** minute

mío(s), mía(s) *adj.* my, (of) mine; **el mío (la mía, los míos, las mías)** *pron.* mine; **¡Dios mío!** My goodness!

mirar to watch, look (at)

la **misa** mass (religious)

miserable poor; miserable

la **miseria** extreme poverty; pittance;

mismo same; very; just right;
ahora mismo right now,
immediately; **hoy mismo**
this very day; **lo mismo**
the same (thing)
el **misterio** mystery
misterioso mysterious
la **mitad** half
el **mito** myth
la **mitología** mythology
la **mochila** backpack
la **moda** fashion
el **modelo** model, style
moderado moderate
moderno modern
modesto modest
modificar to change, modify
el **modismo** idiom
el **modo** style; way; mood
(*grammar*); **de todos modos**
anyway
el **mole** Mexican sweet and
spicy sauce
molestar to bother, annoy; **¿En
qué te molesta?** What's
wrong? How
does it bother you?
la **molestia** bother, trouble;
¡Qué molestia! What a
pain!
molesto upset
el **molino** mill; **molino de
viento** windmill
el **momento** moment
la **monarquía** monarchy
la **moneda** coin
monetario monetary
la **monja** nun
el **monje** monk
el **monólogo** monologue
el **monstruo** monster
el **montaje** setting up
la **montaña** mountain
montar a caballo to ride
horseback

montón: un montón de a lot
(*literally,* pile) of
morir (ue) to die
moro Moorish
el **mosaico** mosaic
la **mosca** fly
mostrar (ue) to show
el **motivo** reason; **por algún
motivo** for some reason
la **motocicleta** motorcycle
mover (ue) to move
la **movilidad** mobility
el **movimiento** movement
la **moza** (*Spain*) waitress
el **mozo** (*Spain*) waiter
la **muchacha** girl
el **muchacho** boy; *pl.* children
mucho *adj.* much; a lot; a great
deal; very; *pl.* many; *adv.* very
much; **muchas gracias**
thanks; **muchas veces**
many times, often; **Mucho
gusto.** Nice to meet you.;
mucho tiempo a long time
mudarse to move
el **mueble** piece of furniture
la **muerte** death
muerto dead; deceased
la **muestra** sign; sample
la **mujer** woman
mulato mulatto
la **multa** fine
mundial *adj.* world; **Segunda
Guerra Mundial** Second
World War
el **mundo** world; **todo el
mundo** everybody
la **muralla** wall
el **músculo** muscle
el **museo** museum
la **música** music
el, la **músico** musician; *adj.*
musical
mutuo mutual
muy very

N

nacer (zc) to be born
el **nacimiento** birth
la **nacionalidad** nationality
nada nothing; (not) anything;
adv. not at all; **De nada.**
You're welcome. Don't
mention it.
nadar to swim
nadie nobody; no one; (not)
anybody
la **naranja** orange
el **narcotraficante** drug dealer
la **nariz** nose
narrar to relate; narrate
la **natación** swimming
natal of birth, native
la **natalidad** birth; **el control
de la natalidad** birth control
nativo native
natural natural; illegitimate
la **naturaleza** nature
navegar (por) to navigate;
navegar por Internet to
surf the Web
la **Navidad** Christmas, Nativity;
pl. Christmas
navideño Christmas
necesario necessary
la **necesidad** need; necessity
necesitar to need
negar (ie) to deny
negativo negative
negociar to negotiate, do
business
el **negocio** business
la **negrilla** bold type
negro black; *n.* black person
el **nervio** nerve
nervioso nervous
netamente clearly
nevar (ie) to snow
ni nor; not even; **¡Ni a la
fuerza!** (*lit.* Not even by

force) No way!; **¡Ni a palos!**
(*lit.* Not even with blows) No
way!; **¡Ni hablar!** Don't
even mention it!; **¡Ni loco(a)!**
(*lit.* Not even crazy) No way!;
ni... ni neither ... nor; **¡Ni
por todo el dinero del
mundo!** Not (even) for all
the money in the world!

la **niebla** fog; **haber niebla**
to be foggy

la **nieta** granddaughter

el **nieto** grandson; *pl.*
grandchildren

la **nieve** snow

ningún, ninguno not one; not
any; none, no, neither (of
them); **de ninguna manera**
by no means, (in) no way; **¡De
ninguna manera!** No way!

la **niña** girl

la **niñez** childhood

el **niño** boy; *pl.* children; **de
niño** as a child

el **nivel** level; **nivel de vida**
standard of living

no no; not; **¿no?** right?

la **nobleza** nobility, integrity

la **noche** night; evening;
buenas noches good night,
good evening; **de la noche**
P.M.; **de noche** at night; **esta
noche** tonight; **por la
noche** at night; **toda la
noche** all night

la **Nochebuena** Christmas Eve

la **Nochevieja** New Year's Eve

nocturno nocturnal, night

nombrar to name

el **nombre** name

la **norma** the standard

el **norte** north

norteamericano North
American

nos (to, for, from) us, ourselves

nosotros, nosotras *subj.
pron.* we; *obj. of prep.* us,
ourselves

la **nota** note; grade; **sacar
buenas (malas) notas** to
get good (bad) grades

notar to note; to observe

la **noticia** news, notice; **mirar
las noticias** to watch the
news; **¡Qué buena noticia!**
What good news!

el **noticiero** news program

la **novedad** (piece of) news

la **novela** novel; **novela de
misterio** mystery

el, la **novelista** novelist

el **novenario** nine-day period
of mourning

noveno ninth

la **novia** girlfriend; fiancée;
bride

noviembre November

el **novio** boyfriend; fiancé;
bridegroom

la **nube** cloud

nublado cloudy

nuestro *adj.* our, of ours; **el
nuestro** *pron.* ours

nuevamente again

nuevo new; **de nuevo** again;
¿Qué hay de nuevo?
What's new?

la **nuez** (*pl.* **nueces**) nut

el **número** number

numeroso numerous

nunca never, (not) ever

nutrir to nourish, feed

nutritivo nutritious

O

o or; **o... o** either ... or

obedecer (zc) to obey

el **objetivo** objective

el **objeto** object

obligar to obligate; to compel

obligatorio obligatory

la **obra** work

el **obrero** (la **obrera**) worker

el **obsequio** gift

observar to observe

el **observatorio** observatory

obtener to obtain

obvio obvious; evident

la **ocasión** occasion

el **océano** ocean

el, la **oculista** oculist

ocupado busy; occupied

ocupar to occupy

ocurrir to occur, happen; to
take place

odiar to hate

el **odio** hatred

el **odontólogo** (la **odontóloga**)
odontologist, dentist

el **oeste** west

ofender (ie) to offend

ofensivo offensive

la **oferta** offer; **oferta de
trabajo** job offer

oficial official

la **oficina** office, bureau

el **oficio** skill; trade

ofrecer (zc) to offer; to
present

el **oído** sense of hearing

oír to hear; **¡Oiga!** word used
to get someone's attention

Ojalá (que)... I wish (that) ..., I
hope that ...; **¡Ojalá que nos
veamos pronto!** I hope
(that) we see each other soon!

el **ojo** eye; **¡Ojo!** Take notice!

oler (present: huele) to smell

olímpico olympic

el **olivo** olive tree

olvidar(se) de to forget

la **onda** sound wave; **¡Qué
onda(s)?** What's up?

la **opción** option; choice

opinar   to give an opinion; to think or have an opinion

oponer(se)   to oppose

la **oportunidad**   opportunity

la **oposición**   opposition

la **opresión**   oppression

el **optimismo**   optimism

el, la **optimista**   optimist; *adj.* optimistic

opuesto   opposite

la **oración**   sentence; prayer

el **orden**   order; sequence

la **orden**   order, command

ordenado   neat

el **ordenador**   computer

ordenar   to order, command

la **oreja**   ear

orgánico   organic

organizar   to organize

el **orgullo**   pride

orgulloso   proud

el **oriente**   orient, east

el **origen**   origin, source

originar   to originate

la **orilla**   edge; border; margin; **orilla del mar**   seashore

el **oro**   gold

la **orquídea**   orchid

la **ortografía**   spelling

la **oruga**   caterpillar

os   (to, for, from) you, yourselves

oscuro   obscure; dark

el **otoño**   autumn; fall

otro   another; other; **en otras palabras**   in other words; **otra vez**   again

P

la **paciencia**   patience

el, la **paciente**   patient; *adj.* patient

pacífico   peaceful

padecer (zc)   to suffer

el **padre**   father; *pl.* parents

el **padrino**   godfather; *pl.* godparents

la **paella**   paella, Spanish dish of seafood, chicken, and saffroned rice

pagar   to pay, pay for

la **página**   page; **página principal**   home page

el **pago**   pay

el **país**   country

el **pájaro**   bird

el **paisaje**   landscape

la **palabra**   word; **en otras palabras**   in other words

la **palabrota**   swearword

el **palacio**   palace

pálido   pale

la **palmera**   palm tree

el **palo**   stick

la **paloma**   dove

el **pan**   bread

la **panadería**   bakery

panameño   Panamanian

el **panecillo**   roll (bread)

la **pantalla**   screen

los **pantalones**   pants, trousers

la **papa**   potato

el **papá**   dad, papa

el **papel**   paper; role; **hacer (tener) un papel**   to play a role

el **paquete**   package

el **par**   pair; couple

para   for; for the purpose of; in order to; by (a certain time); toward, in the direction of; **estar para**   to be about to, to be in the mood for; **para mí**   as far as I'm concerned; **para que**   so that; **¿para qué?**   why?; **para siempre**   forever

la **parada**   stop

el **parador**   government-operated hotel in Spain

el **paraguas**   umbrella

paraguayo   Paraguayan

el **paraíso**   paradise

parar   to stop

parecer (zc)   to appear; to seem, look like; **¿Qué te parece?**   What do you think (about it)?

parecido   similar

la **pared**   wall

la **pareja**   couple

el **paréntesis**   parenthesis

el **pariente (la parienta)**   relative

la **parodia**   parody

el **parque**   park

el **párrafo**   paragraph

la **parranda**   partying; **la noche de parranda**   a night of partying

la **parte**   part; place; **¿De parte de quién?**   On whose behalf? Who is calling?; **en alguna parte**   somewhere; **en algunas partes**   in some places; **en otra parte**   somewhere else; **en, por todas partes**   everywhere; **la mayor parte de**   most of; **por otra parte**   on the other hand; **la tercera parte**   one-third

participar   to participate

el, la **partícipe**   participant

particular (a)   special (to)

la **partida**   departure; **la hora de partida**   time of departure

el **partido**   political party; game, match

partir   to part; to leave, depart

el **pasado**   past; last; *adj.* past; **pasado mañana**   the day after tomorrow; **el tiempo pasado** past tense, past

el **pasaje** passage; fare, ticket

el **pasajero** (la **pasajera**) passenger

el **pasaporte** passport

pasar to pass; to pass along; to spend (time); to happen; **pasarlo bien** to have a good time

la **Pascua** Passover; Easter

pasear to take a walk; to stroll

el **paseo** walk, stroll; drive, ride; **paseo a caballo** horseback ride; **dar un paseo** to take a walk, ride

pasivo passive

el **paso** step; pace; **dar un paso** to take a step

el **pastel** pie

la **pata** foot, leg (of animal); **meter la pata** to put one's foot in one's mouth, blunder

la **patata** potato

patinar to skate; **patinar sobre hielo** to ice skate

la **patria** homeland

el **patrimonio** inheritance

el **patrón** patron; protector; boss

la **paz** peace

el **pedazo** piece

el **pedido** request

pedir (i) to ask (someone to do something), ask for, request; to order (in a restaurant); **pedir prestado** to borrow

la **pelea** fight; quarrel

pelear to fight

la **película** film; movie

el **peligro** danger

peligroso dangerous

el **pelo** hair; **tomarle el pelo a uno** to put someone on, pull someone's leg

la **pena** punishment; penalty; sorrow; embarrassment; **No tenga(s) pena.** No need to be embarrassed.; **¡Qué pena!** What a shame!

la **pensión** room and board; **pensión completa** room with three meals a day included

el **pensador** (la **pensadora**) thinker

el **pensamiento** thought; idea

pensar (ie) to think; to plan; **pensar en** to think about

la **pensión** small hotel that generally provides at least one meal a day; **pensión completa** room with three meals a day included

el **penúltimo** (la **penúltima**) penultimate, next to the last

peor worse; worst; **lo peor** the worst thing or part; **Tanto peor.** So much the worse.

pequeño small; little

perder (ie) to lose; **¡No se puede perder!** You can't miss it (get lost)!; **perder (el) tiempo** to waste time

la **pérdida** loss

el **perdón** pardon; forgiveness; **Perdón.** Pardon.; I'm sorry.

perdonar to pardon; to forgive

la **pereza** laziness

perezoso lazy

perfecto perfect

el **periódico** newspaper

el, la **periodista** journalist

el **permiso** permission; **Con permiso.** Excuse me.

permitir to permit; to allow; **¿Me permite... ?** May I ...? Will you permit me to ...?

pero but

el **perro** dog

perseguir (i) to pursue; to persecute; to follow

la **persona** person; **toda persona** everyone

el **personaje** character (in a film or literary work)

la **personalidad** personality

la **perspectiva** perspective

pertenecer (zc) a to belong to

peruano Peruvian

pesado heavy; tiresome

pesar to weigh

pesar: a pesar de (que) in spite of (the fact that)

la **pesca** fishing

el **pescado** fish

el **pescador** (la **pescadora**) fisherman (fisherwoman)

pescar to fish

la **peseta** peseta (unit of money in Spain)

el, la **pesimista** pessimist

el **peso** weight; peso (unit of money); **bajar de peso** to lose weight

la **petición** petition; request

el **petróleo** oil; petroleum

picante highly seasoned, hot

picar to mince; **picar tapas** to nibble (snack) on **tapas**

el **pie** foot; **con el pie izquierdo** with (on) the left foot, left foot first; **ir a pie** to walk; **ponerse de pie** to stand up; **tener... pies de altura** to be ...feet tall (high)

la **piedra** rock, stone

la **piel** skin; fur

la **pierna** leg

la **pieza** room; part

la **pimienta** pepper

el **pingüino** penguin

pintar to paint

el **pintor** (la **pintora**) painter

pintoresco picturesque

la **pintura** painting

la **piña** pineapple

la **piñata** a decorated papier-mâché figure filled with candies, fruits, and gifts and hung high to be broken by a blindfolded person with a stick

la **pirámide** pyramid

el **pirata** pirate

la **piscina** swimming pool

el **piso** floor, story

la **pistola** pistol

la **pizarra** blackboard

plagiar to plagiarize, copy

planear to plan

el **planeta** planet

el **plano** (city) map

la **planta** plant

plantar to plant; **dejar plantado** to stand up (for a date)

plantear to set, define (a problem)

el **plástico** plastic

la **plata** silver; money

el **plátano** banana

la **plática** chat

el **plato** dish; plate; **plato fuerte** main course

la **playa** beach

la **plaza** plaza, square; **plaza principal** main square; **plaza de toros** bullring

el **pluscuamperfecto** past perfect (tense)

la **población** population

poblano native of Puebla (a central Mexican state)

pobre poor; **¡Pobre de ti!** Poor you!

la **pobreza** poverty

poco little (in amount); *pl.* few; *adv.* not very; **en poco**

tiempo in a short while; **poco después** shortly afterwards; **un poco** a little (bit)

poder (ue) to be able, can; **Podría ser.** Could be.; **Querer es poder.** Where there's a will there's a way.

el **poder** power; authority; **subir al poder** to rise to power; **tomar el poder** to take power

poderoso powerful

podrido rotten

el **poema** poem

la **poesía** poetry

el, la **poeta** (la **poetisa**) poet

poético poetic

el **policía** policeman; *f.* policewoman; police force; police station

policíaco police, detective

la **política** politics; policy

el, la **político** politician; *adj.* political

el **pollo** chicken

el **polo** pole; **polo norte (sur)** North (South) Pole

poner to put, place; **poner la mesa** to set the table; **ponerse** to put on (clothing); **ponerse de acuerdo** to come to an agreement, agree; **ponerse + adj.** to become

poquísimo (*superlative of poco*) very little; *pl.* very few

por for; because of, on account of; for the sake of; by; per; through; throughout; along; around; in place of; in exchange for; during; in; **darse por vencido** to give up, surrender; **estar loco**

por to be crazy about; **estar por** to be in favor of; **por algún motivo** for some reason; **por ciento** percent; **por completo** completely; **por el contrario** on the contrary, however; **por debajo de** underneath; **por Dios** for goodness sake; **por ejemplo** for example; **por eso** for that reason; **por favor** please; **por fin** finally; **por lo general** generally; **por la mañana (tarde, noche)** in the morning (afternoon, evening); **por medio de** through, by means of; **por lo menos** at least; **por otra parte** on the other hand; **por primera vez** for the first time; **¿por qué?** why?; **por si acaso** just in case; **por suerte** luckily; **por supuesto** of course; **por lo tanto** therefore; **por temor que** for fear that; **por todas partes (todos lados)** everywhere; **por lo visto** evidently

el **porcentaje** percentage

pornográfico pornographic

porque because; **porqué** *n.* reason

portarse to behave

portátil portable

porteño of Buenos Aires

portugués Portuguese

el **porvenir** future

la **posesión: tomar posesión de** to take possession of, take over

la **posibilidad** possibility

posible possible; **todo lo posible** everything possible la **posición**   position; status; stance

positivo   positive

postal: tarjeta postal   postcard

el **postre**   dessert

la **práctica**   practice

practicar   to practice; to perform

práctico   practical

el **precio**   price; **a precio más bajo**   at a lower price; **a precio reducido** on sale; **precio fijo**   fixed price

precioso   precious

preciso   precise, exact; **es preciso que...**   It's necessary (essential) that ...

precolombino   pre-Columbian

precoz   precocious

predecir   to predict, foretell

predominar   to predominate

la **preferencia**   preference

preferible   preferable

preferido   favorite

preferir (ie)   to prefer

el **prefijo**   prefix

la **pregunta**   question; **hacer una pregunta**   to ask a question

preguntar   to ask; **preguntarse**   to wonder

el **prejuicio**   prejudice

prematuro   premature

el **premio**   prize

la **prensa**   press

la **preocupación**   worry

preocupar   to worry, concern, preoccupy; **preocuparse**   to worry, be concerned

preparar   to prepare

la **presencia**   presence

la **presentación**   presentation; introduction

presentar   to present; to introduce; **Déjeme**

presentarme. Allow me to introduce myself.

presente   present

preservar   to preserve

presidencial   presidential

el, la **presidente** (la **presidenta**)   president

la **presión**   pressure

el **préstamo**   loan

prestar   to borrow; **pedir (tomar) prestado**   to borrow; **prestar atención**   to pay attention

el **prestigio**   prestige

el **presupuesto**   budget

la **pretensión**   pretentiousness

el **pretérito**   preterit

prevenir (ie)   to prevent

primaria: escuela primaria   elementary school

la **primavera**   spring

primer, primero   first; **lo primero**   the first thing

el **primo** (la **prima**)   cousin

principal   main

principio: a principios de   at the beginning of; **al principio** at the beginning

la **prioridad**   priority

la **prisa**   haste; **darse prisa**   to hurry; **tener prisa**   to be in a hurry

la **prisión**   prison

el **prisionero** (la **prisionera**)   prisoner; **hacer prisionero** to take prisoner

privado   private

el **privilegio**   privilege

pro   pro, for; **en pro o en contra**   for or against

la **probabilidad**   probability

probable   probable, likely; **Es probable que no.**   That's probably not so; **Es probable**

que sí.   That's most likely true.

probablemente   probably, in all likelihood; **Probablemente no.** Probably not.; **Probablemente sí.** Probably.

probar (ue)   to try, taste; **probarse**   to try on or out

el **problema**   problem

el **proceso**   process; trial

proclamar   to proclaim

la **producción**   output

producir (zc)   to produce

el **producto**   product

el **productor**   producer

el **profesor** (la **profesora**)   teacher, instructor, professor

profundo   deep, profound

el **programa**   program

la **programación**   software

programar   to program

progresivo   progressive

el **progreso**   progress

prohibir   to forbid, prohibit

prolongar   to prolong

la **promesa**   promise

prometer   to promise

promocionar   to promote

el **pronombre**   pronoun

pronto   soon; fast; **tan pronto como**   as soon as

pronunciar   to make (a speech); to pronounce

propicio   propitious, favorable

la **propiedad**   property

la **propina**   tip

propio   own

propósito: a propósito   by the way; **a propósito de...** regarding ..., talking about

la **prosa**   prose

prosperar   to prosper

la **prosperidad**   prosperity

próspero prosperous

proteger to protect

la **protesta** protest

protestar to protest

el **prototipo** prototype

provecho: ¡Buen provecho! Enjoy your meal!

el **proverbio** proverb

la **provincia** province

provocar to provoke

próximo next, coming

proyectar to project

el **proyecto** project

prudente prudent, cautious

la **prueba** test, trial; proof

la **psicología** psychology

el **psicólogo** (la **psicóloga**) psychologist

psíquico psychic

publicar to publish

la **publicidad** publicity, advertising

el **público** public; **un público amplio** wide range of people; *adj.* public

el **pueblo** town; people

el **puente** bridge

el **puerco** pork

la **puerta** door

el **puerto** port

puertorriqueño Puerto Rican

pues well; because

puesto (*p. part. of* **poner**) put, positioned

el **puesto** job, position

el **punto** point; **punto de vista** point of view

puntual punctual

purificar to purify

puro pure; total; mere

Q

que *rel. pron.* that, which, who, whom; *adv.* than; **algo**

que hacer something to do; **de lo que** than; **del (de la, de los, de las) que** than; **el (la, los, las) que** that, which, who, the one(s) that, he (she, those) who; **lo que** what, that which; *indirect command* may, let, have; **no más que** only

¿qué? what? which?; **¿para qué?** why? for what purpose?; **¿por qué?** why?; **¿Qué hay?** What's up? What's the matter?; **¿Qué hay de nuevo?** What's new?; **¿Qué importancia tiene?** So what?; **¿Qué más da?** So what?; **¿Qué onda?** *coll.* What's up?; **¿Qué tal?** How's it going?; **¿Qué tal el viaje?** How was the trip?; **¿Y qué?** So what?; **¡Qué… !** What (a) … ! How …!; **¡Qué barbaridad!** Good grief!; **¡Qué buena noticia!** What good news!; **¡Qué ciudad más bonita!** What a lovely city!; **¡Qué gusto!** What a pleasure!; **¡Qué va!** Come on now!; **¡Qu'húbole!** (*coll. salutation*) Hi!

quebrar (ie) to break; **quebrarse la pierna** to break one's leg

quedar to remain, be left; to fit; to go with; **quedar grande (pequeño)** to be big (small); **quedarse** to stay, remain; to be left (in a state or condition)

el **quehacer** chore

la **queja** complaint

quejarse to complain

quemar to burn; **quemarse** to burn oneself

querer (ie) to want, wish; to love; **como quieras** as you like; **querer decir** to mean

querido dear; *m.* dear one

el **queso** cheese

quien, quienes who, whom; he (she, they) who, the one(s) who, those who

¿quién? ¿quiénes? who? whom?; **¿de quién?** whose?

la **química** chemistry

quinto fifth

quitar to take away; **quitarse** to take off

quizás perhaps, maybe

R

racional rational

racista racist

la **raíz** (*pl.* **raíces**) root

el **rancho** ranch

rápido quick, fast, rapid

raro rare, strange

el **rastreador** search engine

el **Rastro** flea market (in Madrid)

el **rato** short time or while; **un buen rato** quite a while; **un largo rato** (for) a long time; **los ratos libres** free time

la **raza** race; **el Día de la Raza** Columbus Day

la **razón** reason; **con más razón** all the more reason; **tener razón** to be right

razonable reasonable

reaccionar to react

real real, actual; royal

la **realidad** reality; **en realidad** actually, really, in reality

realista realistic

realizar to realize, bring about (a plan, project)

la **rebaja** reduction
el, la **rebelde** rebel
la **recepción** hotel registration desk
el, la **recepcionista** receptionist, desk clerk
la **receta** recipe; prescription
recibir to receive, get
el **recibo** receipt
el **reciclaje** recycling
reciente recent
la **reciprocidad** reciprocity, give and take
recitar to recite
recoger to gather, pick up
recogido recovered, recaptured
la **recolección** gathering
recomendar (ie) to recommend
reconocer (zc) to recognize
recordar (ue) to remember
recorrer (la Red) to go through, navigate (the Net)
el **recreo** recreation
el **recuerdo** memory; souvenir
el **recurso** resource
la **Red** Net (Internet)
reducido reduced; **a precio reducido** on sale
reducir (zc) to reduce
reemplazar to replace
la **referencia** reference
referirse (ie) a to refer to; to relate to, concern
reflejar to reflect
reflexionar to reflect, ponder
reflexivo reflexive
la **reforma** reform
reformar to reform
el **refrán** proverb
el **refresco** refreshment; drink
el **refrigerador** refrigerator
el **refugiado** (la **refugiada**) refugee

regalar to give as a gift
el **regalo** gift, present
regatear to bargain
el **regateo** bargaining, haggling
el **régimen** regime
regio (*Colombia*) great, fantastic
la **regla** rule
regresar to return, come back
regular regular; all right
rehusar to decline
la **reina** queen
el **reino** kingdom
reír (i) to laugh; **reírse de** to laugh at
la **relación** relationship
relacionado con related to
relacionar to relate
relajar to relax; **relajarse** to become relaxed
relatar to tell
relativo relative
releer to reread
religioso religious
relleno stuffed
el **reloj** watch
el **remedio** remedy; recourse
renacer (zc) to be reborn
renunciar to give up
la **reparación** repair
el **repaso** review
repente: de repente suddenly
repetir (i) to repeat
repleto full, replete
el **reportaje** report
reportar to report
el **reportero** (la **reportera**) reporter
reposar to rest
el, la **representante** representative
representar to represent
la **república** republic
el **requisito** requirement

la **res** head of cattle; **carne de res** beef
rescatar to rescue
la **reserva** preserve; **archivo de reserva** backup file
reservar to reserve
la **residencia** residence; **residencia estudiantil** dorm
el, la **residente** resident
resolver (ue) to solve
respectivamente respectively
el **respecto** respect, reference; **con respecto a** with respect (regard) to
respetar to respect
el **respeto** respect, esteem
respetuoso respectful
la **respiración: tubo de respiración** snorkle
respirar to breathe
responder to respond, answer
la **responsabilidad** responsibility
responsable responsible
la **respuesta** answer
el **restaurante** restaurant
el **resto** rest, remainder
resuelto (*p. part of* **resolver**) solved
el **resultado** result
resultar to result; to turn out
el **resumen** summary; **en resumen** in summary
resumir to summarize
retardar to slow down
retirarse de to retire from
retórico rhetorical
el **retrato** portrait, description
la **reunión** meeting
reunir to bring together, unite; **reunirse** to meet
reventar (ie) to break, burst
el **reverso** back, reverse
la **revista** magazine

revolucionar to revolutionize
revolucionario revolutionary
revuelto scrambled
el **rey** king; *pl.* king and queen, kings
rezar to pray
rico rich; delicious
ridículo ridiculous
la **rima** rhyme
el **río** river
la **riqueza** wealth
la **risa** laughter
rítmico rhythmic
el **ritmo** rhythm
robar to rob, steal
rodear: rodear el ganado to round up cattle
el **rodeo** rodeo
la **rodilla** knee
rogar (ue) to beg, plead, entreat; to request
rojo red
romano Roman
romántico romantic
romper con to break (up) with
la **ropa** clothing; **ropa interior** underwear
la **rosa** rose
rosado rosé (wine)
roto broken
el **ruido** noise
la **ruina** ruin
la **rumba** rumba
ruso Russian
la **rutina** routine, daily grind

S

el **sábado** Saturday
saber to know; **saber** + *inf.* to know how to; *preterit* to find out; **¿Qué sé yo?** What do I know?
el **sabor** taste; flavor

sabroso delicious
sacar to take out; **sacar una A** to get an A; **sacar buenas (malas) notas** to get good (bad) grades; **sacar fotos** to take photos
el **sacerdote** priest
el **sacrificio** sacrifice
sagrado holy
la **sal** salt
la **sala** living room; large room; **sala de espera** waiting room
salado salty
el **salame** salami
el **salario** salary
la **salida** exit, way out; output; starting gate
salir to go out, leave (a place); to come out or up (as sun, moon, stars); **salir de** to go out of; **salir del sistema** to log off; **salir para...** to leave for...
el **salón** large room, salon; **salón de entrada** lobby; **salón de té** tea room
la **salsa** sauce; salsa music
saltar to jump
la **salud** health; **gozar de buena salud** to enjoy good health; **¡Salud!** Cheers!; Gesundheit!
saludar to greet, say hello
el **saludo** greeting, salutation; **¡Saludos a la familia!** Regards to the family!
la **salvación** rescue, salvation
salvar to save, rescue
san (*apocope of* **santo**) saint
la **sandalia** sandal
sangrante bloody
la **sangre** blood
sano healthy
la **santería** Afro-Caribbean religion

el **santo** (la **santa**) saint; **santo patrón** patron saint
la **sátira** satire
satirizar to satirize
satisfacer to satisfy
satisfecho satisfied
se *indir. obj.* (to, for, from) him, her, it, you (**Ud., Uds.**), them; *refl. pron.* (to, for, from) himself, herself, itself, yourself (**Ud.**), themselves, yourselves (**Uds.**), oneself; *recip. refl.* each other, one another
secar to dry
seco dry; unconcerned
el **secretario** (la **secretaria**) secretary
el **secreto** secret; *adj.* secret
secundario secondary; **efecto secundario** side effect; **escuela secundaria** high school
la **sed** thirst; **tener sed** to be thirsty
la **seda** silk
seducir to seduce
el **seductor** (la **seductora**) seducer
sefardí Sephardic
seguido in a row, consecutive; **en seguida** right away
seguir (i) to follow; to continue, keep on; **seguir adelante, seguir derecho** to proceed straight ahead; **seguir un curso** to take a course
según according to; depending on; **según dicen** as people say; **según su opinión** in your opinion
el **segundo** second; second one; *adj.* second
la **seguridad** security; certainty

seguro sure, certain; secure, safe; *adv.* certainly, that's for sure

seleccionar to choose

el **sello** (*Spain*) stamp

la **selva** forest, jungle

la **semana** week; **el fin de semana** weekend; **la semana que viene** next week; **Semana Santa** Holy Week

semejante similar, such (a)

el **semestre** semester

la **semilla** seed

sencillo simple, plain; **el cuarto sencillo** single room

el **sensacionalismo** sensationalism

sensible sensitive

sentarse (ie) to sit down, be seated

el **sentido** sense; direction

el **sentimiento** feeling, sentiment

sentir (ie) to feel, sense; to be sorry (for); **¡Cuánto lo siento!** How sorry I am!, I'm very sorry!; **sentir miedo** to be afraid; **sentir que** to be sorry that; **sentirse** to feel

la **señal** sign (usually containing no writing, such as a road sign); signal; gesture

señalar to mark; to point out; to gesture

el **señor** (*abbr.* **Sr.**) man, gentleman; sir; mister; Mr.; **los señores** (*abbr.* **Sres.**) Mr. and Mrs.

la **señora** (*abbr.* **Sra.**) lady, wife; ma'am; Mrs.

la **señorita** (*abbr.* **Srta.**) young lady; miss; Miss

separar to separate; **separarse de** to be separated from

septiembre September

el **ser** being; **ser humano** human being

ser to be; **es que** that's because; **llegar a ser** to become; **ser de** to be made of; to be from; **ser de pago** to require tuition

la **serie** series

serio serious; **en serio** seriously

el **servicio** service

servir (i) (de) to serve (as); **servirse** to help oneself (to something); **¿En qué puedo servirles?** How can I help you?; **No sirve.** It's no good.; **¿Para qué sirven?** What are they good for?; **para servirle** at your service

el **sexo** sex

si if; whether; **como si** as if

sí yes; *reflex. pron.* himself, herself, etc. (*after prep.*)

el **SIDA** AIDS

siempre always

la **siesta** midday break for rest, nap; **echar una siesta** to take a nap

el **siglo** century

el **significado** meaning

significar to mean, signify, indicate

significativo significant

siguiente following; **al día siguiente** on the following day

el **silencio** silence

silencioso silent

la **silla** chair

simbolizar to symbolize

el **símbolo** symbol

la **simpatía** empathy

simpático nice, congenial

sin with; **sin embargo** however, nevertheless; **sin igual** unparalleled; **sin que** *conj.* without

sincero sincere

el **sindicato** labor union

el **síndrome** syndrome

sino but, but rather; **sino que + clause** but rather

el **sinónimo** synonym

la **síntesis** synthesis; **en síntesis** in short

el **síntoma** symptom

sirio Syrian

el **sistema** system

el **sitio** place, spot; site, location; **los sitios** sights

situar to situate

sobre about; over; on top of; **sobre todo** especially

sobrehumano superhuman

la **sobrevivencia** survival

sobrevivir to survive; to outlive

el **sobrino** (la **sobrina**) nephew (niece)

la **sociabilidad** sociability

el **socialismo** socialism

socialista socialist

socializado socialized

la **sociedad** society

el **socio** (la **socia**) member

el **socorro** help

sofisticado sophisticated

el **sol** sun; **al salir el sol** when the sun rises; **haber sol** to be sunny; **tomar sol** to sunbathe

solamente only

el, la **soldado** soldier

la **soledad** loneliness; isolation; solitude

soler (ue) to do customarily

solicitar to seek out

el, la **solista** soloist

solitario solitary; lone

solo alone; lone; single

sólo only; **no sólo... sino también** not only ... but also

el **solsticio** solstice

soltero unmarried

solucionar to solve

la **sombra** shadow

el **sombrero** hat; **Se quitan el sombrero.** They take off their hats.

la **somnolencia** drowsiness

el **son** Cuban musical style, precursor of salsa

sonar (ve) to ring

el **sondeo** poll

el **sonido** sound

sonreír to smile

soñar (ue) (con) to dream (about)

la **sopa** soup

soportar to put up with, stand; to support

sor (before the name of a nun) sister

sorprendente surprising

sorprender to surprise

la **sorpresa** surprise

sospechoso suspicious

sostener to support, maintain

su, sus his, her, its, their, your (Ud., Uds.)

suave soft; mild

subestimar to underestimate

la **subida** ascent; rise

subir to go up, climb; **subir a** to get in or on; **subir al poder** to rise to power

el **subjuntivo** subjunctive

subversivo subversive

suceder to succeed, follow in order

sucesivo successive

sucio dirty

Sudamérica South America

sudamericano South American

el **sueldo** salary

el **suelo** floor

el **sueño** dream; sleep; **¡Es un sueño!** It's terrific (a dream)!; **tener sueño** to be sleepy

la **suerte** fortune, luck; **por suerte** luckily; **¡Qué suerte!** What luck!

el **suéter** sweater

suficiente sufficient, enough

el **sufrimiento** suffering

sufrir (de) to suffer (from)

sugerir (ie) to suggest

el **suicidio** suicide

el **sujeto** subject

la **suma** sum

superlativo superlative

el **supermercado** supermarket

la **superpoblación** overpopulation

supersticioso superstitious

suponer to suppose, assume

supuesto supposed; **por supuesto** of course

sur south; **América del Sur** South America

sureste southeast

surfear coll. to surf

suroeste southwest

suspender to suspend

la **sustancia** substance

el **sustantivo** noun

la **sustitución** substitution

sutil subtle

suyo(s), suya(s) adj. (of) his, her, of hers, your, of yours (Ud., Uds.), their, of theirs; **el suyo (la suya, los suyos, las suyas)** pron. his, hers, yours (Ud., Uds.), theirs

T

el **tabaco** tobacco

el **taco** taco, corn tortilla stuffed with cheese, beans, etc.

la **tagua** kind of tropical nut

tal such (a); **con tal (de) que** provided that; **¿qué tal?** How are things?; **¿Qué tal el viaje?** How was the trip?; **tal como** such as; **tal vez** perhaps

la **tala** felling, cutting (trees)

talar to fell, cut (trees)

el **talento** talent

talentoso talented

la **talla** size

el **tamal** tamale

el **tamaño** size

también too, also

el **tambor** drum

tampoco neither, (not) either

tan so, such; **tan... como** as ... as; **tan pronto como** as soon as

tanto(a, os, as) adj. and pron. so much (many), as much (many); adv. as (so) much; **mientras tanto** in the meantime; **por lo tanto** however; **tanto como** as much (many) as; **Tanto gusto.** Nice to meet you.; **¡Tanto mejor!** So much the better!; **¡Tanto peor!** So much the worse!

la **tapa** (Spain) appetizer

la **tapería** (Spain) small restaurant-bar that serves **tapas** (appetizers)

tardar en + inf. to take (+ time period) to

la **tarde** afternoon or early evening; **Buenas tardes.** (used from noon until sundown) Good afternoon.; Good evening.; **de la tarde** P.M.; **por la tarde** in the afternoon

tarde *adv.* late

la **tarea** homework; **tareas del hogar** housework

la **tarifa** rate

la **tarjeta** card; **tarjeta de crédito** credit card; **tarjeta postal** postcard

la **tasa** rate; **tasa de cambio** exchange rate

el **tatuaje** tattoo

el, la **taxista** taxi driver

la **taza** cup

te *obj. pron.* (to, for, from) you, yourself *(fam. sing.)*

el **té** tea

teatral theatrical

el **teatro** theater

el **techo** roof

la **técnica** technique

el **técnico** (la **técnica**) technician

la **tecnología** technology

tejer to knit

el **tejido** weaving, textile

la **tela** fabric

telefónico *adj.* telephone, of the telephone

el **teléfono** telephone; **número de teléfono** telephone number

la **telepatía** telepathy, mind reading

el **televisor** television set

el **tema** theme, topic, subject; composition; **Cambiando de tema...** To change the subject ...

temer to fear

el **temor** fear

el **temperamento** temperament

la **temperatura** temperature

la **tempestad** tempest; storm

el **templo** temple

temporal temporary

temprano early

la **tendencia** tendency

tender (ie) (a) to tend (to)

el **tenedor** fork

tener (ie) to have; **Aquí tienes.** Here you are; **¿Qué edad tienes?** How old are you?; **¿Qué importancia tiene?** So what?; **tener alternativa** to have a choice; **tener... años** to be ... years old; **tener buena (mala) suerte** to have good (bad) luck; **tener calor** to be hot; **tener celos** to be jealous; **tener cuidado** to be careful; **tener la culpa** to be guilty; **tener derecho a** to have the right to; **tener dolor de cabeza (estómago)** to have a headache (stomachache); **tener éxito** to be successful; **tener frío** to be cold; **tener ganas de** + *inf.* to feel like (doing something); **tener gracia** to be funny; **tener hambre** to be hungry; **tener lugar** to take place; **tener miedo (de) que** to be afraid that; **tener pena** to be embarrassed; **tener prisa** to be in a hurry; **tener que** + *inf.* to have to (do something); **tener razón** to be right; **tener sed** to be thirsty; **tener sueño** to be sleepy; **tener vergüenza** to be ashamed

el **tenis** tennis

el **tentempié** snack

la **teoría** theory

tercer, tercero third

el **tercio** third

la **terminación** ending

terminar to end, finish

el **término** term

la **terminología** terminology

el **terremoto** earthquake

el **terreno** terrain; land; ground

el **terrorismo** terrorism

el **tesoro** treasure

el **texto** text; **libro de texto** textbook

ti *obj. of prep.* you, yourself *(fam. sing.)*

la **tía** aunt

el **tiempo** weather; time; tense (grammatical); **a tiempo** on time; **al mismo tiempo** at the same time; **¿Cuánto tiempo hace que... ?** How long ... ?; **en poco tiempo** in a short while; **en tiempos pasados** in times past; **hace buen (mal) tiempo** the weather is good (bad); **mucho tiempo** a long time, a great deal of time; **perder (el) tiempo** to waste time; **¿Qué tiempo hace?** What's the weather like?; **tiempo pasado** past tense, past; **todo el tiempo** all the time

la **tienda** shop, store

la **tierra** land; earth, soil; **por tierras hispánicas** in Hispanic countries

tímido shy

la **tinta** ink

tinto red (wine)

el **tío** uncle; *pl.* aunt and uncle, uncles

típico typical

el **tipo** type, kind; guy

la **tira cómica** cartoon, comic strip

tirar to throw; to pull

el **tiro al vuelo**   shooting
el **tiro con arco**   archery
el **título**   title, degree
la **toalla**   towel
tocar   to touch; to play (a
   musical instrument); to knock
todavía   still, yet
todo   *adj.* all, entire, whole;
   complete; every; *m. n.*
   everything; **después de todo**
   in the end; after all; **por todas
   partes (todos lados)**
   everywhere; **sobre todo**
   especially; **todo el día**   all
   day; **todo el mundo** everyone;
   toda persona   everyone; *pl.*
   all, every; *n.* everyone; **todos
   los días**   every day
la **tolerancia**   tolerance
tomar   to take; to drink; **tomar
   asiento**   to take a seat;
   tomar una copa   to have a
   drink; **tomar una decisión**
   to make a decision; **tomar el
   desayuno**   to have
   breakfast; **tomarle el pelo a
   uno**   to pull someone's leg,
   put someone on; **tomar el
   poder**   to take power;
   tomar prestado   to borrow;
   tomar sol to sunbathe
el **tomate**   tomato
la **tontería**   foolishness; **¡Qué
   tonterías!**   What nonsense!
tonto   silly, foolish
el **torero**   bullfighter
el **torneo**   tournament
el **toro**   bull; **la corrida de
   toros**   bullfight; **la plaza de
   toros**   bullring
la **torre**   tower
la **torta**   cake
la **tortilla**   corn or wheat
   pancake or flat bread
   (Mexico); omelette *(Spain)*

la **tortuga**   turtle
la **tortura**   torture
total   total, complete; **Total
   (que)...**   So ...
la **totalidad**   totality; whole
el **trabajador** (la **trabajadora**)
   worker; *adj.* hard-working
trabajar   to work; **¡A trabajar!**
   Get to work!
el **trabajo**   work, job; **cambiar
   de trabajo**   to change jobs;
   el Día del Trabajo   Labor
   Day; **la oferta de trabajo**
   job offer
la **traducción**   translation
traducir (zc)   to translate
el **traductor** (la **traductora**)
   translator
traer   to bring; to carry
el, la **traficante**   trafficker
el **tráfico**   traffic
trágico   tragic
el **traje**   costume; suit; outfit
trampas: hacer trampas   to
   cheat
tranquilamente   quietly,
   peacefully
la **tranquilidad**   tranquility
el **tranquilizante**   tranquilizer
tranquilo   quiet
transformar   to change,
   transform; **se han ido
   transformando**   they have
   gradually changed
transmitir   to transmit
transportar   to transport
el **transporte**   transportation;
   transporte público   public
   transportation
el **trapo**   rag
el **tratamiento**   treatment
tartar   to treat; **tratar de**   to
   try to, attempt to; to deal with,
   be concerned with
el **trato**   interchange

traumático   traumatic
través: a través de   across,
   through
trazar   to trace; to draw
tremendo   tremendous
el **tren**   train; **en tren**   by train
el **tribunal**   court of law
el **trimestre**   quarter (of the
   academic year)
triste   sad
la **tristeza**   sadness
el **triunfador** (la **triunfadora**)
   winner
triunfar   to triumph, win,
   succeed
el **triunfo**   triumph, victory
el **trombón**   trombone
la **trompeta**   trumpet
tropezar (ie)   to stumble;
   tropezar con   to bump into
tu, tus   your *(fam. sing.)*
tú   you *(fam. sing.)*
el **tubo**   tube; **tubo de
   respiración**   snorkle
la **tumba**   tomb
el **turismo**   tourism
el, la **turista**   tourist
turístico   *adj.* tourist
tuyo(s), tuya(s)   *adj.* your, of
   yours; **el tuyo (la tuya, los
   tuyos, las tuyas)** *pron.* yours
   (fam. sing.)

U

u   or (*used instead of* **o** *before
   a word beginning with* **o-** *or*
   ho-)
ubicado   located
Ud., Uds.   *abbr. for* **usted,
   ustedes**
último   last; most recent;
   latest
único   unique; only
la **unidad**   unit

unido united; close; **Estados Unidos** United States
unir to unite
la **universidad** university, college
universitario *adj.* university, college
el **universo** universe
uno (un), una one; a, an
unos, unas some; a few; several; **unos** + *a number* about
urbano urban
urgente urgent
uruguayo Uruguayan
usar to use; to wear
el **uso** use; **hace uso** makes use
usted (*abbr.* Ud., Vd.) you (*formal*); *pl.* **ustedes** (*abbr.* Uds., Vds.) you (*fam.* + *formal*)
usualmente usually
el **usuario** (la **usuaria**) user
el **utensilio** utensil
útil useful
la **utilidad** usefulness, utility
utilizar to use
la **uva** grape

V

la **vaca** cow; **la carne de vaca** beef
las **vacaciones** vacation(s); **estar de vacaciones** to be on vacation
la **vacilación** hesitation
vacío empty
la **valentía** courage
valer to be worth; **más vale** it is better
válido valid, true
valiente brave, valiant
la **valija** suitcase

valioso valuable
el **valle** valley
el **valor** value; courage; **la bolsa de valores** stock market
valorar to value
el **vals** waltz
el **vapor** steam
variado varied
variar to vary; **variar según** to vary with or according to
la **variedad** variety
varios several; various
vasco Basque
el **vaso** glass
¡Vaya! Come on now!; **¡Que le vaya bien!** May all go well with you!
el **vecindario** neighborhood
el **vecino** (la **vecina**) neighbor
vegetar to vegetate, sit idle
el **vegetariano** (la **vegetariana**) vegetarian
el **vehículo** vehicle
la **vejez** old age
la **vela** candle; sail(boat)
la **velocidad** speed
el **velorio** wake, vigil
vencer (z) to overcome, triumph, conquer; **darse por vencido** to give up, surrender
el **vendedor** (la **vendedora**) seller, trader, salesperson
vender to sell
venezolano Venezuelan
venir to come; **el año que viene** next year; **Ven acá.** Come here.
la **venta** sale; **a la venta** for sale; **en venta** for sale
la **ventaja** advantage
la **ventana** window
ver to see; **A ver.** Let's see; **Bueno, nos vemos.** Well,

see you.; **No veo la hora...** I can't wait ...; **Ojalá que nos veamos pronto.** I hope we see each other soon.; **¡Qué alegría verte!** How nice to see you!; **Te veo pronto.** See you soon.; **tener algo que ver con** to have something to do with
el **verano** summer
veras: ¿de veras? really?
el **verbo** verb
la **verdad** truth; **en verdad** in fact; **¿verdad?** right?, isn't that so?
verdadero true, real
verde green; unripe; **chiste verde** dirty joke
la **verdura** vegetable
la **vergüenza** shame; **tener vergüenza** to be ashamed
verificar to verify
el **verso** verse
el **vestido** dress; **estar vestido de** to be dressed as
vestir (i) to dress; **vestirse** to get dressed
la **vez** (*pl.* **veces**) time, instance, occasion; **a la vez** at the same time; **a veces** sometimes; **alguna vez** ever, at some time; **algunas veces** sometimes; **de vez en cuando** from time to time; **en vez de** instead of; **muchas veces** often, many times; **otra vez** again, once more; **otra vez más** one more time; **por primera vez** for the first time; **tal vez** perhaps, maybe; **una vez** once
viajar to travel; **viajar en primera clase** to travel first class

el **viaje** trip; **agente de viajes** travel agent; **¡Buen viaje!** Have a good trip!; **hacer un viaje** to take a trip

el **viajero** (la **viajera**) traveler; **el cheque de viajero** traveler's check

la **víctima** victim

la **victoria** victory

la **vida** life; **el costo de vida** the cost of living; **gozar de la vida** to enjoy life; **llevar una vida feliz** to have a happy life; **el nivel de vida** standard of living; **la vida familiar** family life; **la vida nocturna** night life

el **video** (*also*, **vídeo**) videotape

el **vidrio** glass

viejo old, elderly; *n.* old person

el **viento** wind; **hacer viento** to be windy

el **viernes** Friday; **Viernes Santo** Good Friday

el **vinagre** vinegar

el **vino** wine

la **violencia** violence

violento violent

la **virtud** virtue

la **visita** visit; **estar de visita** to be visiting

el, la **visitante** visitor

visitar to visit

la **vista** view; eyesight; **punto de vista** point of view

visualizar to visualize

la **vitalidad** vitality

la **vitamina** vitamin

el **viudo** (la **viuda**) widower (widow)

¡Viva... ! Hooray for ... !, Long live ... !

la **vivienda** housing

vivir (de) to live (from)

vivo alive; bright

el **vocabulario** vocabulary

volar (ue) to fly, be in flight

el **volcán** volcano

el **vólibol** volleyball

el **voluntario** (la **voluntaria**) volunteer

volver (ue) to return; **volver a** + *inf.* to do something again; **volverse loco** to go crazy

vosotros (vosotras) *subj. pron.* you (*fam. pl.*); *obj. of prep.* you, yourselves

votar (por, contra) to vote (for, against)

el **voto** vote; **el derecho al voto** the right to vote

la **voz** (*pl.* **voces**) voice

el **vuelo** flight

la **vuelta** change (money); trip; **de ida y vuelta** roundtrip

vuelto (*p. part. of* **volver**) returned

vuestro *adj.* your; **el vuestro** *pron.* your, (of) yours (*fam. pl.*)

Y

y and; **¿Y qué?** So what?

ya already; now; **ya no** no longer; **¡Ya lo creo!** I believe it!

yo (*subj. pron.*) I

Z

la **zanahoria** carrot

la **zapatería** shoe store

el **zapato** shoe

la **zona** zone

el **zorro** fox

Index

Index to Grammar and Functions

A

a
  a + inf., 247
  al + inf., 247
  personal **a,** 14, 192–93
  used after certain infinitives, 337
acabar, 248–50
adjectives
  absolute superlatives, 107
  agreement with noun, 69–70
  comparisons of equality, 103
  comparisons of inequality, 104
  demonstrative, 78–79
  of nationality, 69
  past participle used as, 264–65
  plural of, 69
  position of, 71–72
  possessive, 81–82
  shortened forms of, 71
  superlative of, 106–107
  used as nouns, 69
  with **ser** and **estar,** 75–76
adjective clause (indicative vs. subjunctive), 194–95
adverbs
  comparisons of equality, 103
  comparisons of inequality, 104

  formation of, with **-mente,** 245
  position of, 245
  superlative of, 106–107
advice, giving, 250
affirmatives, 187–89
agreement, expressing, 198
al + inf., 247
anger, expressing, 300–01
articles
  definite, 16–19
  indefinite, 16–19
  neuter **lo** (in superlative), 107
assistance, offering, 277
aunque + indicative or subjunctive, 194–95

B

be (**ser** and **estar**), 74–76

C

capitalization, 331
cardinal numbers, 333
  agreement with nouns, 71
commands, 161–65
  with object pronouns, 165
  with reflexives, 216
como si, 237, 293
comparisons of equality, 103

  of inequality, 104
compound tenses, *See* perfect tenses
con, used after certain infinitives, 337
conditional
  formation of, 98
  with *if*-clauses, 240
  usage, including conditional of probability, 99
conjunctions **y** and **e, o** and **u;** **pero** vs. **sino,** 295
  adverbial conjunctions (subjunctive vs. indicative), 194–96
conmigo, consigo, contigo, 158
conocer vs. **saber,** 5, 50
cualquier, 188–89
cuyo, 318

D

dates, 334–35
days of the week, 335
de
  to express *in* or *of* in superlative, 107
  to express *than* in comparisons of inequality, 104

to show possession, origin, or what something is made of, with **ser,** 74
used after certain infinitives, 315–16
deber (expressions of obligation), 273
demonstrative adjectives and pronouns, 78–79
desde, desde hace (hacía), 52–53
diminutives, 322–23
directions, asking for and giving, 168–69
disagreement, expressing, 198
disapproval, expressing, 84
disbelief, expressing, 300–01

E

e (for **y**), 295
el que, el cual, 318–19
empathy, expressing, 300
en, used after certain infinitives, 339
estar
distinctions between **ser** and **estar,** 74–76
with past participle, 265
with present participle, in progressive tenses, 313–14
excuses, making, 323

F

faltar, 183–84
fractions, 335
forgiveness, expressing, 305
future
formation, 96
uses, including future of probability, 96
use of present tense for, 96

G

gender, 15–16
good-bye, saying, 57
gratitude, expressing, 300
greetings, 23
gustar, 183–84

H

haber
haber de, 273
use in perfect (compound) tenses, 266–68, 271–72
hacer
in time expressions, 52–54
in weather expressions, 242
hay, 273
hay que, 273
hesitation, expressing, 324

I

if-clauses, 240, 292–93
imperative, *See* commands
imperfect, 44–46
contrast with preterit, 48–50
imperfect of **hacer** in time expressions, 52–54
imperfect subjunctive
formation and use, 236–38
in *if*-clauses, 240, 292–93
sequence of tenses with, 290–91
impersonal **se,** 219
impersonal expression with subjunctive, 125–26
incomprehension, expressing, 224–25
indefinites (affirmative words), 171–73
indicative vs. subjunctive, 132–33
infinitives
use, 247

use after prepositions, 247
use as noun, verb, with verbs like **hacer** and **mandar** in place of subjunctive, 247
use with **al,** 247
vs. subjunctive, 247
introductions, 22–23
invitations, making, accepting, declining, 110–11
-ísimo, 107

L

lo (object pronoun), 153–54, 159
lo que, lo cual, 318–19
neuter **lo,** 319

M

months of the year, 335

N

negatives, 187–89
after **que** in comparison, 105
neuter
demonstrative pronouns, 79
lo, 319
nouns, adjectives used as nouns, 69–70
gender and number, 15–16
numbers, 333–35

O

o (changed to **u**), 295
object pronouns
direct, 153–54, 159–60
indirect, 155–56, 159–60
position of, 159–60
with commands, 165
prepositional, 158
obligation, expressions of, 273

ojalá, 126
ordinal numbers, 334–35
orthographic-changing verbs, 8,
    344–45

P

para, 298–98
participles,
    past, 264–65
    present, 312–14
passive voice, 274–75
    true passive, 275
    with **se,** 219–20
past participle
    formation, 264–65
    in passive, 274–75
    used as adjective, 264–65
perfect tenses
    indicative, 266–68
    subjunctive, 271–72
permission
    asking, giving, 137
pero vs. **sino,** 295
personal **a,** 14, 177
plural
    of adjectives, 69–70
    of nouns, 15
    of articles, 16
polite expressions, 56–57
por, 296–98, 320
possessive adjectives and
    pronouns, 81–82
prepositions, uses after certain
    infinitives, 337–38
    followed by infinitives, 247
present indicative, 8, 10–11
    to express immediate future,
    8
present participle, 312–14
preterit, 37–40
    contrast with imperfect,
    48–50
progressive tenses, 312–314
prohibition, expressing, 137

pronouns
    as objects of prepositions,
    158
    demonstrative, 78–79
    direct object, 153–54,
    159–60
    indirect object, 155–56,
    159–60
    possessive, 81–82
    reciprocal reflexive, 218
    reflexive, 21–22, 210–13
    relative, 317–19
    se for passive, 219–20
    subject, 7
    with commands, 161–62
punctuation, 331
purchases, making, 277

Q

que (relative pronoun), 318
quien (relative pronoun),
    318–19

R

radical-changing verbs. *See*
    specific tense or part of
    speech and Appendix F
reciprocal reflexive, 218
reflexive, 21–22, 210–13
    with commands, 216
relative pronouns, 317–19
relief, expressing, 300
requests, making, 276

S

se
    as a reciprocal pronoun, 218
    as a reflexive pronoun, 210
    as indirect object pronoun,
    159
    impersonal **se,** 219
    for passive, 219–20

seasons, 335
sequence of tenses with
    subjunctive, 271–72,
    290–91
ser
    to form passive, 274–75
    uses of (vs. **estar,** with
    adjectives), 74–76
sino (vs. **pero**), 295
solidarity, expression of, 250–51
stem-changing verbs. *See*
    specific tense or part of
    speech and Appendix F
stress, word, 332
subject, changing a, 324
subject pronouns, 7
subjunctive, imperfect
    formation, 236–38
    -ra vs. **–se** forms, 237–38
    sequence of tenses with,
    290–91
    uses of, 236–38
    with *if*-clauses, 240, 292–93
subjunctive, present formation,
    123–25
    uses of
        after **aunque,** 194–95
        in adverbial clauses (with
        adverbial conjunctions),
        194–96
        in descriptions of the
        unknown or indefinite
        (adjective clauses), 192–93
        sequence of tenses with,
        271–72, 290–91
        with impersonal
        expressions, 125–26
        with verbs indicating
        doubt, emotion, will,
        preference, necessity,
        approval, disapproval, or
        advice (noun clauses),
        128–30
        vs. indicative, 132–33
        vs. infinitive, 240

subjunctive, present perfect
    and past perfect, 271-72
summarizing, 324
superlative, 106-07
surprise, expressing, 84
syllabification, 332
sympathy
    expressing, 250-51
    expressing lack of, 250-51

T

tan... como, 103
tanto como, 103

telephone, using the 137
tener que + inf., 273
than, in comparison, 104
time, telling, 336

U

u (for **o**), 295

V

voice, passive, 274-75

W

week (days of), 335
word stress, 332

Y

y (changed to **e**), 295
you, formal vs. familiar, 7

Credits

Literary Credits

Realia Credits

p. 286: "La Página del Idioma Español" used by permission of the publisher, Ricardo Soca.

p. 288: Norma Vidal, cartoon of Internet love, used by permission of the artist.

p. 293: Antonio Fraguas "Forges," "Como consejero delegado...." Used by permission of the artist.

p. 297: Juan Ballesta, Camilo cartoon "Tu regalo de cumpleaños," used by permission of the artist.

p. 303: Antonio Fraguas "Forges," "Ventajas de la informática," used by permission of the artist.

p. 314: Lino Palacio, Ramona cartoon "Te he estado llamando...," United Press International.

p. 315: Gerberg, "O ser o existir" cartoon (1993), Cartoonists & Writers Syndicate/cartoonweb.com.

p. 316: "...vistiéndonos?" illustration from *Muy interesante,* año XVI, número 7, pp. 68–72.

p. 316: "...hablando por teléfono?" illustration from *Muy interesante,* año XVI, número 7, pp. 68–72.

p. 317: "Tabla de Tiempos" from *Muy interesante,* año XVI, número 7, pp. 68–72.

p. 322: Antonio Fraguas "Forges," ¿Le cambiamos de medicación, doctor?" used by permission of the artist.

p. 319: "¡Cuidado! Carlos no plagia otros..." © José Luis Martín/Ediciones B, S.A., Barcelona, España.

Photo Credits

p. 1: Ulrike Welsch; p. 2: Oscar Bonilla; p. 3: Gonzalo Azumendi/age fotostock; p. 20: AFP/CORBIS; p. 30: Bob Daemmrich/The Image Works; p. 39: Melissa Farlow/AURORA; p. 43: "The Wake" by the Aguilar Family, The Girard Collection. Photo by Michel Monteaux, The Museum of International Folk Art (A Unit of the Museum of New Mexico, Santa Fe) p. 54: Rufus F. Folkks/CORBIS; p. 64: AP Photo/Stuart Ramson; p. 73, left: Jon Riley/Index Stock Imagery; p. 73, right: Gary Conner/Index Stock Imagery; p. 90: Charle Avice/age fotostock; p. 112, bottom left: Reuters NewMedia Inc./CORBIS; p. 112, bottom right: A. Ribeiro/Gamma-Liaison/Getty Images; p. 113, top left: Reuters NewMedia Inc./CORBIS; p. 113, top right: AFP/CORBIS; p. 113, bottom left: Al Bello/AllSport; p. 113, bottom right: AFP/CORBIS; p. 116: Pedro Coll/age fotostock; p. 144: Hoa Qui/Index Stock Imagery; p. 145: Stephen Frink/Index Stock Imagery; p. 146: Ulrike Welsch; p. 147, top: David McLain/AURORA; p. 147, bottom: Robert Frerck/Odyssey/Chicago; p. 151, left: Jeremy Horner/CORBIS; p. 151, right: Robert Frerck/Odyssey/Chicago; p. 152, left: J. Horner/Gamma-Liaison/Getty Images; p. 152, right: Robert Frerck/Odyssey/Chicago; p. 176: AP Photo/Ed Bailey; p. 177: Ariel Ramerez/CORBIS; p. 178, top: AP Photo/Andres Leighton; p. 178, bottom: George Haling/Stone; p. 204: Nessi/age fotostock; p. 205: Robert Frerck/Odyssey/Chicago; p. 206, top: Suzanne Murphy/DDB Stock Photography; p. 206, bottom: Marcos Welsh/age fotostock; p. 230: Stuart Westmorland/Stone; p. 231, top left: Haroldo Castro; p. 231, bottom right: Haroldo Castro; p. 232: Robert Frerck/Odyssey/Chicago; p. 306: Roger Antrobus/CORBIS; p. 307, left: Kindra Clineff/Index Stock Imagery; p. 307, right: Photos12.com - Collection Cinema; p. 308: Erich Lessing/Art Resource, NY; p. 309, top: Donna Coveney/MIT; p. 309, bottom: Jan Butchofsky-Houser/CORBIS